Sylvie Germain:
Das Buch der Nächte
Roman

Deutsch von Eva Bauer

Deutscher
Taschenbuch
Verlag

dtv

Ungekürzte Ausgabe
Dezember 1993
Deutscher Taschenbuch Verlag GmbH & Co. KG,
München

Titel der französischen Originalausgabe:
›Le Livre des nuits‹

ISBN 3-352-00387-4
Umschlagtypographie: Celestino Piatti
Umschlaggestaltung unter Verwendung eines
Gemäldes von Claude Monet
Satz: IBV Satz- und Datentechnik, Berlin
Druck und Bindung: C. H. Beck'sche Buchdruckerei,
Nördlingen
Printed in Germany · ISBN 3-423-11770-2

Für Henriette und Romain Germain

»NEIN ist mein Name
NEIN NEIN der Name
NEIN NEIN das NEIN«

René Daumal, ›Le Contre-Ciel‹

»Aber der Engel des Herrn
sprach zu ihm: Warum fragst
du nach meinem Namen, der doch
geheimnisvoll ist.«

Richter 13, 18

»Die Nacht, die eines Septemberabends mit dem Schrei seiner Mutter über seine Kindheit hereinbrach und sich mit dem Geschmack von Asche und Salz und Blut in sein Herz senkte, verließ ihn nie wieder, sie durchzog sein Leben von einem Alter zum andern und nannte seinen Namen im Gegenlauf zur Geschichte.«

Doch diese Nacht, die sich seiner bemächtigte und seine Erinnerung für immer mit Furcht und Erwartung peinigte, und dieser Schrei, der in sein Fleisch drang, Wurzeln darin zu schlagen und es mit Kampf zu erfüllen, sie kamen schon von unvergleichlich weiter her.

Nacht seiner Vorfahren auf hoher See, da all die Seinen, Generation um Generation, aufgetaucht und umgekommen waren, da sie lebten, liebten, kämpften, sich verletzten, sich niederlegten. Schrien. Und verstummten.

Denn auch jener Schrei kam von weiter herauf als der Wahn seiner Mutter. Er stieg aus grauer Vorzeit auf, ein immer wieder erschallendes, sich fortpflanzendes und wieder und wieder sich brechendes Echo eines vielfachen, unbestimmbaren Schreis.

Schrei und Nacht hatten ihn aus der Kindheit gerissen, seiner Herkunft entfremdet, mit Einsamkeit geschlagen. Doch gerade dadurch auch unwiderruflich mit all den Seinen verbunden.

Nachtschreimünder, offene Wunden quer über Gesichtern, die unter einem heftigen Anfall von Vergessen plötzlich eine andere Nacht, einen jenseitigen Schrei – älter noch als die Welt – ins Gedächtnis riefen.

Nacht außerhalb aller Zeit, da die Welt entstand, und Schrei eines ungeheuren Schweigens, der die Geschichte aufschlug wie ein großes Buch aus Fleisch und Blut, durch dessen Seiten Wind und Feuer fegen.

Charles-Victor Péniel, genannt »Nuit-d'Ambre«, Bernsteinnacht, war dazu bestimmt, in der Mitternacht der Nacht zu kämpfen.

Erste Nacht
Nacht des Wassers

Zu jener Zeit waren die Péniels noch Süßwassermenschen. Sie lebten an den Ufern der nahezu unbewegten Gewässer der Kanäle, in der Waagerechten einer vom Grau des Himmels geschliffenen und vom Schweigen ermatteten Welt. Sie kannten vom Land nur die von Treidelwegen begrenzten und von Erlen, Weiden, Birken und Silberpappeln gesäumten Uferböschungen. Die Erde ringsum bot sich ihnen wie ein überaus ebener Handteller dar, der sich in einer Geste unendlich geduldigen Wartens gegen den Himmel spannte. Und eine ebensolche Spannung trugen sie in ihrer Seele, die düster war und voller Beharrlichkeit.

Die Erde war ihnen ewiger Horizont, Land, das immerzu dicht über ihren Blicken dahinglitt, immerzu dicht unterm Himmel dahineilte, immerzu ihre Herzen streifte, ohne sich ihrer jemals zu bemächtigen. Die Erde war ein Dahintreiben endlos aufgetaner Felder, Wälder, Sümpfe und Ebenen, die im milchigen Naß von Dunst und Regen rotteten, driftende Landschaften, seltsam entfernt und zugleich vertraut, durch die die Flüsse ihre trägen Wasser schoben, in deren Lauf, langsamer noch, das Schicksal der Menschen geschrieben wurde.

Von den Städten kannten sie nur die Namen, die Legenden, sie wußten von ihren Märkten und ihren Festen aus den Erzählungen der Landbewohner, denen sie an den Anlegeplätzen begegneten.

Sie kannten ihre Silhouetten, phantastische Schattenrisse auf einem Hintergrund aus Himmel und ständig sich wandelndem Licht über Hopfengärten, Flachs-, Korn-, Hyazinthen- und Stoppelfeldern. Bergbaustädte, Textilstädte, Zunft- und Handelsstädte, die ihre Türme und Bergfriede steil in den vom Meer herüberkommenden Wind reckten und sich als Städte erster und arbeitsamer Leute auswiesen – vor der Geschichte und vor Gott. Und genauso steil ragten ihre Seelen in die Unermeßlichkeit der Gegenwart.

Von den Menschen kannten sie nur jene, die sie auf dem Wasserlauf zwischen den Schleusen, an den Schleusen und den Ausweichstellen trafen und mit denen sie nur einfache, von Gebrauch und Erfordernis grob behauene Vokabeln wechselten. Wörter, die geformt waren nach dem Maß des Wassers, der Lastkähne, der Kohle, des Windes und ihres Lebens.

Von den Menschen kannten sie nur, was sie von sich selber kannten – die dem Licht zugewandten scharfkantigen Profile von Gesicht und Körper, die im Gegenlicht sich zu undurchdringlichen Schattengebilden fügten. Untereinander sprachen sie noch weniger und mit sich allein schon gar nicht, so sehr hallte in ihren Worten das mißtönende Echo eines allzu tiefen Schweigens wider.

Mehr als irgendwer sonst aber wußten sie von den Helligkeiten des Himmels und von seinen Dämmerungen, von den Launen des Windes und den Regenböen, von den Gerüchen der Erde und dem Lauf der Gestirne.

Als Süßwassermenschen riefen sie einander lieber bei den Namen ihrer Schiffe als bei ihren eigenen. Da waren die Leute von der »Justine«, der »Saint-Éloi«, der »Liberté«, der »Bel-Amour«, der »Angélus«, der »Hirondelle«, der »Marie-Rose«, der »Cœur-de-Flandre«, der »Bonne-Nouvelle« oder der »Fleur-de-Mai«. Die Péniels waren die Leute von »La Grâce de Dieu«, der Gnade Gottes.

1

Vitalie Péniel hatte sieben Kinder zur Welt gebracht, aber die Welt erwählte nur eines von ihnen – das letzte. Alle anderen waren am Tag ihrer Geburt gestorben, ohne sich auch nur die Zeit genommen zu haben, einen Schrei auszustoßen.

Das siebente indes schrie schon vor seiner Geburt. In der Nacht vor der Niederkunft fühlte Vitalie einen heftigen Schmerz, den sie bis dahin noch nie gespürt hatte, und ein sagenhafter Schrei hallte in ihrem Bauch wider. Ein Schrei, ähnlich dem der Schiffe im Nebel, wenn sie vom Fischen auf hoher See zurückkehren. Sie kannte diesen Schrei, den sie früher so oft gehört hatte, wenn sie, an ihre Mutter gepreßt, am Strand auf die Heimkehr der »Rose-du-Nord« und der »Agneau-de-Dieu« wartete, an deren Bord ihr Vater und ihre Brüder zum Fischen ausgefahren waren. Ja, sie kannte ihn gut, diesen aus den Nebeln aufsteigenden Schrei, den sie zweimal so lange erwartet und erst jenseits aller Erwartung als gespenstisches Echo im rasenden Leib ihrer Mutter wiedergefunden hatte. Doch sie hatte die Welt dieser stürmischen Gewässer verlassen, um einem Mann des Süßwassers zu folgen, und sie hatte diese Schreie aus ihrem Gedächtnis verjagt. Nun aber tauchte deren Echo aus den Tiefen ihres Leibs und des Vergessens wieder auf – ein gewaltiger Schrei brandenden Meeres, und plötzlich wußte sie: dieses Mal würde ihr Kind leben. »Hörst du«, sagte sie zu ihrem Mann, der an ihrer Seite eingeschlafen war, »das Kind hat geschrien. Es wird zur Welt kommen, und es will leben!« – »Sei still, du Unglückselige«, antwortete der Mann und drehte sich zur Wand, »dein Bauch ist ein Grab, er kann nichts gebären!«

Bei Tagesanbruch, als ihr Mann schon aufgestanden war, sich um die Pferde zu kümmern, kam Vitalie nieder, ganz allein hinten in der Kajüte, den Rücken in die Kissen gestützt. Es war ein Sohn, und er schrie noch lauter als in der Nacht zuvor, als er den Leib seiner Mutter durchschwamm; sein Schrei machte die Pferde wild, die an dem noch nachtumschatteten Ufer dicht aneinandergedrängt standen. Der Vater sank auf die Knie, als er den Schrei hörte, und er begann zu weinen. Siebenmal schrie das Kind, und siebenmal bäumten die Pferde sich auf, reckten die Hälse zum Himmel und warfen die Köpfe hin und her. Der Vater weinte noch immer, und siebenmal fühlte er sein Herz stehenbleiben.

Als er sich wieder erhob und in die Kajüte zurückkehrte, sah er im Halbdunkel die Gestalt seiner Frau in einem kreidigweißen Glanz leuchten, und zwischen ihren Knien lag das Kind, noch ganz überströmt von Wasser und Blut. Er trat an das Bett und strich zärtlich über das von Erschöpfung, Schmerz und Freude aufgewühlte Gesicht Vitalies. Dieses Gesicht, er kannte es kaum wieder. Es schien von sich selbst entrückt, erhoben durch die Welle von Licht, die aus den tiefsten Tiefen ihres Leibes aufgestiegen war und sich in einem Lächeln, zarter und bleicher als der Schein einer Mondsichel, aufgelöst hatte. Da nahm er seinen Sohn in seine Arme; der nackte kleine Körper hatte ein gewaltiges Gewicht. Das Gewicht der Erde und der Gnade.

Aber er fand keine Worte, weder für die Mutter noch für das Kind, als hätten die Tränen, die er zuvor vergossen hatte, alle Sprache aus ihm gewaschen. Und von diesem Tag an fand er die Sprache überhaupt nicht mehr wieder.

Vitalie bekreuzigte sich und machte hernach das gleiche Zeichen über dem ganzen Körper des Neugeborenen, um Unheil auch vom letzten Stückchen Haut ihres Sohnes fernzuhalten. Sie besann sich der Zeremonie der Schiffstaufe, bei der ein Priester in weißem Chorhemd und goldener Stola das neue Schiff bis in seine letzten Winkel mit Weihwasser besprengte, damit der Tod keine Gewalt über es bekäme, wenn das Meer eines Tages gegen das Schiff aufbegehren würde. Aber während sie an diese Feste zurückdachte, die auf dem steinigen Ufer ihres Heimatdorfes begangen wurden, glitt sie sanft in ihre Erinnerung, die sie einschläferte, und ihre Hand fiel zurück, bevor sie ein letztes Zeichen auf der Stirn des Kindes hatte vollenden können.

So nahm sich der Letztgeborene der Péniels sein Teil Leben, wofür er im Austausch den Namen Théodore-Faustin erhielt.

Das Kind schien im übrigen mehr als nur sein Teil genommen zu haben, so als vereinte es in sich die gesamte seinen Brüdern geraubte Kraft, und es wuchs mit der Energie eines jungen Baums.

Von Anbeginn wurde es zum Flußschiffer, wie alle seine väterlichen Vorfahren; es verbrachte seine Tage auf dem Lastkahn und an den Ufern zwischen dem lichten Lächeln seiner Mutter und dem unbezwingbaren Schweigen seines Vaters. Dieses Schweigen war geprägt von einer so tiefen Ruhe und einer solchen Milde, daß das Kind an seiner Seite sprechen lernte, wie man singen lernt. Seine Stimme wechselte die Tonart auf dem Hintergrund dieses Schweigens, sie bekam einen dunklen und zugleich lebhaften Klang und kräuselte sich wie die Wellen des Wassers. Es schien immer so, als wollte sie verstummen, sich im Raunen des eigenen Atems verlieren, und hatte doch einen seltsamen Nachklang. Am Ende seiner Rede perlten die letzten Worte noch einige Augenblicke nach, wie ein kaum wahrnehmbares Echo, das siebenmal unmerklich in der Stille schwang.

Das Kind spielte gern auf dem Vorschiff, dort saß es und blickte aufs Wasser, dessen Licht- und Schattenreflexe es genauer kannte als irgend etwas sonst. Es faltete Papiervögel, die es in kräftigen Farben bemalte und dann in die Luft schleuderte, wo sie einen Augenblick lang kreisten, bevor sie aufs Wasser zurückfielen, wo ihre Flügel einknickten und die Farben sich in rosigen, blauen, grünen und orangefarbenen Rinnsalen verloren. Auch kleine Lastkähne schnitzte das Kind aus Rinden und Zweigen, die es am Ufer aufgelesen hatte; es pflanzte einen Mast darauf, an den es ein Taschentuch knüpfte, und setzte seine Boote schließlich auf dem Strom aus, die leeren Laderäume mit der Last all seiner Träume gefüllt.

Vitalie wurde nie wieder mit einem Kind schwanger. Allnächtlich umschlang ihr Mann sie und vereinigte sich mit ihr, geblendet vom Weiß ihres Leibes, der ganz Lächeln und Hingabe geworden war. Er versank in ihr in einen Schlaf, der ohne Traum und Gedanken und tief wie das Vergessen war. Und immer überraschte die Morgendämmerung ihn noch vom Leib seiner Frau umfangen, so als werde er aufs neue zur Welt gebracht. Seit der Geburt ihres Sohnes waren ihre Brüste stets schwer von einer Milch, die nach Quitten und Vanille schmeckte, und an dieser Milch stillte er seinen Durst.

Der Vater blieb weiter am Ruder, und Théodore-Faustin, sein Sohn, kümmerte sich um die Pferde. Da war Robe-de-Suif, die große schwarze Stute, die beim Laufen den Kopf immerfort hin und her wiegte, und zwei rostfarbene Pferde mit Namen Reuzele-Borgne und Reuze-Glouton. Lange vor Tagesanbruch ging Théodore-Faustin sie füttern und geleitete sie dann bis zum Abend entlang des Treidelweges. Bei den Aufenthalten an Schleusen und Ladeplätzen wagte er sich ein wenig unter die Landbewohner, die Schleusenwärter, Kaffeestubenbesitzer und Händler; aber niemals mischte er sich unter sie, eine unerklärliche Scheu, die er allen Kreaturen gegenüber empfand, hielt ihn immer zurück. Er hatte nicht den Mut, mit ihnen zu sprechen, denn die Menschen, die seine Stimme hörten, wunderten sich über deren sonderbare Melodie, und um sich ihrer vage empfundenen Verwirrung zu erwehren, verspotteten sie ihn. Während der Rast blieb er bei seinen Tieren, deren schwere Köpfe, wie auch die von seidigen Lidern bedeckten Augen, er gerne liebkoste. Ihre gewaltigen Augäpfel, die einer Nichtigkeit wegen zusammenschrecken konnten, sahen ihn mit einem Blick an, der unvergleichlich sanftmütiger war als der all jener Landbewohner, die seinen Weg gekreuzt hatten – ausgenommen der Blick seines Vaters und das Lächeln seiner Mutter. Diese Augen hatten die Mattheit von Metall und von Milchglas, sie waren durchscheinend und undurchsichtig zugleich. Sein eigener Blick konnte tief darin eintauchen, vermochte aber nichts genau zu unterscheiden; er verlor sich in den Ablagerungen von gebrochenem Licht, lehmigem Wasser und rauchigem Wind, die sich dort wie goldbrauner Schlick angesammelt hatten. Für ihn war hier die verborgene Seite der Welt, jenes Stück Geheimnis des Lebens, das mit dem Tode zusammenfließt, und der Ort Gottes – ein Hafen von Schönheit, Ruhe und Glück.

Sein Vater starb am Ruder der neuen Schute, die er einige Monate zuvor gekauft hatte. Es war dies das erste Boot, das er nicht mehr mietete, sondern dessen Eigner er war. Und er selbst hatte den Namen ausgesucht, der in großen Lettern auf dem Bug geschrieben stand: »A la Grâce de Dieu« – Unter der Gnade Gottes.

Der Tod fuhr schlagartig in sein Herz, ohne Ankündigung, lautlos. Und es geschah so unauffällig, daß er nicht einmal zusammenschreckte. Er blieb aufrecht stehen, der Schelde zugewandt, die Hand am Ruder und mit weit geöffneten Augen. Théodore-Faustin, der auf dem Treidelweg daneben die Pferde führte, merkte nichts. Wohl war da diese sonderbare Bewegung der drei Tiere, die einen Augenblick lang gemeinsam stehenblieben und den Kopf nach ihrem Herrn umwandten, doch Théodore-Faustin, als er in die von ihnen angezeigte Richtung blickte, sah nichts Außergewöhnliches. Sein Vater stand wie üblich gerade und aufmerksam am Ruder. Aber Vitalie bemerkte es; sie war auf dem Hinterschiff damit beschäftigt, Wäsche, die in einem großen Bottich weichte, auszuwringen. Ihr Körper schlug Alarm. Eisige Kälte durchfuhr sie plötzlich und drang ihr bis ins Mark. Ihre Brüste versteinerten. Sie richtete sich auf und rannte Hals über Kopf zum Vorschiff, wobei sie sich wie eine Blinde an allem stieß, was auf ihrem Wege lag. Ihre Brüste schmerzten, sie war außer Atem und unfähig, den Namen ihres Mannes zu rufen. Endlich war sie bei ihm angelangt, aber jäh hielt sie in ihrer Bewegung inne, als sie ihm eine Hand auf die Schulter legte. Blitzartig sah sie die Gestalt des reglosen Mannes bei der Berührung ihrer Hand aufleuchten in wunderbarer Durchsichtigkeit, durch die sie, wie durch ein hohes Fenster, ihren Sohn erblickte, der ein Stück weiter auf dem Treidelweg langsamen, gleichförmigen Schritts die Pferde führte. Dann wurde es dunkel, und der Körper des Mannes nahm die aschgraue Farbe der Finsternis an. Mit einem dumpfen Geräusch sackte er in sich zusammen und landete fallend in den Armen Vitalies. Er schien ihr schwer vom Gewicht all jener Nächte, in denen er sich auf sie gelegt, sie umfangen und sich mit all seinen Gliedern an sie gekettet hatte. Gewicht eines ganzen Lebens, einer großen Begierde, einer großen Liebe, das plötzlich als leblose, kalte Materie auf sie fiel. Sie wurde von seinem Sturz mitgerissen und brach unter ihm zusammen. Sie wollte ihrem Sohn ein Zeichen geben, aber die Tränen hinderten sie bereits am Rufen. Weiße Tränen, die nach Quitten und Vanille schmeckten.

Als Théodore-Faustin auf den Lastkahn eilte, fand er die Leiber seiner Eltern auf dem Deck wie in einem schweigenden, erbitterten Kampf ineinander verschlungen und von Milch überströmt. Er trennte die beiden erschreckend schweren Körper und bettete sie Seite an Seite. »Mutter«, sagte er schließlich, »du mußt wieder aufstehen, bleib nicht so liegen wie der Vater.« Vitalie gehorchte der Stimme ihres Sohnes und ließ ihn den Leichnam in die Kajüte schaffen, wo er ihn auf das Bett legte. Schließlich kam auch sie in die Kajüte und schloß sich dort eine Zeitlang ein, um den Verstorbenen zu waschen. Es war die Milch ihrer Tränen, worin sie ihn wusch, dann kleidete sie ihn an, faltete ihm die Hände über der Brust, zündete rund um das Bett vier Kerzen an und rief ihren Sohn.

Als er den Raum betrat, dessen Fenster die Mutter verhängt hatte, schlug Théodore-Faustin augenblicklich ein beinahe ekelhaft süßlicher Geruch entgegen, der das Halbdunkel erfüllte. In der dumpfen Atmosphäre stiegen Schwaden auf, die stark nach sauren Quitten und Vanille rochen. Der Geruch verwirrte Théodore-Faustin, er spürte ihn in seinem eigenen Fleisch und in der Höhlung seines Mundes. Und dieser unbekannte und zugleich so vertraute Geschmack erschreckte ihn ebenso, wie er ihn entzückte, und ließ dunkle Sehnsüchte in ihm aufsteigen. Er wollte seine Mutter rufen, doch sein Ruf erstickte in der Flut milchigen Speichels, die plötzlich seinen Mund füllte. Vitalie saß kerzengerade auf ihrem Stuhl neben dem Bett, die Hände flach auf den zusammengepreßten Knien. Ihre Brust bewegte sich nicht, obgleich ihr Atem ein sonderbar rauhes, ruckartiges Zischen hören ließ. Ihr Gesicht tauchte im flackernden Lichtschein der Kerzen immer nur für einen Augenblick und in wechselnd beleuchteten Partien aus der Dunkelheit auf. Dieses bruchstückhafte Gesicht schien weniger aus Fleisch und Blut zu bestehen, als aus einem bewegten Spiel zerschnittener und wieder zusammengesetzter Papierstücke hervorzugehen, und mit einemmal rief es in Théodore-Faustin die Erinnerung an die Papiervögel wach, die er als Kind gefaltet hatte, um sie aufs Wasser zu schleudern. Doch dieser Vogel hier kannte weder Flug noch Sturz, und er hatte keinerlei Farbe; er ruhte starr an der Grenze zur Abwesenheit.

Schließlich trat Théodore-Faustin an das Bett und beugte sich über seinen Vater, um ihm die Stirn zu küssen; als er sich aber herabneigte, ließen die halbgeöffneten Augen des Hingestreckten ihn innehalten. Mehr denn je glich der Blick seines Vaters dem der Pferde – der Schein der Flammen drang tief ins Bernsteinbraun der Iris, strahlte aber nicht zurück, sondern wurde dort Licht. Versteinertes Licht, Schichtung des Wassers, Aschewind, bewegungslos. Und die Perspektive, die dieser feine Spalt in einem Blick ahnen ließ, zog sich unendlich weit hinauf ins Unsichtbare und Rätselhafte. Wohnte hier Gott, in diesen Abgründen aus Sanftmut, Schweigen und Abwesenheit? Théodore-Faustin küßte das Gesicht seines Vaters dreimal auf die Lider und auf die Lippen, und viermal berührte er seine Schultern und seine Hände. Dann kniete er neben seiner Mutter nieder, legte die Stirn auf ihre Knie und weinte in die Falten ihres Rockes.

Von diesem Tag an übernahm Théodore-Faustin den Platz seines Vaters am Ruder des Schleppkahns, und Vitalie an Stelle ihres Sohnes führte die Pferde. Doch um ihre Fütterung und Pflege kümmerte weiterhin er sich allein, und stets suchte er in ihrem Blick den Widerschein vom Blick seines Vaters.

Fünfzehn Jahre war er gerade alt, und schon war ihm die Last zugefallen, das Kommando an Bord der schweren Schute »A la Grâce de Dieu« zu führen, die mit Laderäumen voller Kohle unbeirrbar die Schelde entlangglitt. Aber sie war nicht nur sein Boot – sie blieb das Boot des Vaters. Sie war sogar des Vaters zweiter Leib – riesiger posthumer Leib, die Flanken gefüllt mit schwarzem Gestein, das den Erdschlünden entrissen war gleich Ablagerungen tausendjähriger Träume. Und diese Traumblöcke lieferte er für die Feuerstellen der Landbewohner, jener Fremden, die dort drüben eingeschlossen in ihren Häusern aus Stein lebten.

Noch konnte er nicht Herr an Bord sein, er war nur ein Fährmann, der über das unentwegte Treideln eines unwirklich gewordenen Leibes wachte, knapp überm Wasser, dicht unterm Himmel, in nächster Nähe zum Land – unter der furchtbaren Gnade Gottes.

So vergingen die Tage, die Monate und die Jahre. Eines Abends sagte Vitalie bei Tisch zu ihrem Sohn, ohne ihn dabei anzublikken: »Hast du eigentlich noch nie ans Heiraten gedacht? Es ist an der Zeit für dich, dir eine Frau zu nehmen und eine eigene Familie zu gründen. Ich werde alt, und bald werde ich zu nichts mehr taugen.« Der Sohn antwortete nicht, aber die Mutter wußte dennoch, was er dachte. Sie hatte seit einiger Zeit an ihm eine neuartige Unruhe bemerkt und ihn im Schlaf den Namen einer Frau murmeln hören.

Diese Frau war ihr bekannt, es war die Älteste der elf Schifferstöchter von der »Saint-André«. Sie mußte bald siebzehn sein; sie war blond und erstaunlich blaß zu allen Jahreszeiten, zartgliedrig und schlankwüchsig wie die Binsen, die entlang dem Ufer standen, aber fleißig und mit dem Gewerbe vertraut. Es hieß, sie sei verträumt und neige, anders als ihre Schwestern, sogar zur Schwermut, doch sei sie sanfter und stiller als sie alle. Das war es wohl auch, weshalb dieses Mädchen das unergründliche Herz ihres Sohnes zu rühren vermocht hatte. Und Vitalie war überzeugt, daß sein Gefühl vollauf geteilt würde.

Was sie hingegen nicht ahnen konnte, war das Ausmaß, das dieses Gefühl in dem so lange verödeten Herzen ihres Sohnes angenommen hatte. Von einer zufälligen Begegnung zur anderen an den Schleusen und verschiedenen Liegeplätzen hatte Théodore-Faustin sich von dem Bilde des jungen Mädchens zunächst überraschen, dann bezaubern und schließlich bis zu Wonne und Schmerz peinigen lassen. Dieses Bild hatte sich ihm so tief eingeprägt, daß es wie in seinen Blick eingraviert schien, und er konnte die Augen weder öffnen noch schließen, ohne daß er es durch alle Dinge hindurch und selbst durch die Finsternis wahrnahm. Das Bild war mit seinem Fleisch verschmolzen, und jede Nacht fühlte er, wie seine Haut brannte und sein ganzer Körper sich in einem unbändigen Verlangen erregte. Und er suchte nun bei seinen Pferden weniger das Rätsel ihrer Augen zu ergründen, als vielmehr seinen liebeskranken Kopf an ihren heißen, blutpulsenden Hälsen zu reiben.

»Weißt du«, fuhr Vitalie nach kurzem Schweigen fort, »ich kenne die Frau, die du gern heiraten würdest. Mir gefällt sie auch, und es würde mich freuen, wenn sie mit uns zusammen lebte. Warum gehst du nicht und hältst um sie an?« Théodore-Faustin preßte das Glas in seiner Hand so fest, daß es zerbrach und er sich die Handfläche daran verletzte. Als seine Mutter sah, wie das Blut auf das Holz des Tisches tropfte, stand sie auf und trat zu ihm. »Du hast dich geschnitten, deine Hand muß verbunden werden«, sagte sie; er wehrte sie jedoch sanft ab. »Laß nur«, antwortete er, »es ist nicht schlimm. Ich wünsche nur, daß du den Namen dieser Frau bis zu dem Tage nicht aussprichst, an dem sie endlich mein sein wird.« Seine eigene Überraschung über das eben verkündete Verbot war größer als die Vitalies, die gelassen beistimmte. »Schon gut«, sagte sie, »ich werde ihren Namen nicht aussprechen, solange sie nicht zur Familie gehört.«

Théodore-Faustin machte seinen Heiratsantrag einige Wochen später, als sein stromabwärts treibender Kahn der »Saint-André« begegnete, die die Schelde heraufkam. Kaum hatte er das Schiff von weitem erspäht, verließ er das Ruder, stürzte in die Kajüte, streifte hastig sein Sonntagshemd über, bekreuzigte sich siebenmal, bevor er die Tür wieder öffnete, und wartete, daß die »Saint-André« die Seiten seines Bootes streifte. Sobald die beiden Kähne auf gleicher Höhe waren, sprang er über Bord auf das Deck der »Saint-André« und trat geradewegs auf den alten Orflamme zu, der am Ruder stand, im Mund eine kurze schwarze Pfeife wie ein Entenschnabel. »Nicolas Orflamme«, sagte Théodore-Faustin ohne weitere Vorrede, »ich bitte Sie um die Hand Ihrer Tochter.« – »Um welche geht's denn?« entgegnete der Alte und kniff dabei die Augen fest zusammen, »ich habe nämlich elf!« – »Um Ihre älteste Tochter«, antwortete er. Der Alte schien einen Augenblick nachzudenken und bemerkte dann lediglich: »So ist es recht. Vorn ist der Anfang.« Dann hüllte er sich wieder in den Qualm seiner Pfeife, als sei nichts geschehen. »Nun?« erkundigte sich Théodore-Faustin, »sind Sie einverstanden?« – »Sie wird mir nämlich fehlen, meine Erstgeborene«, seufzte der alte Orflamme nach einem Augenblick des Nachdenkens. »Wenn sie vielleicht die Scheueste und die Verträumteste meiner Töchter ist, so ist sie doch auch die Zärtlichste. Ach ja, sie wird mir fehlen...« Die »Saint-André« glitt weiter übers Wasser, auf dem die helle Märzensonne malvenfarbene und silbrige Lichtreflexe entzündete, und entfernte sich dabei langsam von der »Grâce de Dieu«, die ihre Fahrt in entgegengesetzter Richtung fortsetzte. »Sie haben mir noch nicht geantwortet«, bemerkte Théodore-Faustin, der drei Schritt entfernt von Nicolas Orflamme wie angewurzelt stand. »Es ist ja auch nicht meine Sache, Antwort zu geben«, sagte der andere. »Geh sie doch selbst fragen.«

Sie war schon da. Er hatte sie nicht kommen hören. Er nahm sie erst wahr, als er sich umwandte. Sie schien noch abwesender als sonst, während sie ihren ruhigen Blick fest auf ihn richtete. Er senkte den Kopf, denn er wußte nicht mehr, was er sagen sollte, und seine Augen vertieften sich in das strahlende Weiß seines eigenen Hemdes. Mit seinen Händen, die schrecklich schwer an seinen steifen Armen hingen, wußte er nichts anzufangen. Traurig baumelten sie im Leeren, wie totes Geflügel an den Hacktischen der Metzger, und er erschrak beinahe über sie. Seine Augen glitten über die Planken des Decks. Er starrte auf die Füße des jungen Mädchens. Sie waren nackt und von feinem Kohlenstaub ganz überzogen, auf dem das Licht blaßviolette Flammenmuster glitzern ließ. Ein heftiges Verlangen nach diesen schmalen, glitzernden Füßen packte ihn. Er ballte die Fäuste und ließ nun seinen Blick über das dunkle Kleid wandern, das von einer Schürze gegürtet war, deren winzige Karos den Leib des jungen Mädchens mit einem schwindelerregenden Würfellabyrinth überzogen. Er wanderte weiter nach oben, bis zu den Schultern, wo seine Augen endlich verharrten, außerstande, den Anblick ihres Gesichts zu ertragen. »Helfen Sie mir…«, murmelte er endlich beinahe flehend. »Ich bin da«, antwortete sie schlicht. Darauf hob er den Kopf und wagte ihr ins Gesicht zu blicken. Aber wieder fehlten ihm die Worte; langsam hob er die eiskalten Hände zu ihrem Gesicht und strich ihr leicht übers Haar. Sie lächelte mit einer solchen Sanftmut, daß es ihn ganz durcheinanderbrachte. Der Vater, der ihnen noch immer den Rücken zuwandte, rief plötzlich aus: »Reichlich stumm, dein Heiratsantrag! Hat es dir vielleicht die Sprache verschlagen, du langer

Lulatsch? Wie soll sie dir denn Antwort geben, wenn du den Mund nicht aufmachst, he, Holzkopf?« – »Ich kann ihm trotzdem Antwort geben«, sagte das Mädchen. »Und meine Antwort lautet: ja.« Dieses »Ja« dröhnte in dem schwindelnden Kopf Théodore-Faustins lauter als das Festtagsgeläut eines Glockenspiels. Er nahm ihre Hände und umschloß sie fest mit den seinen. »Und dein Boot, du Taugenichts«, meinte Nicolas Orflamme, »sieh nur, wie es herrenlos den Fluß hinunterfährt!« Théodore-Faustin wandte sich zu ihm um. »Kann schon sein, aber der Herr, der zurückkommen wird, ist der glücklichste Mann dieser Erde!« rief er aus. Und er sprang über Bord ans Ufer, ohne auch nur zu grüßen, und rannte so schnell seinem verlassenen Kahn hinterher, daß er ganz außer Atem geriet. Als Vitalie ihren Sohn kommen sah, mit glühendem Gesicht und funkelnden Augen, fragte sie ihn lächelnd: »Nun, darf man ihn jetzt sagen, den Namen deiner Geliebten?« – »Man darf ihn sagen, und man darf ihn schreien!« antwortete Théodore-Faustin atemlos.

3

Die Trauung fand Mitte Juni statt. Es war ein schlichtes Hochzeitsfest, das in einem Gasthof an den Ufern der Schelde oberhalb von Cambrai gefeiert wurde. Noémie trug ein elfenbeinfarbenes Kleid, das eine Klöppelspitze an Kragen und Bündchen schmückte; an ihren Gürtel hatte sie eine Rose aus Tüll geheftet, deren Inneres silberne Perlen zierten. In der Hand hielt sie einen großen Strauß von elf Stielen Wollgras, das ihre Schwestern für sie gepflückt hatten. Théodore-Faustin hatte seinen Pferden weiße Florbänder in den Schweif geflochten und den Mast seines Lastkahns wie einen Maibaum dekoriert. Gegen Mittag begann es zu regnen, aber der Regen verscheuchte die Sonne nicht. Er tänzelte im Licht in glitzernden Tropfen, die die Farbe geschmolzenen Bernsteins hatten. Nicolas Orflamme erhob sein Glas auf die Gesundheit des Brautpaares und rief fröhlich aus: »Sonne und Regen. Aber da heiratet ja des Teufels Töchterlein!«

Noémie trennte sich an diesem Tag von dem Namen Orflamme, um den Namen Péniel anzunehmen, sie verließ ihren Vater und ihre Mutter und ihre zehn Schwestern und ihre Kindheit, um die Gattin Théodore-Faustins zu werden. Sie fühlte sich leicht, unendlich leicht, auch wenn ihre unbezwingbare Schwermut sie weiterhin vage quälte. Was ihr an dem Mann gefiel, den sie zum Gatten gewählt hatte, hätte sie nicht zu sagen vermocht. Sie wußte nur, daß ein Leben fern von ihm sie sicher um den Verstand bringen würde.

Lange betrachtete Vitalie ihre Schwiegertochter, die ihrem Sohn zur Seite saß, voll heimlichen Glücks, in das Verwunderung und Dankbarkeit sich mischten. Endlich war nun die Tochter zu ihr gekommen, die sie niemals haben durfte, und diese hier, dachte sie bei sich, war zu rein, als daß der Fluch sie treffen könnte, den sie selbst hatte erleiden müssen, als sie so viele tote Söhne gebar. Aber zum ersten Mal begriff sie auch die kalte Dürre ihrer Witweneinsamkeit, und ihr schon alter Körper erbebte, weil sie sich von nun an ausgeschlossen wußte von der heftigen Zeit der Liebe. Sie dachte an jene vergangenen Nächte zurück, die in ihrer Erinnerung so lebendig und ihrem Fleisch noch so gegenwärtig waren, in denen ihr vom Körper des Mannes überwältigter Leib unter den Laken weißlich schimmerte wie ein großer Milchsee, der nach Quitten und Vanille roch.

Théodore-Faustin dachte an nichts. Er saß fest an Noémie geschmiegt und suchte den Gleichklang mit ihrem Herzen zu finden, das er kaum merklich an seiner Seite schlagen fühlte. Hinter dem Stimmenlärm, dem Lachen und dem Gesang der Gäste hörte er von den Ufern der Schelde im lauen Abend das helle Pfeifen der Schwarzhalstaucher und die fremdartig gellenden Schreie der gefleckten Rohrdommeln aufsteigen. Und zum ersten Mal begriff er, wie sehr die Sprachlosigkeit seines Vaters ihn selbst getroffen und auch seine Stimme zu einer von Schweigen zitternden Klage hatte werden lassen. Er dachte an jene vergangene Zeit zurück, als er mit den Pferden die Treidelwege entlangschritt, unter dem Blick dieses Vaters, der niemals mit ihm sprach. Und da begann sein eigentlich vor Verlangen jauchzender Körper dennoch einen Augenblick in einem Gefühl der Verlassenheit zu beben, während er das entfernte Singen der am Ufer nistenden Vögel vernahm, als hätte sein Vater durch sie seine Abwesenheit kundgetan. Er faßte heftig nach Noémies Hand und drückte sie so fest, daß er ihr beinahe weh tat. Sie senkte die Augen, aber als sie den Kopf wieder hob, erhellte ein Lächeln voller Ruhe und Vertrauen ihr Gesicht. Und er vergaß sofort seinen Schmerz und fand beides wieder: seine männliche Kraft und eine kindliche Glückseligkeit.

Zu Beginn des folgenden Frühlings schenkte Noémie einem Sohn das Leben. Er wurde Honoré-Firmin genannt und ließ sich mit einer strahlenden Unbekümmertheit an Bord der »Grâce de Dieu« nieder. Er war ein ruhiges und fröhliches Kind, das weder Zorn noch Kummer zu kennen schien. Alles war ihm Glück und Freude; er lernte das Singen noch vor dem Sprechen und das Tanzen vor dem Laufen. Er lebte mit solchem Ungestüm, daß die Menschen um ihn die Tage vergehen fühlten wie ebenso viele Verheißungen der Freude, die sich jeden Abend erfüllten. Nach ihm kam ein kleines Mädchen, der man den Namen Herminie-Victoire gab. Sie hatte die Sanftmut ihrer Mutter, der sie übrigens in allem ähnlich war, aber ihr Bruder wußte sie von ihren Kümmernissen und ihren Ängsten immer abzulenken. Und beide liebten sie die versponnenen Geschichten, die Vitalie ihnen abends vorm Einschlafen erzählte. Da gab es die Geschichten von Jean-l'Ourson, Sohn des Gay-le-Gaylon, der in die Wälder ausgezogen war, die drei Töchter des Königs zu befreien, welche der schreckliche Petit-Père-Bidoux gefangenhielt, und die Geschichte von Jean Hullos, genannt das Murmeltier, der in den geheimsten Tiefen der Erde den brennenden Stein entdeckte, und das Mißgeschick der schönen Emergaert, der Gefangenen des grausamen Phinaert, und schließlich noch die tausendundein Abenteuer Till Eulenspiegels und seiner bettelarmen Gefährten... Wenn Vitalie diese von Feen, Menschenfressern, Teufeln und Riesen, Wasser- und Waldgeistern bevölkerten Legenden erzählte, sahen die beiden Kinder, wie das Gesicht ihrer Großmutter, die an ihrem Lager saß, auf dem sie sich zusammengekuschelt hatten, plötzlich einen matten, kreidigen Lichtschein verbreitete. Und da erschien ihnen auch ihre Ahnin wie mit seltsamen und furchterregenden Kräften begabt – eine unsterbliche alte Frau, die heraufgekommen war von den Mündungen der Schelde.

Sie erzählte ihnen mitunter auch Geschichten von Fischern, die auf brennenden Schiffen auf hoher See umkamen, von anderen, die in ihren Netzen märchenhafte Fische fingen, welche mit Frauenstimme sangen, Sagen von Ertrunkenen, die vom Meeresgrund zurückkehrten, um die Lebenden zu besuchen und den Gerechten Sonnenperlen und Ringe aus Mond- und Sternenstaub zu bringen, über die Bösen aber gräßliche Verwünschungen auszustoßen. Alle diese Geschichten hallten noch lange in ihrem Schlaf wider und trugen ihre Träume in Wirbeln närrischer Bilder davon, und beim Erwachen schien die Welt ihnen wie ein Geheimnis, das ihre Herzen ebensosehr bezauberte, wie es sie mit Furcht erfüllte. Herminie-Victoire war froh, ein Kind des Süßwassers zu sein und nicht unter jenen unergründlichen Landbewohnern zu leben, die ständig im Kampf mit irgendeinem grausamen und mißgünstigen Dämon oder Riesen lagen, oder unter jenen anderen, noch weit wilderen Menschen von den Meeresufern. Zwei Geschichten jedoch erschütterten sie vor allen anderen, jene vom großen Halevyn, der mit herrlicher Stimme singend ausritt durch einen mondbeschienenen Wald, vorbei an den feingliedrigen Körpern langhaariger Jungfrauen, die an den Ästen der Bäume hingen, und jene vom jungen Kinkamor, der diese Welt und noch weitere Welten durchwanderte, um dem Tod zu entfliehen, welcher ihm jedoch Schritt auf Schritt folgte und in diesem Wettlauf Tausende von Schuhen ablief. Sie beschloß, daß sie nicht wachsen wollte. Auf diese Weise, sagte sie sich, werde ich immer unbemerkt durchkommen. Ich bleibe klein und werde sogar noch immer kleiner werden. So winzig und unauffällig, daß selbst der Tod mich niemals finden kann, wie viele Schuhe er auch anziehen mag, um mir nachzustellen. Und kein einziger böser Freier wird mich finden können. Ich werde mich auch überhaupt nicht von der Stelle rühren. Ich werde den Kahn niemals verlassen. Der Tod wird mich niemals holen, wenn nicht einmal das Leben weiß, daß es mich gibt. Und sie schloß sich in ihre Kindheit ein wie in eine Kastanienschale der Ewigkeit und des Unsichtbaren.

Honoré-Firmin dagegen brannte vor Verlangen, die Bretter dieses schwimmenden Theaters, auf dem nichts sich ereignete, zu verlassen, um in der Welt umherzustreifen und die Meere zu durchpflügen. Er wollte all diese Städte erkunden, die sich steinern in den Himmel reckten, mit ihren von Menschen wimmelnden Straßen, er wollte jene Wälder durchstreifen, in denen reißende Tiere und verderbenbringende Menschenfresser herumspukten, die er nicht fürchtete. Der so träge Lauf der Kanäle und Flüsse im flachen Land langweilte ihn; er träumte von Reisen auf riesigen Schiffen, deren Bäuche nicht mehr mit finsterer Kohle vollgestopft waren, sondern mit Gewürzen, Früchten, leuchtenden Stoffen, Waffen und Gold – und auch mit Sklaven. Er sah sich in Häfen einlaufen, dröhnend vom Lärmen der Menschen, vom Tuten der Schiffssirenen und dem Gekreisch der Vögel im Rot des Sonnenuntergangs. Und wie Jan der Große Glockenspieler war er bereit, seine Seele dem Teufel zu verkaufen, um seine Wünsche herrliche Wirklichkeit werden zu lassen.

4

Aber der Teufel hatte Kinderseelen gar nicht nötig, die sich nach Abenteuern sehnten; die Menschen hatten soeben ihren eigenen Hexensabbat eröffnet zu Ehren von Göttern ohne Gesicht noch Namen, die jedoch mit schrecklichen Mündern und furchtlosen Leibern ausgestattet waren. Hohl klang es in den Bäuchen dieser Götter, und unter Trommelwirbel und Hörnerblasen begann plötzlich der Hunger in ihrem Innern zu grollen. So kam es, daß Théodore-Faustin aufgefordert wurde, sein allzu stilles Boot zu verlassen und sich an der kaiserlichen Tafelrunde zu beteiligen. Seinerzeit, als er ins wehrfähige Alter kam, war ihm das unerhörte Glück zuteil geworden, das gute Los zu ziehen. Doch hatte er, obschon so arm, die Ungeheuerlichkeit dieser Gunst des Schicksals nicht einmal ermessen, so groß war jenes andere Glück, das ihn damals erfüllte. Er hatte sich einfach gesagt, gerade die Kraft seiner Liebe habe ihn geschützt. Und er hatte sich dem Zauber dieser Liebe mit ebensoviel Unbekümmertheit wie Zuversicht überlassen. Doch mit einem Schlag war es aus mit dieser Glückssträhne, die er für ewig gehalten hatte – nicht etwa, weil seine Liebe an Kraft verloren hätte, durchaus nicht; das Glücksrad hatte sich einfach überdreht und wählte nun, wie es gerade kam, Einberufene und Vergessene, Liebende und solche, die nicht liebten, Glückselige und Verzweifelte aus.

Und nun war er auf dem Weg in den Krieg und hatte nicht einmal mehr Zeit gehabt, die doch unmittelbar bevorstehende Geburt seines dritten Kindes abzuwarten; vor allem aber begriff er nicht im geringsten, warum er in krapproten Kniehosen und einem Käppi mit Pompon diese Rolle spielen sollte, welche man ihm so unvermutet und unwiderruflich zugewiesen hatte.

Schon am Tage nach seinem Aufbruch legte Noémie sich ins Bett. Vitalie glaubte, ihre Schwiegertochter würde in den allernächsten Tagen, wenn nicht gar Stunden entbinden, denn sie stand kurz vor der Niederkunft. Doch weder die Stunden noch die Tage brachten der jungen Frau die Erlösung. Wochen vergingen, ohne daß sich etwas ereignete. Unerschütterlich und regungslos lag Noémie unterm Gewicht ihres riesigen Bauches. Man hörte sie den Tag und die Nacht über weinen, aber nie sah man ihre Tränen fließen; nur wenn man in ihrer Nähe war, hörte man ein schwaches und unaufhörliches inneres Rieseln. Ihr Leib schien bald schon von Leere gebläht, er hatte den hohlen Klang einer eisernen Wanne, in die Wassertropfen fallen.

Honoré-Firmin verzehnfachte seine Kräfte in Abwesenheit des Vaters, dessen Platz er nun ausfüllen mußte. Obschon erst dreizehn Jahre alt, wußte er sogleich sich Respekt zu verschaffen und sein Handwerk zu beweisen. Was Vitalie und Herminie betraf, so mußte jede auf ihre Weise ihr Alter vergessen. Die eine zwang ihren Körper erneut zu Kraft und Ausdauer, die andere konnte sich nun nicht mehr länger in die Kindheit zurückziehen. So tat die Schute »A la Grâce de Dieu« auch fortan ihren Dienst, während der Vater an der Front, dort hinten tief im Landesinnern kämpfte und die Mutter, im Halbdunkel ihrer Kajüte stromabwärts treibend, das Kind, das sie gebären sollte, mit wilder Erbitterung in ihrem Leib gefangenhielt.

Lange Zeit marschierte Théodore-Faustin, beladen mit seiner vollen Feldausrüstung und seinem Gewehr samt Bajonett, das ihm die Schulter wundscheuerte und an die Seiten schlug. Er marschierte so lange Zeit, daß ihm die Beine davon zitterten; wenn er schließlich in den Etappen kurze Pausen einlegte, war ihm, als habe das Fleisch seiner Waden und seiner Schenkel Feuer gefangen und als seien seine Knie weich und schwammig geworden. Er lief lange über festes Land, so lange, wie er es noch nie getan, kam durch Städte und über Felder, über Brücken und durch Wälder und sah das alles zum ersten Mal, mit einem dunklen Erstaunen, in das Furcht sich mischte. Es war Sommer, und es war warm, sanft wogte das reife Korn an den Wegen, und die

Wiesenraine waren übersät mit schönen Blumen in kräftigen Farben; die Erde roch gut, seine Gefährten sangen merkwürdige, schneidige Lieder, ihm aber war das Herz so schwer, daß er weder lachen noch singen und nicht einmal sprechen mochte. Er hatte den Eindruck, einen Körper mit sich herumzuschleppen, der nicht sein eigener war, und beim Appell klang sein Name so fremd, daß er ihn nie erkannte. Er dachte an die Seinen und besonders an seine Frau, die ihrem letzten Kind das Leben wohl schon geschenkt haben mochte. Gewiß war es ein Sohn, denn in letzter Zeit hatte Noémie wieder jenen Geruch von Efeu und Rinde angenommen, den ihr Körper schon einmal hatte, als sie Honoré-Firmin erwartete; während ihrer Schwangerschaft mit Herminie-Victoire hingegen war ein Geschmack von Roggen und Honig auf ihrer Haut gewesen. Diesem neuen Sohn würde er den Namen seines Vaters geben, denn er war das Kind des Wiedersehens und des Neubeginns.

Es waren vor allem die Nächte, die ihn peinigten, so sehr hatte er es über Jahre verlernt, allein zu schlafen. Noémies Körper suchte unaufhörlich seine Träume heim. Er sah ihn wachsen, über ihm kreisen, sich um ihn winden, er spürte ihn keuchen, zwischen seine Arme gleiten, aber niemals konnte er ihn umfangen, und schweißgebadet und verstört erwachte er unter diesen Hunderten fremder Männer, die um ihn lagen und die sich im Schlaf ebenfalls unruhig bewegten und stöhnten.

Es waren noch keine zwei Wochen seit seinem Aufbruch vergangen, und schon schreckte ihn die Dauer seiner Verbannung, und er fragte sich, ob sein Körper infolge der Einsamkeit schließlich, wie der seiner Mutter nach des Vaters Tod, hart und rauh werden würde wie Stein. Aber der Krieg schritt mächtig aus, und der Feind war so nahe, daß Théodore-Faustin rasch von seinen Gedanken und seinem Heimweh abkam und auf andere Gedanken stieß. Diese verdichteten sich im übrigen von Tag zu Tag mehr zu einer einzigen Empfindung, die massiv und scharfkantig war wie ein Riff aus Stahl, gegen das er unentwegt prallte. Die

Furcht vor dem Tod, seinem eigenen Tod, war soeben in ihm erwacht und ließ seine Erinnerung, seine Träume und seine Sehnsüchte zu Staub werden. Der Feind war da und zog seinen Ring immer enger um das Lager. Schon waren ringsum sämtliche Bauern geflohen, hatten ihre Höfe und Felder verlassen, um sich aufs Geratewohl tief in den Wäldern zu verbergen, auf ihren rumpelnden Karren ihre armseligen Möbel, etwas Hausrat und ein paar Wäschebündel mit sich führend und eingezwängt zwischen all dem Trödel die Kinder und die Alten. Er aber konnte nicht fliehen, er war im Zentrum der Schlacht gefangen, und seit Tagen schon lebte er in stetigem Alarm, ohne Tag und Nacht überhaupt noch unterscheiden zu können, denn Schüsse, Blut und Schreie kamen unablässig aus allen Richtungen des immer enger werdenden Horizonts und verwandelten Raum, Zeit, Himmel und Erde in einen gewaltigen Morast. Heftige Gewitter, wie sie immer nach der großen Augusthitze aufziehen, entluden sich manchmal gegen Abend mit bläulichem, grellgelb durchzucktem Leuchten, wobei sich das Prasseln des Regens mit dem der Kartätschen und der Einschlag des Blitzes mit dem Getöse der Haubitzen mischte. Die Welt geriet dann vollends aus den Fugen, und Menschen, Pferde, Bäume und Elemente stürzten in einem unentwirrbaren Knäuel in ein und dieselbe unauflösbare Katastrophe.

Wurde er aufgerufen, dann empfand Théodore-Faustin seinen Namen nicht mehr wie einen ungehörigen Laut, sondern wie ein grauenerregendes Wort der Gefahr, denn jedes Mal schien ihm, man verrate ihn an den Tod. Und blitzartig antwortete er, ohne auch nur einen Moment zu überlegen. Auf diese Weise vermied er, daß man seinen Namen ein zweites Mal nannte und der Tod aufmerksam auf ihn wurde. Schon wieder hatte man ihn gerufen. »Péniel!« Er rannte herbei, bereit, alles zu tun, um diesen unerträglichen Ruf zum Schweigen zu bringen. »Péniel«, wiederholte der andere, »du bist an der Reihe. Wasserdienst. Nimm die Feldflaschen hier und sieh zu, wie du dich durchschlägst. Komm nicht ohne volle Flaschen zurück.« Er befestigte die traubenförmig aneinandergehakten Flaschen an seinem Gurt und machte sich blechrasselnd auf eine nahezu aussichtslose Suche nach Wasser. Er war unschlüssig, wohin er sich wenden sollte. Die Schlacht im Umkreis war in vollem Gange, die Brunnen waren voll von Schlamm oder Leichen, und der Fluß verbarg sich hinter der feindlichen Linie. Er kroch lange Zeit blindlings zwischen den Leibern umher, die überall den Erdboden bedeckten, unablässig pfiffen Kugeln an ihm vorbei, aber es traf ihn keine. Das dauerte so lange, daß er das Zeitgefühl darüber gänzlich verlor. Dann plötzlich breitete sich eine geisterhafte Stille über dem Schlachtfeld aus. Er blieb stehen und hielt den Atem an, um dieses Wunder an Stille besser zu hören. Es röchelte und schrie wohl allenthalben, und er hörte sogar ein Schluchzen. Aber diese dumpfen Geräusche des Jammers und des Schmerzes unzähliger sterbender Soldaten klagten die Stille nur noch unerbittlicher an.

Das Gefühl, wohlbehalten zu sein und nicht einmal eine Schramme davongetragen zu haben, als einziger unter diesen Hunderten von Toten und Verwundeten, stürzte ihn in ein tiefes Erstaunen, ein so unbändiges Glück, daß er plötzlich in Gelächter ausbrach, ein Gelächter an der Grenze des Irrsinns. Er konnte nicht mehr aufhören. Er rollte auf den Rücken und ließ seinen ermatteten Körper wieder Kraft schöpfen in den Ausbrüchen seines wahnwitzigen Gelächters. Er lachte dem über ihm strahlenden Augusthimmel ins Gesicht, betäubt von dem Geruch, den die aufgewühlte und vom Blut der Menschen und Pferde getränkte Erde ausströmte. Mit seinem Lachen übertönte er das Schreien und das Schluchzen der Sterbenden.

War es sein Lachen, das da in gestrecktem Galopp vom Fluß herüberkam wie ein Echo? Vielleicht brachte es ihm Wasser mit, dieses Lachen hoch zu Roß? Das Geräusch des Galopps kam näher, immer näher, skandiert von einem anderen, sehr regelmäßigen Geräusch, einem scharfen Pfeifen, das jedesmal in einem stumpfen, weichen Laut erstickte. Das alles ging so überstürzt vor sich – genauso überstürzt wie sein Gelächter.

Er sah über sich den schweißglänzenden Bauch eines grauen Apfelschimmels gleiten und einen Körper mit außerordentlicher Geschmeidigkeit sich über die Flanken des Pferdes neigen. Er sah auch die Bewegung, so sicher und voller Grazie, die der Arm des Reiters beschrieb. Dieser Arm, derart lang und geschwungen, schien ihm wunderbar. Wie er die Luft durchschnitt und wie die von ihm ausgeführte Bewegung die Jugend und Lebhaftigkeit im schönen Gesicht des Reiters zur Geltung brachte! Théodore-Faustin, immer noch von Lachen geschüttelt, nahm das alles blitzartig wahr. Er bemerkte sogar, daß der Reiter lächelte – ein undeutliches, ein wenig abwesendes Lächeln, wie das eines traumversunkenen Jünglings – und daß dieses Lächeln die feinen Spitzen seines blonden Schnurrbarts aufrichtete. Er sah auch, daß das Pferd ihm jetzt den Kopf zuwandte und daß das gewaltige Rund seines Auges über ihm schwebte, aber dieses Auge war nur eine große Kugel, die mit leerem Blick sinnlos rollte. Er hörte die Luft über seinem Kopf pfeifen und fast augenblicklich dieses Pfeifen in einem stumpfen, weichen Laut verlöschen. Schon waren Pferd und Reiter verschwunden. Es war sofort alles verschwunden, sogar der Himmel war plötzlich in einem Strom von Blut untergegangen.

Théodore-Faustins Gelächter brach schlagartig ab, der anschwellende Himmel füllte ihm Augen und Mund mit Blut. Er fühlte ein Wort in seinem Mund aufsteigen, aber gleich wieder ertrinken, es war der Name seines Vaters, der Name, den er Noémie zurufen wollte, damit sie ihn ihrem Sohn gebe. Der Reiter setzte seinen Ritt in gerader Linie fort, immer noch biegsam im Sattel tänzelnd, mit weiten, unermüdlichen, von pfeifenden Geräuschen begleiteten Bewegungen.

So endete der Krieg des Soldaten Péniel nach kaum einem Monat. Nun aber ließ er sich in dem Körper seines Opfers nieder, wo er noch fast ein Jahr andauerte. So lange Zeit lag Théodore-Faustin mit geschlossenen Augen und leblosen Gliedern in einer eisernen Bettstelle im hinteren Teil eines Saales, daß er, als er endlich wieder aufstehen konnte, das Laufen erst wieder lernen mußte. Er mußte im übrigen alles neu lernen, bei seiner eigenen Person angefangen. Alles an ihm hatte sich verändert, besonders seine Stimme. Sie hatte ihren dunklen Klang und ihre so sanfte Modulation verloren. Er sprach jetzt mit einer kreischenden und schnappenden Stimme, mit abgehackter, zu starker Betonung. Er sprach mit Anstrengung und suchte beständig nach Worten, die er dann schließlich in unartikulierte, beinahe unzusammenhängende Sätze schleuderte. Er sprach vor allem mit Ungestüm und warf seinen Gesprächspartnern seine Satzscherben an den Kopf, als wären sie eine Handvoll Steine. Aber das Furchtbarste war sein Lachen, ein böses Lachen, das ihn siebenmal am Tag überkam und seinen Körper schüttelte, bis er sich bog. Es hörte sich eher wie das Quietschen einer verrosteten Walze an, als daß es einem Gelächter glich, und bei jedem dieser Anfälle verzogen sich seine Gesichtszüge zu Falten und Grimassen. Aber sein Gesicht war ohnedies, selbst im Schlaf, entstellt. Der Säbelhieb des Ulanen hatte ihm die Hälfte des Schädels zerschmettert, eine riesige Narbe lief vom Scheitel bis zum Kinn diagonal über seine Haut und teilte sein Gesicht in zwei ungleiche Hälften. Auf dem Scheitelpunkt seines Schädels hatte diese Verletzung eine sonderbare Tonsur hinterlassen, auf der man bei jedem Lachanfall die zarte Haut wie ein Stück weichen Wachses anschwellen und vibrieren sah.

Man sprach ihm Anerkennung aus und verlieh ihm sogar einen Orden. Dann ließ man ihn heimkehren. Es war Hochsommer. Wieder durchquerte er das Land, das er ein Jahr zuvor durchwandert hatte. Die Felder waren aufgewühlt, die Brücken eingestürzt, die Dörfer lagen in Schutt und Asche, die Städte waren besetzt, und überall schienen die Menschen voll Argwohn und verkrochen sich mit gehetztem Ausdruck in ihre Trauer und ihre Schmach.

Er kehrte allein zurück; von all seinen Kameraden, mit denen er aufgebrochen war, gab es keinen einzigen mehr, die meisten waren tot und die anderen schon lange zu ihren Familien heimgekehrt. Er kam allein zurück, und er kam zu spät. Doch er empfand weder Freude, noch hatte er Eile, den Heimweg anzutreten. Er war voller Gleichgültigkeit. Seine Verspätung war unwiderruflich. Von nun an war es für immer zu spät.

5

Als er sie wiederfand, grüßte er die Seinen nicht einmal. Und sie erkannten ihn nicht. Als sie ihn kommen sahen, drängten sie sich instinktiv aneinander, wortlos, von Entsetzen gepackt beim Anblick dieses Mannes mit den zuckenden Bewegungen und dem gespaltenen, nur so grob wieder zusammengeflickten Gesicht. Vitalie stand zwischen den beiden Kindern, und alle drei betrachteten schweigend diesen Unbekannten, auf den sie so sehr gewartet hatten. Herminie-Victoire begann plötzlich zu weinen. Ihr Vater starrte sie böse an, und fußstampfend schrie er: »Willst du wohl still sein, du dummes Luder!« Honoré-Firmin nahm seine Schwester in die Arme und zog sie an sich. Vitalie trat endlich auf ihren Sohn zu, wußte aber nichts zu sagen. Unbeholfen, beinahe flehend streckte sie ihm die Hände entgegen. Théodore-Faustin wandte sich ab und fragte mit kreischender und gequälter Stimme: »Noémie. Das Kind. Wo sind sie?« Vitalie wich zurück, und die beiden Kinder zuckten zusammen, weniger unter der Wirkung der gefürchteten Frage als vielmehr des gräßlichen Gebelfers wegen. Honoré-Firmin fand endlich die Kraft, zu antworten und seinem Vater gegenüberzutreten. »Sie ist dort, in der Kajüte. Sie ist nicht aufgestanden, seit du fortgegangen bist.«

Nach einem Augenblick fügte er dann hinzu: »Sie hat nicht entbunden.« Théodore-Faustin ging, ohne weitere Fragen zu stellen, zur Kajüte. Er fand Noémie reglos auf das Bett hingestreckt. Um den geblähten Bauch war ihr ganzer Körper fürchterlich abgemagert. Mit weit aufgerissenen Augen, um die große bläuliche Schatten lagen, starrte sie abwesend zur Decke. Sie strömte keinen besonderen Geruch aus, abgesehen von einem vagen Salpeterdunst. Théodore-Faustin fühlte jäh das Blut in seinen Kopf schießen, und der Schmerz, der ihn so oft befiel, wurde sofort stechend. Dann packte ihn ein grauenvolles Gelächter.

Noémie wandte langsam den Kopf in Richtung dieses Schepperns, und lange betrachtete sie mit völligem Gleichmut den Mann, der auf solche Weise lachte, bevor sie die geringste Reaktion zeigte. Was da reagierte, war übrigens mehr ihr Bauch denn ihr Gesicht. Kurz danach überkamen sie heftige Krämpfe. Aber dieser Bauch schien ohne Beziehung zu ihrem übrigen Körper; er arbeitete allein, während ihr Kopf und ihre Glieder untätig blieben, als seien sie zu schwach, um sich an der Anstrengung der Geburt zu beteiligen.

Théodore-Faustin, der seiner Frau bei ihren ersten beiden Entbindungen beigestanden hatte, rührte sich nicht, er kam ihr nicht zu Hilfe. Der Vorgang betraf ihn nicht, er ereignete sich zu nah oder zu fern von ihm, als daß er hätte eingreifen können, er blieb in einem Winkel des Raumes verborgen, ein Gefangener seines Gelächters und des Schmerzes, der seinen Kopf durchfuhr.

Nach fast zwei Jahren der Schwangerschaft und trotz des äußerst geschwächten Zustands der Mutter kam das Kind ohne Schwierigkeiten. Vitalie ganz allein kümmerte sich um die Entbindung. Sie hatte im übrigen kaum etwas zu tun, derart schnell gingen die Dinge vor sich. Doch was aus Noémies Leib hervorkam, war kein Kind mehr, sondern eine kleine Salzfigur. Das noch ganz in sich zusammengekrümmte Neugeborene war vollständig unter einer dicken Salzkruste erstarrt. Die Mutter schenkte alledem keinerlei Beachtung; sie schien nicht einmal ihre Entbindung bemerkt zu haben. Die so lange überdehnte Haut ihres Bauchs fiel mit dem Geräusch trockenen Gewebes in sich zusammen. Sie hatte weder Blut noch Wasser verloren.

Vitalie hielt, ohne zu begreifen, das sonderbare Ding von menschlicher Gestalt in ihren Händen. Sie betrachtete die Schüssel mit dem klaren Wasser und die zum Waschen und Wickeln des Kindes bereiteten Tücher wie höhnische Gegenstände. Indes begann sie, das völlig starre, kristallisierte Körperchen ganz sanft zu wiegen, und stimmte halblaut ein Wiegenlied an, das gleiche, das sie früher so oft ihren totgeborenen Söhnen gesungen hatte. Théodore-Faustin erwachte plötzlich aus seiner Benommenheit und trat aus seinem Winkel. Er ging auf Vitalie zu, riß ihr das Kind aus den Armen und schwenkte es durch die Luft. Der kleine Körper aus Salz schillerte im Licht in den Farben des Regenbogens und wurde für einen Augenblick beinahe durchsichtig. Dann schleuderte Théodore-Faustin sein Letztgeborenes heftig auf den Boden. Die Kinderstatue zerbrach auf einen Schlag in sieben Stücke Salzkristall. Vitalie fuhr fort, ihr Wiegenlied der toten Kinder zu singen, während sie auf der Kante von Noémies Bett saß, aber es war nur noch ein sehr schwaches Gesäusel. »Siehst du«, schrie Théodore-Faustin schließlich und wandte sich heftig zu ihr um, »ich wollte ihm den Namen des Vaters geben. Aber der Vater will drüben bei den Toten bleiben, in der Vergessenheit, er hat den Lebenden seinen Namen nicht zurückgeben wollen. Und er hat wohl auch recht, der Vater!«

Da Vitalie ihn nicht zu hören schien, stürzte er sich auf sie, packte sie bei den Schultern und fing an, sie zu schütteln. Dann begann er von neuem, ihr ins Gesicht zu kreischen: »Ja, er hat recht, der Vater! Und weißt du warum, sag, weißt du, warum er seinen Namen in der Vergessenheit und im Schweigen behalten will? Nun, es ist, weil er Bescheid weiß. Er weiß, daß Gott nicht existiert. Und das ist noch nicht einmal alles! Er weiß, daß Gott stumm ist und böse! Der Vater ist tot, ganz und gar tot, und auch sein Name ist tot. Deshalb muß man ihn verschweigen, sonst bringt es Unglück. Nur der Tod kennt seinen Namen, und darum hat er ihn sich zurückgeholt, kaum daß er wieder vergeben war. Und soll ich dir noch etwas sagen? Es gibt keine Gnade Gottes. Nein. Es gibt nur den Zorn Gottes. Nur den Zorn!« Dann fiel er seiner Mutter zu Füßen, und während er seinen Kopf in ihren Schoß schmiegte, begann er in die Falten ihres Rockes zu schluchzen.

Noémie wurde nicht wieder gesund, sie erlangte auch ihren Verstand nicht wieder. Sie ruhte auf ihrem Lager, von allen und von sich selbst entrückt. Vitalie fütterte sie mit einem Löffel wie ein krankes Tier, aber alle Nahrung und alle Pflege schienen bei ihr vergeblich. Bald zeigten sich seltsame schwarze, ins Violett spielende Flecken auf Noémies Haut. Die Flecken quollen auf und füllten sich mit einer grünlichen, klebrigen Flüssigkeit. Sie griffen bald auf ihren ganzen Körper über, er erblühte in goldgelben Fleischblumen, deren Kelch immer tiefer wurde und einen fauligen, alles beherrschenden Geruch ausströmte. Es schien unmöglich, die Bettlägerige noch länger an Bord zu behalten, doch Théodore-Faustin lehnte es entschieden ab, sich von ihr zu trennen, um sie in irgendein Siechenhaus an Land zu bringen. Diese Verbissenheit, die er dareinsetzte, seine Frau bei sich zu behalten und auf diese Weise allen den giftigen Geruch ihres Körpers aufzuzwingen, den der Tod lebendig verwüstete, ohne Eile, zu einem Ende zu kommen, rührte weniger aus dem Wunsch, in der Nähe jener Frau zu bleiben, die er so sehr geliebt hatte, als vielmehr aus einer unbändigen Wut. Da die Welt nichts als ein finsterer Morast war und Gott Freude zu haben schien, die Menschen darin herumwaten und leiden zu sehen, war er es sich schuldig, diese göttliche Boshaftigkeit vor allen Leuten anzuprangern und den Verwesungsgestank des Menschen überall hinzutragen.

Er war nun nicht mehr der Herr der »Grâce de Dieu«. Von jetzt an war er der Fährmann des Zorns und der Grausamkeit Gottes.

Bald brachen immer heftigere Konflikte zwischen Honoré-Firmin und seinem Vater auf, dessen Launen und Wutausbrüche und vor allem dessen Anfälle irrsinnigen Gelächters dem Sohn unerträglich waren. Es kam der Tag, an dem die beiden Männer sich schließlich prügelten. Honoré-Firmin hatte eine für sein Alter bemerkenswerte Statur und Kraft und gewann rasch die Oberhand über seinen Vater, den er zu Boden warf und schließlich am Fuß des Großmastes fesselte. Darauf trat er in die Kajüte, schob die mit der Pflege der Siechen beschäftigte Vitalie beiseite, rollte den Körper seiner Mutter in eine Decke, nahm ihn auf seine Arme und verließ das Boot.

Man erfuhr niemals, wohin Honoré-Firmin gegangen war, noch was er mit dem Körper seiner Mutter getan hatte. Er verschwand. Gewiß war er endlich ausgezogen, eine Welt zu entdecken, die weiter und abenteuerlicher war und die seinem ungestümen Lebenshunger entsprach.

Herminie-Victoire weinte lange über den Weggang des Bruders, aber sie fürchtete sich viel zu sehr vor den Landbewohnern, als daß sie gewagt hätte, ihn suchen zu gehen. Ihre Vorstellungskraft, deren einzige Nahrung die Geschichten der Großmutter und die ungewissen, an den Ufern der Kanäle aufgefangenen Gerüchte darstellten, war tief beeindruckt von der gräßlichen Metamorphose, die ihr Vater im Verlauf eines Jahres fern von den Seinen durchgemacht hatte, und sie setzte ihr so sehr zu, daß das Mädchen die Wirklichkeit nicht mehr vom seltsamsten Traum zu unterscheiden vermochte. In einer Welt, in der die Gnade Gottes sich über Nacht in erbitterten Zorn verkehren konnte, in der ein junger Frauenkörper zu verwesen begann wie altes Aas, bevor er überhaupt tot war, in der ein Vater voller Zärtlichkeit und mit dunkler, sanfter Stimme verschwand, um als brutaler, kreischender Fremder zurückzukehren – in einer solchen Welt schien ihr alles möglich, das Schlimmste zuallererst.

Dennoch war in das Leben der Péniels wieder eine gewisse Ruhe eingekehrt. Seit sein Sohn weggegangen und Noémie verschwunden war, erschien Théodore-Faustin weniger aggressiv, weniger argwöhnisch und bedrohlich. Er schenkte den beiden Frauen, die ihn umgaben, im übrigen keinerlei Beachtung und richtete fast niemals das Wort an sie, außer in Augenblicken, wo die Arbeit es erforderte. Dagegen sprach er oft mit sich selbst. Zumindest mochte man das glauben, wenn man ihn dabei überraschte, wie er den Tag über vor sich hin redete. Aber in Wahrheit wandte er sich weniger an sich selbst als an einen anderen in sich. Die Narbe, die im Zickzack über sein Gesicht verlief, schien das Gegenstück zu einer sehr viel tieferen Verwundung zu sein, die sein Wesen vom einen Ende zum anderen gespalten haben mußte, und nun war er zwei in einem. Einerseits Théodore, andererseits Faustin, ohne Bindestrich, und beide Hälften standen in einem ununterbrochenen Dialog miteinander. Dieser Dialog führte übrigens niemals zu irgendeinem Ergebnis, so sehr bewegte er sich im Absurden und Widersprüchlichen; aber er wurde regelmäßig durch ein unbändiges Gelächter unterbrochen, das die Diskussion sprengte. Und dieses Gelächter schien noch aus einem dritten Teil seiner selbst zu entspringen.

6

Es war zur Zeit der Mittagspause, an einem schönen Frühlingstag. Von den Ufern her hörte man die kurzen Pfiffe der Schilfammern aufsteigen und das Zwitschern der Zeisige, die in den Erlen nisteten. Ein Duft von zartem Gras und blühendem Buschwerk hing in der Luft. Mit dem Rücken an die Kajütentür gelehnt, seine Pfeife stopfend, betrachtete Théodore Faustin die Wiederkehr des frischen Grüns und sah, wie das Leben ein weiteres Mal von der Erde Besitz ergriff. Herminie-Victoire, die am Ufer bei den Pferden saß, flickte an einem Laken, das sie über ihre Knie gebreitet hatte. Plötzlich verschwamm das Bild des jungen Mädchens und züngelte in den Augen Théodore Faustins, den die Flamme, mit der er die Pfeife entzündete, für einen Augenblick blendete. Die Flamme erlosch, doch das Bild züngelte und tanzte weiter, versengte ihm Gesicht und Hände. Ein irrsinniger Wunsch, das junge Mädchen zu besitzen, überfiel ihn. Er straffte sich, stieg vom Lastkahn herunter und ging direkt auf Herminie-Victoire zu, ohne einen Moment die Augen von ihr zu wenden. Das Weiß des Lakens, das um sie her ausgebreitet lag, warf ein beinahe bläuliches Licht auf ihr Gesicht und ihren Hals.

Sie hatte ihren Vater nicht kommen hören, so daß sie zusammenfuhr, als sie ihn unmittelbar vor sich stehen sah. Er hielt sich sehr gerade, und er schien größer als sonst. Die Art, wie er sie unverwandt ansah, ließ sie erschauern, so intensiv und bohrend war sein Blick. Mit offenem Mund schaute sie ihn an, während ihre leicht angehobene Hand den Faden in der blinkenden Nadel ins Leere laufen ließ. Er warf seine Pfeife ins Gras, kniete sich vor seine Tochter hin, packte sie bei den Schultern, drückte ihr den Kopf nach hinten und küßte sie. Sie wollte schreien, nach Vitalie rufen, doch eine Kraft, die stärker war als ihre Angst, hielt sie zurück und brachte sie sogar dazu, sich ohne weiteren Widerstand der Begierde ihres Vaters hinzugeben. Er hatte das Laken über sie beide geworfen, und in jenem milchigen Schatten, der sie an den feuchten Boden preßte, bemächtigte er sich seiner Tochter. Je mehr sie sich der Umarmungen ihres Vaters erwehren wollte, desto mehr lieferte sie sich ihnen mit einer dunklen Lust aus, die sie erschreckte und zugleich entzückte.

Sie blieb, in das Laken gehüllt, noch lange im Gras liegen, nachdem Théodore Faustin gegangen war. Sie spürte eine eigenartige Leere in sich, und diese Leere war für sie seltsam süß – sie hatte ihre Angst verloren. Vitalie war es, die ihr aufhalf. Nach ihrer Mittagsruhe war sie aus der Kajüte getreten, hatte das junge Mädchen im Gras liegen sehen, in das mit Erde und Blut beschmierte Laken gewickelt, und war sofort herbeigeeilt. »Herminie, meine Kleine, was hast du? Bist du verletzt?« Mit einem Schlag war Herminie auf den Beinen, wie ein Spielzeugteufel, der aus seinem Kästchen schnellt, und indem sie ihre Großmutter vergnügt ansah, warf sie ihr hin: »Nein, aber ich bin die Frau meines Vaters geworden.« Vitalie verblüffte diese Antwort und der unverschämte Ton, den Herminie ihr gegenüber anschlug, derart, daß sie zunächst wie vor den Kopf gestoßen war. Dann begann sie von neuem: »Aber, aber, was erzählst du denn da? Was soll das heißen?...« – »Das geht dich nichts an«, entgegnete das Mädchen, raffte das Laken zu einer Kugel zusammen und lief mit schnellen Schritten zum Kahn zurück. »Was für ein Unglück! Was für ein schreckliches Unglück...«, konnte Vitalie nur noch stöhnen.

Von diesem Tag an betrachtete Herminie-Victoire sich wirklich als die Frau ihres Vaters und legte sich jede Nacht zu ihm. In einer dieser Nächte empfing sie ein Kind, und sie trug es voller Stolz und Freude. Sie fühlte sich mit einemmal so kräftig, so ganz und gar lebendig. Théodore Faustin hingegen nahm das Ergebnis seiner Vereinigungen mit der Tochter vollkommen gleichgültig auf. Nur Vitalie war beunruhigt; sie fürchtete die Frucht solch schändlicher Leidenschaften.

In einer Winternacht kam Herminie-Victoire nieder. Draußen fror es Stein und Bein, es war, als habe die Kälte den Himmel zu Glas erstarren lassen, einem endlosen schwarzen Glas, das vom Rauhreif feiner, goldschimmernder Sterne überzogen war. Die Entbindung kündigte sich als so gefährlich an, daß Vitalie Théodore Faustin nach einem Arzt ins nächstgelegene Dorf schickte. Sie blieb allein bei Herminie-Victoire und suchte die Ängste zu beschwichtigen, die das arme Mädchen auf einmal wieder gepackt hatten. Denn sie war wieder da, die Furcht, und hatte ihre

Rechte mit seltener Gewalt in ihr zurückerlangt. Das Kind, das auszutragen sie so stolz und glücklich gewesen war, machte sie nun, in der Stunde, da sie es zur Welt bringen sollte, völlig kopflos. In ihrer Angst und ihrem Schmerz rief sie nach ihrer Mutter und beschwor sie, ihr Erlösung und Trost zu geben. Sie beschwor ihre Mutter sogar, ihren Platz wieder einzunehmen, jenen Platz, den sie sich widerrechtlich angeeignet hatte. Sie sah durchs Fenster die Sterne flimmern, bis ihr Blick sich schließlich auf einen von ihnen heftete, und ihr war, als rase er mit hoher Geschwindigkeit auf sie zu und entferne sich gleichzeitig nach der anderen Seite der Nacht.

Das Kind kam zur Welt, noch bevor der Vater zurückgekehrt war. Es war so groß, daß es beim Austritt den Körper seiner Mutter zerfetzte. Es war ein Knabe. Schon während der Geburt brüllte er, bis ihm der Atem ausging, und er warf sich so heftig hin und her, daß er ganz allein die Nabelschnur zerriß. Er hatte einen eindrucksvollen, herrlich rostbraunen Schopf gänzlich zerzauster Haare. Dieses Kind, dachte Vitalie, als sie es ins Wasser tauchte, sieht aus, als würde es mindestens hundert Jahre alt werden. Und sie dachte ferner, daß es mehr als nur seinen Teil genommen haben mußte, wie schon Théodore Faustin, und daß dies auf gar viel Unglück und mancherlei Wechselfälle hindeute, vielleicht aber auch, so sagte sie sich, auf gewaltige Freuden. Während sie so ihre Erinnerungen und Gedanken an sich vorüberziehen ließ, spürte sie plötzlich eine so gewaltige Welle der Liebe für das Neugeborene in sich aufsteigen, wie sie sie noch niemals, nicht einmal für ihren eigenen Sohn empfunden hatte. Sie sah den Säugling verdutzt an und bestaunte nahezu verzückt den Liebreiz des kleinen Wesens, das gerade erst ins Leben getreten war.

Als Théodore Faustin endlich mit dem Arzt eintraf, fand er das Kind bereits gewickelt neben der jungen Mutter. Diese hatte so viel Blut verloren, daß sie ohne Bewußtsein war, und der Arzt ließ wenig Hoffnung auf ihre Genesung. Und je mehr Blut sie verlor, desto schwärzer färbte sich dieses Blut – eisschwarz und schimmernd. Man hätte meinen können, ein von Sternenstaub übersäter Blutstrom der Nacht. Einmal öffnete sie einen Spalt breit die Augen, doch richtete sie ihren Blick nicht auf das Kind. Sie selbst war das Kind, das einzige Kind dieser Erde. Sie hob ihren Blick mit Mühe zum Fenster; all die winzigen Sterne, die dort oben blinkten! Das also waren die Tausende von Schuhen, die der Tod, um ihr zu folgen, durchgelaufen und weggeworfen hatte. Der Anflug eines Lächelns glitt über ihr Gesicht; der Tod hatte hübsche goldene Schuhe übergestreift, echte Ballschuhe, um sie einzuholen und sie zu bitten, ihm zu folgen. Es war also gar nicht so schrecklich, zu sterben. Ihre Lider senkten sich wieder, und indem sie sie schloß, murmelte sie kaum hörbar: »Und jetzt werde ich barfuß tanzen...«

Théodore Faustin nahm das Kind mit einem Gefühl dumpfer Feindseligkeit auf den Arm; sobald er das kleine, so seltsam zerzauste Wesen jedoch in die Luft hob, verging mit einem Schlag sein Zorn, er spürte, wie ein tiefer Zauber ihn erfaßte. Und zum ersten Mal seit vielen Jahren lächelte er.

Herminie-Victoire starb vor Tagesanbruch, ohne das Kind, das sie zur Welt gebracht hatte, gesehen zu haben. Es schien Théodore Faustin, als sei seine Tochter niemals so schön gewesen wie in dieser Stunde. Sie behielt im Tode ein wunderbares Lächeln, und ihre kaum entblößten Zähne glänzten noch mehr als in jenen Nächten, da ihr Mund sich seinen Küssen geöffnet hatte. Als sie auf die Seite des Todes wechselte, besaß sie die gleiche Anmut, mit der sich ihr Sohn geschmückt hatte, um ins Leben zu treten.

Und ihre makellose, stille Schönheit war von solcher Art, daß sie Kummer und Trauer ausschloß. Herminie-Victoire schien weniger tot zu sein, als auf wunderbare Weise die Welt, die Nacht und die Sterne, das Wasser der Schelde und die Erde Flanderns mit ihrem Schlaf zu umfangen.

Seinen Sohn in den Armen, ließ sich Théodore Faustin auch diesmal zu Füßen von Vitalie nieder, die an Herminie-Victoires Bett saß; er legte seinen Kopf in ihren Schoß und verharrte dort, um schweigend über den sonderbaren Schlaf seiner kleinen Tochter zu wachen, die er zu seiner Gattin gemacht hatte.

7

Der letzte Péniel-Sohn erhielt den Namen Victor-Flandrin. Seine dichte, stets zerzauste Mähne hatte einen kupfernen Glanz, und seine blauschwarzen Augen zeichneten sich durch die Besonderheit aus, voneinander verschieden zu sein – in der einen Hälfte seines linken Auges schillerte ein merkwürdiger goldener Fleck. Es war ein solches Funkeln in diesem Fleck, daß er sogar nachts strahlte und dem Kind erlaubte, am hellen Tag so gut zu sehen wie in der tiefsten Dämmerung.

Théodore Faustin schlich um seinen Sohn, wie ein gehetztes Tier um eine Hütte kreist, von der es nicht weiß, ob es dort endlich Zuflucht oder nur wieder eine neue Falle finden wird. Denn wenn er sich dem Liebreiz dieses Kindes auch nicht zu entziehen vermochte, so wagte er doch nicht, sich der Welle von Liebe zu überlassen, die er in sich aufsteigen fühlte, denn er fürchtete, dadurch noch einmal leiden zu müssen. Alle, die er geliebt hatte, waren tot oder verschwunden, mit Ausnahme seiner Mutter, die nur noch der Schatten ihrer selbst war, und die Liebe, die er ihnen entgegengebracht hatte, war immer in Fluch umgeschlagen. Der Krieg hatte ihn in eine Art Ungeheuer verwandelt, das von so viel Leid und Verzweiflung gezeichnet war, daß es nichts mehr berühren konnte, ohne es seinerseits zu vernichten, so als pralle der Säbelhieb des Ulanen immerfort zurück.

Aber dieser Krieg, er konnte von neuem beginnen, andere Kaiser konnten in ein paar Jahren seinen Sohn auf ihre Schlachtfelder rufen. Diese Vorstellung quälte Théodore Faustin und wurde für ihn zur fixen Idee. Unablässig dachte er über einen Weg nach, wie er seinen Sohn davor bewahren könnte, daß er jemals Soldat würde.

Und schließlich mußte er sich dazu durchringen, sein furchtbares Werk der Rettung auszuführen.

Victor-Flandrin war gerade fünf Jahre alt. Kaum hatte sein Vater nach ihm gerufen, eilte er hüpfend herbei. Gemeinsam verließen sie den Schleppkahn und liefen ein Stück einen morastigen Weg entlang, der ein von schwärzlichen Garben bedecktes Flachsfeld säumte. Das Kind war glücklich, mit seinem Vater so durch die Gegend zu spazieren, und sprang unablässig plappernd um ihn herum. In Höhe eines großen, am Weg liegenden Steins blieb Théodore Faustin stehen, kauerte sich vor seinen Sohn, dessen Hände er sehr fest umschloß, und sprach zu ihm: »Mein Junge, mein Einziger, was ich jetzt tun werde, wird dir furchtbar scheinen und dir Schmerz zufügen. Aber ich werde es um deinetwillen tun, um dich vor den Kriegen zu bewahren, vor der Tollheit der Kaiser und der Grausamkeit der Ulanen. Später wirst du es begreifen und mir dann vielleicht verzeihen.« Das Kind hörte zu, ohne etwas von den Worten des Vaters zu verstehen; nur erschien ihm sein Gesicht zum ersten Mal angsterregend. Théodore Faustin öffnete seine Hände wieder, legte die kleinen, ganz rundlichen Händchen seines Sohnes auf die eigene Handfläche und begann plötzlich weinend die Fingerchen mit Küssen zu bedecken. Das Kind wagte sich nicht zu bewegen, noch seine Hände zurückzuziehen, es machte nur den Rücken steif, um nicht selbst weinen zu müssen. Dann richtete sich der Vater unvermittelt auf, zog Victor-Flandrin zu dem Stein, griff fest nach seiner rechten Hand, deren sämtliche Finger er einbog, bis auf den Zeigefinger und den Mittelfinger, die er auf den Stein drückte, und mit einem Handbeil, das er rasch aus der Tasche zog, schlug er seinem Sohn die beiden Finger ab.

Das Kind, fassungslos zunächst, blieb wie erstarrt vor dem

Stein stehen, die Faust darauf wie festgewachsen. Dann zuckte es zusammen und rannte, vor Schmerz schreiend, querfeldein. Théodore Faustin war unfähig, seinem Sohn nachzulaufen. Ein wilder Schmerz durchfuhr seinen Kopf, und wo seine Tonsur war, bebte die plötzlich aufgeblähte Haut heftig. Von einem gewaltigen Lachkrampf geschüttelt, brach er neben dem Stein zusammen.

Victor-Flandrin kehrte erst abends zurück, er wurde von einem Bauern gebracht, der ihn bewußtlos in seinem Feld gefunden hatte. Seine Wunden waren ausgebrannt worden, und er hielt die verbundene Hand an die Brust gepreßt. Das Kind hatte kein einziges Wort sagen wollen, und so hatte der Bauer den ganzen Tag nachforschen müssen, um herauszufinden, woher es stammte. Kaum war der Mann hinausgegangen, stürzte Vitalie auf den Kleinen zu, aber auch ihr wollte er nichts sagen, er stieß sie zurück, als sie seine verletzte Hand zu sehen verlangte. Die Hand an sein Herz gepreßt, stand er reglos mitten im Raum, den Kopf gesenkt, die Augen auf den Boden geheftet. Vitalie, die nicht begriff, was vorgefallen war, brach in Wehklagen aus, jammernd lief sie durchs Zimmer und stieß sich dabei an allen Möbeln.

Théodore Faustin stand an der Wand, seinem Sohn zugewandt und genauso steif und stumm wie dieser, mit herunterhängenden Armen. Er trug einen Verband um den Kopf. Schließlich wandte Vitalie sich ihm zu und wollte ihn bitten, das Kind zu befragen; als sie aber zu ihrem Sohn aufsah, unterließ sie es. Mit einem Schlag hatte sie begriffen. Es gab nichts mehr zu sagen. Sie fühlte, wie ein Nebel ihr die Augen verschleierte.

Von diesem Tage an herrschten wieder unumschränkt Schweigen und Einsamkeit an Bord der »Colère de Dieu«, Gottes Zorn, die nun schon ein alter Schleppkahn war, dessen Herr sich um nichts mehr kümmerte. Von den Péniels waren nur noch spärliche Reste übrig. Vitalie drang immer tiefer in die Nacht ein, die sich über ihre Augen senkte, und die Gegenwart, die für sie kaum noch erkennbar war, verblaßte und zerfaserte zusehends und wich allmählich der Erinnerung an immer vergangenere Zeiten. Mit jedem Tag glitt sie weiter zurück, die langsamen Wasser der Schelde hinunter, um sich dort in der Ferne ins unermeßliche graue Meer zu stürzen. Sie fand den leeren Strand wieder, wo die schwarzen Röcke ihrer Mutter einst im kalten Wind des Wartens knatterten. Und jeden Abend, wenn sie am Bett ihres Enkels saß, lud sie das Kind ein, sie auf den verschlungenen Wegen ihrer Erinnerung zu begleiten, die von Gesichtern und Namen voll märchenhaften Glanzes und von sagenhaften Echos bevölkert war. Das Kind schlief auf den Wellen dieser Erinnerung ein, die seidig und weich waren wie totes Gewässer voller Schlick und Sonne. Eine Frau erschien stets in seinem Schlaf, Mutter und Schwester in einem, mit einem feinen Lächeln, das auch ihn lächeln ließ, während er schlief.

Dieses Lächeln war alles, was Théodore Faustin blieb, und jede Nacht kam er, es heimlich zu betrachten. Als er seinem Sohn die Finger abschlug, hatte er mit einem Schlag und unwiderruflich auch die Liebe und das Vertrauen seines Kindes abgehackt. Den ganzen Tag über mied Victor-Flandrin den Blick seines Vaters, und nie richtete er das Wort an ihn. Er gehorchte seinen Anordnungen und verrichtete wortlos und ohne ihm ins Gesicht zu sehen die Arbeit, die ihm oblag. Aber sobald sich der Vater entfernte oder ihm den Rücken zuwandte, heftete das Kind mit ungeheurer Härte seinen Blick auf ihn. Théodore Faustin kannte diesen Blick, wenn er ihm auch nie zu begegnen vermochte. Er kannte ihn, weil er ihn jedesmal wie einen Hieb in seinem Fleisch spürte, der ihn von hinten traf und dann jäh in seinen Kopf schoß, wo er den Schmerz seiner unheilbaren Wunde aufs neue entfachte. Er behielt darum auch immer einen Verband um die Stirn.

Théodore Faustin wandte sich jedoch nie gegen das Kind, um es fortzuscheuchen oder zum Aufhören zu zwingen – zu sehr fürchtete er, noch im Blick seines Sohnes das Gesicht des Ulanen mit dem feinen blonden Schnurrbart erscheinen zu sehen. Denn in den wahnsinnigen Augen der haßerfüllten und gewalttätigen Menschen, da war der Ort, wo Gott wohnte. So fing er an zu lachen, ein durchdringendes, krampfartiges Lachen, das das Kind ebenso ängstigte, wie es ihm ein Gefühl von Kraft und Lust gab.

Nachts jedoch, wenn der Schlaf es besänftigt hatte, öffnete das Kind sein Gesicht einen Spalt breit jenem wundersamen Lächeln, in dem Théodore Faustin die durchsichtigen Profile Noémies, Honoré-Firmins und Herminie-Victoires – und mitunter sogar das seines Vaters – treiben sah. In der Dunkelheit am Bett seines schlafenden Sohnes kauernd, verbrachte er so seine Nächte damit, die verflossene Zeit vorüberziehen zu sehen, das Vergessen vorüberziehen zu sehen, und manchmal berührte er mit den Fingerspitzen leicht sein kupferfarbenes Struppelhaar und strich ihm zitternd übers Gesicht.

Die Péniels mußten die »Colère de Dieu« am Ende aufgeben. Dabei stand der Kahn, der seit langem schon der Gnade Gottes entglitten war, nicht einmal mehr unter seinem Zorn, er hatte sich von allem losgesagt und rostete in der Gleichgültigkeit Gottes und der Menschen nur noch vor sich hin.

Sie richteten sich nun in einem kleinen Schleusenwärterhaus ein. Obgleich keine wirklichen Süßwassermenschen mehr, waren sie darum noch keineswegs Landbewohner. Sie waren Leute von der Grenzlinie des Wassers, ohne Wurzeln auf dem Stück Böschung, wo sie sich unbehaglich fühlten, bedrängt von der übermäßigen Bewegungslosigkeit, die sie nicht gewohnt waren und die ihnen vor allem nicht gefiel. Sie waren Menschen von der Grenzlinie zwischen Wasser und Land, von der äußersten Grenze aller Dinge, und sie lebten wie am Ende der Welt.

An den Toren dieser Schleuse gab sich Théodore Faustin im Jahr nach seiner Seßhaftwerdung den Tod. Man fand seinen Leichnam eines Morgens, als das grünliche Wasser ihn wie ein leeres Faß gegen die Schleusentore spülte. Es schien, als wollte er, quer im Wasser liegend, die Tore für immer geschlossen wissen und hier, wo sein Körper zu seinem Endpunkt gefunden hatte, alle Lastkähne, wenn nicht gar die ganze Welt in ihrer Bewegung aufhalten.

Es war Victor-Flandrin, der den Leichnam entdeckte. Er lief auf der Stelle los, um es Vitalie zu sagen, die noch schlief. Er trat in ihr Zimmer, pflanzte sich vor ihrem Bett auf und verkündete ihr mit ruhiger Stimme, wobei er sie sacht bei der Schulter rüttelte: »Großmutter, wach auf. Der Vater hat sich ertränkt.«

Als man den Leichnam ihres Sohnes brachte und ihn auf das Lager bettete, verlangte Vitalie, wie schon seinerzeit beim Tod ihres Mannes, daß man sie allein ließe. Ihre Augen sahen nichts mehr, aber ihre Hände sahen besser als einst ihr Blick, und tastend, mit außerordentlichem Geschick, wusch sie den Toten und kleidete ihn an. Sie fand die gleichen Gesten wieder wie vor über vierzig Jahren, als sie den Körper dieses einzigen Sohnes wusch, dem sie das Leben geschenkt hatte. Sie vergaß alles, all die Last der Jahre, ihre Trauer, den Krieg, die übrigen Geburten – sie erinnerte sich nur noch jener wundervollen Nacht, da das Kind in ihrem Bauch geschrien, und jener Morgendämmerung, als die endlich Wirklichkeit gewordene Frucht ihrer Liebe, ihrer Sehnsucht und ihrer Treue aus ihrem Leib kam. Auf welch sonderbare Weise hatte es doch geschrien, siebenmal, und wie sonderbar hatte es widergehallt! War es möglich, daß das Echo solcher Rufe eines Tages verstummte? Es war nicht möglich, es würde nicht möglich sein, solange sie am Leben war. Denn in den Tiefen ihres Schoßes und ihres Herzens fühlte sie es noch immer schwingen, das sagenhafte Echo dieses Lebens, das sie hervorgebracht und das, auch wenn es verloschen war, seinen Platz irgendwo in der Ewigkeit hatte.

Und sie beweinte ihren Sohn nicht, denn an der Schwelle, an der auch sie jetzt stand, wußte sie, daß Tränen und Jammern die Toten nur ängstigten und sie aufhielten in ihrer ohnehin schon schwierigen Überfahrt zur anderen Seite der Welt. Sie stellte sich diese Überfahrt wie die Reise der Lastkähne vor, die die Kanäle hinauf von Schleuse zu Schleuse glitten, man mußte die Toten treideln wie Schiffe, sie mit langsamen Schritten vom Ufer aus geleiten, um sie zu jenem Anderswo zu führen, das weiter und unbekannter war als das Meer und wo sie erwartet wurden.

Als Victor-Flandrin wieder ins Zimmer trat, fand er seine Großmutter auf dem Bett sitzend, den Kopf ihres Sohnes auf ihren Knien. Er wunderte sich, die alte Frau so ruhig und entschlossen zu sehen. Sie hatte das Gesicht zum offenen Fenster gewandt, wo das leise Flöten der zurückgekehrten Vögel zu hören war. Eine kräftige, sehr reine Melodie erfüllte das Zimmer. Vitalie lächelte vor sich hin und wiegte unmerklich den Kopf: sie summte unbekümmert, beinahe munter ein Lied. Es war ihr Wiegenlied der toten Kinder. Vielleicht, so dachte er, war in Wahrheit gar nichts geschehen, vielleicht war sein Vater nicht wirklich tot, sondern ruhte nur einfach auf den Knien seiner Mutter aus. Und zum ersten Mal seit Jahren rief er: »Papa!«

Ihm war, als spiegelte sich das Lächeln seiner Großmutter auf dem Antlitz seines Vaters, um dessen Mund sich immer deutlicher ein ebensolches Lächeln abzeichnete. Und als er sich dem Bett näherte, sah er aus den geschlossenen Augen des Toten sieben milchige Tränen fließen, die auf seinem Gesicht erstarrten. »Papa…«, sagte er wieder. Doch weder der Vater noch Vitalie schienen seine Anwesenheit zu bemerken. Da streckte er seine Hand nach dem Gesicht seines Vaters aus, um ihm die Tränen abzuwischen; kaum daß er ihn jedoch berührte, glitten die sieben Tränen herab und rollten zu Boden, wo sie mit gläsernem Klirren noch einmal aufsprangen.

Er sammelte sie in die hohle Hand. Es waren kleine perlmuttfarbene Perlen, die sich sehr glatt und kalt anfühlten und einen vagen Geruch von Quitten und Vanille ausströmten.

Victor-Flandrin war noch zu jung und Vitalie schon viel zu alt, als daß sie die Schleuse allein bedienen konnten. Noch einmal mußten sie also aufbrechen, sich noch mehr vom Wasser entfernen, sich noch weiter ins Land zurückziehen.

Doch nicht genug, daß sie an Land gingen – sie drangen sogar in seine Tiefen vor. Sie wanderten bis in die schwarzen Städte, denen sie sich früher nur von fern genähert hatten, um ihren Kahn mit der Kohle zu beladen, die aus dem geheimnisvollen Erdengrund zutage gefördert wurde. Doch diese Erde, die ihnen jetzt ihr Geheimnis offenbarte, war nur ein schmutziger, finsterer, furchtbarer Schlund.

Victor-Flandrin war ein hochaufgeschossener und kräftiger Bursche, der älter schien, als er war. So wurde er trotz seiner verstümmelten Hand im Bergwerk eingestellt. Er war noch keine zwölf Jahre alt.

Er begann in der Sieberei und verbrachte die Tage mit dem Sortieren der Kohle, die er in endlos sich reihende Kipploren füllte. Dann wurde er Förderjunge und verbrachte die Tage damit, wie eine Ratte in alle Winkel der unterirdischen, sich endlos windenden Stollen zu huschen und, durch enge, steile Gänge kriechend, Holzstücke, Werkzeuge, Wetterlutten hinaufzuschaffen. Dann wurde er Schlepper und verbrachte seine Tage mit dem Schaufeln und Aufladen der Kohle und dem Schieben und Ziehen der zahllosen, bald leeren, bald vollen Hunte. Dann arbeitete er bei den Bohrern und verbrachte die Tage mit dem Abteufeln, Ausbauen und Gewinnen der Kohle, einem unaufhörlichen Kampf in den Tiefen und der Finsternis der Erde.

Unterdessen saß Vitalie in der gemieteten Stube im Zwischengeschoß eines Häuschens, das in einer endlosen Reihe anderer Häuschen unterhalb der Halden stand. Sie hielt etwas Geflügel in einer Ecke des Gärtchens, das sich hinterm Haus befand, und tat ihr Bestes, Victor-Flandrin so gut es ging zu helfen.

Seit dem Tode Théodore Faustins hatte sie ihr Lächeln und auch ihre Gelassenheit nicht mehr verloren. Victor-Flandrin vermutete, daß sie nicht mehr schlief, sondern ihre Nächte wach zubrachte. Und so war es tatsächlich, Vitalie schlief nicht mehr. Sie war nun so sehr Bewohnerin der Nacht, daß sie selbst ein Stück der Nacht wurde, einer leichten und milden Nacht, in der die Geduld ausruhte und unablässig ihr Wiegenlied der toten Kinder säuselte.

Eines Abends, als Victor-Flandrin aus der Grube heimkam, bemerkte er, daß das Lächeln auf dem Gesicht seiner Großmutter noch breiter und heller war als gewöhnlich. Sie saß am Tisch und pellte Kartoffeln. Er setzte sich ihr gegenüber, nahm ihre Hände und schloß sie schweigend in die seinen. Er wußte nichts zu sagen angesichts eines solchen Lächelns, in dem sich Vitalie ihm immer mehr entzog, ja, in dem sie sich fast aufzulösen schien. Sie selbst war es, die nach einer Weile das Wort ergriff. »Morgen«, sagte sie, »gehst du nicht in die Grube. Du gehst nie mehr dorthin. Du mußt fortgehen, verlaß diesen Ort. Geh hin, wo immer du willst, aber fort, es muß sein. Die Welt ist weit, und irgendwo wird es bestimmt ein Fleckchen geben, wo du dein Leben und dein Glück aufbauen kannst. Vielleicht ist es ganz nah, vielleicht auch sehr fern.

Du weißt ja, wir besitzen nichts. Das wenige, das ich einmal hatte, ist mir verlorengegangen. Ich kann dir nur das wenige geben, das nach meinem Tode von mir bleiben wird – den Schatten meines Lächelns. Nimm ihn mit, diesen Schatten, er ist leicht und wird dich nicht belasten. So will ich niemals von dir weichen und deine treueste Liebe bleiben. Und diese Liebe laß ich dir zurück, sie ist so viel wunderbarer, so viel größer als ich. Darin strömen das Meer, die Flüsse, die Kanäle und so viele Menschen, Männer und Frauen, auch Kinder. Heute abend, weißt du, sind sie alle hier versammelt. Ich fühle, daß sie hier um mich sind.« Dann schwieg sie, als sei sie plötzlich durch die Gegenwart von etwas Unsichtbarem abgelenkt, und verlor sich wieder in ihrem eigenartigen Lächeln, als hätte sie nichts gesagt, als sei nichts geschehen.

Victor-Flandrin wollte sie zurückhalten, Fragen stellen, denn er begriff diese sonderbaren Worte nicht, die sie auf so zärtliche und zugleich so zurückhaltende Weise, wie im Ton eines Abschieds, zu ihm gesprochen hatte, aber ein nicht zu unterdrükkender Schlaf überwältigte ihn, und er sackte schwer auf den Tisch, sein Kopf rollte in die Kartoffelschalen, während er noch immer die Hände seiner Großmutter hielt. Als er erwachte, war er allein. Auf Vitalies Platz zitterte ein Lichtschein, hauchzart wie ein im Sonnenaufgang vergoldeter Nebel. Sowie er sich von seinem Stuhl erhob und seine Großmutter rief, glitt der Lichtschein zu Boden, kreiste durchs Zimmer und löste sich schließlich in seinem Schatten auf.

Victor-Flandrin tat, wie Vitalie ihm geheißen hatte. Er kehrte nicht mehr ins Bergwerk zurück. Er ging fort, ohne zu wissen wohin, geradewegs querweltein. Als sein ganzes Erbe nahm er die sieben Tränen seines Vaters mit und das Lächeln seiner Großmutter, das seinen Schatten blond färbte. In seinem Gesicht, auf dessen Haut noch eine dicke Schicht Kohlenstaub lag, strahlte der Glanz des goldenen Flecks, der in seinem linken Auge funkelte und ihm, wo immer er vorüberkam, den Namen Nuit-d'Or, Goldnacht, eintrug.

Zweite Nacht
Nacht der Erde

Zu jener Zeit streunten die Wölfe noch in eisigen Winternächten durchs Land und kamen auf Nahrungssuche bis in die Dörfer, wo sie Geflügel, Ziegen und Schafe ebenso rissen wie Esel, Kühe und Schweine. In Ermangelung von Besserem schlangen sie manchmal sogar Hunde und Katzen hinunter, doch sobald die Gelegenheit sich bot, labten sie sich begierig an Menschenfleisch. Sie schienen übrigens eine ganz besondere Vorliebe für Kinder und Frauen zu haben, deren zarteres Fleisch ihrem Hunger zu gefallen wußte. Und ihr Hunger war wirklich ungeheuerlich, er wetteiferte mit der Kälte, dem Elend oder dem Krieg, dessen letzter Widerhall und dreistester Ausdruck er zu dieser Zeit zu sein schien.

Und so lebten manche Landbewohner in der immer wieder aufflammenden Furcht vor diesem unersättlichen Hunger. Sie bezeichneten den Wolf mit einem einzigen Namen, der gleichermaßen Ausdruck für ihre Angst wie für ihren Todfeind war – sie nannten ihn nur »die Bestie«.

Diese BESTIE mit dem vielgestaltigen Körper, hieß es, sei Teufelswerk und auf die Erde gesandt, die Armen heimzusuchen. Manche Leute behaupteten gar, sie sei nichts anderes als die rachsüchtige Seele eines Menschen, der zu den Qualen ewiger Verdammnis verurteilt worden sei, weil er es gewagt habe, der Weltenordnung zu trotzen, vielleicht aber auch die Gestalt, in die irgendein unheilbringender, blutrünstiger Zauberer sich verwandelt habe. Andere gingen so weit, in ihr sogar den Finger Gottes zu erblicken, der aus Zorn über die Menschen deren Ungehorsam und deren Sünden schon im Diesseits strafte. Wenn daher die Bauern zur Hetzjagd aufbrachen, um DIE BESTIE aufzuspüren, luden sie ihre Gewehre, die auf den Stufen der Kirche gesegnet wurden, mit Kugeln, die aus dem Metall von Bildnissen der Jungfrau und der Heiligen gegossen waren.

Aber DIE BESTIE wußte sich außerhalb der Sicht und Reichweite der Jäger zu halten. Sie lagerte im dichtesten Halbdunkel der Wälder, die mitunter von kehligem Heulen widerhallten, und zeigte sich nur den Auserkorenen ihres Hungers.

Mitunter wurde eines ihrer Opfer noch lebend gefunden, aber durch die geringste Bißwunde, die DIE BESTIE einem Menschen beibrachte, schien dieser dem Tode geweiht. Man konnte die Verletzten noch so pflegen, ihre Wunden mit essiggetränkten Knoblauchzehen abreiben, bis sie wieder bluteten, oder auch Packungen aus gestoßenen Zwiebeln, die mit Honig, Salz und Urin vermengt waren, auflegen und ihre Körper mit Amuletten bedecken, sie starben trotzdem über kurz oder lang unter grauenhaften Schmerzen.

Je näher der Tod kam, desto mehr schienen die Opfer der BESTIE sich selbst in Wölfe zu verwandeln, so maßlos wurde dann die in ihnen wohnende Gewalt; sie entflammte in ihren Augen das gleiche Lodern wie in den schrägstehenden Augen der BESTIE und verformte ihre Nägel und ihre Zähne zu immer angriffsbereiten Klauen und Reißzähnen. Und so kam es des öfteren vor, daß die Anverwandten des Rasenden dieser furchtbaren Verwandlung ein Ende machten und den armen Sterbenden, der vor Tollheit schäumte, zwischen zwei Matratzen erstickten. Danach legten sie ihn artig in sein Bett zurück und wachten dem christlichen Gebot gemäß bei ihm, damit seine Seele nicht durch die von der BESTIE beherrschten Wälder streunte und später wieder zurückkäme, um mit dumpfen Klagen um ihr Haus zu schleichen.

Um solche Wiederkehr abzuwenden und vor allem, um DIE BESTIE von ihren Höfen fernzuhalten, war es üblich, daß die Bauern, wenn es ihnen endlich gelungen war, einen Wolf zu töten, die Pfoten und den Kopf oder Schwanz des Kadavers an ihre Scheunentore nagelten. Denn man mußte verhindern, daß DIE

BESTIE, und sei es nur von weitem, sich den Lebenden näherte. Es hieß nämlich, allein ihr Blick genüge, die Menschen stumm und lahm zu machen, und besonders ihr übelriechender Atem könne denjenigen, den er berührte, vergiften. Man behauptete übrigens von den Zigeunern, jenen Menschen, die selbst den Wölfen so sehr ähnelten und die mitunter ihre Lager vor den Dörfern aufschlugen, sie rauchten in ihren Pfeifen einen Tabak, dem sie am Feuer gedörrte Wolfsleber beigemengt hätten, um mit dem widerwärtigen Gestank die Wachhunde der Herden zu schrecken.

Dies waren die wirklichen Menschenfresser, die in den damaligen Wäldern umgingen und die Landbewohner in Angst und Schrecken versetzten; sie wurden DIE BESTIE genannt und waren furchterregender als die bösen Geister, die Riesen und Drachen aus den Sagen und Märchen.

Doch Victor-Flandrin hatte zu jener Zeit noch keine andere Erinnerung als die so sanften und langsamen Wasser der Kanäle, auf denen er seine Kindheit verbracht hatte, und den schwarzen Schoß der Erde, in den er sieben Jahre lang hatte hinabsteigen müssen.

I

Victor-Flandrin marschierte lange Zeit und fand nach über zwanzig Jahren den Weg wieder, den sein Vater gegangen war und der ihn unwiderruflich von den Seinen getrennt hatte. Aber er marschierte ohne Gefährten, trug kein Gewehr über der Schulter und verzehrte sich nicht vor Heimweh. Es konnte ihn nichts mehr trennen von den beiden Menschen, die seine Familie gewesen waren. Das Lächeln seiner Großmutter folgte ihm Schritt auf Schritt, unlöslich mit seinem Schatten verbunden, und die Tränen seines Vaters trug er unter seinem Hemd auf eine Schnur gefädelt um den Hals.

Er zog durch Städte und Wälder, über Brücken und Felder, die gleichen, die einst sein Vater gesehen hatte, doch verspürte er darüber weder Erstaunen noch Furcht. Es war Winter und so kalt, daß die Äste der Bäume wie Glas brachen, mit einem sehr spröden Geräusch, das lange nachhallte in der Stille. Sein Stock glitzerte vor Eis und schallte sonderbar auf den überfrorenen Landstraßen. Ihm war leicht ums Herz, nicht, daß er fröhlich gewesen wäre, doch war er nunmehr so allein, daß diese verlassene Gegend, die sich endlos vor ihm auftat, in ihrer Fremdheit ihm geradezu wohltat.

Die Schneedecke war so dicht und verharscht, daß die Schritte darauf keinerlei Spuren hinterließen, und wenn gegen Mittag die Sonne, fahler als Sand, am Himmel ein wenig durchbrach, glänzte ringsum die ganze Landschaft vor Öde. In diesem Rausch von Leere und Schweigen fühlte Victor-Flandrin, wie sein Körper an Kraft und Dasein zunahm, denn endlich empfand er ungehindert die Vitalität seiner Jugend. Er litt nicht unter der Kälte, die sogar Brücken einstürzen und Steine bersten ließ und die vom Hunger gepeinigten Wölfe aus den Wäldern trieb.

Er langte am Fuß eines mit Eichen, Buchen und Tannen bewachsenen Hügels an; der Nordwind fegte mit scharfem Pfeifen über den Schnee. Er erklomm die schmale Straße, die sich in immer verschlungeneren Windungen am Hang des Hügels wand. Es war unmöglich, sich in diesem Wald, der sich in eine riesige Schneewehe verwandelt hatte und in den nur gedämpftes Licht drang, zurechtzufinden, so daß Victor-Flandrin nur mühevoll vorwärtskam.

Er war schließlich so sehr außer Atem, daß er sich einen Augenblick lang auf einen vorspringenden Felsblock am Rand einer Lichtung setzte. Der Tag begann schon, sich zu neigen, und zum ersten Mal seit seinem Aufbruch machte er sich Gedanken, wo er bei hereinbrechender Nacht schlafen würde. Er hatte sich vollkommen verirrt, war ein Gefangener dieses windkreischenden Labyrinths.

Der Wind veränderte übrigens seine Tonlage auf sonderbare Weise, man hätte meinen können, es sei die Stimme eines aufgewühlten Mannes, der sein Leid wie ein Irrer hinausschreit, und Victor-Flandrin erschauerte plötzlich, so sehr schwang in dieser Stimme das wahnwitzige Lachen seines Vaters mit.

Und auf einmal begann der Wind um die Lichtung zu kreisen und kam dabei unmerklich näher. Victor-Flandrin blieb wie angewurzelt auf seinem Stein und wagte nicht, sich zu rühren oder auch nur den Kopf zu wenden. Die Dämmerung hatte sich bis zur Finsternis verdichtet, es war schon Nacht, und die feine Mondsichel, die sehr hoch oben am Himmel zwischen den Sternen wie ein winziges weißes Komma blinkte, erhellte nur das Zentrum der Lichtung. Aber dieser schwache Schein zog Victor-Flandrin an, er erhob sich schließlich von dem Stein, auf dem er zu erstarren begann, und lief darauf zu, als könnte dieser armselige Schimmer ihm eine sicherere Zuflucht bieten. Noch zwei andere helle Flekken drangen durch die Nacht. Er sah sie, als er auf den Lichthof des Mondes zuging; sie waren noch ziemlich weit weg, aber er konnte sie dank des goldenen Flecks erkennen, der seinem linken Auge die Sehkraft einer Katze verlieh. Es waren zwei schmale, schrägstehende, gelbblitzende Striche, die ihn zu fixieren schienen. Er verlangsamte seinen Schritt, und auch sein Herz begann langsamer zu schlagen. Der andere tauchte schließlich aus dem Dunkel auf, kam jedoch nicht direkt auf Victor-Flandrin zu; er schickte sich an, am Rand der Lichtung entlangzulaufen, ohne ihn dabei aus den Augen zu lassen. Sein Gang war außerordentlich geschmeidig und unterstrich die Schlankheit seiner Lenden. Seine Brust hingegen war ausladend und gewölbt, und sein graues, vom Frost versilbertes Fell sträubte sich dort in helleren Büscheln.

Victor-Flandrin tat es dem Tier gleich, er begann Kreise zu ziehen, im gleichen Takt, Auge in Auge mit ihm, und bald beantwortete er dessen Knurren mit ebenso heiseren Lauten. Dieser Reigen im Paßgang dauerte lange, dann machte der Wolf einen plötzlichen Satz zur Seite, den Victor-Flandrin augenblicklich nachahmte. So fanden die beiden sich bald ganz nah beieinander, und ihre Kreise wurden immer enger. Sie liefen jetzt genau im Lichtkreis des Mondes und folgten einander so dicht, daß ein jeder den Schatten des anderen fast berührte. Der Reigen brach in dem Moment ab, da der Wolf seine Pfote in den Schatten Victor-Flandrins setzte. Augenblicklich blieb das Tier stehen, stieß einen durchdringenden Klagelaut aus und duckte sich auf den Boden, die Ohren fest an den Kopf gelegt. Victor-Flandrin löste seinen Gürtel, schlang ihn dem zitternden Tier um den Hals und befestigte daran den Riemen seines Ranzens. Der Wolf ließ sich folgsam an die Leine legen.

Victor-Flandrin empfand nicht mehr die geringste Angst – sie schien ganz und gar in den Körper des Tieres, das ihm zu Füßen lag, übergegangen zu sein. Doch er fühlte eine große Müdigkeit und beschloß, den Tagesanbruch abzuwarten, bevor er seinen Marsch wieder aufnahm. Und so wickelte er sich in seinen Umhang, streckte sich auf dem Schnee aus, schmiegte sich eng an den Wolf und schlief in dessen Wärme ein.

Er hatte einen Traum; oder war es der Wolf, der in ihm träumte? Er träumte von dem Wald, er durchwanderte ihn, und auf einmal wurden die Bäume gelenkig und panzerten sich mit Rüstungen aus glänzendem Metall; die geharnischten Bäume begannen langsam sich zu bewegen, ihre Äste wie Arme zu recken und sie in alle Richtungen zu biegen, dann bekamen sie Köpfe. Sehr runde und schwere, behelmte Köpfe, die sie von einer Schulter zur anderen wiegten. Unter Schmerzen rissen sie sich aus der Umklammerung des Bodens und setzten sich in Marsch; sie schienen sich gegen den Wind zu stemmen, so sehr beugten sie sich nach vorn und machten Schwimmbewegungen mit ihren Armen.

Die gepanzerten Bäume saßen nun in langen, flachen Kähnen, die einen grauen Fluß hinunterfuhren, auf dessen Grund rote Lichtschimmer vorüberzogen. Andere Wesen, barhäuptige, marschierten unter dem Wasser, gegen den Strom, und sie trugen Fackeln.

Offenbar hatten die gepanzerten Bäume die Kähne nun verlassen, denn sie liefen auf ein langes, niedriges Gebäude zu; je näher sie kamen, desto bläulicher wurde es. Sie wollten eintreten in dieses Haus, aber sobald sie die Schwelle überschritten, verschwanden sie, als hätten sie sich in dem tiefschwarzen Schatten aufgelöst, der über den Mauern lag.

Ein leeres Zimmer; durch die offenen Fenster weht der Wind und zerrt an den Vorhängen. Inmitten des Zimmers ein großes eisernes Bett. In dem Bett eine Frau, mit einem weißen Hemd bekleidet. Ihr Bauch ist riesengroß, wie aufgebläht, zum Gebären bereit. Da ertönt ein unwirkliches Geräusch. Die Frau, die immer noch auf dem Rücken liegt, erhebt sich langsam in die Luft und beginnt durchs Zimmer zu schweben. Sie biegt sich so weit nach hinten, daß sie ihre Fesseln mit den Händen umfassen kann. Der Wind trägt sie durchs Fenster hinaus.

Die Dächer einer Stadt, grau und schwarz, zeichnen sich auf dem Hintergrund eines verhangenen Himmels ab. Zwischen den auffällig hohen Schornsteinen tauchen zwei Augen auf. Sie sind sehr schwarz, bläulich umschattet und haben einen matten

Glanz. Die Stadt beginnt langsam zu treiben und zieht dicht an den Augen vorüber. Die gepanzerten Bäume, die mit ihren langen Armen noch immer durch die Luft rudern, betreten die Stadt und dringen in die Augen ein.

Die Augen sind nur noch zwei große Fische, sie gleiten zwischen den Häusern hindurch, deren Mauern sich verflüssigen, sobald sie daran vorbeischwimmen.

Ein Wolf sitzt am Zugang zu einer Brücke; er spielt auf einer singenden Säge, den Kopf dem Fluß zugewandt.

Drüben auf den Kais öffnet sich ein Fenster in der Fassade eines Hauses. Jemand beugt sich heraus, wirft einen Läufer über den Fenstersims und beginnt ihn auszuschütteln. Auf den Läufer ist ein Muster gedruckt, es scheint ein Gesicht zu sein. Durch das Schütteln löst sich das Gesicht von dem Läufer und fällt in den Fluß.

Der Wolf ist verschwunden, aber die Säge, die aufrecht am Zugang zur Brücke stehengeblieben ist, vibriert noch immer und läßt ihre Melodie erklingen.

Schon im ersten Morgengrauen erwachte Victor-Flandrin. Der Wind blies scharf. Der Wolf hatte sich nicht vom Fleck gerührt. Der Himmel war klar, und der Wald schien weniger in sich gekehrt; er enthüllte Wege, die am Abend zuvor nicht zu sehen waren. Victor-Flandrin zögerte einen Augenblick und entschied sich dann, nach links abzubiegen. Er erhob sich, und auch der Wolf richtete sich auf, dann machten sich beide auf den Weg.

Nachdem sie lange durch den Wald marschiert waren, gelangten sie auf eine weite Fläche aneinandergereihter Felder, unterhalb derer sich Häuser stufenförmig abhoben. Die Sümpfe und Weiher, die allenthalben die Landschaft durchlöcherten, waren gefroren und glänzten metallisch in der aufgehenden Sonne. Ganz unten im Tal zog ein Fluß weite, aschgraue Windungen. Victor-Flandrin fühlte sich beruhigt beim Anblick dieser am

Fuße der Felder versprengten Häuser. Der Ort gefiel ihm in seiner Schlichtheit und Strenge. Er mochte seine Abgeschiedenheit, die jener der Kanäle glich. Obwohl fest in der Erde verankert, schienen die Gehöfte, welche dort drüben hockten wie Hunde, die die Felder und Wälder bewachten, dicht unterm Himmel zu treiben. Und es war ein noch unendlich langsameres Treiben als das der Lastkähne.

Er sah zu, wie sich über den Dächern die feinen Kräuselungen milchiggrauen Rauchs auseinanderzogen und dann auflösten. Versunken in diesen Anblick, kamen ihm Vitalies Worte ins Gedächtnis: »Die Erde ist weit, und irgendwo gibt es bestimmt ein Fleckchen, wo du dein Leben und dein Glück wirst aufbauen können. Vielleicht ist es ganz nah, vielleicht auch sehr fern.«

Dieser Ort war weder nah noch fern, er war nirgends. Er besaß weder den Glanz der von den Meeren gemeißelten Küsten noch die Herrlichkeit der durch Berge geformten Landschaften, noch die Erhabenheit der von Licht und Wind geschliffenen Wüsten.

Es war einer von jenen Orten an der äußersten Grenze des Landes, die, wie alle Grenzgebiete der Erde, in Gleichgültigkeit und Vergessen verloren scheinen – außer wenn die Herren der Reiche Krieg spielen und sie dann zu geheiligten Streitobjekten bestimmen.

2

Der Wolf, der winselnd an der Leine zerrte, riß Victor-Flandrin aus seiner Träumerei. Er musterte das vor ihm kauernde Tier und beschloß plötzlich, es freizulassen. Das Tier blieb einen Moment bewegungslos liegen, erhob sich dann und setzte, indem es sich voll aufrichtete, Victor-Flandrin seine beiden Pfoten auf die Brust.

Die Wolfsschnauze und das Gesicht des Mannes befanden sich

nun auf gleicher Höhe, ganz dicht beieinander. Da begann der Wolf Victor-Flandrin sanft das Gesicht zu lecken, als leckte er eine offene Wunde am eigenen Körper, ließ sich dann auf seine vier Pfoten zurückfallen, wandte sich ab und schlug langsam den Weg zum Wald zurück ein. Victor-Flandrin sah dem sich entfernenden Tier nach, bis es verschwand, und machte sich dann selbst auf den Weg.

Als er den Weiler erreicht hatte, stand die Sonne schon hoch. Er war noch keinem Menschen begegnet. Prüfend betrachtete er den Ort; mit einem Blick in die Runde zählte er die Häuser. Siebzehn zählte er, doch mehr als die Hälfte von ihnen schien verlassen. Er bemerkte, daß eines davon, das größte, weit abseits von den anderen lag. Es erhob sich an einem Hang zwischen zwei Tannenwäldchen. Aber das Gelände war an diesem Ort so uneben, daß es keine zwei Häuser auf gleicher Höhe gab. Er setzte sich auf den Rand eines Brunnens, der inmitten einer Gruppe von fünf Häusern stand. Er war hungrig; er durchwühlte seinen Schnappsack, fand aber nur einen völlig trockenen Brotkanten. Ein Hund schlug an, andere folgten bald als Echo nach. Schließlich trat ein Mann aus einem der Häuser; er ging an dem Brunnen vorbei, tat aber, als bemerke er Victor-Flandrin nicht, obschon er ihm heimlich einen neugierigen Blick zuwarf. Victor-Flandrin sprach ihn an. Der Mann wandte sich mit einer an Faulheit grenzenden Langsamkeit um. Victor-Flandrin fragte ihn nach dem Namen des Weilers und ob er wohl irgendeine Arbeit im Ort finden könne. Der andere antwortete ihm, wobei er Victor-Flandrin weiterhin schräg musterte und mit noch größerem Argwohn, wegen des fremden Akzents. Im Winter, so sagte er, gebe es in Terre-Noire nichts zu tun, er könne aber trotzdem bei den Valcourts nachfragen, da drüben, auf La Ferme-Haute. Victor-Flandrin sah in die Richtung, die ihm der Mann wies, es war das große Haus zwischen den Tannenwäldchen. Er machte sich sofort auf den Weg zu dem Gehöft.

Es war weiter, als er gedacht hatte: der Weg nahm kein Ende, vielleicht weil er unaufhörlich im Zickzack verlief. In Wahrheit glich er weniger einer Landstraße als dem seltsamen Verwirrspiel einer Schnitzeljagd. Victor-Flandrin legte unterwegs sogar eine Pause ein. Der Hunger quälte ihn zusehends. Als er endlich bei dem Gehöft anlangte und in den großen, menschenleeren Hof eintrat, wurde er wieder von einer Gebellsalve empfangen, man hätte meinen können, es gäbe verborgene Hunde in allen Winkeln. Er trat bis in die Mitte des Hofes und rief mit lauter Stimme: »Hallo! Ist hier jemand?« Das Gebell steigerte sich, aber niemand antwortete. Übrigens begannen die Hunde bald zu winseln, als spürten sie an dem Eindringling den Wolfsgeruch. Nach einer Weile erschien endlich eine Frau. Er hätte ihr Alter nicht zu sagen vermocht, denn sie war gänzlich in dickes Wollzeug eingemummt. Nur ihre Augen nahm er wahr; schmal und leuchtend schwarz wie Apfelkerne, warfen sie lebhafte Blicke. Wortlos ließ die Frau Victor-Flandrin sich vorstellen und erklären, drehte sich dann plötzlich auf den Absätzen und ging auf das Hauptgebäude zu. An der Schwelle wandte sie sich um und rief: »Nun kommen Sie schon!«

In der Küche herrschte eine feuchte Wärme, die von einem Geruch nach Kohl, Fett und gebratenen Zwiebeln gesättigt war. Die Frau hieß ihn am Tisch, über den sie rasch mit einem Lappen wischte, Platz nehmen und setzte sich ihm gegenüber, nachdem sie ihr dickes Umschlagtuch abgelegt hatte. Victor-Flandrin konnte nun sehen, daß sie jung und kräftig war. Sie mußte an die fünfundzwanzig Jahre sein; sie war sehr brünett, hatte ein rundliches Gesicht mit hohen, vorstehenden Backenknochen und einen hübschen Mund mit roten, vollen Lippen wie Erdbeeren.

Beide musterten sich eine Weile schweigend; die Frau löste ihren Blick nicht von den Augen Victor-Flandrins, besonders sein linkes Auge durchforschte sie. Er dachte, es sei des goldenen Flecks wegen; schließlich senkte er die Augen, weniger aus Unbehagen über den hartnäckigen Blick seiner Gastgeberin, sondern weil ihn die Wärme und der Hunger langsam benommen machten. Als die Frau sich endlich entschloß, das Schweigen zu brechen, schreckte er beinahe hoch von seinem Stuhl, auf dem sein Körper vollkommen zusammengesunken war. »So, Sie suchen also Arbeit?« sagte sie. Er sah sie verwundert an, als verstünde er ihre Frage nicht. »Und was können Sie?« fuhr sie fort. Victor-Flandrin fand, daß die Stimme der Frau ebenso rund war wie ihr Gesicht; er hatte den Eindruck, als kullerten die Worte, die sie aussprach, wie große Kugeln aus frischer Weißbrotkrume durch die Luft, und seine einzige Antwort war ein Lächeln. »Sie sind merkwürdig«, stellte die Frau fest. »Ich bin sehr müde«, sagte er, um sich zu entschuldigen, »ich bin viel gelaufen und habe seit gestern nichts gegessen.« Dann fügte er hinzu: »Aber ich verstehe mich auf viele Dinge. Ich bin schwere Arbeit gewöhnt.«

Die Frau erhob sich vom Tisch, machte sich eine Weile in einem Winkel der Küche in der Nähe eines großen Brotkastens aus dunklem Holz zu schaffen, kam zurück und legte vor Victor-Flandrin ein Brot hin von der Größe eines runden Schleifsteins, wie man ihn zum Messerschleifen benutzt, ein Stück Käse und ein Ende Wurst. Dann setzte sie sich wieder und sah ihm beim Essen zu. »Arbeit gibt's schon«, entschloß sie sich zu sagen. »Und dabei ist Winter. Aber der Vater ist leidend, ganz krumm ist er jetzt, hat einen Gang wie die alten Leute. Wir haben zwar zwei Gehilfen, aber die taugen nicht viel.« Dann zählte sie die Kühe, die Ochsen und Schweine zusammen, die sie aufzogen, dann die Felder und Wiesen, deren Besitzer sie waren. Der Hof der Valcourts war der größte von Terre-Noire, aber man mußte schon tüchtig zupacken, damit er nicht verfiel wie schon so viele andere Höfe des Weilers. Dann erzählte sie, wie der Krieg auf seinem Durchzug vor über zwanzig Jahren in Terre-Noire alles zerstört hatte. Höfe hatten gebrannt, Felder waren verwüstet und so viele Menschen umgebracht worden, daß es jetzt fast nur noch Alte gab. Mehr als die Hälfte der Häuser im Ort waren verlassen.

»Siebzehn habe ich gezählt«, konstatierte Victor-Flandrin. Die Frau fuhr bei dieser Zahl zusammen, als hätte er gerade etwas Unschickliches gesagt. Angesichts ihrer Reaktion fügte er hinzu: »Vielleicht habe ich mich geirrt...« – »Nein«, antwortete sie schließlich. »Nur...« Sie vollendete ihren Satz nicht. »Nun?« beharrte Victor-Flandrin. »Die Flecken in Ihrem Auge...« Und wieder unterbrach sie sich. Diesmal war es Victor-Flandrin, der bestürzt schien. »Die Flecken?« wiederholte er, während er automatisch die Hand vor seine Augen führte, als sei sie ein Spiegel. »Aber es ist doch nur einer.« Die Frau beschränkte sich darauf, nachdrücklich den Kopf zu schütteln, dann stand sie neuerlich auf, verließ den Raum und kam mit einem Spiegel zurück, den sie Victor-Flandrin hinhielt. Aber kaum hatte er den Spiegel vor sein Gesicht gehalten, lief dieser dunkel an und wurde gänzlich matt, als hätte er soeben all seinen Belag verloren. Victor-Flandrin legte ihn auf den Tisch zurück. Bis zu seinem Tode sollte er sein Gesicht nie mehr betrachten können, er sollte sich von nun an nur noch im Blick der anderen spiegeln können.

Doch Mélanie Valcourt war nicht die Frau, die solche Phänomene schreckten. Sie nahm den Spiegel und steckte ihn in die Schublade des Tisches, die sie mit einem kurzen, heftigen Geräusch zuschob. Ihre Gesten waren ebenso lebhaft und bestimmt wie die Blicke ihrer kleinen Apfelkernaugen. Von dem Augenblick an, da sie diesem Fremden mit dem geschwärzten Gesicht und dem goldstaubübersäten Auge auf dem Hof begegnet war, hatte sie ihre Entscheidung getroffen – sie würde diesen Mann behalten und ihn zu dem ihren zu machen wissen, selbst wenn er alle Spiegel im Hause blind machen sollte. Für ihre Augen jedenfalls bestand keinerlei Gefahr, daß sie sich trüben ließen; sie sahen klar und wußten das Gewicht und den Wert der Dinge und vor allem der Menschen auf der Stelle abzuschätzen. Dieser hier war jung und voller Kraft und hatte die Schönheit einer sternerfüllten Winternacht. So wurde Victor-Flandrin noch am selbigen Tag auf dem Gut Ferme-Haute angestellt. Diese Anstellung war im übrigen vorübergehend, denn schon vom nächsten Tag an wußte er, daß er hier der Herr sein würde, was er auch tatsächlich sehr bald wurde.

Seine Irrfahrt hatte nur eine Jahreszeit lang gedauert, seine Verwurzelung sollte fast ein Jahrhundert dauern.

3

Der Vater Valcourt war tatsächlich so krumm, daß beim Laufen seine Hände fast den Boden berührten. Es war auch weniger ein Laufen als ein Trippeln, wenn er sich, über einen Stock gebeugt, der ebenso knorrig und krumm war wie er selbst, fortbewegte. Den größten Teil der Zeit brachte er sitzend zu, ganz in sich zusammengesunken und vor sich hin dösend; er erwachte aus seinem Dämmerzustand nur, wenn er seine Erinnerung an den Kaiser heraufbeschwor. Er hatte ihn gesehen, hatte sogar mit ihm gesprochen und schon am darauffolgenden Tage mit ihm die Demütigung der Niederlage geteilt. Das war in Sedan gewesen und über zwanzig Jahre her, und mit den Jahren hatten sich in seiner zunehmend wunderlicher werdenden Phantasie die klägliche Schlacht und sein gestürzter Kaiser zu einer Legende vergoldet. Je mehr er seine Legende von Napoleon III. aufpolierte, um so schwärzlicher färbte er die des alten Wilhelm, jenes armseligen Halunken, dessen Schädel, wie er wetternd versicherte, indem er mit seinem Stock auf den Boden schlug, der Teufel in höchsteigener Person spitz behauen hätte, damit er den Himmel des lieben Herrgotts und den Himmel Frankreichs, was in seiner Vorstellung übrigens auf dasselbe hinauslief, besser durchlöchern könne.

Victor-Flandrin enthielt sich jedes Kommentars, wenn der Alte ihm unter mächtigem Geschrei seine ruhmglänzende kriegerische Eisenwarenhandlung vorwies; für ihn beschränkte sich die Bilderwelt jenes Krieges auf das Gesicht seines Vaters, welches der Teufel nicht angespitzt, sondern ganz einfach in Stücke gehauen hatte.

Die anderen beiden Männer, die auf dem Hof angestellt waren, Mathieu-la-Framboise und Jean-François-Tige-de-Fer, hatten ein so unbestimmbares Alter, daß sie ebensogut die Dreißig wie die Sechzig überschritten haben konnten. Sie sahen beide aus, als hätte man sie mit groben Messerhieben aus einem toten Stück Holz herausgearbeitet, den einen der Breite, den anderen der Länge nach. Das tote Holz warf sich immer wieder und bedeckte sich mit bläulichen Flecken wie die Innenwände eines Fasses, das zu lange mit altem Wein gefüllt war.

Beide wohnten sie auf dem Gelände des Hofs, Mathieu-la-Framboise im Heu, auf dem Zwischenboden des Stalls, und Jean-François-Tige-de-Fer in einer Kammer neben der Scheune. Weder der eine noch der andere wünschte einen anderen Platz, besonders Mathieu-la-Framboise nicht, obgleich er es am schlechtesten getroffen hatte. Er liebte die feuchte Wärme des Stalls, die vom muffigen Dunst der Tiere und dem feuchten Geruch des in Urin, Kot und verschütteter Milch faulenden Strohs durchtränkt war. Mit Frauen hatte er nichts im Sinn – solcher Sippschaft war er stets aus dem Weg gegangen –, doch hatte er sich einen Ersatz für sie in der simplen, aber wirkungsvollen Form von Löchern erschaffen, die in die Mauern seiner Höhle gebohrt waren. Es verging kein Tag, ohne daß er sich mit einem dieser steinernen, nach seinem Maß zugeschnittenen, von weichem Schimmel ganz moosigen Geschlechter paarte. Im Frühling kam es vor, daß er sich direkt mit der aufgeweichten und von zartem Gras bedeckten Erde vermählte. Was Jean-François-Tige-de-Fer betraf, so hatte der Stoß, den ihm ein Schafsbock eines Tages mit seinem Kopf direkt in den Unterbauch verpaßte, die Frage seiner sexuellen Aktivitäten gelöst, indem er sie für immer zum Erliegen brachte.

Zwei solche Gefährten waren Victor-Flandrin beschieden. Ihm selbst wurde am ersten Abend ein Verschlag in einem Winkel der Küche zugewiesen, aber vom zweiten Abend an bot sich ihm ein größeres und tieferes Bett, das Bett Mélanies; ihr jubilierender Körper, dessen köstliches rosa Fleisch so lange vernachlässigt geblieben war, fand nun endlich Zufriedenheit und volle Erfüllung.

Victor-Flandrin hatte bis dahin nur zwei Frauen gekannt. Der ersten war er im Bergwerk begegnet, wo sie als Sortiererin arbeitete. Solange hieß sie. Sie war ganz ausgemergelt, und ihre Lippen und Hände waren so rauh, daß ihre Küsse und Liebkosungen immer nur den Geschmack eines Reibeisens hatten. Der zweiten war er auf dem Tanzboden begegnet. Er hatte sie um ihres blassen Teints und ihrer stets blau umschatteten Augen willen begehrt. Doch diese Frau fand so wenig Vergnügen und Lust an der Liebe, daß sie, sobald sie sich hingelegt hatte, stets unverzüglich einschlief, so als stürzten die ersten Küsse sie in Lethargie. Er erinnerte sich nicht einmal mehr an ihren Namen, den sie gewiß nie anders als gähnend gesagt hatte.

So entdeckte Victor-Flandrin zusammen mit Mélanie endlich den wahren Geschmack der Liebe, jene aufreizende Süße, die das Fleisch in einem fort zu erregen vermag.

Der alte Valcourt starb mit dem Ruf »Es lebe der Kaiser!« Er brachte übrigens seinen Hochruf nicht zu Ende, der Tod schnitt ihm das Wort in der Mitte ab. »Es lebe der Kai...«, kreischte er, seine Kinnlade fiel herunter, und offenen Mundes brach er zusammen, die Zeit der Selbsttäuschung war vorbei.

Mélanie respektierte den letzten Willen ihres Vaters, in seiner Uniform begraben zu werden, mit seinem Gewehr und all seinem Klimbim. Aber das Rheuma hatte den Körper des alten Infanteristen derart verkrüppelt, daß es sich als unmöglich herausstellte, ihm seine einstige Uniform anzuziehen. So begann Mélanie das Gewand aufzutrennen, um es am Körper ihres Vaters wieder zusammenzunähen, der wie ein großes, halbmumifiziertes Insekt in sich selbst verkrümmt war. Dieser Aufwand erwies sich jedoch als sinnlos, als es darum ging, den Toten einzusargen, denn um ihn ordentlich in den Sarg legen zu können, mußte man ihm mit einer Eisenstange alle Knochen brechen, wodurch die Nähte an allen Ecken und Enden wieder aufplatzten. Wie dem auch sei, der brave Soldat Valcourt, der bis zum Schluß seinem Kaiser treu geblieben war, wurde in seiner zerschlissenen Felduniform, zwischen seinen vier Holzbrettern in Habachtstellung erstarrt, das verrostete alte Gewehr an seiner Seite, begraben.

Kurze Zeit darauf folgte Mathieu-la-Framboise dem Beispiel seines Herrn. Der Tod packte ihn ebenfalls mitten in seiner Lieblingsbeschäftigung. Jean-François-Tige-de-Fer fand ihn eines Morgens an der Mauer unter dem Stalldach: er stand reglos, die Arme hingen schlaff am Körper, auf den Holzschuhen lagen die heruntergelassenen Hosen. Er mußte Victor-Flandrin zu Hilfe rufen, um La-Framboise aus der Umarmung der Mauer zu reißen. Da aber die letzte Frau des Mathieu-la-Framboise sich starrsinnig weigerte, ihren Geliebten freizugeben, mußte man zur Säge greifen; so wurde er ins Grab gelegt, erleichtert um das einzige Teil seiner selbst, dem er jemals Interesse entgegengebracht hatte. Dieses verblieb eingefaßt in die Stallmauer, wo es im übrigen, wie Jean-François-Tige-de-Fer bemerkte, als er das Loch mit etwas Gips verschloß, um die Reliquie seines Gefährten zu schützen, sehr viel besser aufgehoben war als in der kalten Erde, wo der Rest seines Leichnams ruhte.

Von Jahreszeit zu Jahreszeit gewann Victor-Flandrin mehr Geschmack am Land. Wenn der Schnee schmolz, entdeckte er die aufgeweichten Felder und Wiesen, von denen das Gut umgeben war, die Weiher, Bäche und Sümpfe, wohin langsam die Schwärme von Vögeln zurückkehrten, die der Winter vertrieben hatte.

Die Valcourts besaßen das größte Feld von Terre-Noire, und

es war auch eines der am besten gelegenen. Man nannte es das azurblaue Butterfeld, so fruchtbar war der Boden und so sehr glänzten die Furchen nach dem Pflügen im Licht, als hätte die Sonne sie eingeölt.

In Terre-Noire gab es keinen Morgen Land, welcher nicht einen Namen trug, der etwas über seine Beschaffenheit und seine Geschichte aussagte. So gab es L'Etang-aux-Lunes – den Mondenweiher, Le Bain-aux-Loups – das Wolfsbad, La Mare-qui-fume – den Dampfenden Tümpel, Le Puits-du-Sanglier – den Wildschweinbrunnen und Le Ruisseau-Quinteux – den Launischen Bach. Die drei Wälder, deren Saum sich bis zu den Häusern hinabwagte, hießen Le Bois-des-Amours-à-l'Event – Wald der leichtsinnigen Lieben, Le Bois-Petit-Matin – Früher-Morgen-Wald und Le Bois-des-Echos-Morts – Wald der toten Echos. In diesem letzten, dem dichtesten und tiefsten von den dreien, war Victor-Flandrin dem Wolf begegnet. Auch jedes der siebzehn Häuser hatte einen Namen, selbst diejenigen, von denen nur noch Ruinen geblieben waren. Die Bewohner dieser getauften Plätze trugen fast alle einen Beinamen, wenn nicht gar einen Spottnamen. Aus La Ferme-Haute, einst das Haus von Valcourt-Es-lebe-der-Kaiser, wurde nun der Hof von Péniel, genannt Nuit-d'Or – Goldnacht.

Nuit-d'Or sah die Erde sich rings um ihn dehnen, noch schweigsamer und bedächtiger als die sanften Gewässer der Kanäle und ebenso karg und unerbittlich wie die Kohlengrube in dem täglichen Kampf, den man ihr liefern mußte. Doch alle Früchte, die er dieser Erde zu entreißen lernte, waren die seinen, und er zog sie aus dem Dunkel des Bodens, um sie ans Licht zu bringen.

Victor-Flandrin sprach nie mit Mélanie über seine Vergangenheit; als Fremder richtete er sich in ihrem Leben ein. Sie stellte ihm auch niemals Fragen, obwohl sie sich darüber wunderte, daß sein Schatten so blond war und daß er um seinen Hals jenes sonderbare Kollier aus sieben milchigweißen Perlen trug, die unverändert kalt blieben. Aber sie ahnte, daß ein Mann, dessen Blick allein genügte, Spiegel erblinden zu lassen, auf ihre Fragen nur noch seltsamere Antworten geben würde. Und was bedeutete es schließlich für sie, ob sie wußte, woher er kam – es zählte allein, daß er hier war, jetzt, bei ihr. Unter seiner Hand sah sie ihr Gut zu neuem Leben erwachen, ihre Herden und Äcker gedeihen und ihren eigenen Körper fruchtbar werden. Denn endlich begann es, sich in ihrem Bauch zu regen.

4

An einem Sommertag tauchte er wieder auf. Niemand begriff, weshalb er zu einer solchen Jahreszeit den Wald verlassen hatte, um sich am hellichten Nachmittag in den Weiler zu wagen. Als er durch die Straßen von Terre-Noire lief, sperrten die zunächst zu Tode erschrockenen Bauern ihre Kinder und ihr Vieh in den entlegensten Teil ihrer Höfe und verbarrikadierten sie, dann bewaffneten sie sich mit Mistgabeln, Äxten und Sensen und nahmen, eskortiert von ihren Hunden, die Verfolgung der BESTIE auf. Aber der Wolf lief schnurstracks seinen Weg, ohne in den Wiesen und Höfen Futter zu suchen und ohne auf die Meute von Männern und Hunden zu achten, die sich schreiend an seine Fersen heftete. Er machte solche Sätze, daß niemand ihn einholen konnte, und als er nach einer Abkürzung quer über die Felder bei La Ferme-Haute anlangte, drängten seine Verfolger sich noch am Fuße des Hügels.

Victor-Flandrin erkannte den Ruf des Wolfes auf der Stelle, doch er glich diesmal weniger einem leidvollen, irren Gelächter als einer langgezogenen Klage.

Der Wolf brach in der Mitte des Hofes zusammen, dort fand ihn Victor-Flandrin, auf der Seite liegend. Er verspürte bei seinem Anblick keinen Schrecken, nicht einmal Überraschung, obwohl über zwei Jahre seit jener Nacht im Wald verstrichen waren. Er kauerte sich neben das Tier und hob dessen Kopf behutsam bis zur Höhe seines Gesichts.

Der Wolf hatte zu wehklagen aufgehört, und man vernahm nur noch die ruckartigen Schläge seines Herzens, das immer dumpfer pochte. Victor-Flandrin sah, wie der Blick in den Augen des Tieres noch einmal heftig aufleuchtete und dann sehr langsam zum schwarzen Pupillenloch zurückfloß wie ein in die Nacht entschwindendes Irrlicht, und bald war alles Licht erloschen. Ein dünnes Tränenrinnsal floß aus den Augen des Wolfes, und Victor-Flandrin, der den Kopf des Tieres noch fester umschlang, leckte diese Tränen auf, die ebenso kräftig wie bitter schmeckten. Der Kopf des Wolfes fiel schlaff auf seine Schenkel herab.

Als er bemerkte, daß die Meute von Jägern gegen sein Gut anstürmte, faßte Victor-Flandrin das Tier fest um den Leib und trug es in die Scheune, wo er es einschloß.

Sämtliche Männer des Weilers waren zur Stelle, manche sogar in Begleitung ihrer Frauen, und sobald sie den Hof betraten, ging Victor-Flandrin ihnen entgegen und verkündete, der Wolf sei tot und sie könnten wieder heimgehen. Aber die Leute wollten DIE BESTIE tot sehen und ihr abgezogenes Fell den Hunden vorwerfen. Nuit-d'Or weigerte sich und sagte, es sei noch nicht an der Zeit, ihnen den Wolf zu zeigen, dann jagte er sie vom Hof.

Einige Zeit darauf, die Nacht war schon lange hereingebrochen, erscholl plötzlich ein Heidenspektakel auf der Straße, die nach Ferme-Haute hinaufführte. Es war ein Scheppern von Kochtöpfen, Kannen und Kesseln, die gegeneinander geschlagen wurden, ein Geschrei von Männern und Frauen, in das sich dissonante Gesänge, Fußstampfen und böses Lachen mischten. Das schwoll an wie eine Woge, die gegen den Hof anrollte, das kam immer näher und wurde immer bedrohlicher.

Die Hunde schlugen an, und bald stimmte das Vieh mit dumpfem Gebrüll in das Bellen ein. Mélanie, die schon beleibt war, richtete sich in ihrem Bett auf und preßte die Hände an den Bauch. »Diese Leute bringen Schimpf und Schande über uns!« rief sie verängstigt aus. »Sie wollen uns bestrafen.« Nuit-d'Or begriff nicht gleich, was das bedeutete. »Was haben wir denn getan?« fragte er. »Sie mögen uns nicht«, sagte sie schlicht. »Du bist ein Fremder und hast mich geheiratet. Das tut man nicht. Und dann, diese Geschichte mit dem Wolf...«

Victor-Flandrin stand auf, zog sich an und sagte: »Du, du bleibst hier. Ich werde mit ihnen reden.« – »Das ist unmöglich«, antwortete sie. »Die Leute haben gesoffen, sie sind betrunken und voller Zorn und Haß. Sie werden nicht auf dich hören. Bleib bei mir, ich habe Angst...« – »Nein. Ich, ich habe keine Angst. Ich gehe.«

Die grölende Meute drängte unter zunehmendem Lärm und einem grotesken Geleier gegen Nuit-d'Or und Mélanie gerichteter Schimpf- und Spottlieder in den Hof. Schließlich begannen die Leute, Steine gegen die Mauern, die Tür und die Fenster zu werfen und fackelschwenkend Drohungen auszustoßen. Mitten in ihrer Schar stand ein alter Esel, auf dem rittlings eine Puppe aus Stroh und Lumpen saß, die Péniel darstellen sollte. »He! Gueule de Loup! Wolfsschnauze!« schrien sie und schlugen dabei auf ihre Töpfe. »Komm heraus, damit wir dich verdreschen, du Dreckskerl, daß du den Buckel krümmst wie eine alte Schindmähre! Hu! Hu! Gueule de Loup!«

Die Tür ging auf, und Nuit-d'Or erschien auf der Schwelle. Über den Schultern trug er den Wolfsbalg, der ihn bis zu den Waden einhüllte. »Hier bin ich!« sagte er. Bei seinem Anblick schwiegen alle still, dann setzte das Geschrei erneut ein, noch dumpfer und unheimlicher. »Er ist ein Werwolf!...«, riefen manche und wichen zurück. Nuit-d'Or trat auf sie zu. »Was wollt ihr?« fragte er. Aber sie antworteten ihm nur mit einem Tumult von Beschimpfungen. »Auf den Esel mit ihm! Auf den Esel!« schrie einer. »Beschmiert ihn mit Mist und Federn!« –

»Hier, dein Hut!«, und grell auflachend hielt ihm ein anderer einen ganz mit Unrat besudelten alten Strohkorb hin. »Verfluchter! Tod dem Werwolf! Verbrennt ihn! Verbrennt ihn!« stießen nun einige hervor, und bald wiederholten alle im Chor diese Rufe.

Doch als die Männer mit ihren vom Fackelschein verzerrten Gesichtern in seine Nähe kamen, stürmte der Esel in ihre Mitte, die Puppe kippte vornüber und fiel zu Boden, das Tier rannte um Victor-Flandrin herum und ergriff dann die Flucht, und niemand konnte es wieder einfangen. »Du verfluchter Hund!« schrie man ihm zu, »sogar die Tiere haben Angst vor dir!« Aber die Angreifer vermochten ihren Ring um Nuit-d'Or nicht enger zu ziehen, die Runde des Esels, bevor er entfloh, schien einen unsichtbaren Kreis um ihn gezogen zu haben, in den zu treten unmöglich war. Die anderen konnten noch so sehr stampfen und ihre Fäuste gegen ihn hochwerfen oder vorzupreschen versuchen, keinem gelang es, in den Kreis zu treten und Nuit-d'Or zu erreichen. Daher wandten sie sich mit gesteigerter Wut gegen die zu Boden gerollte Puppe, sie hoben sie hoch, spießten sie aufrecht auf eine Mistgabel und stellten sie in die Mitte des Hofes, dann zündeten sie sie an.

Zur großen Freude der Anwesenden brannte der Mann aus Stroh sofort lichterloh. Als aber das Feuer schon am Verlöschen war, züngelten aus dem Aschehaufen plötzlich sieben feine, nahezu weißgelbe Flammen, die mannshoch auflohten, hin- und herwogten, dann wieder herabfuhren und heftig, wie Irrlichter, durch die Nacht auseinanderstoben.

Der Zorn der Bauern fiel in sich zusammen wie die Flammen, und Angst packte sie. Sie entfernten sich langsam, rückwärts gehend und murrend. Und es herrschte Schweigen, als sie La Ferme-Haute verließen, um nach Hause zu gehen.

Von diesem Tag an ließ man Victor-Flandrin in Ruhe, seinem Beinamen Nuit-d'Or fügte man jedoch künftig den Schmähnamen Gueule-de-Loup, Wolfsschnauze, hinzu.

Mélanie kam im Herbst nieder. Das Ereignis fand eines Abends statt, und zwar gleich zweimal. Während der ganzen Niederkunft blieb Victor-Flandrin vor der Zimmertür stehen, da Mélanie nur die drei Frauen aus dem Weiler bei sich duldete, die gekommen waren, ihr in den Geburtswehen beizustehen. Er hörte lediglich die Frauen, die fortwährend, bald mit lauter, bald mit sehr leiser Stimme Anordnungen, Ratschläge und sonderbare Laute hervorstießen; in dieses Gewisper mischten sich die Geräusche ihrer Bewegungen und Schritte. Nur Mélanie sagte nichts. Daher hatte Victor-Flandrin schließlich den Eindruck, diese Frauen machten sich vergeblich um ein verödetes Bett zu schaffen, und nachdem er so lange im Dunkeln auf dem Treppenabsatz gewartet hatte, dachte er am Ende gar, Mélanie sei die Beute dreier Hexen geworden, die gerade nach irgendwelchen Zauberkunststücken suchten, um sie verschwinden zu lassen. Er begann ungestüm gegen die Türe zu trommeln und befahl den Frauen, ihm zu öffnen, aber sie ließen ihn nicht ein.

Er konnte das Schweigen und den Zweifel, die ihn mehr als Schmerzensschreie bedrückten, nicht länger ertragen, und am Ende verspürte er in seinem eigenen Leib diesen Schmerz, den Mélanie nicht zum Ausdruck bringen wollte. Und so war er es, der vor Schmerz zu schreien begann, lauter zu schreien, als je eine Frau bei der Geburt geschrien hatte, so laut, daß alle, die es hörten, Menschen wie Vieh, eine dunkle Beklemmung überkam. Er hörte erst auf, als er den Schrei des Erstgeborenen vernahm. Da überließ er sich seinen Tränen und weinte vor Erschöpfung, vor Erleichterung und vor Glück zugleich. Beim Schrei des Zweitgeborenen begann er zu lächeln und fühlte sich selbst wieder zum Kinde geworden.

Die Welt wurde ihm unendlich leicht, so als wären alle Dinge und auch er selbst aus Papier. Auf einmal erinnerte er sich an den Geschmack des Windes, wenn er von der Schelde heraufkam, und an den Geruch der Erde, wenn sich der Abend, zitternd vor rosa Nebeln, im Frühling auf die Uferböschung senkte. Er sah sich wieder den Treidelweg entlanggehen, der übersät war von Pferdeäpfeln, die die Fliegen im Sommer in blaugrünen Schwärmen erblühen ließen. Und er fühlte an seiner Wange die sanfte Berührung von Vitalies Händen, die ihm die Bettdecke wieder hinaufzogen, damit er im Warmen einschlief und mit schönen Träumen, die sie ihm durch ihre Geschichten allabendlich vorbereitete. Auch von etwas anderem, weniger Greifbarem fühlte er sich berührt, das aus dem Innern seines eigenen Körpers aufzusteigen schien; es war wie ein fremder und zugleich so vertrauter Blick, der sich in ihn eingeschlichen hatte, um seinen Schlaf zu durchforschen und seine Träume zu liebkosen. Es gelang ihm nicht, diesen Blick zu erkennen, doch ahnte er in ihm den Blick seiner Mutter und Schwester, die zu ihm zurückgekehrt war, und zugleich war ihm, als sei es der Blick seines Vaters, der ihn heimlich beobachtete.

Als die Frauen endlich aus dem Zimmer traten und ihn hereinließen, war er noch ganz in Traum und Verwunderung versunken.

Mélanie ruhte in der Mitte des Bettes, den Kopf zurückgelehnt in die Kissen, über die sich ihr offenes Haar ausbreitete. Er trat näher und betrachtete lange seine schlafende Frau, sie hielt die beiden Söhne, die sie gerade zur Welt gebracht hatte, dicht an sich gepreßt. Er fand sie beinahe beängstigend schön mit ihrem bleichen Gesicht, ihren bläulichgrau umschatteten Augen und ihrem halbgeöffneten Mund, dessen Lippen noch stärker aufgeworfen waren als gewöhnlich und das durchscheinende Rot von Johannisbeeren hatten. Ihre noch schweißnassen Haare umkränzten ihr Gesicht in langen welligen Locken, die im Licht der untergehenden Sonne eine rötliche Farbe annahmen. Dann betrachtete er die Kinder, die sich in der Beuge ihrer Arme eingenistet hatten; sie glichen einander vollkommen. Mélanies Körper erschien dadurch wie ein Spiegel, der ein einziges Kind verdoppelte, und auch Nuit-d'Or suchte nun sein Bild in diesem Spiegel. Doch er stieß auf die gleiche Blindheit, die er bei allen Spiegeln erlebte, und fühlte sich ausgeschlossen von diesem dreifachen, in einen gemeinsamen Schlaf versunkenen Leib. Und weil er an diesem Schlaf nicht teilhaben konnte, setzte er sich auf die Bettkante, ihn zu bewachen.

5

Wenngleich es Victor-Flandrin niemals gelang, sein eigenes Spiegelbild einzufangen, hinterließ er doch andererseits rings um sich seine Spuren. Sein blonder Schatten hing oft noch in seinen Fußstapfen, lange nachdem er vorübergegangen war, und wenn die Leute von Terre-Noire diesem Schatten auf ihrem Weg begegneten, wichen sie ihm stets mit größtem Argwohn aus. Alle achteten sorgfältig darauf, nie in den Schatten von Nuit-d'Or-Gueule-de-Loup zu treten; den fürchteten sie mehr noch als ihn selbst.

Spuren seiner goldenen Nacht hinterließ er auch in den Augen seiner Söhne Augustin und Mathurin. Sie trugen in der Tat jeder ein goldenes Mal im linken Auge. Dieser Fleck sollte, ebenso wie die Zwillingsgeburten, das ganze Geschlecht von Kindern zeichnen, das er zeugte.

Für seine Söhne verausgabte er noch mehr Kraft und Energie, so daß er nach und nach zum Herrn der Felder, Wälder und Teiche von Terre-Noire wurde. Bald reichte sein Ruf bis in die umliegenden Dörfer und sogar bis in die Ortschaft, wo jeden Monat Markt gehalten wurde. Aber dieser Ruf, wie auch sein Schatten und sein Wolfsbalg, erregten ebensoviel Ehrfurcht wie Mißtrauen, und sein Glanz rief die gleiche Irritation hervor wie eine am Winterhimmel unsichtbare Sonne, die ihr Licht im blendenden Weiß der Wolken zerstreut.

Niemand wußte wirklich, woher er kam, noch weshalb und auf welche Weise er hierher gelangt war. Die wunderlichsten Legenden und Gerüchte gingen um über seine vom Kohlenstaub geschwärzte Hautfarbe, über die Goldflecken in seinem Auge, die er sich nun anschickte, auf seine Nachkommenschaft zu übertragen, über seinen blonden Schatten, der ganz allein auf den Wegen herumspukte, über seinen Umgang mit den Wölfen, über seine Stimme mit dem fremden Klang, über seinen Blick, der Spiegel blind zu machen vermochte, und über seine verstümmelte Hand.

Er war kein Einheimischer, und mochte er sich auch mit viel Kraft und Geschick das Land zu eigen machen und sich als Herr behaupten, so würde er doch niemals ein Einheimischer werden, selbst wenn er hier Jahrhunderte lebte. Er würde für alle und für immer der Fremde bleiben.

Aber er durchmaß mit gleichförmigem, ruhigem Schritt die Jahreszeiten und seine Ländereien, und sein lange Zeit verfinstertes Herz öffnete sich langsam der kühlen, wolkenlosen Klarheit des Tages. Und die Liebe, die er für seine Frau und seine Söhne, seinen Hof, seine Felder, Herden und Wälder empfand, wuchs wie das dichte, kräftige Gras der Wiesen. Hätte er dem Gut La Ferme-Haute einen anderen Namen geben sollen, so wäre das nicht der Name gewesen, den sein Großvater und sein Vater für ihren Lastkahn gewählt hatten. Er hätte das Gut weder »A la Grâce de Dieu« – »Zu Gottes Gnaden« – noch »Colère de Dieu« – »Gottes Zorn« – genannt, sondern »A l'aplomb de Dieu« – »Im Lot Gottes«.

Sein Glaube war in der Tat frei von jeder bildlichen Vorstellung und jedem Gefühl. Er begriff im übrigen nichts von den Mysterien der Religion, von kirchlichen Kulthandlungen und Geschichten. Eines stand jedoch für ihn fest: Gott konnte nicht Kind werden und auf die Erde kommen, denn die Welt, die dann nicht mehr senkrecht an ihrem Fixpunkt aufgehängt wäre, würde herunterstürzen und ins Chaos sinken. Und zudem wäre ein Gott, selbst als Kind, zu schwer, um auf die Erde herabzusteigen, er könnte seinen Fuß nicht auf den Boden setzen, ohne alles auf seinem Wege zu zermalmen.

Beseelt von dieser Idee, besuchte er die Messe nur einmal im Jahr – was das Gebelfer gegen ihn keineswegs minderte. Nuit-d'Or-Gueule-de-Loup galt als Ungläubiger. Es gab im ganzen Jahr nur ein Fest, an dem er sich immer beteiligte, das Pfingstfest; an diesem Tage ging er zur Kirche, denn es wurde dann der einzigen Tat gedacht, die er eines Gottes für würdig erachtete: »...Und es geschah plötzlich ein Brausen vom Himmel, wie eines gewaltigen Windes, und erfüllte das ganze Haus, da sie saßen. Und es erschienen ihnen Zungen zerteilt, wie von Feuer; und er setzte sich auf einen jeglichen unter ihnen, und sie wurden alle voll des heiligen Geistes und fingen an zu predigen in anderen Zungen, wie der Geist ihnen gab auszusprechen.«

Gott konnte sich den Menschen nur dadurch offenbaren, daß er seinen großen Überfluß auf ihre Köpfe ergoß, ohne sich dabei von seinem Platz zu rühren. So blieb das Gleichgewicht erhalten, und das Band zwischen den beiden Unversöhnlichen war gestärkt. Er stellte sich einen herrlichen Regen vor, der von den äußersten Grenzen des Himmels senkrecht auf die Erde herabfiel, und die Tropfen waren ebenso viele zarte Flämmchen, durchsichtig und glitzernd wie Perlen aus Glas, die an der Stirn und den Schultern der barhäuptig im Regen stehenden Menschen zersprangen. Die Sprache, welche die so berührten Menschen zu sprechen begannen, war nichts anderes als das Geräusch des Windes – eines mächtigen Windes auf rasend schneller Fahrt über den Himmel und die Erde. Nuit-d'Or-Gueule-de-Loup liebte nichts so sehr wie den Wind, und er wurde es nicht müde, zu lauschen, wie er pfeifend und fauchend umherfegte. Und in seiner Vorstellung war auch der Tod weiter nichts als ein allerletzter Windstoß, der einem brutal das Herz herausriß, um es mit seinem Schwung davonzutragen, hoch hinauf in eine Öffnung des Himmels.

Augustin und Mathurin waren einander so ähnlich, daß nur ihre Eltern sie zu unterscheiden vermochten. Hatten sie dem Vater den rostbraunen, stets zerzausten Haarschopf und das goldene Mal im linken Auge zu verdanken, so hatten sie von der Mutter das runde Gesicht mit den hohen Backenknochen geerbt. Es gab keine Geste, keinen Ausdruck, die die beiden nicht teilten. Die Anteile waren indes nicht immer gleich vergeben, es waren winzige Nuancen, die ihren Unterschied ausmachten. Ihre Stimmen und ihr Lachen, auch wenn sie das gleiche Timbre hatten, unterschieden sich mitunter in der Modulation; bei gleichem Klang ließen sie ein gewisses Spiel von Variationen erkennen. In Mathurins Stimme und vor allem in seinem Lachen war stets mehr Frohsinn und Klarheit, während ein gewisses Zögern die Stimme und das Lachen Augustins dämpfte. Und das zeigte sich sogar in ihrem Atem.

Gerade diese unmerkliche Nuance ihres Atems hatte es Victor-Flandrin angetan. Jeden Abend setzte er sich ans Bett seiner Söhne und erzählte ihnen die gleichen Geschichten, die einst Vitalie ihm zuflüsterte, damit er einschlief. Es dauerte nicht lange, dann glitten die beiden Kinder in den Schlaf, bezaubert von wundervollen Bildern und Abenteuern, denen sie noch lange im Traum nachjagten. Und er blieb eine Weile sitzen, um seine Söhne zu betrachten und sie atmen zu hören, und er versuchte, in ihren Gesichtern, auf denen Ruhe und Unbekümmertheit lag, ein wenig von seiner eigenen Kindheit wiederzufinden, die er so früh und so gewaltsam hatte verlassen müssen. Dann kroch auch er in sein Bett, wo Mélanie, eingeringelt unter den dicken Daunen, ihn schon erwartete. Ihr zusammengerollter Körper strömte im lauen Schatten der Laken einen feuchten Geruch aus, der an Buschwerk nach einem herbstlichen Regenschauer erinnerte. Er liebte es, in dieses Buschwerk zu schlüpfen, seinen Kopf in das üppige Haar zu vergraben, das sich über das Kissen ergoß, und sein Bein rasch zwischen die angezogenen Knie seiner Frau zu schieben. Auf diese Weise begann er stets, sich in ihren Körper zu versenken, dann umfingen sie einander gemäß einem Spiel, in welchem sie sich rasch und geschmeidig verflochten, wobei ihre Glieder sich in einem fort umschlangen und wieder lösten, bis sie sich vollends ineinander verknoteten.

In der Liebe war Mélanie ebenso feurig wie schweigsam, so als müßte ihre ungestüme Sinnlichkeit mit einer tiefen Scham wetteifern, was ihren Spielen das Gepräge eines rituellen Kampfes verlieh. Aber alles an Mélanie war in dieser Weise schweigsam und verhalten. Auch sonst sprach sie nur wenig und drückte sich hauptsächlich mit ihrem Körper und ihrem Blick aus. Es schien ein großes Feuer in ihr zu brennen, das, tief in ihrem Bauch verborgen, die Worte verzehrte, während es in ihren Gesten und ihren Augen hohe Flammen schlug.

Das Jahrhundert neigte sich seinem Ende zu; an seiner Wende kam Mélanie wie zur Begrüßung dieser Wiedergeburt der Welt ein zweites Mal nieder. Diesmal schenkte sie zwei kleinen Mädchen das Leben, wiederum Zwillinge und durch das goldene Mal im linken Auge gezeichnet. Im Gegensatz zu ihren Brüdern hatten sie von der Mutter das dichte schwarze Haar geerbt und vom Vater die kantigen Gesichtszüge.

Noch einmal hatte Victor-Flandrin jenen sonderbaren Eindruck, eine einzige, wie in einem Spiegel verdoppelte Person vor sich zu haben. Aber in diesem Spiegel lernte er nun auch die kleinen Fehler erkennen, die sich unmerklich in das Spiel der Abbilder geschlichen hatten. Bei der einen, Mathilde, war alles wie aus hartem Gestein geschnitten; die andere, Margot, hingegen schien aus einer Art weichem Ton geformt. Solche unwägbaren Unterschiede schmiedeten mit Macht die Vertrautheit und die Zuneigung der Zwillinge untereinander, da jeder im anderen die winzige Nuance suchte und liebte, die ihm gerade fehlte.

Die Leute von Terre-Noire sahen in dem Quartett der Péniel-Kinder ein neues Zeichen der Sonderbarkeit dieses Nuit-d'Or-Gueule-de-Loup, der offensichtlich darauf beharrte, in allem, was er tat, immer ausschweifend und ungebührlich zu sein. Aber immerhin hatte jedes dieser Kinder, auf die von vornherein ein wenig vom Argwohn der Leute fiel, nur einen einzigen goldenen Fleck im linken Auge, und vor allem hatten sie nicht diesen furchtbaren blonden, umherstreifenden Schatten ihres Vaters. Mélanie selbst war weder beunruhigt noch verwundert, sie fühlte sich fähig zu allen weiteren Zwillingsgeburten, die sie noch zu bestehen haben würde. Im übrigen war sie niemals so schön und wohlauf wie im Verlauf ihrer Schwangerschaften; sie liebte es, wenn sie spürte, wie in ihrem Innern dieses wunderbare Gewicht heranreifte, das sie immer fester und tiefer in ihrer Erde, im Leben, in Victor-Flandrin verwurzelte. Für sie kam alles, was es an Gutem und Schönem auf der Welt gab, aus Reife und Wölbung. Wölbung, die trächtig war von Gras und Korn, von Licht und Glück, von Begierde und Kraft. Und ihre Zärtlichkeit für die Ihren war ein Spiegelbild dieser Gewölbtheit des Lebens und aller Dinge auf der Welt – sie war erfüllt, ausgeglichen und sinnlich.

Auf die Rundung der Tage, an denen sie ihre Kinder wachsen und ihre Felder Früchte tragen sah, folgte jene der Nächte, die noch gewaltiger und herrlicher war.

Victor-Flandrin aber blieb im Lot Gottes, jenes fernen, wenn nicht gar abwesenden Gottes, dem man stets durchs Leere hindurch zustreben mußte, damit das Gleichgewicht der Welt nicht erschüttert würde. Und seine Kinder waren für ihn ebenso viele Gegengewichte an seinem Körper, die es ihm ermöglichten, seine Verankerung in der Erde immer mehr zu festigen.

6

Das Terre-Noire am nächsten gelegene Dorf war über die Landstraße etwa sechs Kilometer von La Ferme-Haute entfernt. Diese Straße, die sich am Hang des Hügels wand, auf dem das Gut gelegen war, beschrieb jedoch endlose Kurven um Hochmoore, Felsvorsprünge und kleine, schmale Schluchten voll dornigen Gestrüpps. Dann führte sie durch den Weiler, der sich weiter unten an den Hügel schmiegte, schlängelte sich am Wald der leichtsinnigen Lieben entlang, folgte eine Weile den Windungen des Launischen Bachs und schlug sich noch einmal durch Felder und Wiesen, bevor sie schließlich beim Dorf Montleroy anlangte.

Als seine Söhne im Schulalter waren, beschloß daher Victor-Flandrin, selbst einen Weg anzulegen, der quer durch seine Felder führte und dann abbog, um geradewegs auf einen anderen, kürzeren und weniger gewundenen Weg in Richtung Montleroy zu stoßen. So würden seine Kinder nur noch drei Kilometer zurückzulegen haben, jeden Morgen und jeden Abend.

Augustin fand auf der Stelle Geschmack an der Schule und bemühte sich mit Eifer, lesen und schreiben zu lernen. Er empfand eine ungeheure Neugierde für Bücher und liebte ihr Gewicht in seinen Händen, ihren süßlichen Geruch, die körnige Struktur des Papiers, die schwarz auf weiß gedruckte Schrift ebenso wie die Bilder, die die Worte untermalten. Und nach kurzem begann er durch die Bücher und Bilder hindurch zu träumen; ein Buch im besonderen und zwei Bilder erregten seine Phantasie. Das waren ›Le Tour de France par deux enfants‹ von Bruno und die beiden großen Landkarten, die neben der Tafel hingen.

Rechts von der Tafel prangte Frankreich in seiner tausendjährigen, sechseckigen Harmonie, an der allerdings an einer Seite das violette Krebsgeschwür der neuen Grenzen fraß, die die verlorenen Provinzen Elsaß und Lothringen abtrennten. Diese weite Fläche lag da wie die zum Trocknen ausgelegte Haut eines Tieres, die Flüsse darauf zogen ihre türkisblauen Windungen durch die grünen Zonen der Wälder und die landwirtschaftlich genutzten Flächen, die von den unterschiedlich großen schwarzen Flecken der Präfekturen und Unterpräfekturen gesprenkelt waren. Er wußte den Verlauf der Maas in- und auswendig und konnte die Namen aller an ihren Ufern errichteten Städte wie eine Litanei hersagen.

Links von der Tafel hing als Gegenstück eine Weltkarte, auf

der die einzelnen Kontinente sich wie helle Tintenflecke vom indigofarbenen Hintergrund der Meere abhoben. Die Namen einiger dieser Gewässer, die von gewaltigen Strömungen in Gestalt dunkelblauer Pfeile durchzogen wurden, entzückten ihn: Pazifischer Ozean, Arktisches Eismeer, Rotes und Schwarzes Meer, Ostsee, Ochotskisches Meer, Golf von Oman, Golf von Panama, Golf von Campeche und Golf von Bengalen. All diese Namen bedeuteten ihm nichts; es waren Wörter, wunderbare Wörter, frei wie die Luft und munter wie die Rufe der Vögel. Er sagte sie her, nur um ihren Klang in seinem Mund zu genießen.

Die gebirgigen Regionen waren ockerfarben, die noch unerforschten Zonen starrten in Weiß – während Gebiete, die Frankreich erobert hatte, sich in kräftigem, köstlichem Rosa zur Schau stellten. Auf dieses Rosa der Kolonien deutete der Lehrer mit der Spitze seines Lineals niemals ohne einen gewissen Stolz. »Hier ist das afrikanische Frankreich!« sagte er, indem er einen vagen Kreis über der Mitte der Weltkarte beschrieb. »Und hier das indochinesische Frankreich!« fuhr er fort, indem er sein Lineal nach Osten wandte. Diese weit entfernten, weltenbummlerischen Geographien verwirrten den kleinen Bauern Augustin vollends, gleichwohl aber machte er sie zum Reich seiner Träume und erdachten Abenteuer.

Man konnte nicht behaupten, daß Mathurin den Enthusiasmus seines Bruders für die Schule teilte; er liebte nichts so sehr, als durch die Wiesen zu streifen, auf Bäume zu klettern und Nester auszunehmen und alle möglichen Dinge herzustellen, die er aus Holz schnitzte. Bücher langweilten ihn, er mochte an ihnen nur die Bilder. Er zog es vor, anderswo lesen zu lernen, direkt in der ihn umgebenden Welt. Und diese Welt war ihm genug; mit jenen fernen französischen Ländern, jenen bonbonrosafarbenen Frankreichen mit den unaussprechlichen Namen, die von farbigen Menschen bevölkert waren, wußte er nichts anzufangen.

Er hatte Tiere gern, besonders Rinder. An Markttagen begleitete er seinen Vater stets zum Marktflecken; auf dem Hauptplatz stand eingepfercht das Vieh. Man konnte dort die schönsten Rinder aus dem Umkreis sehen. Er mochte diese Tiere wegen ihrer schwerfälligen und friedvollen Kraft, wegen der Schönheit ihrer riesenhaften Körper, ihres warmen, weichen Atems und vor allem wegen der außerordentlichen Sanftmut ihrer Augen. Auf dem Gut war er es, der sich um die Rinder kümmerte.

Mathurin hatte mit Hilfe seines Vaters einen kleinen Karren gebaut. Bei schönem Wetter spannte er einen der Ochsen davor und nahm seinen Bruder und seine Schwestern auf einen Streifzug entlang des schmalen Weges mit, den ihr Vater für sie auf dem Westhang des Hügels angelegt hatte. Aber manchmal, an einem Regentag, kam es vor, daß er allein zu einer solchen Spazierfahrt aufbrach. Der Karren holperte über den morastigen Weg, und Mathurin, der dicht hinter der triefenden Kruppe des im Schlamm watenden Ochsen saß, hielt die Zügel des Geschirrs wie ein Kapitän, der das Ruder seines in ein Unwetter geratenen Schiffes umklammert. Die Welt rings um ihn erstrahlte dann in Weite und Einsamkeit wie ein befreites Land.

Kehrte er dann von seinen Ausflügen zurück, stand seine Mutter stets schon wartend auf der Schwelle des Hauses, und sobald er da war, durchnäßt und schlammbedeckt, packte sie ihn und schleppte ihn schimpfend in die Nähe des Herdes, um ihn abzurubbeln und zu trocknen. Aber es war weniger Zorn in Mélanies Schelte als vielmehr ihre zärtliche Liebe zu dem Kind, dessen Unbesonnenheit sie in Unruhe versetzt hatte. Von all ihren Kindern stand Mathurin ihr am nächsten, denn sein Gefühl der Hingabe und Liebe zur Erde glich dem ihren. Auch Augustin wartete schon auf ihn, er aber sagte nichts. Schweigend sah er seinen Bruder aus dem Regen heimkehren, und in seiner traurigen Miene schien der Vorwurf zu liegen, ihn allein gelassen zu haben. Nicht, daß er die Ochsen oder solche Spazierfahrten im Regen sonderlich liebte, aber er konnte ohne seinen Bruder nicht sein. Als dieser die Schule verließ, tat Augustin es ihm übrigens gleich, obwohl er gerne weitergelernt hätte.

Victor-Flandrin behielt seine alte Leidenschaft für die Pferde. Sie waren die einzigen Gefährten seiner einsamen Kindheit gewesen. An einem Markttag kehrte er denn auch mit einem rotbraunen Zugpferd zurück, dessen herrlicher brauner Schweif rostfarben schillerte und ebenso dicht und glänzend war wie das Haar Mélanies. Er nannte das Pferd Escaut – Schelde, in Gedanken an sein früheres Leben, als er noch nicht wirklich ein Landmensch war, woran nur er allein sich erinnerte. Alle seine Kinder waren auf diesem Boden geboren, auf dem Fuß zu fassen er fast zwanzig Jahre gebraucht hatte, und schon war ihre Erinnerung eine andere.

Doch brachte er noch etwas anderes aus dem Marktflecken mit, etwas, das noch viel wunderbarer war und die Erinnerung aller wieder versöhnte, indem es in ihr Bilder außerhalb von Raum und Zeit, wenn nicht gar reine Traumbilder weckte.

Es war eine Kiste, eine große schwarze Kiste aus leinenüberzogenem Karton. Sie barg in sich eine weitere, komplizierter geformte Büchse aus Blech, welche mit pflaumenblauem Lack überzogen war und deren Sockel ein Fries von kleinen rosa und gelben Blumen zierte. Sie sah aus wie ein winziger Ofen mit zwei Rohren, einem horizontalen und einem vertikalen. Das erste war kurz und breit und endete in einem kleinen runden Fenster, das andere war sehr viel länger und am oberen Ende gezackt.

Als Victor-Flandrin diese geheimnisvolle Kiste auf den Hof brachte, wollte er nichts darüber sagen und schloß sie auf dem Dachboden ein, wo er mehrere Abende damit verbrachte, allein und in großer Heimlichkeit zu hantieren. Eines Abends schließlich rief er seine ganze Familie und Jean-François-Tige-de-Fer auf den Dachboden und lud sie ein, sich auf die Bänke zu setzen, die er vor einem Behang aus weißem, lichtdurchlässigem Baumwollstoff aufgestellt hatte, hinter welchem besagte Kiste, auf einem Tisch stehend, sich abzeichnete. Er glitt hinter diese Leinwand und machte sich eine Weile an der Kiste zu schaffen, aus deren kleinem rundem Fenster plötzlich ein grelles Licht strahlte, das die Stoffwand erleuchtete, während ein leichter Rauch aus dem gezackten Schornstein entwich. Da tauchten wundersame Tiere aus der Dunkelheit des Dachbodens auf. Zuerst eine orangefarbene Giraffe, die damit beschäftigt war, eine kleine Wolke vom Himmel zu fressen, dann ein blauschwarz gepanzertes Rhinozeros, ein vergnügter Affe, der an einem Arm frei am Ast eines Bananenbaums hing, ein Pfau, der das Rad schlug, ein Walfisch, der aus türkisblauen Wellen sprang und eine große Wasserblume in den Himmel warf, ein weißer Bär, auf einem Rad balancierend, den ein Zigeuner in buntverzierter Tracht an der Leine hielt, ein Dromedar, das unter einem sternenübersäten Himmel neben einem grün und gelb gestreiften Zelt schlief, ein Seepferdchen, das seine Brust wie eine bronzene Rüstung wölbte, ein rosaroter Papagei, der auf dem erhobenen Rüssel eines Elefanten saß, und noch viele andere Geschöpfe, die die Kinder entzückten. Dann rollten Züge vorüber, in Girlanden schwarzer Rauchfahnen gehüllt, Winterlandschaften zogen vorbei, drollige Szenen mit kleinen wunderlichen Gestalten, aber auch erschreckende Szenen, die mit Mistgabeln bewaffnete Teufelchen, unterm Mond fliegende Gespenster und alle Arten von geflügelten, gehörnten, krallenbewehrten Ungeheuern zeigten, die die Zunge herausstreckten und mit den Augen rollten. Die Vorstellung dauerte lange und wurde den Winter über oftmals wiederholt.

Wenn er sich so mit den Seinen im Halbdunkel des Dachbodens einschloß und die Laterna Magica herausholte, empfand Victor-Flandrin höchste Wonnen. Dann schien ihm, als seien es seine eigenen Träume, die er da projizierte, Bilder, die tief in seinem Innern eingraviert waren, und es war, als reiste er mit all seinen Lieben durch innere Landschaften, die nur sie allein kannten. Und diese einzig aus Farbflecken und Licht fabrizierten Geographien führten sie noch weiter fort, hinter die Kulissen der Zeit und der Nacht, dorthin, wo die Toten wohnen. Wenn er die Öllampe anzündete, um sie in das Gehäuse der Laterna zu schieben, so tat er das übrigens nie, ohne an seine Großmutter zu denken; jedesmal war ihm, als sei die zarte Flamme, die all diese Bilder zum Leben erweckte, nichts anderes als das Lächeln Vitalies. Schließlich stellte er sogar eigene Bilder her, indem er naive Zeichnungen von Lastkähnen, die von Pferden getreidelt wurden, auf Glasscheiben malte und so die Geschichten illustrierte, die er seinen Kindern oft erzählt hatte.

7

Mit dem Frühling kehrte die Arbeit zurück, und die Lichtzaubereien wurden seltener. Doch entfaltete nun die Natur aufs neue ihren Zauber. Kaum war sie aus dem Schnee aufgetaucht, begann sie wieder zu blühen, zu reifen und zu wachsen. Vögel zogen kreischend über den Himmel, kehrten heim aus langem Exil und fanden ihre in den Bäumen, im Gesträuch und auf den Uferböschungen der Bäche und Sümpfe verborgenen Nester wieder. Das Vieh kam aus der dumpfen Luft der Stallungen hervor, den Körper gebläht von neuem Hunger und brüllend vor Begierde. Escaut, der keine Stute zum Beschälen hatte, brüllte lauter und wilder als alle.

Der Frühlingszauber wirkte sogar mit solchem Ungestüm in ihm, daß es ihn nicht mehr an seinem Platz zu halten schien. Eines Morgens riß er sich aus den Händen von Victor-Flandrin und François-Tige-de-Fer los, die ihn gerade vor den Karren schirren wollten. Es war Markttag, und Victor-Flandrin machte sich bereit, mit seinen Söhnen ins Dorf zu fahren.

Escaut riß beide Männer und den Karren um, der auf die Seite kippte, und stürzte in die Mitte des Hofes, wo das Federvieh unter Gekreisch in alle Richtungen auseinanderstob. Dann begann er vor den Stufen des Hauses auf der Stelle zu treten, wobei er mit wilden Hufschlägen auf das Katzenkopfpflaster einhämmerte und seinen schweren Kopf hin- und herwarf, als sei er einem Beschwörungstanz ausgeliefert. Er stieß ein Wiehern hervor, so heiser, als käme es aus einem anderen Körper – aus einem tief in seinen aufgeblähten Flanken verborgenen archaischen Körper. Mélanie, durch diesen ganzen Spektakel aufgeschreckt, kam aus der Küche gerannt, um die Taille die geraffte Schürze, an der sie die mehligen Hände abwischte. Ihr blieb keine Zeit, zurückzuweichen; mit einem Hufschlag schleuderte das Pferd sie gegen die Treppe, die sie eben heruntergekommen war; sie stürzte hintüber und spreizte dabei die Arme wie ein ausgerenkter Hampelmann, während ihr die Schürze übers Gesicht fiel. Escaut schlug nochmals ins Leere aus und rannte, noch heftiger wiehernd, zu den Scheunen weiter.

Nuit-d'Or hastete zur Treppe, gefolgt von Jean-François-Tige-de-Fer, der sich beim Vorwärtshumpeln das Kreuz hielt. Mélanie hatte sich nicht gerührt, sie lag, Arme und Beine in alle vier Richtungen ausgestreckt, quer über den Stufen, der Oberkörper war unter ihrer grauen, mit malvenfarbenen Blumen bedruckten Schürze verborgen, die mehlbestäubten Hände baumelten im Leeren, die Füße in den schiefgetretenen Holzschuhen ragten sonderbar in die Luft.

Die vier Kinder waren ebenfalls herbeigelaufen und standen dicht aneinandergedrängt am Fuß der Treppe; sie starrten ihre Mutter mit offenem Mund an, die Augen vor Überraschung und Entsetzen geweitet. Nuit-d'Or schlug die Schürze von Mélanies Gesicht zurück. Auch sie hatte den Mund aufgerissen, ihre schmalen, schwarzen Augen blickten jedoch so wach und durchdringend wie noch nie. »Aaa...u...«, stöhnte sie, ohne den Kopf zu bewegen.

Margot begann zu weinen, aber roh stieß ihre Schwester sie an. »Sei still, du blöde Ziege! Die Mama hat nichts! Sie steht gleich wieder auf«, versicherte ihr Mathilde. »Gewiß, sie wird schon wieder aufstehen, deine Mutter«, gab Tige-de-Fer als Echo zurück, »sie ist ja zäh, weißt du...« Aber seine Stimme klang düster, und seine Augen wurden schon feucht.

Nuit-d'Or faßte Mélanie ganz vorsichtig bei den Schultern, Tige-de-Fer nahm sie bei den Beinen, dann hoben sie sie an. Sie stieß einen so schrillen Schrei aus, daß die beiden Männer sie fast hätten fallenlassen. Margot floh ans andere Ende des Hofes, ohne ihre Tränen noch weiter zurückzuhalten. Augustin stand stocksteif an der Seite des Bruders, der seine Hand so fest drückte, daß es ihm fast die Finger brach. Mit Mühe gelang es den beiden Männern, Mélanie ins Zimmer hinaufzutragen und sie auf das Bett zu legen. Sie war so bleich, daß auch ihr Gesicht wie mit Mehl bestäubt schien.

Mélanie wandte die Augen nicht von Victor-Flandrin, sie starrte ihn mit einem flehenden und zugleich glutvollen Blick an. Aber er hätte nicht zu sagen vermocht, was in diesem Blick brannte – Zorn, Verlangen, Angst, Verzweiflung oder Schmerz. Vielleicht auch all das zugleich. Sie wollte sprechen, aber sie mochte den Mund noch so weit öffnen, kein Ton kam heraus, nur ein furchtbares Röcheln, das ihre Lippen verzerrte. Nuit-d'Or beugte sein Gesicht ganz dicht über das ihre und trocknete ihr die schweißnasse Stirn. Haarsträhnen klebten an ihren Schläfen, an ihren Wangen, ihrem Hals. Zum ersten Mal bemerkte er, daß ein paar weiße Fäden das schwere braune Haar seiner Frau durchzogen, und zum ersten Mal wurde ihm die ganze Flut der Jahre bewußt, die seit seiner Ankunft in Terre-Noire vergangen waren. Er ermaß auch, wie sehr er mit dieser Frau verbunden war, so sehr, daß er sein eigenes Leben von dem ihren nicht mehr unterschied, und es war ein wenig er selbst, den er da hielt, der da lag und stöhnte, ein erstaunlicher Teil seiner selbst. Sie versuchte ihren Kopf zu ihm zu heben, sank aber sogleich wieder zurück.

Sie hatte die sonderbare Empfindung, nicht auf die Kissen zurückzufallen, sondern in eine Art bodenlosen Schacht, in die Weichheit von Schlamm und Schweigen. Nuit-d'Or mochte sie noch so fest bei den Schultern halten, sie versank langsam in diesem dunklen, weichen Schlamm. Er schob seinen Arm unter ihren Oberkörper und hob sie wieder ein wenig an, wobei er sie ganz an sich preßte. Sie klammerte sich an seine Schultern, den Kopf in die Höhlung seines Halses vergraben, und suchte in der Kraft und im Geruch des Körpers ihres Mannes Zuflucht vor diesem Versinken, das sie mit sich zog. Aber der Schlamm war so zähflüssig, daß es unmöglich schien, von ihm loszukommen.

Ein Sperling, der sich auf das Fensterbrett vorgewagt hatte, hüpfte fröhlich umher und stieß schrille kleine Pfiffe aus. Der Morgen tauchte das Zimmer in blaue Helligkeit und Frische. Mélanie hatte plötzlich den Eindruck, als sei der Sperling in sie eingedrungen, als sei er ihr Herz. »Piu, piu, piu«, machte er und hüpfte immer lebhafter. Flecken von sehr zartem, leuchtendem Grün zerstreuten sich in ihren Augen wie ein Schwarm Eintagsfliegen. »Piu, piu, piu ...« Es hüpfte jetzt in ihrem Leib, als sei ihr Herz bis auf den Grund ihrer Eingeweide gestürzt.

Dieses Zucken war so stark, daß sich schließlich alles löste und in einem gewaltigen Blutstrom, der ihr Schenkel und Unterleib bespritzte, davongespült wurde. Sie klammerte sich noch hartnäckiger an Victor-Flandrin, nun nicht mehr, um sich festzuhalten, dazu war es zu spät, denn sie spürte, wie sie hoffnungslos in diesen Strudel klebrigen Schlamms gesogen wurde – sondern um ihn in ihrem Sturz und ihrem Versinken mit sich zu reißen.

Sie wollte ihn nicht loslassen, er bedeutete ihr mehr als ihr eigenes Leben, und ohne ihn zu sterben hieß für sie ihr Heil verlieren. Sie liebte ihn mit einer Liebe, die zu wild, zu körperlich war, als daß sie in diesem Augenblick des Verlustes und des Scheidens die Eifersucht nicht verspürt hätte. Sie vergaß alles darüber, dachte nicht einmal an ihre Kinder, an ihr Gut und schon gar nicht an das entsetzliche Geheimnis, das sich ihr – in ihr – bereits auftat. »Laß mich nicht allein! Verlaß mich nicht!« wollte sie ihm zurufen. Aber der Geschmack des Blutes vergiftete ihr den Mund, und schon stopfte der Tod ihr die Kehle mit Schweigen.

Sie klammerte sich mit solcher Gewalt an Victor-Flandrin, daß sie ihm das Hemd zerriß und den Hals aufkratzte. Ihr Körper spürte nichts als die unerträgliche Qual ihrer Liebe, der Schmerz wurde zur Raserei und stürzte diese von Eifersucht besessene Liebe jäh in die Schlünde des Hasses. »Piu, piu, piu...«, machte der Sperling wieder und wieder und hüpfte in der Sonne.

In dem Augenblick, da sie spürte, daß ihr Herz sie verließ, umklammerte sie Victor-Flandrin mit letzter Gewalt, grub ihm ihre Nägel in den Hals und biß ihn in die Schulter. Mehr aber noch als dieses Festkrallen und diesen Biß, die ihm die Haut aufrissen, fühlte er die plötzliche Versteinerung von Mélanies Nägeln und Zähnen in seinem Fleisch. Er versuchte sich aus ihrer Umklammerung zu befreien, aber sie setzte ihm einen unbezwingbaren Widerstand entgegen. Der Tod verlieh ihr mehr Kraft, als sie zu Lebzeiten je besessen hatte.

Nuit-d'Or wurde von Angst gepackt; das Bild des Wolfes, dessen Fell er trug, durchfuhr scharf seine Erinnerung. Er sah ihn wieder über die Lichtung streichen, mit gebleckten Zähnen, die bereit waren, zuzubeißen, und den schrägen, honigfarben fluoreszierenden Augen, und auf einmal war ihm, als würde der Kampf, der damals nicht stattgefunden hatte, jetzt gekämpft. Er hatte bis dahin nie wirkliche Angst gekannt, nicht einmal in jener Wolfsnacht. An dem Tage, als sein Vater ihm die beiden Finger abgehackt hatte, hatte er zugleich jenes dunkle Gefühl der Angst in ihm wie niedergemäht. Ein anderes Gefühl war an seiner Stelle gewachsen – das Gefühl des Aufruhrs. Und selbst als er unter Tage war, wo der Tod regelmäßig seine Razzien abhielt, hatte er niemals Angst empfunden. Vor den Leibern seiner Arbeitsgefährten, die von schlagenden Wettern in tausend Stücke gerissen oder unter Geröll zerquetscht worden waren, hatte er nur Zorn und Aufruhr empfunden, nicht Angst. Er hatte nie um sein Leben gefürchtet. Doch nun schoß die Angst brutal in ihm hoch, überfiel ihn in seinem eigenen Zimmer, an einem schönen, jubilierenden Frühlingsmorgen, durch den Körper des Wesens, das seine Gefährtin, seine Frau, seine Liebe gewesen war.

Die Wahnsinnstat seines Vaters mochte seine Angst beschnitten haben, doch sie hatte nicht ihre Wurzeln ausgerissen. Und nun schoß sie ins Kraut, steil wie ein Büschel Quecken. Sie blühte und wucherte, daß jedes andere Gefühl von ihr erstickt wurde, sie raubte ihm die Erinnerung, den Schmerz, den Verstand. Mélanie hatte keinen Namen und keine Geschichte mehr, sie verlor sogar ihr Gesicht. Sie war nur noch eine todesschwangere Wölfin, deren Reißzähne und Krallen ihn gefangenhielten. Von neuem versuchte er, sich daraus zu befreien, doch sie lokkerte ihren Griff nicht.

Die Kratzwunden an seinem Hals begannen ihn stechend zu schmerzen, und der Biß in der Schulter peinigte ihn immer mehr. Erbittert durch den hartnäckigen Widerstand der Todgeweihten, packte er schließlich einen der schweren Holzschuhe, die er trug, und schlug auf ihre Hände und ihre Kinnlade ein, die sich in ihn verbissen hatten. Die Finger brachen mit dem trockenen Geräusch eines Reisigbündels, das man ins Feuer wirft; die Kinnlade klagte den Schlag mit einem dumpferen Laut an. Diese Geräusche hallten im Innern seines Körpers wider, als zertrümmerte man darin ein Organ aus Gips.

Die Umklammerung löste sich schließlich, und er richtete sich auf, den besiegten Körper brutal von sich stoßend. Er zog seinen Schuh wieder an, wandte sich vom Bett ab und ging zum Fenster, als brauchte er frischere Luft. Der Vogel, der immer noch leise pfeifend auf dem Fensterbrett hüpfte, hatte nicht die Zeit, davonzufliegen. Nuit-d'Or fing ihn und umschloß ihn mit seiner Hand. Er fühlte sich von einer unglaublichen Erregung übermannt. Der Sperling hörte augenblicklich mit seinem Gezwitscher auf und schrumpfte zitternd in den Schraubzwingen zusammen, die sich um ihn geschlossen hatten. Nuit-d'Or fühlte das winzige Herz des verängstigten Tieres in seiner hohlen Hand schlagen, und ihn überkam die Lust, es in seiner Faust zu vernichten, um auch dieser Angst ein Ende zu machen. Jede Art von Angst widerte ihn plötzlich an. Der halberstickte Sperling versuchte, seinen Kopf freizuwinden, und hielt den Schnabel ein wenig offen.

Nuit-d'Or hob seine Hand und betrachtete das armselige Flügeltier aus der Nähe. Gerade als er den haselnußgroßen Schädel am Fensterpfosten zertrümmern wollte, wurde seine Aufmerksamkeit von dem Auge des Opfers angezogen, obwohl es nicht größer als ein Stecknadelkopf und fast blicklos war. Aber in diesem winzigen Auge schrien soviel Sanftmut und Zerbrechlichkeit, soviel Flehen, daß er nicht die Kraft fand, seine Bewegung auszuführen. Angst und Wut schwanden miteinander, sie wurden plötzlich verscheucht durch ein anderes Gefühl, das keinerlei Gewalt mehr enthielt, sondern, im Gegenteil, völlig entwaffnend war. Die Scham, die, noch bevor sie sein Bewußtsein erreichte, seinen Körper berührt hatte, war über die leicht erwärmte Innenfläche der hohlen Hand gehuscht, an die das erschreckte Herz des Sperlings unmerklich pochte. Seine Hand öffnete sich weit und ließ den Vogel frei, der sofort davonflog, taumelig zunächst und im Zickzack, dann geradewegs zum Gemüsegarten, wo er verschwand. Nuit-d'Or kehrte zum Bett zurück.

Mélanie lag zusammengerollt auf dem blutbefleckten Federbett. Ihre Haut war von einer abnormen Blässe; alles Blut war aus ihr gewichen. Er beugte sich erneut über sie und versuchte, ihr eine würdevollere Haltung zu geben, wie man sie stets den Toten gibt. Ihr Körper war wieder erstaunlich gefügig geworden und ließ sich bewegen wie eine mit Sägemehl gefüllte Puppe. Ihre gebrochenen Finger waren ganz weich und ließen sich nach Belieben biegen. Ihr Kiefer war so ausgerenkt, daß er immer wieder kläglich auf ihre Brust zurückfiel und ihrem fahlen Gesicht ein groteskes Aussehen verlieh. Nuit-d'Or riß ein Stück Stoff vom Bettvorhang und band es um Mélanies Kopf. Da kam ihm der Gedanke, Mélanie ganz und gar in den Stoff dieser indischen

Vorhänge mit den großen roten, rosa und orangefarbenen Blumen zu hüllen. Sie hatte diesen Stoff im Vorjahr gekauft, aber statt ein Kleid und Schürzen für sich und ihre Töchter zu nähen, hatte sie beschlossen, daraus Vorhänge für das Bett zu machen. Sobald die ersten warmen Tage kamen, hatte sie die schweren Wolltücher abgenommen, die im Winter ihr Lager warm hielten, um an ihrer Stelle die neuen geblümten Vorhänge anzubringen. Sie dienten im Grunde zu nichts anderem als mit dem Licht zu spielen. Mélanie liebte es, den Morgen durch diesen buntgemusterten leichten Stoff anbrechen zu sehen, wenn das aufsteigende Licht das Bett mit leuchtenden Farbtupfern überzog. Und Nuit-d'Or liebte es, zuzuschauen, wie die wäßrige Klarheit des Morgens über Mélanies nackte Haut glitt und so wundervoll zarte, rosafarbene Reflexe auf ihr entflammte.

Er begann, sie auszukleiden und von all dem bereits getrockneten Blut zu reinigen, das ihre Haut mit schwärzlichen Krusten panzerte. Er ging zur Küche hinunter, um Wasser zu holen. Seine in Schweigen und Warten verkrochenen Kinder, die um den Tisch saßen, beachtete er nicht einmal. »Papa«, fragte plötzlich Mathilde mit einer seltsam tonlosen Stimme, »wovon ist dieses ganze Blut?« Doch er antwortete nicht und verließ mit seinen Wasserkrügen eilig die Küche.

Sobald er Mélanies Waschung beendet hatte, riß er die Vorhänge vom Bett und wickelte sie von den Schultern bis zu den Fesseln um ihren Körper. Mit ihrer Haut, die nun die Farbe von Gips angenommen hatte, ihrem turbangekrönten Gesicht und ihrem in den geblümten Stoff gehüllten Körper glich Mélanie sich nicht mehr. Er betrachtete sie, ohne sie zu erkennen, bestürzt darüber, daß sie so weiß und bewegungslos und auch so klein geworden war. Schlagartig in der Tat schien Mélanie ihre ganze Robustheit und all ihre Rundungen verloren zu haben; sie lag eingeschnürt und zusammengeschrumpft in der Mitte eines für sie zu groß gewordenen Bettes. Er vernahm nicht das behutsame Klopfen an der Tür und die Schritte seiner Kinder, die ins Zimmer schlüpften. Sie schlichen bis ans Bett und starrten lange Zeit verständnislos auf die sonderbare Szene, die sich ihnen bot: Laken, Federbett und Kleider ihrer Mutter lagen blutbefleckt in eine Ecke geworfen, und vor dem Bett stand, mit dem Rücken zu ihnen, ihr Vater. Seine Schultern erschienen ihnen unglaublich in ihrer Breite. Und dann dort hinten in der Höhlung des aufgewühlten Bettes lag diese ganz kleine, halbnackte Frau, lächerlich in die Vorhänge gewickelt.

»Wo ist Mama?« fragte plötzlich Mathurin, der seine Mutter in der armseligen Puppe, die da vor ihm lag, nicht zu erkennen vermochte. Nuit-d'Or schreckte auf und drehte sich zu den Kindern um. Er wußte nicht, was er ihnen antworten sollte. Margot trat näher an das Bett und rief wie in einem Traum aus: »Oh! Sie sieht wie eine Puppe aus! Mama ist eine Puppe geworden!... Wie hübsch sie ist!...« – »Mama ist tot«, unterbrach Mathilde sie barsch. »Wie hübsch sie ist...«, wiederholte Margot, die den anderen keinerlei Beachtung mehr schenkte. »Mama ist tot?« fragte Augustin, den genauen Sinn dieser Worte nicht erfassend. »Hübsch... hübsch... hübsch...«, murmelte Margot unermüdlich, über ihre Mutter gebeugt. »Sie ist tot«, versetzte Mathilde kalt.

Nuit-d'Or sah seine Kinder vor seinen Augen verschwimmen, so als ob sie ein Opfer von Flammen würden. Er brach plötzlich in Schluchzen aus und sank am Fußende des Bettes zusammen. Mehr als der Tod ihrer Mutter erschreckten die Tränen und der Zusammenbruch ihres Vaters die Knaben. Augustin preßte sich gegen die Wand und begann mechanisch und so schnell er konnte, die Liste der Departements und ihrer Präfekturen in alphabetischer Reihenfolge herzusagen: »Ain, Präfektur Bourg-en-Bresse/ Aisne, Präfektur Laon/ Allier, Präfektur Moulins...«

Mathilde trat auf ihren Vater zu und sagte, indem sie mit Macht versuchte, seinen Kopf aufzurichten: »Papa, weine nicht. Ich bin doch da. Ich werde dich niemals verlassen. Niemals, da kannst du sicher sein. Und niemals werde ich sterben.« Nuit-d'Or zog das Kind in seine Arme und preßte es an sich. Er hatte nichts von dem verstanden, was Mathilde geredet hatte – sie aber, sie wußte, was sie gesagt hatte. Es war ein Versprechen, und sie verpflichtete sich bedingungslos, es zu erfüllen. Mathilde sollte wahrhaftig ihr Leben lang dieses Gelöbnis halten, das sie allein gehört hatte und durch welches sie sich verpflichtete, für immer an der Seite ihres Vaters zu bleiben. Ein Bleiben, das im übrigen für alle Zeit mit Einsamkeit und Aggressivität belastet sein sollte, denn ihr Gelübde, zu wachen und treu zu sein, wurde begleitet von einer fanatischen Eifersucht, so als hätte sie von ihrer Mutter nur die ausschließliche, besitzergreifende Liebe zu Victor-Flandrin zu erben gewußt. »Hübsch... hübsch...«, flüsterte Margot immer noch und streichelte schüchtern die eiskalten Wangen Mélanies. »... Somme, Präfektur Amiens/ Tarn, Präfektur Albi...«, fuhr Augustin mit verstockter Miene fort wie ein Kind, das in der Ecke stehen und seine Lektion zur Strafe hundertmal wiederholen muß.

Unvermittelt stieß Nuit-d'Or Mathilde zurück und stand auf, als sei nichts geschehen. Er schien mit seinen Tränen alles hinuntergeschluckt zu haben, die Angst, die Scham, den Kummer. Er verließ das Zimmer, ohne sich umzuwenden, stürmte die Treppe hinunter und trat auf die Schwelle. Escaut hatte sich beruhigt; er stand in der Mitte des Hofes und wiegte seinen schweren Kopf, als wollte er ihn in der Sonne baden, die schon hoch stand und ihr weißes Licht über den mit kleinen runden Wolken gesprenkelten Himmel ergoß. Nuit-d'Or ging zur Scheune, kam mit der großen Axt in der Hand wieder heraus, überquerte den Hof und lief geradewegs auf das Pferd zu.

Sobald Escaut seinen Herrn näherkommen spürte, begann er ungeduldig mit den Vorderhufen zu scharren und wandte ihm dann seinen Kopf zu, den er sanft ins Leere schaukelte, so als wollte er ihn gleich darauf an seiner Schulter reiben. Aber Nuit-d'Or entzog sich den Zärtlichkeiten des Pferdes, lief ein Stück um das Tier herum auf die Seite, vergewisserte sich, daß er den Stiel der Axt fest in Händen hielt, suchte sein Gleichgewicht, holte Schwung und ließ die Axt von sehr weit oben schwer auf den Hals des Tieres niedersausen. Escauts ganzen Körper überlief ein eigenartiges Zittern, das ihn aus dem Gleichgewicht brachte, als rutschte er auf einer Eisscholle. Der Schrei, den er ausstieß, war eher ein grauenhaft heiseres Brüllen als ein Wiehern. Nuit-d'Or hob abermals seine Axt und versetzte ihm einen weiteren Schlag. Der Schrei des Pferdes stieg übergangslos schrill an und wurde dann wiederum heiser. Seine Beine begannen einzuknicken. Zum dritten Mal ließ Nuit-d'Or seine Axt niederfallen, wieder auf die klaffende Wunde zielend, die er ihm am Hals geschlagen hatte. Diesmal brach Escaut zusammen. Das Blut schoß in ruckartigen Fontänen hervor und formte bereits eine klebrige braune Lache auf dem Boden. Nuit-d'Or ließ nicht eher von dem niedergestreckten Pferd ab, bis er den Kopf vollständig abgetrennt hatte. Der enthauptete Körper zuckte noch eine Weile und stieß mit den Beinen krampfartig ins Leere. Die vor Entsetzen aufgerissenen Augen aber starrten ihren Herrn noch immer mit einem Ausdruck des Unglaubens an.

So wie früher die Bauern die abgezogenen Felle der Wölfe, die sie töten konnten, im Geäst der Bäume am Dorfeingang aufhängten, um die Artgenossen zu warnen und sie von ihren Höfen fernzuhalten, nagelte Nuit-d'Or den Kopf des Pferdes an den Giebel des Hofeingangs. Doch diese Herausforderung richtete sich nicht an ein anderes Tier und nicht einmal an die Menschen – sie zielte nur auf JENEN, in dessen Lot jedesmal ohne Sinn und Verstand der Tod auftauchte, um mit einem einzigen Hieb zu zerstören, was, so langsam gewachsen und so mühevoll aufgebaut, das Glück der Menschen bedeutet.

Tagelang war das Eingangstor zum Gut des Nuit-d'Or-Gueule-de-Loup Treffpunkt für den Reigen der Bussarde, der Habichte und Milane.

Mélanie verließ La Ferme-Haute auf dem Kinderweg, so brauchte sie nicht unter Escauts Haupt hindurch, das den Raubvögeln zum Fraß preisgegeben war – und dessen Schädel das Gut der Péniels noch lange als Wappen zieren sollte.

Victor-Flandrin wollte nicht, daß die Leiche seiner Frau im Ochsenkarren zum Friedhof gefahren würde. Er lud den Sarg auf eine einfache Schubkarre, schob sie selbst den ganzen Weg, den er durch seine Felder angelegt hatte, und geleitete sie so, von seinen Kindern und Jean-François-Tige-de-Fer begleitet, zur Kirche von Montleroy, um die der Friedhof lag, wo bereits der Vater Valcourt sowie alle anderen Vorfahren Mélanies ruhten.

Sobald sie vom Begräbnis zurück waren, trat Mathilde die Nachfolge ihrer Mutter an; sie nahm die Führung des Haushalts in die Hand und kümmerte sich um alle. Niemand, schon gar nicht Nuit-d'Or, stellte sich der Autorität dieses siebenjährigen Kindes entgegen, das den Gang des Familienlebens sogleich mit Entschiedenheit und Geschick zu lenken wußte. Augustin, der die Schule schon seit mehr als einem Jahr verlassen hatte, kehrte nun wieder dorthin zurück, um Margot, die sie weiterhin besuchte, zu begleiten. Es war Mathildes Wunsch, die davon träumte, daß ihre Schwester einmal Lehrerin werden würde. Und Margot arbeitete sich schon in diese Rolle ein, wenn sie allabendlich nach ihrer Rückkehr Mathilde und Mathurin beibrachte, was sie im Unterricht gelernt hatte. Auf diese Weise wandelten sich die Beziehungen der Kinder untereinander, jetzt, da es ihnen an erwachsener Gesellschaft fehlte.

Nuit-d'Or zog sich seit dem Tode Mélanies wie ein Einsiedler in seine Trauer zurück, sprach kaum mehr mit den Seinen, verbrachte noch mehr Zeit auf seinen Feldern und verbiß sich in die Arbeit. Es schien, als sei mit Mélanie die Kindheit aller zu Grabe getragen worden. Außerdem spiegelte sich in den Augen und den Herzen der Kinder etwas von jenem Blick Escauts, in dem Victor-Flandrins Wahnsinnstat Bestürzung und Furcht hinterlassen hatte. Auch für sie war er von nun an Nuit-d'Or-Gueule-de-Loup geworden, ein Mann von seltener, ja furchtbarer Kraft, der überall seinen allzu blonden Schatten mit sich führte und der an seinem Hals, rund um die sieben aufgefädelten Tränen seines Vaters, die Spuren von Mélanies Fingern trug wie ein zweites, direkt in sein Fleisch graviertes Kollier.

Jean-François-Tige-de-Fer aber, der den Tod seiner Herrin nicht verschmerzen konnte, streunte unablässig im Schatten der Kinder umher und suchte bei ihnen ungeschickt ein wenig Trost für sein Herz – das einzige unter allen, das so naiv und verwundbar geblieben war und sich nach diesem Balsam bis zu Tränen sehnte.

Dritte Nacht
Nacht der Rosen

»... Na gut, ich bin das *Kind*...«, hatte sie geschrieben. Nicht Schätze und Herrlichkeit (nicht einmal Himmlische Herrlichkeit) sind es, die das Herz des kleinen Kindes begehrt... Was es ersehnt, ist Liebe...

»Aber wie wird es seine *Liebe* zeigen, da sich *Liebe* doch durch Werke beweist? Nun, das Kind wird *Blumen streuen*.«

»... ich habe keinen anderen Weg, dir meine Liebe zu beweisen, als Blumen zu streuen, das heißt, kein einziges kleines Opfer zu versäumen, keinen einzigen Blick, kein einziges Wort, und all die kleinsten Dinge nicht zu versäumen und sie aus Liebe zu tun... Ich will leiden aus Liebe, und ich will sogar genießen aus Liebe, daher werde ich Blumen streuen vor deinen Thron; ich werde keiner einzigen Blume begegnen, die ich nicht für dich *entblättere*... und während ich sie streue, werde ich singen... singen, auch wenn ich meine Blumen inmitten von Dornen pflücken müßte, und mein Lied wird um so schöner sein, je länger und stacheliger die Dornen sind...«*

Aber sie hatte ihr kleines schwarzes Heft, worin sie ihre Liebe entblätterte, schließen müssen, so lang und nadelspitz waren die Dornen geworden. Und sie war in den Todeskampf eingetreten. Sie, das Rosenkind. »Mutter, ist das die Agonie?« hatte sie gefragt. »... Wie werde ich es anstellen zu sterben? Nie werde ich zu sterben verstehen!...« Und dann hatte sie noch ausgerufen: »Aber das ist ja der reine Todeskampf, ohne allen Trost...« Sie starb jedoch bar jeder Reue, sich ihrer Liebe so vollkommen ausgeliefert zu haben.

* Sainte Thérèse de Lisieux, ›Cahiers‹.

Blumen wuchsen überall in der Welt, sogar in Terre-Noire, jenem kleinen, von allen vergessenen Fleckchen karger Erde. Sie wuchsen wild in den Wäldern und auf den Lichtungen, auf den Weiden, den Feldern und in den Torfmooren, am Ufer der Bäche und Sümpfe und sogar auf dem Schutt. Es wuchsen auch andere, in den Gärten und Gewächshäusern, sie wurden gezogen, auf daß sie schön aussahen. Doch die Schönheit ist so dornig, unberechenbar und hitzig, wie die Liebe es sein kann.

Victor-Flandrin, genannt Nuit-d'Or-Gueule-de-Loup, behielt von der Schönheit wie von der Liebe einen herben Geschmack zurück, der ihm weh tat, denn immer war da auch der bittere Beigeschmack des Blutes.

Doch Schönheit wie Liebe wollen immer wieder von vorn beginnen und zum Zenit aufsteigen. Und mit der Kindheit haben sie den heiteren, herausfordernden Charme, die Verspieltheit, die Kunst der Verführung und das gänzliche Fehlen von Reue gemeinsam.

Blumen wuchsen in Hülle und Fülle sogar auf La Ferme-Haute; es gab sie selbst auf den Bettvorhängen und in der Erinnerung der Kinder. Und alle wollten entblättert werden. Aber zu jener Zeit kannten die Péniels ein solches Lied noch nicht, wie es das vor Leidenschaft sich verzehrende Rosenkind sang. Schönheit und Liebe flammten so heftig in ihren Händen, daß sie von der Lust nur die Macht des Begehrens, das Aufschießen der Flamme und ihr Verlöschen in einem Schrei kannten.

Doch selbst die einfachsten Worte, flüchtig aufs Papier geworfen, müssen, um eine Stimme zu werden, lange im Schweigen verharren und tatenlos im Vergessen ruhn. Und vielleicht wird ein solches Lied nur jenen vernehmbar, die ihrerseits ohne allen Trost den reinen Todeskampf erleben.

I

Mathildes Herrschaft dauerte keine fünf Jahre. Eine andere Frau kam, die sie verdrängte. In Wahrheit war das nur dem Anschein nach so und verursachte lediglich eine kurze Erschütterung. Mathilde war voller Stolz und Willenskraft, die andere aber litt an einer erschreckenden Hilflosigkeit.

Die Ankunft dieser Frau hatte Margot bewirkt. Sie besuchte, damals elfjährig, weiterhin die Schule, ging jedoch seit einiger Zeit allein dorthin, da Augustin sich nun wieder endgültig seinem Vater und seinem Bruder zur gemeinsamen Arbeit auf den Feldern und im Hof angeschlossen hatte. Sie vergaß damals häufig unterwegs ihr Ziel und lief in eine falsche Richtung. Immer nach der Kirche von Montleroy. Es war dies eine sehr alte, dem heiligen Petrus geweihte Kirche, die einmal im Jahr mit dem brüchigen Geläut ihrer Glocke dieses Heiligen feierlich gedachte. Margot ging jedoch nie hinein, sie blieb draußen auf dem Friedhof, der die Kirche umgab und über den sie immer erst eine Weile spazierenging, bevor sie sich ans Grab der Valcourts setzte. Dort zerrte sie vom Grunde ihrer Tasche ein kleines Bündel mit einer selbstgebastelten Puppe heraus. Es war eine grob aus Leinenstoff zusammengenähte, strohgefüllte Puppe mit Haaren aus schwarzer Wolle. Sie legte sie sich auf die Knie und wickelte sie in ein Stück indischen Stoffs mit roten, rosa und orangefarbenen Blüten. Dann begann sie die Puppe zärtlich zu umsorgen, kämmte ihr das Haar, wiegte sie, erzählte ihr Geschichten und gab ihr vor allem zu essen. Die Art der Mahlzeit war von untergeordneter Bedeutung, sie konnte ebensogut aus Erde oder Moos wie aus Zweiglein bestehen – wichtig war nur, daß sie aß. Eines Tages jedoch erschien Margot dies plötzlich unzureichend, die Befürchtung beschlich sie, Kälte und Feuchtigkeit könnten ihrer Mutter schaden. Sie machte sich daran, das Grab mit allem zu bedecken, was ringsumher lag, sie las sogar Kreuze und Blumen von anderen Grabsteinen auf. Danach aber verspürte sie eine noch schmerzhaftere Kälte angesichts all der halbnackten, Wind und Regen ausgesetzten Christusfiguren und beschloß, auch diese in der Erde zu verscharren. Das minderte ihre Sorge indes noch immer nicht; die Kälte war so tief in sie eingedrungen, daß sie ihr das Herz gefrieren ließ. So kam sie auf eine andere Idee. Sie betrat die Kirche, lief zum Chorraum, kletterte auf den Altar und riß den vor dem Tabernakel thronenden vergoldeten Holzchristus vom Kreuz herunter. An seine Stelle hängte sie die Puppe mit dem geblümten Kleid und stellte das Kruzifix wieder zurück. Dann sammelte sie all die kleinen Öllämpchen ein, die die Füße der Heiligenstatuen mit einem schwachen rötlichen Schein umgaben, und stellte sie rund um das Kreuz. Auf dem Altar entstand ein Beet von Rosen, welche auf feuerroten Fruchtknoten erblühten. Die gekreuzigte Puppe warf in diesem sanften rötlichen Schimmer einen flackernden Schatten auf den gestickten Vorhang des Tabernakels. Diese Verwandlung ihrer Puppe in rote, in rosa und orangefarbene Fluten von Schatten und Licht bezauberte Margot; sie erkannte darin das Bild ihrer entschwundenen Mutter wieder, das sie so lange gesucht hatte. Ein Bild, das den Tod verherrlichte und ihr endlich die eigene Angst nahm. Auf den Fußspitzen stehend, die Ellenbogen auf den Altar gestützt, bewunderte sie ihre flackernde Puppe, die mit dem Gebaren einer Tänzerin am Kreuz hing.

Das Geräusch eines heiseren, stoßweisen Hustens, an dem sie sogleich Pater Davranches erkannte, riß sie aus ihrer Versunkenheit.

Der Pfarrer von Montleroy, dessen Haus an die Friedhofsmauer stieß, war ein frühzeitig durch Krankheit gealterter Mann, und Jahr um Jahr verkroch er sich mehr in eine griesgrämige Stummheit, die er nur noch durchbrach, um seine Predigten zu halten, die Litanei zu singen und zu husten. Dieser Husten explodierte stets in raschen Salven hohl klingender Laute, die seine Schultern heftig erschütterten und ihn alle Augenblicke bei der geringsten Tätigkeit unterbrachen. Darum hatte er am Ende fast gänzlich aufgehört zu reden, denn er konnte nicht einen Satz beenden, ohne daß ihn einer dieser Hustenanfälle packte, in deren Folge er häufig seinen Gedankenfaden verlor. Dieses ständige Abirren, das seine unheilbare Husterei verursachte, versetzte ihn mitunter in furchtbare Wut, und so kam es nicht selten vor, daß seine derart von Zusammenhangslosigkeit befallenen Predigten mit Füßestampfen und Gepolter von der Kanzel herab endeten. Seine Ungeduld und sein Zorn wurden besonders durch Kinder erregt, die ihm den Spitznamen Père-Tambour, Pater Trommler, gaben und ihn bei jeder Gelegenheit verspotteten. Darum packte Margot das Entsetzen, als sie ihn kommen hörte, und sie schlich sich rasch in den Beichtstuhl, der sich an die kleine Seitenkapelle anlehnte.

Pater Davranches stieß sich an einer Bank, was seinen Husten und sogleich auch seine schlechte Laune verschlimmerte. Im feuchten Halbdunkel des Beichtstuhls verborgen, fühlte Margot ihr Herz mit solcher Heftigkeit schlagen, daß sie fürchtete, Pater Tambour könnte es hören. Seine gesamte Aufmerksamkeit wurde indessen vom Anblick des Altars gefesselt, an dessen entweihtem Kreuz eine scheußliche Lumpenpuppe baumelte. Die Schreie, die er ausstieß, während er auf den Altar zustürzte, verstand Margot nicht; ihr schien nur, daß er wie ein Löwe brüllte. Dieses Brüllen erstickte natürlich bald in einem Hustenanfall, gnadenloser denn je.

Der Husten hörte überhaupt nicht mehr auf, er hielt so lange an, bis er in ein krampfartiges Zucken überging, das den ganzen Körper des armen Mannes durchlief, der sich fußstampfend vor Wut und Verdruß wie ein Kreisel auf den Stufen des Altars drehte.

Margot schrumpfte in ihrem Winkel noch weiter zusammen, sie stopfte sich die Ohren zu, um Pater Tambour nicht mehr rasen und trampeln zu hören. In verworrenen Gebeten rief sie die Jungfrau, die Heiligen und alle Toten des Friedhofs an, ihr zu

Hilfe zu kommen, eine Falltür unter ihren Füßen zu öffnen und sie von dieser unerträglichen Angst zu erlösen. Welcher von ihnen allen ihr Flehen erhörte, erfuhr sie nicht; eines aber stand fest, als sie die Hände von ihren Ohren nahm, hörte sie nichts mehr, als wäre Pater Tambour gerade selbst durch eine Falltür verschwunden. Sie wartete noch lange, bevor sie einen Blick nach draußen wagte, wobei sie einen Zipfel des schweren violetten Vorhangs, der den Beichtstuhl verdeckte, ein wenig anhob. Sie sah nur die Füße des Pfarrers und ein Stück seiner Beine. Die Füße, die in derben, mit Kot bespritzten Schnürstiefeln steckten, ruhten mit den Schuhsohlen nach oben auf der obersten Stufe des Altars. Unter der zusammengerafften Soutane waren die Beine bis zu den mit grauen Wollstrümpfen bekleideten Waden sichtbar. Den ganzen übrigen Körper verdeckte eine Säule. Margot glitt verstohlen aus dem Beichtstuhl und wagte sich auf Zehenspitzen hinter die Säulen. In Höhe des Altars angelangt, warf sie von neuem einen kurzen, ebenso neugierigen wie ängstlichen Blick auf Pater Tambour. Er lag in seiner ganzen Länge quer über den Stufen, mit dem Kopf nach unten und die Arme weit vorgestreckt, als hätte er einen Kopfsprung machen wollen und wäre auf dem Weg hingestürzt. Sein Hustenanfall hatte ihn derart geschüttelt, daß er das Gleichgewicht verloren hatte, beim Trampeln auf den Stufen ausgeglitten und mit der Stirn auf den Boden geschlagen war. Der Aufprall hatte zugleich dem Husten, dem Zorn und dem Leben des Pater Tambour ein Ende gemacht.

Margot trat mit angehaltenem Atem näher. Aus dem Mund des Pfarrers sah sie einen schmalen Blutfaden rinnen, der auf den Steinplatten nach und nach eine tiefrote, glänzende Lache bildete. Sie hob den Blick wieder zur Puppe am Kreuz und dachte, dieser rötliche Fleck sei nur ein weiterer Widerschein vom Licht der sie umgebenden Öllampen. Sie kletterte nochmals zum Altar hinauf und nahm ihre Puppe wieder an sich, dann blies sie die Dochte all der kleinen Lampen aus, die nun einen beißenden, fettigen Rauch verbreiteten. Sie versuchte die kleine Christusstatue wieder an ihren Platz zu bringen, es gelang ihr jedoch nur, sie ganz schief am Kreuz zu befestigen, dann stopfte sie ihre Puppe unter ihr Kleid und stieg die Stufen hinunter.

Doch sie fürchtete sich, die Kirche zu verlassen; in ihrer Vorstellung sah sie plötzlich den Vorhof der Kirche, wie er gerade von einem anderen Pater Tambour erstürmt wurde, ja von vielen Pater Tambour, die sich dort zu Gruppen versammelten, um sie hustend zu beschimpfen und ihr ihr Blut ins Gesicht zu speien. So setzte sie sich auf die erste Bank und wartete. Da es nichts gab, worauf sie hätte warten können, versank sie sanft in einen nebelhaften Schlummer. Diesmal weckten sie nicht Hustengeräusche, sondern merkwürdige, leise Klagerufe, die bald von Schluchzern unterbrochen wurden. Sie schlug ihre vor Verwunderung runden und vom Schlaf verschleierten Augen auf; eine junge Frau kauerte neben der Leiche des Pater Tambour und weinte. In der Dunkelheit des Chorraums konnte sie die Frau nicht genau erkennen. »Mama...?« fragte sie und stand auf. Die Frau hob den Kopf, ihre Augen waren noch verwunderter und verschleierter als die ihren. Es war Blanche, die Nichte des Pater Davranches. Er hatte sie nach dem Tod seiner Schwester bei sich aufgenommen; sie arbeitete als Haushälterin im Pfarrhaus. Sie war aus dem Garten gekommen, die Arme voller Laub, Pfingstrosen und Rosen, um den Altar damit zu schmücken. Doch da lag der Körper ihres Onkels unübersehbar zwischen ihr und den Vasen, die auf den obersten Stufen standen, und alle ihre Blumen waren ihr aus den Händen gefallen.

Blanche war schon über zwanzig Jahre alt, aber man hatte sie nie ausgehen und am Leben des Dorfes teilhaben sehen. Zurückgezogen im umfriedeten Bereich von Kirche und Pfarrhaus, verbrachte sie ihre Zeit damit, sich um Haus und Garten zu kümmern und darüber zu wachen, daß in der Kirche alles seine Ordnung hatte. Sie war gern hinter diesen Mauern, die sie vor allem und jedem schützten. Denn die Welt, von der sie nichts wußte, weil sie sich niemals hineingewagt hatte, flößte ihr nur Schrecken ein. Aber wie hätte sie auch wagen können, sich dieser Welt zu zeigen, in die sie unerwünscht, auf dunklen Wegen, eingebrochen war. Die Schwester des Pater Davranches hatte ihr nämlich das Leben geschenkt, ohne sich darum zu kümmern, ihr auch einen Vater zu geben, und so war sie mit dem Makel der Unvollständigkeit und der Schuld geboren worden. Die nicht wiedergutzumachende Sünde, die ihre Mutter nach Meinung des Onkels begangen hatte, war unweigerlich auf sie zurückgefallen, und deshalb trug sie mitten im Gesicht den Stempel dieser angeborenen Schande. Die frevelhafte Begierde ihrer Mutter hatte ihre Haut gezeichnet und die linke Hälfte ihres Gesichts mit einem riesigen dunkelroten Mal bedeckt. Beim Tode seiner Schwester hatte Pater Davranches gleichwohl eingewilligt, das fluchbeladene, damals gerade halbwüchsige Kind aufzunehmen. Sobald sich das arme Mädchen bei seinem Onkel eingerichtet hatte, wurde es darin bestätigt, daß seine Geburt ein Unglück und eine Schmach war, was der Pater seiner Nichte unaufhörlich in Erinnerung brachte. »Dieser Fleck«, pflegte er zu erklären, wobei er mit dem Finger auf ihr Muttermal wies und in seinem Gesicht sich Ekel und Abscheu mischten, »ist der handfeste Beweis der Sünde deiner Mutter. Sieh nur, was Lasterhaftigkeit, Sinnenlust und Begierde hervorbringen! Du bist im Schmutz empfangen worden und also besudelt für alle Zeiten. Es ist gewiß nicht recht, daß du die Sünden deiner Mutter büßen mußt, aber noch weniger recht ist, daß du geboren wurdest, folglich ist letztlich die Gerechtigkeit dir nicht geneigt!« Blanche erfaßte nichts von dem, was ihr Onkel sagte, kannte sie doch nicht einmal den genauen Sinn der von ihm verwendeten Wörter wie Wollust und Begierde oder auch Buße, und sie verstand auch nichts von seiner Logik; sie begriff aber zumindest dies: sie war zuviel und fühlte sich hoffnungslos schuldig an allen Übeln der Welt.

Als sie darum ihren Onkel entdeckte, wie er tot hingestreckt auf den Stufen des Altars lag, empfand sie diesen Tod als eine neuerliche Wirkung ihrer unseligen Anwesenheit auf Erden, und sie schluchzte, überwältigt von dem Verbrechen, das sie unwissentlich soeben begangen hatte.

Margot sah mit einem gewissen Grauen den Fleck, der die linke Gesichtshälfte der jungen Frau bedeckte, denn dieses Muttermal hatte dieselbe Größe und Farbe wie die Blutlache, die aus dem Munde des Pater Tambour geronnen war. Sie stellte sich sogar einen Moment lang vor, der Fleck könnte ansteckend sein, darum führte sie rasch ihre Hände zum Gesicht, als wollte sie sich von dessen Unversehrtheit überzeugen. »Aber warum ...?« fragte Blanche das Kind. »Warum was?« entgegnete Margot. »Warum ist er tot?« fuhr das in Tränen aufgelöste Mädchen fort, das verzweifelt das Vorgefallene zu begreifen suchte. »Weiß ich nicht«, antwortete Margot, »er muß wohl gefallen sein.« Dann fügte sie mit unsicherer Stimme hinzu: »Ich will zurück nach Hause. Ich habe Angst.« Auch Blanche hatte Angst, aber sie hatte kein Zuhause mehr. Sie hatte nichts mehr. Sie betrachtete das Kind und fühlte sich durch die gemeinsame Angst sofort mit ihm verbunden. »Ja, ja«, antwortete sie rasch und stand auf. »Wir gehen zu dir nach Hause.« Sie trat auf Margot zu und versuchte unbeholfen, sie anzulächeln. »Begleitest du mich, ja?« fragte Margot und faßte sie bei der Hand.

So verließen die beiden aneinandergeschmiegt die Kirche, ohne sich umzuwenden, huschten im Mittelgang an den Bänken vorbei wie zwei Diebinnen auf der Flucht.

Blanche stellte keine einzige Frage, sie ließ sich von dem Kind führen, das ihre Hand nicht losließ. Sie legten die ganze Strecke schweigend und eiligen Schritts zurück, ohne jemals den Kopf zu wenden, eine wie die andere von der Vorstellung erschreckt, daß Pater Tambour ihnen vielleicht folgte, um sie zu bestrafen. Als sie die Höhe von Ferme-Haute erreichten, begegneten sie Nuit-d'Or-Gueule-de-Loup, der aus seinen Feldern trat. Er wunderte sich, seine Tochter mitten am Tage heimkehren zu sehen, wo sie doch in der Schule hätte sein müssen, und fragte sich, wer diese Frau wohl war, die sie begleitete. Bei seinem Anblick erstarrten die beiden Flüchtigen. »Aber, Margot«, befragte er sie, »was machst du hier, um diese Zeit?« – »Der Pfarrer ist tot!« gab das Kind zur einzigen Antwort. »Ja, und?« entgegnete er, ohne zu begreifen, inwiefern der Tod des Pfarrers seine Tochter betraf. »Er ist wirklich tot«, ergänzte Blanche mit schwacher Stimme. Victor-Flandrin betrachtete nun die Unbekannte, deren Profil ein riesiger dunkelroter Fleck verunzierte, als hätte sie einen gewaltigen Sonnenbrand. »Ja, und?« wiederholte er, wobei er sich diesmal an die junge Frau wandte. »Er ist mein Onkel«, sagte sie, worauf sie sich wieder in ihrer Angst verschloß und gesenkten Kopfes mitten auf dem Weg stehenblieb. Die Anmutlosigkeit und Verzweiflung der Frau berührten Victor-Flandrin, und er bezähmte seine übliche Ungeselligkeit. »Kommt«, sagte er und forderte seine Tochter und die Unbekannte auf, in den Hof einzutreten.

2

Blanche Davranches sollte La Ferme-Haute nie mehr verlassen. Die schlichte Einladung des Nuit-d'Or-Gueule-de-Loup, einen Augenblick in die Küche zu kommen, um von ihrem langen Weg auszuruhen, wurde Aufforderung zum Bleiben und endete mit einem Heiratsantrag. All dies ging übrigens sehr schnell vonstatten, zur großen Überraschung aller, besonders der am meisten Betroffenen, die sich immer wieder über die unvermutete Verkettung der Dinge wunderten. Die Péniel-Kinder, ausgenommen Mathilde, nahmen die seltsame und plötzliche Wiederverheiratung ihres Vaters gelassen hin. Die beiden Söhne schenkten ihr sogar kaum Beachtung; sie kamen nun in das Alter, wo sich die gesamte Aufmerksamkeit bis zur Besessenheit auf den eigenen Körper konzentriert, den auf einmal ganz neue Triebe und

Wünsche – Wollust und Begierde, hätte Pater Tambour gesagt – überwältigen. Margot nahm die Tatsache, daß Blanche sich bei ihnen einrichtete, mit Freude auf; sie fühlte sich sicher bei der jungen Frau, deren Zerbrechlichkeit und Angst ihr wohlvertraut waren. Beide empfanden füreinander jene unerklärliche Sympathie, die Kranke, Gebrechliche und Fremde auf Anhieb füreinander verspüren.

Mathilde hingegen reagierte mit Feindseligkeit und erklärte offen ihre Abneigung. Sie konnte nicht dulden, daß eine andere Frau sich den Platz ihrer Mutter anmaßte, und diese Tatsache allein genügte, Verbitterung und Zorn in ihr hervorzurufen. Indem ihr Vater es gewagt hatte, sich wieder zu verheiraten, hatte er gesündigt und verraten – und dieser Verrat an der Mutter fiel auf sie zurück, die sich zur Hüterin des Andenkens der Verstorbenen erklärt hatte. Sie fühlte sich verletzt, ja gedemütigt, und dabei war, was sie da erfuhr, einfach die bösartige Krankheit der Eifersucht, die ihr ganzes Leben lang an ihrem Herzen nagen sollte. Seitdem sprach sie ihren Vater nur noch mit »Sie« an.

Mathilde war zudem nicht imstande, die ungebührliche Wahl ihres Vaters zu begreifen; sie fand, der furchtbare Makel, der Blanches Gesicht entstellte, hätte ausreichen müssen, diese Frau für die Ehe, wenn nicht für die Liebe überhaupt untauglich zu machen. Dieser gewaltige, ins Violett spielende Fleck war nichts anderes als eine schallende Ohrfeige des Schicksals ins Gesicht einer vom Leben verworfenen Frau: so urteilte Mathilde und billigte diese Ächtung. In Wahrheit teilte auch Blanche diese Ansicht, und dennoch war sie bereit, sich zum ersten Mal über ihre Schande zu erheben. In dem Interesse, das Victor-Flandrin ihr entgegenbrachte, fand sie die Kraft, sich gegen die hartnäckige Infamie aufzulehnen, die ihre uneheliche Geburt, das Muttermal und ihr Onkel ihr bisher unaufhörlich zur Last gelegt und deren sie sich, aus Gewohnheit und Ergebung, bislang auch selbst bezichtigt hatte.

Gerade dieses Muttermal nämlich, das Mathilde so sehr abstieß und Blanche so sehr belastete, war es, das Victor-Flandrin am Ende betört hatte. Er selbst trug ein Mal im Auge, das war schon sonderbar genug, und schleifte einen noch sehr viel merkwürdigeren Schatten hinter sich her, und beides hatte stets die mehr oder weniger übelwollende Neugier der Leute auf ihn gelenkt. Das war für ihn Grund genug, den seltsamen Fleck der jungen Frau mit einer gewissen Zärtlichkeit zu betrachten.

Im übrigen war Blanche, wenn man sich die Mühe nahm, den Rest ihres Gesichts eingehender zu mustern, durchaus hübsch zu nennen. Sie hatte kastanienbraunes, ganz lockiges Haar, das je nachdem, wie das Licht darauffiel, in unzähligen Schattierungen von Stroh- und Honigfarben bis Weizenblond schimmerte, und sehr schöne Brauen, deren vollendeter Bogen sanft die ovale Form der Augen betonte. Ihre Augen waren grün, bald bronzen, bald heller, je nach dem Licht, doch vor allem je nach ihrer Stimmung. War sie gedankenversunken oder müde, verblaßten ihre Augen und neigten zu einem matten Grün, das sogar die fade Färbung von getrockneten Lindenblüten annehmen konnte, wenn sie sich in ihren Gemütszuständen der Scham und der Schuld verlor. Sobald sie sich jedoch belebte und am Dasein wieder Gefallen fand, wurde das Grün ihrer Augen intensiver und irisierte in Braun, Golden und Blau. Es dauerte nicht lange, bis Victor-Flandrin es lernte, Blanches Stimmungen allein an der Farbe ihrer Augen zu erkennen, denn sie beklagte sich niemals und äußerte sich nur wenig. Allerdings passierte es schon einmal, daß sie zu reden begann; es überkam sie schlagartig, ohne offensichtlichen Grund, und dann sprudelte aus ihr ein ganzer Strom von tschilpenden, munter klingenden Worten. Diese Art, völlig unverhofft loszuzwitschern und dabei die schmalen Hände und den Lockenkopf sonderbar zu bewegen, war dazu angetan, Nuit-d'Or zu bezaubern, der Blanche dann besonders begehrenswert fand; und da ihr Tschilpen sie im allgemeinen abends im Bett überkam, versäumte er niemals, sie zu lieben und abermals zu lieben, bis schließlich im Schlaf ihr Zwitschern verstummte und damit auch sein eigenes Verlangen.

Ihre ganze Schwangerschaft über fühlte Blanche sich wunderbar, so als füllte das Gewicht, das in ihrem Bauch wuchs, sie endlich vollauf mit Leben und sicherte ihr eine festere Verankerung in der Welt. Das Grün ihrer Augen, die beinahe fröhlich geworden waren, hatte beständig den schönen bläulichbraunen Glanz der Bronze, und sie tschilpte ohne Unterlaß. Doch mit ihrer Niederkunft verfiel sie erneut in Angst und Zweifel. Es schien ihr mit einemmal, als hätte sie mit dem Gebären nun ihrerseits das Verbrechen ihrer Mutter verübt. Und ihr Verbrechen wog schwerer, da es zwiefach war.

Sie brachte nämlich zwei kleine Mädchen zur Welt, nicht größer als Welpen und schrumpelig wie Äpfel. Die Mädelchen gewannen jedoch bald an Kraft und Anmut, und als sie die Augen öffneten, zeugten auch sie von der Stärke des Pénielschen Erbteils: ein Goldfleck glänzte in ihrem linken Auge. Aber ihr Erbteil war zwiefach, nicht nur, weil sie die Augenfarbe ihrer Mutter und ihr schönes gelocktes Haar hatten, sondern vor allem, weil sie auf der linken Schläfe einen dunkelroten Fleck trugen. Dieser Fleck indes war sehr viel kleiner und unauffälliger als der ihrer Mutter. Er hatte die Größe eines Soustücks und die Form einer Rose. Derart mit einem doppelten Vermächtnis ausgestattet, erhielt jedes der Mädchen als Zugabe einen doppelten Vornamen. Die eine wurde Rose-Héloïse genannt, die andere Violette-Honorine. Sie sollten diese Vornamen später gegen andere Namen eintauschen, auf denen ein unendlich schwereres und anspruchsvolleres Erbe lastete.

Aber es war nicht allein diese Zwillingsgeburt, die Blanche so sehr bedrückte. Sie hatte die Vorahnung von etwas Furchtbarem, Ungeheuerlichem. Sie stand vom Wochenbett nicht mehr auf, so sehr quälte und erschöpfte sie dieses Gräßliche, das sich ihr offenbarte.

Sie sah die Erde von Feuer und Schwert verwüstet, hörte es schreien, überall um sich her schreien, daß es einen um den Verstand bringen konnte. Sie beschrieb sonderbare Dinge: Männer zu Tausenden, Pferde und auch seltsame Maschinen, die an das Rhinozeros aus der Laterna Magica erinnerten, explodierten und wurden im Schlamm in Stücke gerissen. Riesenhafte eiserne Vögel stießen in Feuergarben steil auf die Erde herab, auf die Städte, die Straßen. Und ihre von Angst und Tränen ausgeblichenen Augen wurden von Tag zu Tag fahler, so daß sie am Ende alle Farbe verloren und nur noch ganz und gar durchsichtig waren. Sie sagte sich, wenn es ihr beschieden war, all das zu sehen, all diesem Elend, dieser Gewalt und diesem Sterben beizuwohnen und es zu ertragen, so darum, weil sie bestraft werden sollte. Bestraft dafür, daß sie gewagt hatte, leben zu wollen, daß sie gewagt hatte, die Welt durch ihre Niederkunft mit ihrer Schuld anzustecken. Und all das Blut, das sie aus den Leibern der Männer fließen sah, bis die Erde, die Wege und die Städte darin versanken, rührte zweifellos von jener stumpfen, unheilvollen Schicht auf ihrem Gesicht.

Sie verkroch sich in ihrem Zimmer. Margot brachte ihr zu essen, während Mathilde sich um die Kleinen kümmerte. Doch Blanche weigerte sich bald, Nahrung zu sich zu nehmen. Sie entdeckte am Essen einen Geschmack von Fäulnis und Blut und an allen Getränken den scharfen Geruch von Schweiß und Tränen. Sie wurde so mager, daß ihre Haut, unter der ihre Knochen wie zertrümmerte Steine vortraten, das Aussehen von Pergament annahm. Die Durchsichtigkeit erfaßte sie nach und nach wie ein Brand und tilgte sie aus der sichtbaren Welt. Und das war es auch, was schließlich mit ihr geschah – sie verschwand. Es blieb von ihr nur ein großes Stück fadenscheiniger, lederner Haut mit einer Struktur wie aus Glasfibern zurück. Als man sie in den Sarg legen wollte, zerbrach sie wie eine Glasscheibe mit einem hübschen Geräusch, ähnlich dem Lachen eines ganz kleinen Kindes.

Margot legte die Puppe, die sie stets versteckt gehalten hatte, mit in den Sarg, damit sie Blanche begleite und vor der allzu großen Einsamkeit bewahre, in die man sie eingeschlossen hatte.

Diesmal war der Karren, vor den Nuit-d'Or-Gueule-de-Loup sich spannte, um seine zweite Frau zum Friedhof zu bringen, von so geringem Gewicht, daß er das Gefühl hatte, er liefe mit leeren Händen. So nahm er denn wieder den Kinderweg, denselben, auf dem Blanche genau drei Jahre zuvor aufgetaucht war. Seine Söhne, Margot sowie Jean-François-Tige-de-Fer begleiteten ihn. Unter dem Vorwand, sich um Rose-Héloïse und Violette-Honorine kümmern zu müssen, die einige Monate alt waren, blieb Mathilde auf dem Hof. Die beiden schlafenden kleinen Mädchen fest in ihren Armen, sah sie vom oberhalb der Straße liegenden Garten herab den düsteren Zug sich entfernen, mitten durch die Wogen reifenden Korns. Diebische Vögel schossen darüber hin, sie scherten sich wenig um die zwei wild aussehenden, grotesken Vogelscheuchen, die ihre Brüder dort aufgestellt hatten. Obwohl sie keinen Kummer empfand, fühlte sie doch auch keinerlei Freude; lange schon hatte sich ihre Abneigung gegen Blanche in Gleichgültigkeit gewandelt. Was die beiden Kleinen anging, die ihr nun zugefallen waren, so würde sie damit schon zurechtzukommen wissen. Ihre eigene Kraft hatte keinen Schaden gelitten. Es schien ihr mitunter sogar, und sie empfand dabei eine gewisse Verwirrung, daß sie den Anteil aller anderen empfangen hatte.

Was von Blanches armem Körper geblieben war, wurde auf dem Friedhof von Montleroy in dem Grab beigesetzt, in welchem ihr Onkel ruhte. So sah sich Pater Tambour ein weiteres Mal gezwungen, seine Nichte, die sich versehentlich in die Welt der Lebenden verirrt hatte und nun schaudernd im Reich der Toten gestrandet war, aufzunehmen. Sie fand die umfriedete Stille wieder, weltabgeschieden zwischen ihren dicken, mit Wein und Winden bewachsenen Mauern, fernab von Lärm und Gewalt.

An diesem Tag läutete die Sturmglocke lange übers Land; von Dorf zu Dorf schickten die Kirchen einander ihr feierliches Echo zurück. Doch dieses Echo kam von weit her – in Paris hatten die Glocken den ersten Anstoß gegeben, und von sämtlichen Glokkentürmen Frankreichs hallte es wider in einem nicht endenden, majestätischen Alarm.

Nicht für Blanche läuteten die Glocken so feierlich, denn selbst für die Einwohner von Terre-Noire blieb ihr Tod nahezu unbemerkt, ganz wie es auch ihr Leben gewesen war. Ein anderer Tod sollte angezeigt werden, der sehr viel großartiger und aufsehenerregender war. Ein überaus würdiger Tod, der erhobenen Hauptes einherschritt – und leer war, denn er hatte noch keine Zeit gehabt, Gestalt, Gesichter und Namen anzunehmen. Um ihn zu ehren, entfaltete man weder Totenhemd noch Leichentuch – man hängte Fahnen aus den Fenstern. Blau, weiß, rot, wie sonntägliche Taschentücher. Doch diese großen, gestreiften Tücher sollten sich bald als unzureichend erweisen, um all die vergossenen Tränen und all das vergossene Blut zu trocknen.

Als sie den Friedhof verließen, hörten die Péniels sie, die Sturmglocke von Saint-Pierre. Wie sehr die gesprungene Glocke aber auch läutete, sie vermochte kaum einen der Situation angemessenen Ton hervorzubringen; sie behielt etwas Dürres, Versagendes, so als ließen die Angst und das Leid der eben hier begrabenen Blanche schon ihre Stimme vernehmen.

Die Leute traten auf die Schwelle ihrer Häuser, und diejenigen, die auf den Feldern waren, richteten sich von der Erde auf. Ein jeder unterbrach sein Tagewerk, seinen Weg, seine Rede, und alle wandten sich betroffen nach dem Glockenturm ihrer Kirche um. Die ältesten Männer zogen als erste den Hut, und die ältesten Frauen begannen als erste zu weinen. Manche Männer schrien, die Faust gereckt und stolz erhobenen Hauptes, andere standen mit gesenktem Kopf, unbeholfen und schweigend, wie festgenagelt auf dem Boden, als hätten sie soeben dort Wurzeln geschlagen. Der Krieg hatte gerade seinen mächtigen Ruf nach Vergeltung und Ehre ausgesandt, und schon reagierte ein jeder nach seines Herzens Neigung. Doch die Trommeln und die Trompeten des Tanzes, der nun begann, würden alle diese so unterschiedlich schlagenden Herzen bald schon in Einklang miteinander – und fast alle von ihnen zum Schweigen bringen.

Victor-Flandrin, beinahe vierzig Jahre alt und Vater von sechs Kindern, wurde nicht einberufen. Die Voraussicht seines Vaters hatte ihn ohnehin untauglich gemacht. Seine Söhne hingegen, die auf ihren siebzehnten Geburtstag zugingen, waren hübsche Kerle mit kräftigen Körpern und starken, geschickten Händen. Und zum ersten Mal kam Nuit-d'Or-Gueule-de-Loup jener Gedanke, den er niemals für möglich gehalten hätte: er bedauerte, seinen Söhnen statt des goldenen Glanzes im Auge nicht das Gebrechen seiner Hand vererbt zu haben. Zumindest hätte er ihnen gern jenen blonden Schatten vermacht, den Vitalie zu seinem Schutz an seine Schritte geheftet hatte. Doch weder die Verstümmelung noch jener Schatten waren erblich, und sie ließen sich vor allem nicht von seinem Körper trennen. Sie gehörten einzig und allein zu ihm – zu seinem Körper, dessen furchtbare Vereinsamung er mit einem Schlag und schwindelerregend wahrnahm, heftiger und schmerzlicher noch als in den Zeiten nach Mélanies und Blanches Tod. Denn es war nicht mehr nur die Einsamkeit eines Körpers, der plötzlich der Zärtlichkeit und Lust des anderen Leibes beraubt ist, es war die Einsamkeit eines in seiner Lebenskraft und in seiner Nachkommenschaft bedrohten Körpers. Eines Körpers, der bedroht war in dem, was über ihn hinausging – in seinen Söhnen. Und zum ersten Mal schlich sich in sein Herz eine Spur von Erbarmen, wenn nicht gar Vergebung für seinen Vater.

Und so war nach so vielen Jahren des Vergessens sein Vater zurückgekehrt. Die Zeit der Verbannung war abgelaufen, die Erinnerung an ihn erlangte ihre Rechte wieder – und sie war auf einmal so verschwenderisch an Bildern wie seine Laterna Magica. Er sah das vom Säbelhieb des Ulanen entstellte Gesicht des

Vaters wieder und auf seinem Kopf die Wunde, in der der Puls des Wahnsinns schlug. Er konnte sich schließlich sogar das Gesicht des jungen Reiters mit dem feinen blonden, aufwärts gezwirbelten Schnurrbart vorstellen, dazu sein Lächeln, widerwärtig vor sanfter Gleichgültigkeit. Vielleicht lebte er noch, vielleicht hatte auch er Söhne gehabt, die ihrerseits andere Söhne gezeugt hatten, sie alle ausgestattet mit dem gleichen Säbel, dem gleichen Schnurrbart und dem gleichen Lächeln – und bereit, die Geste ihres Ahnen von neuem auszuführen. Gegen seine eigenen Söhne. Gegen ihn.

3

Der Ulan mußte sehr viele Söhne gezeugt haben und noch mehr Enkel, denn sie stürmten bald in Horden heran, schon überschritten sie die Grenzen und drohten, diesmal das ganze Land in einem gigantischen Sedan einzukesseln. Sie hatten das leuchtende Gewand ihrer Vorfahren gegen eine steif zugeschnittene graue Uniform ausgetauscht, sie rückten erhobenen Kopfes vor, und wie im Herbst das aufgeregte Vieh von den Weiden getrieben wird, so trieben sie Herden von verängstigten Menschen vor sich her, die hastig aus ihren angezündeten Städten flohen.

Es war kaum zu glauben, wie mitten im Sommer derartige Wogen zurückflutender Herden sich übers flache Land ergossen und Menschen und Vieh ohne Unterschied und Rücksicht durcheinanderwarfen. Der Strom all dieser Flüchtenden schwoll immer mehr an, denn die Berichte, die sie auf ihrer überstürzten Flucht verbreiteten, erschreckten alle, die sie hörten, so sehr, daß sie sich ihnen anschlossen. Wenn man ihnen glauben wollte, gab es nämlich nicht eine Stadt, die nicht aufs neue der Tod ereilte, sobald die grauen Reiter in sie eindrangen. Liège, Namur, Louvain, Brüssel – Andenne, all diese Namen bezeichneten mit einemmal nicht mehr Steine, Straßen, Plätze, Brunnen und Märkte, sondern nur noch Asche und Blut.

Und Terre-Noire fand sich wieder einmal aus einem verborgenen Winkel des Vergessens auf den Balkon der in Flammen stehenden Geschichte gezerrt. Von La Ferme-Haute aus sah man bei Nacht den gewaltigen Schein der Feuersbrünste den Horizont in zartes Rot tauchen, wie das Aufleuchten einer zu früh und zu rasch angebrochenen Morgendämmerung.

Aber die Zeit geriet aus den Fugen, die Tage und Nächte warfen ihre Stunden ab, und es schlugen alle Augenblicke mit großem Getöse ganz verkehrte, ja willkürliche Uhrzeiten. In Wahrheit war es immer dieselbe Stunde, dieselbe letzte, unwirkliche Stunde, die unaufhörlich Hunderte von Soldaten, die das Mannesalter gerade erst erreicht hatten, aus dem Leben riß.

So mußten auch alle anderen Dinge in diesen rasenden Rhythmus gezwungen werden, allen voran die Liebe. Mathurin machte daher seine ersten Schritte in der Kunst der Eroberung – einer Kunst, die auch er bald auf dem sogenannten Feld der Ehre würde ausüben müssen –, indem er so manch ein Mädchen in die sehr viel bescheideneren Weizen- und Luzernenfelder lockte. Eines dieser Mädchen, ein hübsches, braunhaariges mit tiefblauen Augen, verstand es indessen, seine entfesselte Begierde zu zügeln und allein an ihre Person zu binden. Sie hieß Hortense Rouvier, wohnte in Montleroy, war sechzehn Jahre alt und hatte feste runde Brüste, die einen unauslöschlichen Eindruck in den Handflächen hinterließen.

Wenn Mathurin sich von ihr trennte, war ihm, als spürte er lange danach noch die Wärme und das köstliche Gewicht dieser Brüste in seinen Händen und hätte den Geschmack ihrer Lippen noch in seinem von Küssen betörten Mund. Es kam sogar vor, daß er an manchen Abenden nicht aß, um die ganze Nacht diesen einzigartigen Geschmack im Mund zu behalten, und das Gesicht in den Händen vergraben, den Körper schmerzend von Leere und Erfülltsein zugleich, sank er in Schlaf.

Augustin wiederum faßte auf Anhieb Zuneigung zu einem Mädchen, das ebenso sanft und verträumt war wie er und um fünf Jahre älter; sie stammte aus Terre-Noire, aus dem sogenannten »Witwenhaus«. In jenem am Ausgang des Weilers gelegenen Haus lebten in der Tat fünf Frauen, denen entweder der Krieg oder Krankheit oder ein Unfall den Gatten geraubt hatten. Juliette war die sechste; sie aber hatte nicht geheiratet, nicht etwa, weil sie nicht begehrenswert war, sondern weil der Tod die Männer ihrer Familie jedesmal so hart getroffen hatte, daß man schließlich glaubte, ein dunkler Fluch läge auf diesen stets schwarz gekleideten Frauen. Der Großvater war als junger Mann in der Schlacht von Froeschwiller gefallen. Der Vater war, viel jünger noch, einfach vom Dach gestürzt, als er versuchte, einen Eichenast herunterzuholen, den ein Gewitter dorthin geschleudert hatte. Der Onkel war etwas älter, als er starb, doch fiel er aus sehr viel geringerer Höhe – just von der eigenen Körpergröße herab, als ihn ein Schlaganfall traf. Der Bruder war nicht gefallen; er hatte sich, vielleicht um zu verhindern, daß er jemals fiel, eines schönen Tages ohne ersichtlichen Grund in der Scheune erhängt. Die ältere Schwester Juliettes hatte dennoch zu heiraten gewagt, aber nicht lange gesäumt, sich dem Clan der Witwen anzuschließen. Ihr Mann wurde bei einem Jagdunfall getötet. Auf diese Weise verging Juliette die Lust aufs Heiraten, noch bevor sie es überhaupt erwogen hatte; und wie ihr Bruder sich aufgehängt hatte, um nicht fallen zu müssen, hatte sie sich von vornherein in Einsamkeit eingeschlossen, um später nicht eine andere, noch schmerzlichere, weil mit Trauer behaftete Einsamkeit erdulden zu müssen. Augustin jedoch riß diesen Schutz ein, und das Begehren vertrieb die Furcht vor dem Fluch.

General Joffre hatte verkündet: »Unser Sieg steckt in den Beinen der Infanterie!« Aber der Sieg ließ mit so mörderischer Kokette- rie auf sich warten, daß es der Infanterie am Ende schlicht und einfach an Beinen mangelte. Daher beschloß man, die Einberufung der jungen Rekruten vorzuziehen, und so wurde der Jahrgang der Siebzehnjährigen vor der Zeit aufgerufen, den Älteren an die Front zu folgen. Aber Augustin und Mathurin, die von dieser vorzeitigen Einberufung betroffen waren, konnten ihr schon nicht mehr Folge leisten – sie waren, noch bevor sie überhaupt zum Kämpfen kamen, bereits Gefangene des Krieges. Die Enkel des Ulanen mußten geradezu erstklassige Beine haben, denn sie waren schon sehr weit ins Land vorgestoßen und hatten die Grenzen zurückverschoben und deformiert, die nunmehr durch ein ständig flackerndes Feuer markiert wurden. Ein Feuer, dem es gefiel, Städte und Dörfer, Wälder, Felder und Wege zu überziehen. Die Erde ringsum war nur noch unermeßliches Rodeland, auf dem es zu gründlich und zu lange gebrannt hatte, als daß man hier auch nur das Geringste wieder hätte anbauen können. Die Pflugscharen des Krieges rissen Furchen, breit und klebrig wie Wunden, in die man als einziges Saatgut Überreste von menschlichen Leibern warf.

Terre-Noire war nur noch eine vom Land abgeschnittene, aus Zeit und Welt geworfene Zone; die Zone einer Armee, zu der Mathurin und Augustin nicht einmal mehr gelangen konnten. Der Feind, der diese Zone besetzt hielt, traf die Vorsichtsmaßnahme, alle Männer im kampffähigen Alter, die in diesem Feuerkessel eingeschlossen waren, weit ins Innere seiner eigenen Territorien zu deportieren. So kam es, daß Mathurin und Augustin just in dem Augenblick, als sie sich von der einen Seite der Front einberufen wußten, auch von der anderen einen Stellungsbefehl erhielten. Ihre Vermessenheit, daß sie mitten in dieser Hölle zu lieben wagten, und die Unbekümmertheit, mit der ihre Kraft und ihre Begierde unter all der Asche wuchsen, bäumten sich jäh auf. Der Krieg erhob sich plötzlich vor ihnen wie ein Hindernis, das die Kraft ihrer Jugend, die Glut ihrer Liebe und die Ewigkeit des ihnen vertrauten Bodens gleichermaßen in Frage stellte. Sie lebten bereits in einem Niemandsland, und jetzt drohte ihnen ein noch erschreckenderes Exil. Da packte sie der Zorn und ließ sie nicht mehr los. Sie beschlossen, dem von der eigenen Seite der Front erlassenen Aufruf zu folgen. »Aber ihr werdet niemals hinüberkommen«, sagte Victor-Flandrin immer wieder, »das Land ist besetzt, die Kämpfe toben um uns her, Felder und Wälder sind voll von Soldaten.« Doch weder die Warnungen ihres Vaters noch die Bitten Hortenses und Juliettes konnten sie davon abbringen.

»Wirst du mir schreiben?« hatte Hortense Mathurin gefragt, den fortziehen zu sehen sie nicht ertrug; aber sie konnte ebensowenig lesen, wie er schreiben, und zudem hätte ohnehin kein Brief die Linien passiert. »Egal«, beharrte Hortense, »du wirst mir trotzdem schreiben. Augustin wird für dich schreiben, du wirst ihm diktieren, und Juliette wird es mir vorlesen. Und außerdem würde ich, wenn's sein muß, die Vögel, die Fische, sämtliche Tiere und Regen und Wind bitten, uns einander unsere Briefe zu bringen.« Sie schenkte ihm eine lange Haarlocke. Juliette wollte Augustin nichts geben, aus Angst, der Fluch, der am Haus der Witwen haftete, könnte wieder aufleben und den Talisman, den sie ihm geschenkt hätte, in einen Todesbringer verwandeln.

An einem Herbstabend bei Einbruch der Nacht machten sie sich auf den Weg und schlichen in die Wälder; von Zeit zu Zeit erbebte der Waldessaum und färbte sich rot. Sie ließen sich Flüsse hinabtreiben und mischten sich unter die Scharen verstörter Menschen, die aus ihren niedergebrannten Dörfern flohen, ja selbst unter Viehherden, die man von den verwüsteten Wiesen jagte. Sie hüllten sich in Schatten und Schweigen und legten sich oft auch zwischen die Toten auf ihrem Weg. Sie kamen durch das Land ihres Vaters, aber sie wußten es nicht; es gab dort im übrigen nichts zu entdecken, die Landschaft war, seit sie sich auf den Weg gemacht hatten, überall die gleiche geworden, der Krieg hatte alles geschliffen und einander angeglichen. Doch je weiter sie sich so von zu Hause entfernten, desto stärker zog es ihre Herzen dorthin zurück.

Ihre ganze Flucht über sprachen sie nicht miteinander, und niemals trennten sie sich, es zählte für jeden nur, daß er den Atem des andern an seiner Seite hörte und spürte.

Eines Tages langten sie am Ende des Festlandes an und sahen das Meer; sie hatten niemals das Meer gesehen, sie waren Männer der Felder und Wälder. Sie schauten lange auf die gewaltige bleigraue Masse, die wie in sinnlosem Verlangen eine heisere, endlose Klage heulte. Mathurin gefiel das Meer, es erinnerte ihn an das Muhen seiner Rinder. Augustin gefiel es nicht, er meinte, es schmecke nach Tod.

Als er atemlos auf sie zustürzte, erkannten sie ihn nicht. Er brach zu Mathurins Füßen zusammen und fiel auf die Flanke. Seine Pfoten waren blutverschmiert, sein schwarzes Fell war versengt, voller Schlamm und an mehreren Stellen von Wunden gezeichnet. Seine Augen glänzten starr und matt wie Kiesel am Grunde des Wassers. Um den Hals trug er eine kleine Ledertasche, die offensichtlich eine Kugel durchschlagen hatte. Er keuchte so sehr, daß das Raunen des Meeres dahinter verebbte. »Folco!« schrie endlich Mathurin und hob den Hund auf seine Arme. Seinen Hund, den Hüter seiner Rinder, hier, am Ende seines Marsches, an der äußersten Grenze des Festlandes traf er ihn wieder. Er preßte ihn an sich und schmiegte den Kopf an seinen Hals. »Folco ...«, wiederholte er immer wieder und wiegte dabei das erschöpfte Tier. Auch Augustin war hinzugetreten und streichelte Folco lächelnd. »Er hat etwas um den Hals«, bemerkte er. Der Hund stöhnte leise. Augustin band die Tasche los und öffnete sie. Er zog eine dicke Rolle von Blättern heraus, die die Feuchtigkeit aneinandergeklebt hatte. »Juliette!« sagte er und fuhr mit den Fingern über die steile, sorgfältige Schrift, die das Papier bedeckte. »Juliette?« rief Mathurin aus. »Aber dann hat auch Hortense geschrieben! Lies, lies schnell!« Doch die Briefe waren unlesbar, so naß und ineinandergerollt war das Papier.

»Wir müssen die Blätter trocknen lassen. Dann werde ich es lesen können«, sagte Augustin und schob die Rolle unter seine Kleider.

Der Hund war auf Mathurins Knien eingeschlafen, und das unaufhörliche Gebrüll der Wogen erfüllte von neuem den verlassenen Strand. Auch die beiden Brüder nickten ein, während sie Schulter an Schulter saßen und zusahen, wie vor ihnen das grauviolette Meer schwerfällig zurückflutete. Regen fiel weit hinten am Horizont und überzog den Himmel wie mit einem Vorhang aus dunkler Gaze. Sie hatten die unpassierbare Zone durchquert, waren unter Kugeln gerobbt und hatten sich im Schlamm nicht abgeernteter Felder gewälzt, wo geschwärzte Ähren sich um die Trümmer von Waffen und die Finger von Toten schlangen; sie waren so oft vom Wege abgekommen, daß sie sich manches Mal hoffnungslos verloren glaubten; sie hatten sich von Wurzeln ernährt und das Wasser der Pfützen getrunken; sie hatten zusammengekauert in Löchern auf eisigen Steinen geschlafen. Und jetzt waren sie hier, unversehrt und beisammen, und saßen im Angesicht des Meeres, das vor ihnen zurückwich, als wollte es ihnen neuerlich Raum und Hoffnung geben.

Es schien Mathurin sogar, als hätte das Meer sich beruhigt und als wäre sein Brüllen nun von unendlicher Sanftheit. Er träumte von Hortense, von ihrem zärtlichen, warmen Leib, er fühlte in seinen Händen das köstliche Gewicht ihrer Brüste und den Meereswind, der ihm die feuchte Kühle ihres Geschlechts zutrug.

Das Meer stieg und sank noch siebenmal, bevor sie ein Schiff fanden. Der Umweg, der nötig war, um zu ihrer Armee zu stoßen, wurde immer länger und weiter. Sie waren zwei Rekruten ohne Waffen noch Uniform, und sie zogen immerfort in den Krieg, ohne jemals bei ihm anzukommen.

Sie nahmen Folco mit auf das Schiff. Als die Bögen endlich getrocknet waren und Augustin sie auseinanderfalten konnte, sah er, daß die Feuchtigkeit die Tinte derart verwischt hatte, daß nur noch wenig zu lesen war. Die Worte schienen miteinander verschmolzen zu sein. Das Loch, das die Kugel beim Durchschuß in die Tasche gerissen hatte, hallte von Seite zu Seite wider. Die sanfte Stimme Juliettes schien auf jeder Zeile versagen zu wollen, es drangen nur Wortfetzen herüber, als zögere sie, als verlöre sie den Faden ihrer Gedanken. Aber Augustin verstand aus diesem undeutlichen Gemurmel herauszuhören, was Juliette ihm hatte sagen wollen; sie sprach zu ihm von ihrer Liebe, von ihrer Zuversicht, von ihrer Geduld, und sie gab ihm Nachricht von Terre-Noire.

Dann, nach einigen Seiten, veränderte sich plötzlich der zurückhaltende Ton, Juliette schrieb nun nach dem Diktat Hortenses, die Mathurin ihre ungestüme Liebe und den Schmerz ihrer Trennung zuschrie. Sogar Juliettes Schrift schien verändert, als hätte die Kraft und die Gewagtheit der Worte, die Hortense ihr diktierte, sie durcheinandergebracht, und auch Augustin empfand eine tiefe Verwirrung, als er sie las. Diese Worte hatten im übrigen dem Verblassen besser widerstanden als diejenigen Juliettes. Dann brach der Brief mit einemmal ab, und die folgenden Bögen waren nicht mehr mit Schriftzügen bedeckt, sondern mit kunterbunten Zeichnungen vollgemalt. Hortense waren die Worte ausgegangen, und zugleich hatte sie es wohl nicht mehr ertragen, einer zweimaligen Vermittlung zu bedürfen, um sich an Mathurin zu wenden, und so war sie auf die Idee des Zeichnens verfallen. Die Lebhaftigkeit ihrer naiven Figuren drückte ihre Liebe und ihr Verlangen noch deutlicher aus. Die letzte Zeichnung stellte Folco dar, der La Ferme-Haute verließ, um seinen Herrn zu suchen: ein schwarzer Hund, der den verwaisten, vereisten Kinderweg hinunterstürzte.

Die beiden Brüder folgten dem Beispiel Juliettes und Hortenses. Augustin schrieb einen langen Brief, worin er ihre Reise als Schattenmenschen durch Feuer und Ruinen erzählte, ihre Fahrt übers Meer nach England und von dort ihre Rückkehr auf den

Kontinent. »Und wenn ich heimkehre auf unseren dann wieder freien Boden«, schrieb er am Ende des Briefes, »werde ich Dich heiraten, und Du wirst für immer Dein Witwenhaus verlassen und mit mir auf dem Hof meines Vaters leben.« Dann schrieb er im Namen von Mathurin. Der sprach von einer Liebe, die so heftig, so fleischlich war, daß es Augustin aufwühlte. Hortenses Körper, den die Worte und die Bilder seines Bruders entblößten, offenbarte sich ihm mit einer unglaublichen Schamlosigkeit, und er begann ebenfalls von ihm zu träumen, auch wenn er den ganzen Tag an Juliette dachte. Aber Mathurin verzichtete bald auf Worte und begann seinerseits zu zeichnen, wobei er einen besonders intensiven Gebrauch von den Farben machte, die er in kontrastreichen Flecken auftrug.

Phantastische Farben, die aufplatzten wie überreife Früchte. Farben, die es nicht einmal auf den sommerlichen Wiesen und Feldern von Terre-Noire gab, vielleicht sogar nirgendwo in der Natur. Farben, die allein seinem Begehren entsprangen. Hortenses Körper, den er auf diese Weise zeichnete, begann sich in verrückten, von grellen Farben trunkenen, in ständiger Verwandlung begriffenen Bildern zu bewegen. Bald vervielfachte er die Anzahl ihrer Arme und Beine, bald entfachte er Feuer auf ihren Haaren oder bedeckte sie mit Bienenschwärmen, bald barst ihr ganzer Körper von riesigen Mündern. Zuweilen auch blühte dieser Körper wie ein wilder Garten; Klatschmohn brach aus ihren Brustwarzen hervor, orangefarbene Disteln loderten aus ihren Achseln, Glockenblumen und Brombeeren rankten sich um ihre Glieder, Johannisbeerreben ließen sich von ihren Lippen fallen, Libellen mit zart lilablauen Flügeln flogen unter ihren Lidern hervor, leuchtendgelbe Hahnenfüße und grellgrüne Eidechsen wanden sich um ihre Finger. Auf ihren Schenkeln zerdrückte er Erdbeeren, ihr Geschlecht ließ er von Gestrüpp überwuchern und bedeckte es mit Efeu, übersäte es mit Kornblumen, aber durch all dieses Buschwerk schimmerte immer wieder ein runder, fleischiger Bulbus wie eine Rosenknospe, die kurz vor dem

Aufbrechen steht. Seiten um Seiten bedeckte er mit solchen Zeichnungen.

Folco, um den Hals die baumelnde Ledertasche, machte sich wieder auf seinen gefährlichen Weg. Augustin und Mathurin sahen dem schwarzen Hund nach, wie er auf der Landstraße dahinflog, und sie starrten auf diese Straße noch, lange nachdem sie wieder wie ausgestorben lag. Sie konnten ihre Augen nicht von der dunklen Linie wenden, die zwischen den schneebedeckten Bäumen hindurch, dicht unterm Himmel, in ihr Heimatland wies. Ihre Blicke hatten sich von ihnen losgerissen, um dem Hund nachzustürzen; sie liefen bis über die Grenzen ihres Sehens hinaus und verschmolzen mit dem Körper des Tieres. Und wenn er nicht durchkommt, wenn er unterwegs getötet wird?..., sorgte sich Augustin, aber er wagte seine Befürchtung nicht zu äußern; Mathurins gespannte Anwesenheit an seiner Seite verbot jeglichen Zweifel und schien das Unmögliche herausfordern zu können.

4

Sie wurden zunächst in ein Ausbildungslager geschickt, wo man sie eilig in das Kriegshandwerk einführte. Aber so schnell und gründlich diese Ausbildung auch war, sie offenbarte ihnen nichts von der Wirklichkeit des Krieges. Unter dem frühlingshaften Namen »Bleuets« – Kornblumen – schickte man sie dann mit ihren Gefährten, die fast noch Kinder waren, zu den Älteren an die Front. Ganz unten in seinen Tornister, zwischen die Wäsche und das Kochgeschirr aus Weißblech, schob jeder sein Heft, Mathurin, um darin zu zeichnen, Augustin, um darin zu schreiben.

»Ich weiß nicht, was mir mehr angst macht«, notierte Augustin am Vorabend ihrer Abreise, »töten oder sterben. Im Ausbildungslager haben wir immer so getan, als würden wir töten, aber dort draußen werden wir Menschen vor uns haben. Wirkliche Menschen, wie Mathurin und ich. Und wir werden auf sie schießen müssen. Was wird aus einem, der Menschen getötet hat?« Diese Frage quälte Augustin, manchmal sah er im Traum sogar die Köpfe derer, die er töten würde, am Giebel des Hofeingangs von La Ferme-Haute hängen, so wie der Schädel des Pferdes Escaut einst dort hing, um von der eigenen Untat und zugleich vom Verbrechen des Nuit-d'Or-Gueule-de-Loup zu zeugen.

Mathurin verwunderte die Bezeichnung der Front, zu der sie fuhren. »Le Chemin des Dames«, Der Damenweg, was für ein hübscher Name, wie eine Einladung zu einem Sonntagsspaziergang. Er dachte an den »Früher-Morgen-Wald«, wo Hortense und er sich so oft geliebt hatten und wo der Duft ihrer Leiber noch vermehrt wurde um den herben und süßlichen Wohlgeruch der auf dem Moose modernden Blätter und Zweige. Er zeichnete einen Hohlweg, den blumenübersäte Böschungen säumten, Frauen mit gelösten, vom Wind zerzausten Haaren pflückten diese Blumen und banden sie zu flammenden Sträußen. Am Ende des Weges öffnete sich eine Rose, gewaltig und unberührt von Wind, Feuer und Tod, die ringsum wüteten. Le Chemin des Dames – ein Weg voll Dornen und Tod, dem eine Rose aus Fleisch ihre noch viel wildere Schönheit trotzig entgegenhielt.

Im Zug, der sie zur Front brachte, vergaßen sie jedoch ihre Träume und Bilder, so sehr übertraf und erschütterte die vorgefundene Wirklichkeit ihre Visionen. Unaufhörlich schleuderte ihnen die Erde den grausigen Anblick ihrer Verwundungen ins Gesicht, und je furchtbarer die Verwüstungen und Entstellungen der Landschaft waren, desto mehr nahm diese auf schmerzliche Weise menschliche Züge an, als sei die Erde aus Fleisch.

Und so war es tatsächlich, Erde und Fleisch vermengten sich zu einer einzigen Materie, dem Schlamm. Die Front kündigte sich ihnen von weitem an. Der Himmel war von einem schmutzigen, unaufhörlich von emporschlagenden Flammen zerrissenen Grau, wie ein großes Tuch, das von unten Feuer fängt. Diese aufgerissene Linie zwischen Himmel und Erde wurde durch ein ununterbrochenes Gedröhn von Kanonendonner und die Explosionen von Granaten und Kartätschen noch unterstrichen. Die Neuankömmlinge, eben erst aus ihrer kurzen militärischen Ausbildung entlassen, wurden sofort ins Kampfgetümmel geworfen. Man stopfte sie zu Hunderten in die verschlammten Schützengräben, die selbst hartnäckiges Schneetreiben nie mit Weiß zu überziehen vermochte.

Aber es fiel nicht nur Schnee an diesem Ort – es fiel alles mögliche herab, Granaten, Raketen, Flugzeuge mitunter, Menschen in jedem Augenblick, riesige Erdklumpen, Holzsplitter, Steine, Stücke von Stacheldraht. Man war schließlich sogar darauf gefaßt, Teile des Himmels, der Wolken, die Sonne, den Mond und die Sterne herunterfallen zu sehen, so außergewöhnlich schien die Anziehungskraft dieses Fleckchens Erde zu sein. Ein Ort des Absturzes, in der Tat. Und an diesem Ort, tief in einem Schützengraben, feierten sie im Lichterschein der Geschosse ihren zwanzigsten Geburtstag.

Mathurin und Augustin trennten sich weniger denn je zuvor voneinander, sie kämpften Seite an Seite, aus Furcht, sich zu verlieren. Die anderen spotteten bald über das unzertrennliche Paar, dem sie den Spitznamen »Die Siamesen« gaben. Aber nichts und niemand vermochte sie davon abzubringen, daß sie immer zusammenblieben. Zwar hatte die Liebe ihre Wege in unterschiedliche Richtungen gelenkt und sie zu zwei Frauen geführt, die in jeder Hinsicht verschieden waren, aber das hatte sie nicht getrennt. Gerade diese Entfernung, die durch die Verschiedenheit ihrer Liebe offenbar wurde, hatte sie noch fester miteinander verbunden. Es kam nicht in Frage, daß einer allein starb, wenigstens nicht sofort, nicht mit zwanzig Jahren, denn jeder von ihnen fühlte genau, daß es eine viel zu schwere und schmerzliche

Bürde wäre, die Abwesenheit des andern für den Rest seines Lebens zu ertragen.

Diese krankhafte Anhänglichkeit, die ständig die Gegenwart des anderen erforderte, hinderte sie jedoch nicht, sich mit ihren Kameraden anzufreunden. Sieben wurden ihnen besonders vertraut. Das waren Roger Beaulieu und Pierre Fouchet, zwei Pariser, die man gerade erst eingezogen hatte, Frédéric Adrian, der gleich nach der Kriegserklärung aus dem Elsaß herbeigeeilt war und schon Verdun hinter sich hatte, Dieudonné Chapitel, ein Bauer wie sie, aber aus dem Morvan, François Houssaye, ein Landschaftsmaler, dessen Augen noch tief unten im Schützengraben das strahlende graue Licht des Himmels der Normandie spiegelten, schließlich Michel Duchesne, der aus Orléans kam, und Ange Luggieri, der so verstört war, weil er zum ersten Mal seine Insel Korsika hatte verlassen müssen. Ihre Freundschaft hatte jene Glut, die Gefahr und Bedrängnis entzünden. Ein paar Tage in diesen Gräben voller Schlamm und Blut, wo es ihnen an Wasser, an Nahrung und Schlaf mangelte und jeden Augenblick der Tod drohte, hatten ausgereicht, festere und innigere Bande zu knüpfen, als eine lang andauernde, im Laufe eines ruhigen Lebens treulich gepflegte Freundschaft es vermocht hätte. Es war eine in Eile geschmiedete Freundschaft, sie wuchs in diesem Schutt wie eine Treibhauspflanze, die jeden Tag neue, unerwartete Blüten treibt und ihre Blätter immer höherreckt.

Augustin begann bald von all diesen Gegenden zu träumen, aus denen seine Kameraden stammten und von denen sie erzählten; der Name einer jeden tat sich über fabelhaften Geographien auf, die er in seinem Heft beschrieb. Die Seine, die Loire, der Rhein wälzten ihre gewaltigen, vom Rhythmus der Brücken, der Bäume und Inseln unterbrochenen Wassermassen an ihm vorüber, die auf ihrem Weg durch die Städte das Spiegelbild von steinernen Engeln und von Frauenbeinen mit sich nahmen. Die Hochebenen des Morvan und die weiten Strände der Normandie erinnerten ihn an endloses Treiben von Wind und von Wasser, und Korsika, vollkommen schattenlos zwischen dem Blau des Himmels und dem des Meeres, reckte sich im kräftigen Rosa und im strengen Ocker seiner Felsen. Unbekannte Namen, Landschaften und Farben verwandelten sich durch die wehmütigen Erzählungen seiner Kameraden in Bilder. Und wenn die beiden Brüder zunächst nur in den Krieg gezogen waren, um ihr kleines Fleckchen dort im äußersten Winkel des Landes zu verteidigen, so weiteten sie nun ihren Kampf auf die Verteidigung all der Regionen aus, aus denen ihre Gefährten kamen. Nach dem Kriege, so sagte sich Augustin mitunter, würde die Welt auf ihrem Weg nach vorn ihre Straßen vor ihnen entrollen, und mit seinem Bruder würde er sich aufmachen, all diese Gebiete zu entdecken, wie jene beiden jungen Burschen, die durch Frankreich gezogen waren und von deren Abenteuern er in dem Buch von Bruno früher so oft gelesen hatte.

Aber bald war es aus mit den Erzählungen und Legenden, ebenso wie mit den Sehnsüchten und Plänen, weil die Geschichte aller ihrer Gefährten hier abbrach. Pierre Fouchet eröffnete die Reihe. Als er in dem milchigen Nebel, der seit Tagen die Erde verklebte, eine Linie von Schützen erspähte, die auf dem Boden lagen, wollte er in einen Graben hinter sich in Deckung springen. Er blieb jedoch in dem Stacheldraht hängen, der den Zugang behinderte; eine Salve bestrafte ihn für diese Ungeschicklichkeit und durchsiebte ihn vom Kopf bis zu den Fersen. Es waren jedoch nicht die an den Boden gepreßten Schützen, die ihm diese Salve in den Rücken geschossen hatten, denn sie waren schon alle tot und lagen darum auch dort so schön in einer Linie auf dem Bauch. Wäre der Nebel weniger dicht gewesen, hätte er sehen können, daß sie die französische Uniform trugen. Die Salve war hinter ihm losgegangen.

François Houssaye starb in kleinen Etappen. Infolge einer schlimmen Verletzung, die rasch brandig wurde, nahm man ihm den Fuß ab, dann den Unterschenkel, dann den Oberschenkel bis zur Leistengegend. Worauf man mit dem Amputieren nicht fortfahren konnte. Der Brand fiel ungehindert über den Rest seines Körpers her, und er war schon völlig verfault, noch bevor er seinen letzten Atemzug getan hatte.

An einem andern Tag, Mathurin, Augustin und Dieudonné Chapitel standen Schulter an Schulter geduckt in einem Schützengraben, von wo aus sie den Angriff einer Gruppe deutscher Infanteristen zurückzuschlagen versuchten, breitete sich nach endlosem Beschuß plötzlich Ruhe aus. »Welch eine Stille!« flüsterte Mathurin, »man könnte meinen, der Anfang der Welt!« – »Der Anfang oder das Ende?« meinte Dieudonné und betrachtete aufmerksam, indem er ein wenig den Kopf hob, die vor seinen Augen sich dehnende unermeßliche Landschaft voll rauchender Krater. Aber es war weder der Anfang noch das Ende der Welt, nur eine kurze Pause, just so viel Zeit, um zu laden und erneut auf das Ziel anzulegen. Dieudonné hatte seine Frage kaum gestellt, als ein scharfes Kugelpfeifen die Pause durchschnitt. Dann senkte sich erneut Stille herab, wie um die gegebene Antwort deutlicher zu unterstreichen. »Na, siehst du«, schloß Augustin, zu Dieudonné gewandt, »es war nicht das Ende.« Aber Dieudonné fügte nichts mehr hinzu, er begnügte sich damit, seinen Helm auf Augustins Schulter fallen zu lassen. Einen Helm, der bis zum Rand gefüllt war mit einer weißlichen, weichen, dampfenden Masse, die sich in Augustins Hände ergoß. Dieudonné stand mit klaffendem Schädel noch immer da und suchte den Horizont ab.

Von diesem Tag an sprachen Augustins Berichte nur noch von Schlamm und Blut, von Hunger, Kälte, Durst und Ratten. »…Drei Tage haben wir auf dem Grunde eines Granattrichters gehockt, umgeben von einem pausenlosen Kugelhagel. Am Ende haben wir das faulige Wasser der Schlammpfützen getrunken und sogar unsere Kleider abgeleckt. Es friert Stein und Bein, unsere Mäntel zerreißen unter Eiskrusten. Unter uns gibt es ein paar Schwarze. Sie sind noch unglücklicher als wir, wenn das überhaupt möglich ist. Sie werden sofort krank und husten, sie husten die ganze Zeit und weinen. Wenn alle Menschen wüßten, wie wir hier leiden, was das hier für eine Hölle ist, dann würden auch sie krank werden und weinen und nie wieder aufhören können. Blanche hat das alles vorausgesehen, sie hat alles begriffen, bevor es noch anfing. Deshalb ist sie gestorben. Sie war zu sanft, zu edel, Blanche, sie ist vor Kummer gestorben. Es gibt wahrhaftig zuviel Leid. Unlängst ist einer der Schwarzen verrückt geworden. Fünf seiner Kameraden, die eine Granate in die Luft geschleudert hatte, fielen, in Stücke gerissen, in seinem Umkreis nieder. Da hat er sich zwischen diese Überreste von Leibern gesetzt und hat zu singen begonnen. Zu singen, wie sie bei ihnen zu Hause singen. Dann hat er sich entkleidet. Er hat sein Gewehr fortgeworfen, seinen Helm, und sich die Kleider heruntergerissen. Er hat sich völlig nackt ausgezogen. Und dort in dem Kreis, den seine zerfetzten Kameraden bildeten, hat er angefangen zu tanzen. Ich glaube, die Boches auf der anderen Seite waren genauso überrascht wie wir. Das hat lange so gedauert. Es schneite. Da waren manche im Schützengraben, die weinten über das, was sie sahen. Sein Singen nämlich, es war unwichtig, daß man es nicht verstehen konnte. Es war schön. Ich hätte am liebsten geschrien, mich ihm angeschlossen, aber ich war wie gelähmt. Und sein Körper, so lang und schlank, so schwarz, auch der war schön. Zum Verrücktwerden schön. Mathurin, der hat das so gesagt: ›Das kann nicht wahr sein, die Erde wird aufhören, sich zu drehen.‹ Aber nein, die Erde hat nicht aufgehört, sich zu drehen, und es fand sich ein Schweinehund, der das Herz hatte, den langen Schwarzen umzulegen, ihn niederzuschießen, einen völlig nackten Menschen. Und ich weiß nicht einmal, von welcher Seite geschossen wurde, ob von unserer oder von der anderen. Ich habe geheult. Mathurin wollte ihn holen gehen, um bei ihm zu wachen, ihm Trost zuzusprechen. Beaulieu und ich mußten ihn zurückhalten, sonst wäre auch er sofort getötet worden. Blanche hat recht daran getan, zu sterben, gleich zu sterben. Wenigstens sie haben wir sauber in die Erde gebettet, in der Stille, unter Blumen. Hier gehen wir im Schlamm zugrunde, und unsere Reste fressen die Ratten.«

Aber er war nicht einmal sicher, ob Blanche recht gehabt hatte zu sterben, denn selbst in ihren Frieden war man eingebrochen. Die Ansprüche des Okkupanten kannten in der Tat keine Grenzen mehr, und überall dort, wo er die Macht hatte, riß er alles an sich und raubte den vom Krieg Eingeschlossenen sogar ihre Tür- und Fensterriegel, ihre Matratzen, ja selbst das Fell ihrer Hunde und Katzen. Als er die Lebenden auf diese Weise um all ihre Habe gebracht hatte, wandte sich der Okkupant den Toten zu und preßte das Letzte aus ihnen heraus, er kämmte systematisch die Friedhöfe durch, um sicherzugehen, daß es im Dunkel der Grabgewölbe nichts gab, das sich seiner Raubgier entzog. So geschah es auch auf dem Friedhof von Montleroy, und sowohl das Grab der Valcourts als das der Davranches wurde geöffnet und durchwühlt. »Vive-l'Empereur« wurde gezwungen, ein weiteres Mal die Waffen zu strecken – man stahl ihm sein verrostetes altes Gewehr und riß ihm die Knöpfe von seiner Uniform. Pater Tambour nahm man das bronzene Kreuz weg, das er auf der Brust trug, und selbst den Turm von Saint-Pierre erleichterte man um seine alte, gesprungene Glocke. Nur die Puppe, die Margot neben Blanche gelegt hatte, wurde nicht mitgenommen. Ein kleines Bündel verrotteter Lumpen.

Augustin führte weiter sein Tagebuch, so wie die Tage und die Nächte es gerade mit sich brachten. Er wußte nicht einmal mehr, wozu und für wen. Am Anfang hatte er für die Seinen geschrieben, für seine Familie und für Juliette, um die Bindung zu ihnen zu behalten, damit er selbst als Soldat zunächst einmal Sohn, Bruder, Verlobter bliebe – ein Mann, der, beschirmt von der Liebe, am Leben war. Aber das Leben wich immer weiter zurück, die Hoffnung nahm ab, und Zorn beschlich sein Herz. Schon schrieb er nicht mehr für die Seinen, er schrieb für niemanden mehr und für nichts, er schrieb gegen. Gegen die Angst, gegen den Haß, gegen den Wahnsinn und den Tod.

Ange Luggieri ließ sich für einen Sonnenstrahl töten. Der Winter war so lang und so streng gewesen, daß Ange, als der Frühling zu einem vorsichtigen Durchbruch ansetzte, es nicht lassen konnte, die Nasenspitze in die Luft zu recken und ein verzaubertes Kindergesicht über den schützenden Wall aus Säcken zu schieben. »Leute, schnuppert bloß mal, das ist der Frühling!« rief er aus und hob seinen Kopf zum blauenden Himmel hinauf. Aber eine Granate überholte den schüchternen Sonnenstrahl und riß den Kopf des Soldaten Luggieri mit sich fort, dessen fröhliches Lächeln in einem Brei zerplatzte. Der Frühling ließ deswegen den Mut nicht sinken, eigensinnig trieb er zartrosa Gänseblümchen, Büschel von Immergrün und Goldkresse, Schlüsselblumen und Veilchen hervor, deren Duft in der vom Pulver- und Verwesungsgestank gesättigten Luft schwebte. Und als wollten sie die absurde Anmut dieses Blühens noch unterstreichen, begannen unsichtbare Vögel plötzlich zu singen. Sie kehrten heim in ihre Gefilde, ohne sich um den Krieg zu scheren, der ihnen ihre Rechte allerdings wütend streitig machte, und kontrapunktisch zum Geknatter der Kartätschen konnte man das leise Zwitschern der Grasmücken und das helle Pfeifen der Drosseln und Amseln hören. Aber es verbreiteten sich auch andere, noch zahlreichere und sichtbarere Tiere auf dem Schlachtfeld. Sie kamen und zogen nicht mit den Jahreszeiten, sondern allein mit dem Kommen und Gehen des Krieges. Es waren die Ratten, die nicht einmal mehr warteten, bis die Soldaten tot waren, sondern die Verletzten schon auf den Tragbahren anfielen.

»In Wahrheit sind wir die Ratten«, schrieb Augustin. »Wir leben wie die Ratten, wenn wir Tag und Nacht im Dreck, in Trümmern und zwischen den Leichen herumkriechen. Wir werden zu Ratten, obschon unser Bauch leer ist, während sie den Wanst so voll haben, daß er ihnen herunterhängt. Und dann gibt es Ungeziefer, bis in unser Eßgeschirr hinein wimmelt es davon.« Es wimmelte von ihm schließlich sogar in der Phantasie der Soldaten, die sich damit vergnügten, Flöhe und Wanzen zu fangen, um sie auf dem Feuer zu rösten, nachdem sie sie auf die Namen Hindenburg, Falkenhayn, Berlin, München oder Hamburg getauft und sie feierlich mit dem Eisernen Kreuz dekoriert hatten. Die auf der gegenüberliegenden Seite taten es ihnen gleich.

Einige Male noch trotzte die wiederkehrende Kälte dem Frühling, dann gewann der Sommer die Oberhand. Der Krieg zog sich hin. »Alles bebt. Die Erde ist wie ein großes, von Erbrechen geplagtes Tier. Ich weiß nicht einmal, welchen Tag, welche Uhrzeit wir haben. Säulen aus schwarzem, beißendem Rauch wirbeln vorüber. Der Himmel ist schwarz wie ein gewaltiger Schornstein, den man seit Jahrhunderten nicht gefegt hat. Man sieht nicht einmal mehr die Sonne, dabei ist es heiß wie in einem Backofen. Man befiehlt uns zu schießen. Also schießen wir. Aber wir wissen nicht einmal worauf, auf wen. Man sieht nichts. Der Qualm brennt in den Augen. Wir schießen mit geschlossenen, von Erde und Qualm verquollenen Lidern. Mitunter sage ich mir: ›Sieh an, ich bin tot, und ich schieße noch immer. So werde ich bis in alle Ewigkeit schießen. Schießen, schießen und nie mehr aufhören, denn es wird kein Jüngstes Gericht geben, das diesem Grauen ein Ende setzt. Das ist der Tod, ich bin da, und ich schieße.‹ Das also sage ich mir. Aber nein, der Rauch hat sich verzogen, das Feuer hat aufgehört. Es war nicht die Ewigkeit. Ich reibe mir die Augen, und als ich sie wieder öffne, sehe ich Adrian, der neben mir heruntergepurzelt ist. Ich denke, daß er sich überschlagen hat und einen Spaß macht, mit nach hinten geworfenem Kopf. Aber als ich näher dran war, habe ich es gesehen: er hatte eine zertrümmerte Kinnlade und keine Nase mehr. Er hatte auch ein Ohr und ein Auge verloren. Ich erkannte ihn trotzdem wieder. Ein Auge war noch da, ein Auge, leuchtend blau wie eine Endivienblüte. So ist also wieder ein Kamerad gefallen. Wenn ich an der Reihe bin, werde ich nicht erzählen können, wie es geschehen ist. Aber das macht nichts, denn es gibt schon nichts mehr zu erzählen. Es ist immer dasselbe. Ihr werdet euch also gut ausmalen können, wie es sich bei Mathurin oder bei mir zugetragen hat, wenn man uns getötet haben wird. Denn jetzt wißt ihr alles. Aber trotzdem ist es noch gar nichts, was ihr wissen könnt. Und vielleicht bekommt ihr am Ende dieses Heft überhaupt niemals zu sehen.«

Aber noch war nicht er an der Reihe und auch nicht Mathurin. Der Zufall ließ Michel Duchesne und Pierre Beaulieu den Vortritt. Die Späher hatten zwar Alarm geschlagen, und die Soldaten hatten in aller Eile ihre Masken übergestreift, aber Beaulieu zögerte zu lange, die seine aufzusetzen, und ein Hustenanfall überkam ihn so heftig, daß er unfähig war, seine Verspätung aufzuholen. Er fiel zusammengekrümmt auf die Knie und wälzte sich im Schlamm, bis sein Husten in ein Röcheln überging. Dann trat ihm rosa Schaum vor den Mund. Er wand sich noch eine Weile, die Hände auf der Brust verkrampft, rollte die hervorquellenden Augen, während die kleinen rosa Bläschen, die seinen Mund füllten, eins nach dem anderen rund um seine Lippen mit einem schwachen Geräusch zerplatzten. Ohnmächtig neigten seine Kameraden ihre bestürzten Gesichter ihm zu, doch er sah im Moment des Sterbens nur gespenstische Schädel ohne Augen und ohne Gesichtszüge, vermummt unter Masken, die Kopf und Hals bedeckten und sie alle ununterscheidbar machten. Was Duchesne betraf, so verschwand er auf einen Schlag. Eine Granate fiel genau auf ihn, und innerhalb einer Sekunde blieb von ihm nicht einmal mehr ein Fingernagel oder ein Haar.

Es gab nun keine weiteren Berichte von diesen Toden mehr, Augustin war des Schreibens müde geworden. In dem unablässigen Versuch, das Sterben zu beschreiben, hatten sich selbst die Worte erschöpft, sich ihres Sinnes entleert und von dem Wunsch freigemacht, Zeugnis abzulegen. Er hatte im übrigen das Heft, das er zuerst sogar vernichten wollte, weggeworfen, aber Mathurin hatte es gerettet und bewahrte es unten in seinem Tornister auf. Da er weder lesen noch schreiben konnte, schien ihm die Schrift, mit der sein Bruder all diese Seiten bedeckt hatte, wunderbar, nahezu magisch. Mitunter öffnete er das Heft einen Spalt und fuhr vorsichtig mit den Fingern über die Seiten, wobei er die Worte befühlte, die sich ihm anders verweigerten. Er dachte an Hortense, er hoffte, sie würde ihre Finger gleichfalls über diese schmerzlichen Worte gleiten lassen, die erzählten, weshalb sie getrennt waren und wie groß die Gefahr war, daß sie einander nie mehr berühren würden.

Sein Verlangen nach Hortense quälte ihn sehr viel mehr als die Furcht zu sterben.

Man gewährte ihnen endlich einen Urlaub. Da sie nach Hause nicht konnten, brachen sie mit einem ihrer Kameraden auf, dessen Dorf an der Grenze zur besetzten Zone, nicht weit von der Gegend um Terre-Noire, an den Ufern der Maas lag.

Als er seinen Fluß wiedersah, kam ihm der Gedanke. Mathurin beschloß, das Heft, dessen letzte Seiten er mit Zeichnungen bedeckt hatte, dem Abenteuer der Strömung zu überlassen. Er wickelte es in geteertes Papier, verschloß es in einer eisernen Büchse, die er mit Schwimmern versah und dann auf dem Strom aussetzte. Vielleicht würde dort hinten, an der Stelle, wo die Maas unterhalb von Terre-Noire vorüberfloß, jemand die an den Ufern entlangtreibende Büchse bemerken und sie den Seinen bringen – vielleicht. In dieses winzige und lächerliche »vielleicht« setzte Mathurin jedoch mehr Glauben und Hoffnung, als er jemals in irgendeinen Gott gesetzt hatte.

Und schon waren sie wieder unten in ihren Erdlöchern, die der Gestank von Leichen erfüllte, deren Verwesung durch die große Sommerhitze noch beschleunigt wurde. Gewitter entluden sich zuweilen gegen Abend, und ihre krachenden Einschläge und ihr phantastischer Lichtschein verschmolzen mit dem Spiel der aufblitzenden Salven, die von allen Seiten emporschossen. Heftige Regengüsse verwandelten die Schützengräben in Sumpfland. Der Himmel, doppelt heimgesucht von den Zuckungen des Gewitters und denen des Krieges, ähnelte dem Leib eines ungeheuren Reptils, das sich gerade häutet. Diese tote, schmierige Haut des Himmels, Augustin fühlte es, das war zugleich die Haut Gottes.

Und doch rief Juliette ihn immer noch um Hilfe an, diesen gehäuteten Gott. Die Brüder begriffen nicht, wie es den beiden Frauen gelungen war, ihnen jenes Kuvert zukommen zu lassen, das man ihnen mitten in der Schlacht überbrachte. Die Blechbüchse, die Mathurin auf der Maas ausgesetzt hatte, war stromabwärts von Terre-Noire in den Gräsern der Uferböschung hängengeblieben und gefunden worden, und man hatte das Heft Nuit-d'Or-Gueule-de-Loup übergeben.

Juliette schrieb in seinem Namen, im Namen ihrer Schwester und in ihrem eigenen Namen. Aber sie selbst schrieb namenlos, wortlos, denn beim Lesen von Augustins unvollendetem Bericht hatte sie gefühlt, daß der Fluch des Witwenhauses noch immer lebendig war und nicht mehr nur ihr eigenes, sondern das Schicksal aller Frauen der Erde bedrohte. So sprach sie im Namen dieser Angst und dieses allumfassenden Schmerzes, sie wußte, daß sie allein außerstande war, sie zu bezwingen, und legte sie daher in Gottes Hand. »In den zerfetzten Händen Gottes«, so schrieb sie, »kann das Böse nur zunichte werden und alles Leid in seinen offenen Wunden vergehen. Ich habe tage- und nächtelang geweint, als ich las, was Du geschrieben hast. Dann habe ich aufgehört zu weinen. Denn am Ende habe ich begriffen, daß dieses Unglück zu groß, zu schwer für uns ist und daß es Sünde und Hochmut wäre, es ganz allein tragen zu wollen. Ich bin in die Kirche gegangen und habe vor dem Altar mit der hölzernen Statue des Christus am Kreuz niedergekniet und dort meine Angst, meine Verzweiflung und überhaupt alles abgeworfen. Und ich habe gefühlt, wie all das, was uns so viel Schmerz bereitet, von mir fiel und in der Wunde in seinem Leib versank. Bis in sein Herz sank und dort verbrannte. Jetzt habe ich keine Furcht mehr. Du wirst gerettet werden, ich fühle es, und ich warte auf Deine Rückkehr.« Doch diese Worte hatten keinen Sinn mehr für Augustin, der Glaube war ihm genommen, und in seinem Herzen begann er Juliette dafür zu verdammen, daß sie diesem Lug aufgesessen war. Er teilte nur noch den Aufruhr seines Vaters.

Hortense hatte weder geweint noch gebetet. Sie konnte nur schreien. Lauter schreien als alle Soldaten, die zum Angriff stürmen und unter den Kugeln zusammenbrechen. Lauter schreien als der Krieg. Ja, sie war ein Garten, ein großer wilder Garten, surrend von Insekten, von Hitze und Vogelgeschrei, strotzend von blühendem Buschwerk und Tiernestern, erfüllt von feuchten Schatten. Doch ein Garten hat Düfte, nicht nur Farben. Und der stärkste, der intensivste Duft ist immer der Duft der Rosen. Sie hatte daher für Mathurin ein Bild gemalt, wollüstiger als alle bisherigen. Es war ein von Farben überströmender Leib, bepflanzt mit zahlreichen Armen und Beinen, allesamt in Bewegung wie die verbogenen Speichen eines Rades, dessen Zentrum eine vollerblühte Rose war.

Bevor sie ihre Zeichnung zusammengefaltet in den Umschlag schob, hatte sie eine ganze Nacht lang das Blatt im Schlaf gegen ihr Geschlecht gepreßt.

Es war kurz vor Tagesanbruch. Zu dritt krochen sie durch ein von Granaten aufgerissenes Gelände, es war gespickt mit zersplitterten Bäumen und Stacheldrahtverhauen, die der Tau silbern überzog und die im rosa Schein der Morgendämmerung wie Dornengebüsch schimmerten. Lange, milchigweiße Streifen markierten im Osten den Horizont. Eine Lerche schwang sich auf und trällerte ihr erstes Lied. Diese Aufwärtsbewegung schräg über den Himmel gab das Signal für weitere Flüge, westlich, auf der anderen Seite des Horizonts. Es war zunächst ein dumpfes

Geräusch, dann ein langgezogenes Pfeifen, das schrill anschwoll. Die drei Männer wandten die Köpfe nach dem Schwarm sonderbarer Vögel mit glänzenden rötlichen Schnäbeln, die sich im Steilflug aufschwangen. »Hinlegen! Minen!« schrie einer aus der Gruppe, während er sich in ein Loch rollen ließ, das voller Wasser stand. Die Vögel stießen steil auf sie herab. Es gab eine enorme Detonation, und die Druckwelle, die sie begleitete, preßte den einen an den Boden, während der andere hoch in die rötlich schimmernde Luft geschleudert wurde, als wollte er seinerseits dem Ruf der Lerche folgen und dem Tag entgegenfliegen.

Was von diesem Aufflug wieder herabfiel, war ein Hagel von Steinen, Bruchstücken von Waffen, zu Staub zerfallener Erde und ein Arm. Ein einzelner Arm, an dem die Hand noch hing und der an einem Band um das Handgelenk die Kennmarke trug. Der Arm landete vor dem, der auf den Boden gedrückt worden war. Doch der achtete nicht auf den Namen, der auf der Marke stand, auch nicht auf die um das Band geschlungene schwarze Haarlocke. Er sah nur, daß dies der Arm seines Bruders war, und er vergaß, welcher von beiden er selbst war, er, der unversehrt und auf widersinnige Weise alleingeblieben war. Er hob den Arm auf, betrachtete lange und wie betäubt die Hand, die der seinen glich, und verbarg sie dann unter seinem Soldatenmantel. Eine neue Explosion warf ihn hin, und dieses Mal rollte er in den mit Wasser gefüllten Graben, in welchem er bis zu den Knien versank. Der Herbst war nahe, schon begann die Kälte ins Wasser und in den Schlamm zu kriechen, aber das war nicht der Grund, weshalb er mit den Zähnen zu klappern anfing. Es war aus zärtlicher Liebe, daß er so mit den Zähnen klapperte, einer wahnsinnigen Liebe, die ihm das Herz und die Erinnerung verwüstete und ihn an allen Gliedern zittern ließ.

Einer zärtlichen Liebe, die ihm die Augen mit starren Tränen füllte und ihn unausgesetzt lächeln ließ. Es war ein merkwürdiges Lächeln, ebenso starr wie seine Tränen und so sanft, daß es an

Idiotie grenzte. So verharrte er, zur Hälfte im Wasser kauernd, zähneklappernd und ins Leere lächelnd, ohne darauf zu achten, was sich um ihn her ereignete. Der andere, der vor ihm in den Graben gesprungen war, lag da noch immer, ein Minensplitter hatte ihm die Schläfe durchbohrt. Er wäre lange dort geblieben, bis zum Ende des Krieges oder zumindest, bis auch ihn irgendein Geschoß ereilt hätte, wäre er nicht am dritten Tag von seinen Gefährten gefunden und gewaltsam fortgeschafft worden. Da er mit dem Zittern und Zähneklappern nicht aufhörte und den Verstand verloren zu haben schien, brachte man ihn ins Hinterland. Seine Füße, die so lange im Wasser und im Schlamm gesteckt hatten, waren derart angeschwollen, daß sie die Nähte seiner Soldatenschuhe sprengten, und so mußte man ihn ins Krankenrevier bringen. Der Arm, den er die ganze Zeit über krampfhaft unter seinem Mantel festgehalten hatte, war merkwürdig mumifiziert. Die Haut war weiß geworden und kalt wie polierter Stein, ähnlich dem Kollier seines Vaters. In der Innenfläche der Hand hatte sich ein rosafarbener Fleck von der Form einer Rosette gebildet.

In jener Nacht, in der einer der beiden Brüder den Tod gefunden hatte, wurde Nuit-d'Or-Gueule-de-Loup von einem stechenden Schmerz aus dem Schlaf gerissen, der sein linkes Auge durchfuhr. Er spürte zunächst ein heftiges Brennen und gleich darauf eine intensive Kälte unter dem Lid. Aber erst einige Tage später bemerkte Margot das Verschwinden eines der siebzehn Goldflecken im Auge ihres Vaters.

Hortense wurde nicht wach. Sie versank im Gegenteil in einen Schlaf, so tief und von so vielen blutigen Alpträumen geschüttelt, daß ihr am Morgen alles weh tat, als hätte man sie nachts krumm und lahm geschlagen. Und dieser unsichtbare nächtliche Kampf hinterließ Spuren auf ihrem Körper, ihre Haut bedeckte sich vom Hals bis zu den Füßen mit einer Unzahl rosafarbener, blutunterlaufener Fleckchen. Sie schien von oben bis unten von irgendeinem rosenzüchtenden Tätowierer bemalt zu sein. Juliette verspürte nichts Ungewöhnliches in jener Nacht; doch als sie morgens ihre Fensterläden öffnete, glaubte sie einen Augenblick lang anstelle der Sonne einen gewaltigen kreideweißen Pferdeschädel in die Himmelsvertikale emporsteigen zu sehen.

Von diesem Tag an spürten alle, selbst Mathilde und Margot und der alte Jean-François-Tige-de-Fer, daß irgend etwas geschehen sein mußte, daß einer der beiden Brüder gewiß gefallen war. Aber keiner wagte, seine Befürchtung in Worte zu fassen, aus Angst, das Schicksal herauszufordern. Ihr Warten wurde noch nervöser und schwankte mehr denn je zwischen Angst und Hoffnung. Dieser Zweifel, den man nicht eingestehen konnte, währte noch über ein Jahr, in dessen Verlauf sie keinerlei Nachricht erhielten.

5

An einem Winternachmittag tauchte er auf, der so klar und so kalt war, daß die Sicht von La Ferme-Haute grenzenlos schien. Scharf zeichnete sich die Landschaft ringsum ab.

Er kam auf dem Kinderweg, auf dessen vereistem Boden seine Schritte noch weithin hallten. Nuit-d'Or-Gueule-de-Loup spaltete gerade Holz auf dem Hof, als ihn das dumpfe Dröhnen der den Weg heraufkommenden Schritte plötzlich innehalten ließ. Wer konnte sich wohl bei solcher Kälte bis zu seinem Gehöft heraufwagen? Es war so selten, daß jemand sie besuchte. Die Einsamkeit seines Hofes war nun ähnlich der Einsamkeit, die früher auf dem Kahn seines Vaters geherrscht hatte. Er fuhr indessen fort, sein Holz zu hauen, und diese Schläge seiner Axt folgten bald dem Rhythmus der Schritte, die den Hügel erklommen. Doch der Besucher stieg so schwerfällig und langsam herauf, daß er unaufhörlich näher kam, ohne je anzulangen.

Ein Geräusch ertönte von den Ställen her, ein langgezogenes

Muhen, scharf abgesetzt von dumpfen Stößen, als ob die Tiere ihre Köpfe gegen das Holz der Futtertröge schlügen. Victor-Flandrin hieb seine Axt in ein Holzscheit und ging auf den Weg zu. Weiter unten nahm er die hünenhafte und gebeugte Gestalt eines Mannes mit einem Stock in der Hand wahr. Er hatte niemals einen so großen Mann in der Gegend gesehen. Irgend etwas, das er nicht hätte bestimmen können, war ihm jedoch vertraut an der Gestalt des Unbekannten. Was ihm zuerst auffiel, waren seine Füße. Sie waren riesig und steckten weder in Stiefeln noch in Holzschuhen, sondern waren mit Lappen umwickelt, die durch Schnüre und Lederriemen zusammengehalten wurden, was dem Gang des Riesen die taumelnde Schwerfälligkeit eines Bären verlieh, der sich nur auf seinen Hintertatzen bewegt. Sein dichter, struppiger Bart war von Reif überzogen. Ein großer Tornister schaukelte an seiner Schulter.

Victor-Flandrin wartete noch immer. Als der andere nur noch einige Meter von ihm entfernt war, hob er den Kopf und blieb reglos stehen. Die beiden Männer sahen sich an. Ihre Blicke waren hart und unbeweglich, als würden zwei Einsamkeit gewohnte Fremde sich zum ersten Mal begegnen, und zugleich waren sie von jener schmerzhaften Intensität wie bei Leuten, die sich bis in den tiefsten und verborgensten Winkel des Herzens kennen. In den Augen des Angekommenen flackerte der fiebrige Glanz des gehetzten Tieres. Victor-Flandrin glaubte sogar etwas von jener schreckenerregenden Sanftmut zu entdecken, die die Augen der Rinder weitet und erstarren läßt, wenn Gewitter sie in Panik versetzt. Er bemerkte auch, daß die Augen des Mannes ungleich waren. Die Pupille des rechten Auges war zu einem kleinen schwarzen Punkt verengt, die des linken gänzlich zu einem großen goldenen Fleck erweitert, als sei dieses Auge so sehr mit Nacht geschlagen worden, daß es sich an das Licht nicht mehr gewöhnen konnte.

Victor-Flandrin achtete nicht einmal auf das plötzliche Zittern des Mannes, dessen Kinnladen zu klappern begannen, so faszinierte ihn die Sonderbarkeit seiner Augen. »Bist du es ...«, fragte er schließlich zögernd und fügte dann mit erstickter Stimme hinzu: »... mein Sohn?« Doch er hätte nicht zu sagen gewußt, welcher. Der andere starrte ihn weiter mit diesem geistesabwesenden Blick an, der mit größter Schärfe zu sehen und zugleich nichts wahrzunehmen schien. Er fuhr fort, mit den Zähnen zu klappern, und verzerrte dabei den Mund zu einem Lächeln.

Nuit-d'Or-Gueule-de-Loup ging auf ihn zu und hob behutsam die Hand. »Mein Sohn ...«, wiederholte er wie im Traum und berührte leicht das zitternde, eisige Gesicht dieses Mannes, den er nicht einmal beim Namen nennen konnte. Der andere hob plötzlich erstaunt und überrascht den Kopf. »Nicht dein Sohn!« rief er aus. »Deine Söhne!« Diesmal nahm Victor-Flandrin das Gesicht seines Sohnes in die Hände und hielt es umschlossen. Er wollte wissen, er wollte begreifen. Aber der zwiefache Blick des andern, halb Helligkeit, halb Finsternis, halb Leben, halb Tod, brachte ihn von seinen Fragen ab.

Ihre Gesichter waren so dicht beieinander, daß sie sich beinahe berührten. Bis zur Blendung strahlte der Schnee ringsum die Helligkeit des Himmels zurück; der Wind verjagte rasch eine bläulichgraue Wolkenbank, deren Schatten über die glitzernden Felder und, weiter unten im Tal, über die nahezu bewegungslose Strömung der Maas glitt. Doch Victor-Flandrin sah nur das Gesicht, das seine Hände umschlossen hielten und das unermeßlicher und noch leerer war als die Landschaft, die es umgab. Und auch in ihm trieb ein Schatten. Im linken Auge, dessen goldene Pupille starr und geweitet blieb, erschien ein dunkler Fleck an der Oberfläche. Nuit-d'Or-Gueule-de-Loup unterdrückte einen Aufschrei. Diese weit aufgerissene Pupille glich einem Brennspiegel, der nicht die Gegenstände entflammte, die sich gerade in ihm reflektierten, sondern Bilder, die in der Wölbung seines Hintergrunds schon eingraviert waren. Bilder, die wie trunkene Vögel aus den Gräben eines irre gewordenen Gedächtnisses aufstiegen und sich geradewegs in die Vertikale des Himmels schwangen. Und diese Bilder waren Gesichter, unter denen Victor-Flandrin das seiner Söhne und das anderer, ihm unbekannter junger Männer unterschied. Alle hatten sie den gleichen entsetzten Ausdruck und waren, sobald sie sichtbar wurden, in Glut und Flammen getaucht, um gleich darauf zu zerbersten, zu verschwinden und unaufhörlich neu aufzutauchen. Er sah sogar zum ersten Mal seit über zwanzig Jahren sein eigenes Spiegelbild Gestalt annehmen. Und da, wo alle diese Gesichter sich ineinanderschoben, meinte er plötzlich noch ein anderes, gleichwohl vergessen geglaubtes Gesicht zu erkennen, das seines Vaters Théodore-Faustin mit dem von dem Säbelhieb und einem Anfall bösen Lachens verzerrten Mund. Dieses wahnwitzige, schmerzerfüllte Lachen, er wollte es nicht, wollte es nie mehr hören, und jäh ließ er den Kopf seines Sohnes fahren, stieß ihn beinahe zurück; aber er konnte sich nicht mehr abwenden und entfliehen. Eine nicht zu unterdrückende Schwäche schlug ihm die Beine weg, und er brach zu Füßen seines Sohnes zusammen. Nein! wollte er schreien, das Bild verscheuchen, das wahnsinnige Gesicht des Vaters von sich stoßen, aber er konnte nur noch mit flehender Stimme wiederholen: »Verzeih mir…, verzeih mir…, verzeih…« und wußte nicht einmal, wen noch wofür er so inständig um Verzeihung bat.

»Nun sag aber endlich«, meinte Mathilde, als sie alle zusammen um den Küchentisch saßen, »welcher von beiden du bist.« – »Ich weiß es nicht, ich will es nicht wissen«, erwiderte der Bruder. Er spürte, daß er seinen Namen nicht sagen, den Lebenden von dem Toten nicht scheiden durfte, weil er sonst aufhören würde zu existieren. Er überlebte nur um den Preis dieser inneren Spaltung. »Wie sollen wir dich dann nennen?« fuhr Mathilde fort. Er zuckte lediglich die Schultern, es war ihm gleichgültig. »Aber der andere…«, wagte Margot zu fragen, »der andere, ist er wirklich tot?« Diese Frage, wenngleich von allen erwartet, ließ sie zusammenfahren und in Schweigen verfallen. »Er ist hier«, sagte schließlich der Bruder, während er aus seinem Tornister eine längliche eiserne Büchse zog, die er vor sich auf den Tisch legte. Alle betrachteten den befremdlichen Gegenstand, ohne ein Wort von sich zu geben. »Eine Puppe! Eine Puppe«, flüsterte Margot plötzlich erschrocken, »mein Bruder ist auch zu einer Puppe geworden!« – »Armer Junge!« murmelte Jean-François-Tige-de-Fer, der am anderen Ende des Tisches so zusammengeschrumpft war, daß niemand ihn hörte. Nur eines der beiden kleinen Mädchen, Violette-Honorine, die auf seinen Knien saß, sah ihn erstaunt an. Ihre Schwester, Rose-Héloïse, war neben ihm auf der Bank eingeschlafen.

Der Bruder öffnete die Büchse. Er nahm ein langes, in ein Tuch gehülltes Paket heraus, schlug das Tuch zurück und legte einen sonderbaren Gegenstand mitten auf den Tisch, dazu zwei Schnüre, an denen eine Kennmarke mit dem Namen eines jeden der Péniel-Söhne hing. »Was ist das?« fragte Rose-Héloïse, die gerade aufgewacht war. Niemand antwortete ihr; alle hatten die Augen auf den versteinerten Arm geheftet. In diesem Augenblick ereignete sich zum ersten Mal ein Phänomen, das sich im späteren Leben von Violette-Honorine noch oft wiederholen sollte. Der rosenartige Fleck auf ihrer linken Schläfe überzog sich mit einer dünnen Schicht Schweiß, und ein feines rotes Rinnsal floß über ihre Wange. Das Kind rieb sich die Schläfe und sagte nur: »Es blutet.« Aber es tat ihm nicht weh. Dunkel fühlte es nur, daß dieses Blut nicht sein eigenes war. An diesem Tag war Jean-François-Tige-de-Fer der einzige, der das Phänomen wahrnahm, doch er sagte nichts. Er nahm die Kleine in seine Arme und verließ die Küche.

Der Überlebende war nicht der einzige, der den Namen des Toten verschweigen wollte. Seine Weigerung fand Zustimmung bei Hortense und Juliette. Beide kamen ihn besuchen, doch keine erkannte den von ihr so sehr geliebten und erwarteten Mann wieder. Dieser hier war übermäßig groß, mager und gebeugt, mit einem struppigen Bart und merkwürdigen, unförmigen Füßen. Doch das war ohne Bedeutung, und jede erklärte, sie erkenne den ihren wieder. Er dagegen erklärte nichts, er erwiderte die Liebe beider Frauen zu gleichen Teilen. Die eine nannte ihn Mathurin, die andere Augustin. Nur von ihnen akzeptierte er, daß sie ihn bei einem Namen nannten, denn ihre Stimme wurde stets Fleisch, Fleisch, das mit dem seinen verschmolz, bis er den Schmerz aller Trennung vergaß.

In den Armen Juliettes wurde er wieder zu Augustin und fand in einen süßen Schlaf. An den Leib Hortenses geschmiegt, wurde er zu Mathurin und strandete unter trunkenen Schreien in der Schwüle und im Feuer einer beseligenden Leere. Aber von den andern duldete er keinen Namen im Singular, daher gab man ihm schließlich den Beinamen »Deux-Frères«, Zwei-Brüder.

Wenn er auf den Feldern von Terre-Noire wieder an die Arbeit ging, so stets allein; auf dem Hof zog er sich in einen verlassenen Teil der Gebäude zurück. Victor-Flandrin kam mitunter bei Anbruch der Dunkelheit und setzte sich zu seinem Sohn an den Tisch. Die beiden saßen sich dann lange Zeit schweigend gegenüber, bevor sie zu reden begannen. Und auch dann näherten sie sich dem Gespräch nur auf endlosen Umwegen, als fürchteten sie, an etwas zu rühren, das sofort jedes weitere Gespräch unmöglich machen würde. Sie sprachen vom Wetter, von den Feldern, vom Vieh. Die Büchse, die den Arm des Gefallenen und die beiden Kennmarken barg, lag auf einem Wandbord über der Pritsche, die ihm als Lager diente. Deux-Frères hatte es abgelehnt, diesen letzten Überrest seines Bruders beerdigen zu lassen – das sollte erst geschehen, wenn der Tod auch jene andere Hälfte des Bruders, die in ihm, dem Überlebenden, fortbestand, aufgezehrt hätte.

Mitunter kamen auch die beiden Kleinen und spielten schweigend vor seiner Tür. Deux-Frères mochte sie sehr, denn sie erinnerten ihn an ihre Mutter, die sanfte Blanche, deren Grab er jede Woche auf dem Friedhof von Montleroy besuchte. Besonders eines der beiden Mädchen verwirrte ihn; ihr Blick war bis zur Durchsichtigkeit klar, und wenn sie zu ihm aufsah, fühlte er sich plötzlich von seinem Schmerz erleichtert, einen Moment lang mit sich selbst und dem anderen Teil seiner selbst versöhnt. Violette-Honorines Blick in seiner übergroßen Zärtlichkeit war wie ein Lufthauch, der alles Schwere wegwehen und aufheben, der alle Dinge, alles Leid in den Schwebezustand von Verwunderung, ja Verzauberung bringen konnte. Der Blick Violette-Honorines war »nicht von dieser Welt«, behauptete der alte Tige-de-Fer, der dem Kind eine grenzenlose Liebe entgegenbrachte.

6

Ein feiner, aschgrauer Regen ging auf das Land nieder. Hortense warf sich ein Umschlagtuch über die Schultern und trat barhäuptig hinaus; sie schlug den Weg zum Witwenhaus ein und lief, ein sonderbar trotziges Lächeln auf den Lippen, die Strecke, ohne einmal haltzumachen. Als sie im Hof ankam, bemerkte sie, daß die Vorhänge aller Fenster sich bewegten, und spürte den frostigen Blick der fünf Witwen. »Der sechs Witwen!« korrigierte Hortense immer, denn sie bestand darauf, Juliette fortan dazuzuzählen.

Es war das erste Mal, daß sie zu diesem Haus kam, seit Deux-Frères heimgekehrt war und Juliette mit einem Schlag zu ihrer Rivalin gemacht hatte. Als sie an die Tür klopfte, war ihr, als hörte sie das Klopfen in der Leere des Hauses wie in einem großen feuchten Bottich widerhallen, und sie wich auf der Schwelle zurück. Juliette öffnete ihr. Sie hatte bläuliche Schatten um die Augen, und ihr Haar war zerzaust. Schweigend sahen sich die beiden jungen Frauen eine Weile an. »Komm doch herein«, schlug Juliette schließlich vor. »Nein«, entgegnete Hortense schroff. »Ich bin bloß gekommen, um dir zu sagen, daß...«, doch fand sie nicht die Worte, ihren Satz zu beenden. Die andere wartete, den Kopf gesenkt. Sie hatte verstanden. »Es hat sich bewegt«, begann Hortense wieder und fuhr dann mit stockender Stimme fort: »Es hat sich heute morgen in meinem Bauch bewegt. Jetzt bin ich sicher. Das war's, was ich dir sagen wollte. Es ist das Kind von Mathurin. Von Mathurin und von mir.« Juliette hob wieder den Kopf. »So?« erwiderte sie, während sie sich gegen die Türe preßte. Dann fügte sie mit so leiser Stimme hinzu, daß Hortense es kaum hörte: »Auch ich erwarte ein Kind. Von Augustin.« Hortense packte sie grob bei der Schulter und stieß sie zurück. »Du lügst!« schrie sie auf. »Das ist unmöglich! Augustin ist tot. Er ist tot, hörst du? Er ist dort draußen umgekommen, wie alle Männer, die sich den Frauen dieses verfluchten Hauses nähern! Es ist mein Mathurin, der zurückgekehrt ist, und es ist sein Kind, das ich trage!« Juliette schüttelte langsam den Kopf. »Nein«, sagte sie. »Sie sind dort draußen wohl beide ein wenig umgekommen, das weißt du genau. Und sie sind trotzdem zurückgekehrt, aber zur Hälfte. Also muß es sein, daß auch wir uns ins Teilen fügen.« – »Niemals!« schrie Hortense. Dann drehte sie sich schroff um und lief mit raschen Schritten im Nieselregen zurück.

Als Deux-Frères diese zweifache Nachricht erfuhr, war er betroffen und glücklich zugleich; bisweilen schöpfte das Leben in ihm neue Kraft und Hoffnung, dann wieder schwang sich der Tod in ihm auf zu schriller Pein.

Nuit-d'Or-Gueule-de-Loup nahm die beiden jungen Frauen in seinem Hause auf. Juliette kam als erste. Sie wollte nicht mehr unten im Witwenhaus bleiben, wo schreckliche Ängste sie quälten. Sie fürchtete, ihr Kind würde gleich bei seiner Geburt fallen und sterben. Sie teilte das Zimmer mit Margot, und Mathilde richtete sich im Zimmer der beiden Kinder ein, die sie aufzog. Hortense zögerte nicht, ihrer Rivalin auf dem Fuße zu folgen, und nahm ebenfalls im Hause Quartier. Man stellte ihr in einem

Winkel der Küche ein Bett auf, aber sie verschwand oft in der Nacht, um sich zu Deux-Frères zu legen.

Mit fortschreitender Schwangerschaft fühlte Juliette immer stärker einen unerklärlichen Drang, Insekten zu essen. Sie fing in einem fort Grillen und Heuschrecken oder stahl den Spinnen aus ihrem Netz die kleinen Fliegen, um sie zu verspeisen. Hortense hingegen plagte ein solcher Heißhunger nach Erde und Wurzeln, daß sie den ganzen Tag über durch Felder und Wälder lief und die feuchte Erde vom Fuß der Bäume oder aus den Furchen verschlang.

In diesem Frühjahr nun fand Margots Verlobung mit Guillaume Delvaux statt. Er stammte aus der Stadt und war erst vor kurzem nach Montleroy gekommen, wo er die Stelle des Dorflehrers übernommen hatte.

Die Kinder mochten ihn nicht und hatten ihm gleich den Beinamen »La Trique«, »Der Knüppel«, gegeben, denn er trennte sich nie von einem langen Stock aus biegsamem Holz, den er gerne niederzischen ließ, wenn er an den Schulbänken vorüberging. Auch bei den Leuten aus dem Dorf und aus Terre-Noire war er wegen seiner ziemlich launenhaften Manieren und des ein wenig hochmütigen Gehabes nicht beliebter. Er besuchte niemanden, ging niemals aus, kam weder in die Kirche noch ins Café. Die Leute schrieben ihm schließlich irgendwelche okkulten Betätigungen zu, und manche versahen ihre Kinder sogar mit Amuletten, um sie gegen den bösen Blick von La Trique zu schützen.

Margot war ihm begegnet, als sie die beiden Mädchen zur Schule brachte. Sie hatte sich freilich mit keinerlei Amulett gewappnet und überließ sich ohne die geringste Abwehr der Anziehungskraft dieses Neuankömmlings. Er schien ihr keine Aufmerksamkeit entgegenzubringen und sprach sie nie an. Eines Tages jedoch hielt er sie am Gittertor der Schule zurück und sagte: »Fräulein Péniel, ich möchte Sie sprechen. Kommen Sie heute abend nach Schulschluß her. Ich erwarte Sie im Klassenraum.«

Da sie ganz verwirrt vor ihm stehenblieb, fragte er: »Werden Sie kommen?« Sie nickte nur und entfernte sich, ohne noch etwas zu fragen. An dem Tag ging sie nicht zur Ferme-Haute zurück, sie lief ohne Aufenthalt die Landstraße geradeaus, im Kopf nichts als Leere. Eine Eruption von Leere. Aber die Zeit war in ihr eingraviert, und so machte sie plötzlich kehrt wie eine Sanduhr, die man umdreht. Als sie den Schulhof erreichte, war die Sanduhr abgelaufen, die Schule wie ausgestorben und die Zeit für das Rendezvous gerade gekommen.

Sie betrat den in Dämmerlicht getauchten Klassenraum und bemerkte niemanden. Auf der großen schwarzen Tafel, die immer noch zwischen der Karte von Frankreich und der Weltkarte mit den rosaroten Flecken hing, deren Grenzen man jüngst nach dem Willen der Geschichte korrigiert hatte, sah sie ein mit Kreide gemaltes Porträt von sich. Es war ein Antlitz im Dreiviertelprofil, mit geschlossenen Augen. Sie trat darauf zu und spürte, wie der Schlaf auf dem Bild langsam in sie eindrang. Sie setzte sich auf den Rand des Lehrerpodests, legte die Hände auf die Knie und begann, sich hin- und herwiegend, leise zu singen, um sich vom Schlaf nicht davontragen zu lassen. In ihrem Dämmerzustand sah sie sich als Kind brav auf ihrer Bank neben Mathilde sitzen und dem Lehrer lauschen, der an den Wandkarten die Herrlichkeiten der drei Frankreiche – des metropolitanischen, des afrikanischen und des annamitischen Frankreich – beschrieb. Aber noch wunderbarer erschien ihr heute das vierte Frankreich, das Margotsche Frankreich, das Guillaumesche Frankreich.

In diesem Augenblick trat er aus einer dunklen Ecke des Raums und kam auf sie zu.

Er stieg auf das Podest und ging zur Tafel, als hätte er Margot nicht gesehen. Sie hörte auf zu singen, bewegte sich aber nicht. »Ein Gesicht, das sich im Dreiviertelprofil zeigt, ist verwirrend«, sagte er, indem er das Porträt betrachtete, »man weiß nicht, wird es sich zum Profil vollenden, um sich zu entfernen, oder wird es sich gänzlich zum Betrachter umdrehen. Was meinen Sie?« – »Aber dieses Gesicht hat die Augen geschlossen«, antwortete Margot. »Es kann sich in jede Richtung wenden und wird trotzdem nichts sehen.« – »Was würde es denn sehen, wenn ich ihm die Augen öffnete?« fragte Guillaume und faßte nach dem Schwamm. »Es wird Sie erblicken, Sie«, antwortete Margot. »Und was wird es dann tun: wird es sich ins Profil kehren oder nach vorn wenden?« beharrte er, während er die Augen neu zeichnete. »Es wird sich nicht abwenden«, sagte sie. »In diesem Fall muß ich alles wegwischen und noch einmal anfangen. Aber ich brauche ein Modell für dieses neue Porträt. Wollen Sie für mich Modell stehen?« Diesmal antwortete sie nicht. Sie erhob sich, trat auf ihn zu, nahm ihm den Schwamm aus den Händen und begann langsam die Tafel abzuwischen. Als nur noch eine verschwommene weißliche Spur auf dem schwarzen Holz übrig war, gab sie ihm den Schwamm zurück und stellte sich vor ihn hin. »So«, sagte sie und hielt sich sehr gerade, mit dem Rücken zur Tafel. »Jetzt können Sie noch einmal anfangen. Ich werde mich nicht bewegen.« Da faßte er ihren Kopf bei den Haaren, zog ihn leicht nach hinten und bemalte ihr die Haut mit Kreide, indem er ihr mit dem Schwamm sanft über das ganze Gesicht und den Hals strich.

Margot hatte die Augen geschlossen und ließ sich folgsam mit Kreide bedecken. Sie zeigte auch keinen Widerstand, als er anfing, langsam ihre Bluse aufzuhaken. Als sie ihre Augen wieder aufschlug, erfüllte Dunkelheit den ganzen Raum, und man nahm nur noch Schatten wahr. Sie stand noch immer in der Mitte des Podests, vollkommen nackt, die Haut vom Kopf bis zu den Füßen mit weißer Kreide bedeckt. »Und nun, wo ich Ihnen das schönste Hochzeitskleid angezogen habe«, sagte Guillaume, ohne seinen schulmeisterlichen Ton abzulegen, »muß ich Ihnen auch den Ring anstecken.« Er nahm sie bei der Hand, zog sie zum Pult, und dort tauchte er ihren linken Zeigefinger ins Tintenfaß. »Aber einen Ehering steckt man nicht an diesen Finger«, bemerkte Margot. »Gewiß, aber mit diesem Finger weist man auf das, was man will. Er ist also der Finger des Verlangens. Der einzige, der zählt«, erwiderte Guillaume. Daraufhin deutete Margot mit dem von violetter Tinte triefenden Zeigefinger auf ihn und legte den Finger an seine Lippen. Auch er fuhr mit seinem Finger in das Tintenfaß, und ihn wie einen Pinsel benutzend, bemalte er ihr die Brustwarzen, die Ohrläppchen, die Augenlider und auch das dichte Schamhaar mit violetter Farbe.

Als sie nach La Ferme-Haute heimkehrte, brach schon der Tag an. Sie fand Mathilde auf den Stufen der Außentreppe sitzend. Sie zog ihre Schuhe aus und näherte sich lautlos der schlafenden Schwester. In dem schwachen Licht der beginnenden Morgendämmerung erschien ihr Mathildes Gesicht dem eigenen ähnlicher als sonst; Erschöpfung und Schlaf milderten die Strenge, die die Züge ihrer Schwester im Laufe der Jahre verhärtet hatte. Sie meinte das Porträt vor sich zu sehen, das Guillaume auf die Tafel gezeichnet hatte, doch dieses Bild, würde es die Augen aufschlagen, würde nun auf sie selbst, auf ihre Tollheit und ihre Sünde blicken. Sie wollte Mathilde ansprechen, aber es war ihr eigener Name, den sie murmelte: »Margot! Margot! Was tust du da...?«

Mathilde schrak zusammen und erhob sich sofort. Bestürzt sah sie ihre Schwester an, vermochte aber nichts zu sagen. Sie biß sich auf die Lippen, als wollte sie einen Schrei oder ein Weinen unterdrücken. Margot, noch ganz mit weißer Kreide und Tinte beschmiert, starrte sie abwesend an. Doch Mathilde faßte sich wieder, nahm ihre Schwester fest bei der Hand, führte sie ins Haus und sagte: »Komm. Du mußt dich waschen und schlafen.« Und sie wiederholte noch einmal mit tonloser Stimme: »Dich waschen und schlafen.«

Mathilde stellte Margot keinerlei Fragen, aber am nächsten Morgen verkündete sie: »Heute bringe ich Rose und Violette zur Schule. Du bleibst auf dem Hof und machst das Mittagessen.«

Margot antwortete nichts und ließ die Schwester an ihrer Stelle gehen.

Mathilde trat mit den Kindern in die Klasse und setzte sich in eine Bank am Ende des Raums. Sie blieb dort den ganzen Vormittag reglos sitzen, ohne die Augen vom Lehrer zu wenden. Dieser stellte ihr übrigens keine Frage und wagte nicht einmal, mit ihr zu reden. Er begriff nicht, wer diese Frau war, in der er Margot sah, ohne sie zu erkennen. Sobald die Glocke unterm Schuldach ertönte und die Schüler hinausliefen, sich im Hof zu zerstreuen, erhob sich Mathilde, lief durch den Klassenraum und postierte sich vor Guillaume. Er musterte sie eine Weile und sagte schließlich: »Ich erkenne Sie nicht wieder. Sie sind heute so anders!« – »Ich bin nicht Margot«, erwiderte sie barsch. »Ich bin Mathilde, ihre Zwillingsschwester.« Guillaume betrachtete sie zunächst mit Verwunderung, dann begann er um sie herumzulaufen und ließ dabei das Stöckchen in seinen Händen spielen. »Was seid ihr nur für eine sonderbare Familie!« rief er ironisch. »Bei euch geht es wohl immer nur paarweise? Eins, zwei, eins, zwei, eins, zwei... Ihr solltet im Paradeschritt marschieren!« Er setzte ein spöttisches Lächeln auf, aber Mathilde fiel ihm ins Wort. Sie drehte sich brüsk zu ihm um, riß ihm das Stöckchen aus den Händen und zerschlug es auf der Kante des Lehrerpults. »Mir gefällt Ihr Lachen nicht und auch nicht Ihr Benehmen«, sagte sie und warf das zerbrochene Holz auf das Podest. »In meiner Familie weiß man, wie man zu gehen hat, und zwar aufrecht, mit erhobenem Kopf. Sehr erhobenem Kopf. Sie werden im übrigen lernen müssen, den Ihren zu heben, wenn Sie mit meinem Vater reden und um Margots Hand anhalten wollen. Aber üben Sie es vorher gut, denn Sie sind noch ziemlich klein und riskieren, sich einen steifen Hals zu holen, wenn Sie dem Vater Péniel die Stirn bieten wollen!« Sie ließ ihm keine Zeit zur Antwort. Sie drehte sich um und verließ augenblicklich die Schule.

Einige Zeit darauf kam Guillaume Delvaux und machte Nuit-d'Or-Gueule-de-Loup seinen Antrag. Er holte sich keinen steifen Hals, als er ihn ansah, empfand aber ein tiefes Unbehagen. Er konnte die Demütigung nicht vergessen, die Mathilde ihm zugefügt hatte, und er wußte nicht, ob sein Heiratsantrag sich auf seine Liebe zu Margot gründete oder auf den heftigen Wunsch, ihre Schwester herauszufordern.

Was Margot betraf, so kannte sie keinen Zweifel. Sie liebte Guillaume bis zur Verblendung und zur Aufgabe ihrer selbst. Seit dem Tage, an dem er sie mit Kreide in ein weißes Gewand gehüllt hatte, war ihr Körper nur noch eine vor Leere gespannte Seite in Erwartung der neuen Schrift, die aus ihr und ihrem Leben ein Buch voller Bewegung, Freude und Tollheiten machen würde. Die Hochzeit wurde auf den Beginn des neuen Jahres festgesetzt, auf den Geburtstag Margots.

7

Sie kamen im Gänsemarsch die Straße zur Ferme-Haute herauf. Das Korn zu beiden Seiten des Weges stand so hoch, daß die fünf Witwen, wie sie da unter der Sonne trippelten, ein paar schwarzen, aus den Feldern gerissenen und vom Wind weit fort von jeglicher Ernte getriebenen Ähren glichen. Sie überquerten schweigend den Hof und gingen ins Haus, nachdem sie sich auf der Schwelle umständlich die Füße abgetreten hatten. Drinnen war schon das Stöhnen der beiden jungen Frauen zu hören, deren Entbindung bevorstand. Die Witwen stiegen zu dem Zimmer hinauf, in dem Juliette lag. Hortense befand sich genau daneben, man hatte sie in Victor-Flandrins Schlafzimmer gebracht.

»Geht weg!« schrie Juliette, als sie sah, wie die schwarzen Silhouetten sich ihrem Bett näherten. Sie hatte jedoch nicht die Kraft, länger zu kämpfen, so heftig war ihr Schmerz, und sie überließ sich ohne weiteren Widerstand den von der Großmutter angeleiteten Frauen.

Es gab einen ungeheuren Schrei, den Hortense und Juliette gleichzeitig ausstießen, aber die eine Stimme schrie in die Tiefe, während die andere schrill in die Höhe fuhr. Als dieser zweifache Schrei in Schweigen zurückfiel, fand er nur ein Echo. Allein im Zimmer Hortenses hörte man das Weinen eines Neugeborenen. Aus dem Zimmer Juliettes vernahm man nichts anderes als ein phantastisches Geräusch wie von Flügelrascheln und Zirpen. Es war wie ein Rauschen von Wind oder Meer. Zu Tausenden quollen winzige, hellgrün leuchtende Insekten aus dem offenen Leib Juliettes. Sie flogen in einem Schwarm aus dem Fenster und fielen über die Kornfelder her, von denen alsbald nur noch die nackten, verdorrten Halme übrig waren.

Hortense hatte einen Knaben geboren. Es war ein schönes, kräftiges Kind mit lebhaften Gebärden, aber seinen Rücken wölbte ein sonderbarer Buckel. Er wurde Benoît-Quentin genannt.

Als die Witwen den Weg zwischen den Feldern mit dem vernichteten Korn wieder hinunterliefen, waren sie zu sechst. Sie führten Juliette mit sich. Kaum war diese von der verdorbenen Frucht ihres Schoßes befreit, hatte sie sich von ihrem Lager aufgerichtet, war aus dem Bett gesprungen und zum Fenster gelaufen. Sie hatte gesehen, wie der Schwarm grüner Insekten sich auf das Korn stürzte und die Ernte zerstörte. Sie hatte die Sonne gesehen, die hoch über der Erde stand, klaffend wie der Schlund eines bis zur Weißglut erhitzten Ofens. Sie hatte in diese Sonne gestarrt, bis sie geblendet war und alle Dinge, alle Formen sich in dem zu starken Licht wie in einer Grube ungelöschten Kalks auflösten. Die Augen von Tränen versengt, hatte sie sich dann zu den Frauen umgewandt, die noch die unnütze Wäsche, die Waschschüssel und den Wasserkrug in ihren Händen hielten. »Stellt das alles hin«, hatte sie ihnen befohlen. »Wir müssen jetzt gehen.« Die Frauen hatten schweigend die Tücher zusammengefaltet, die Decke wieder über das unbefleckte Bett geschlagen, das Zimmer in Ordnung gebracht. »Ich gehe mit euch zurück«, hatte sie erklärt und dann hinzugefügt: »Mir ist kalt!« Ihre Schwester hatte Juliette ihren Schal gegeben, aber sie fror weiter. Da hüllten auch die vier anderen sie in ihre schwarzen Umschlagtücher, doch war ihr noch immer genauso kalt. Die Kälte verließ sie erst, als man ihr das Neugeborene brachte, sie es in ihre Arme nahm und ihm die Brust gab.

Es zeigte sich, daß Hortense ihr Kind nicht nähren konnte. Ihre Brüste hatten keine Milch, sie waren voller Schlamm. Juliette hatte Milch, und sie war es, die Benoît-Quentin stillte. So mußte denn auch Hortense La Ferme-Haute verlassen und sich im Witwenhaus einrichten, um sich von ihrem Sohn nicht zu trennen. Sie willigte ein, dort zu bleiben, bis das Kind abgestillt sein würde. Während dieser ganzen Zeit sah man Deux-Frères täglich nach seiner Arbeit zum Witwenhaus hinuntergehen. Zwischen Juliette und Hortense sitzend, teilte er schweigend die Mahlzeiten mit den sieben Frauen; nach dem Essen ging er hinauf in das Zimmer, in dem sein Sohn lag, und wiegte ihn jeden Abend, bis er einschlief. Danach machte er sich auf den Rückweg zur Ferme-Haute, wohin Hortense ihm manchmal in der Nacht folgte, um sich zu ihm zu legen.

Benoît-Quentin hatte einen doppelten Goldfleck im linken Auge und einen Buckel auf dem Rücken.

Margot schneiderte ihr Hochzeitskleid selbst. Sie fuhr in die Stadt, um Stoffe, Perlen und Posamenten zu kaufen. Sie zeigte ihre Einkäufe nur Mathilde, die ihr dabei half, ihr Werk auszuführen. Und es war in der Tat ein Kunstwerk, das sie herstellte; ihr Kleid war weniger eine Sache der Schneiderkunst, als vielmehr der Bildhauerei und der Illumination. Diese Arbeit dauerte Monate. Ihre ganze Liebe war es – die Gefühle ihres vor Begehren und Erwartung tollgewordenen Körpers, die sie auf diese Weise ausdrückte. Ihre Brauttoilette wurde ein Gedicht aus strahlendem Weiß, aus Lichtreflexen und Glanz. Es war im übrigen kein richtiges Kleid, eher eine ausgefallene Zusammenstellung von Unterröcken. Sie nähte dreizehn davon, die sie nach unterschiedlichen Größen und Formen übereinanderfügte. Der längste war aus Damastsatin, und sein Saum war mit kleinen Seidenquasten besetzt; dann wechselten Röcke aus Linnen, Samt, Moiré, Perkal und Wollenem, ein jeder verziert mit Gipüre und geschmückt mit einem Gewirr von Litzen, Schleifen und Bändern. Die Taille wurde von einem breiten, mit den Initialen G und M bestickten Taftgürtel zusammengehalten. Die beiden Buchstaben waren aus Glasperlen gefertigt und durch eine wundervolle Arabeske miteinander verschlungen. Dann nähte sie ein Schnürleibchen aus Satin und eine hochgeschlossene Spitzenbluse, die an den Bündchen und im Nacken mit Perlmuttknöpfen geschlossen wurde, dazu eine samtene Joppe, die sie mit Federn und Tüllrosen kunstvoll ausputzte. Schließlich schnitt sie aus einem drei Meter langen Stück Batist einen Schleier zu und bedeckte ihn mit feinen Stickereien aus Hunderten von Sternen, Blumen und Vögeln. Außerdem kaufte sie weißes Pelzwerk, aus dem sie einen Muff und ein breites Stirnband zum Festhalten des Schleiers herstellte, und sie ließ damit auch die Stulpen ihrer Stiefeletten besetzen. Diese Garderobe war so teuer, daß sie die ganze Mitgift noch vor der Hochzeit verschlang; aber Nuit-d'Or-Gueule-de-Loup dachte, Freude und Schönheit seien so selten und kurzlebig auf dieser Erde, daß man sie zu ehren verstehen müsse, wenn sie, und sei es nur für einen Tag, vorüberhuschten, und so meinte er, der Liebeswahn seiner Tochter verdiene durchaus eine solche Ausgabe.

Die Hochzeit fand am ersten Tag des neuen Jahres statt. Als Margot an diesem Tag, ihr zwanzigstes Jahr vollendend und ihr märchenhaftes Kleid einweihend, auf den Hof des Anwesens trat, als sie an der Seite ihres Vaters in dem Karren Platz nahm, vor den zwei Ochsen mit weißbebänderten Hörnern geschirrt waren, und durch die schneeglitzernde Landschaft fuhr, da konnte man wahrhaftig glauben, die Schönheit wäre auf die Erde herabgestiegen und die Freude dort eingekehrt.

Margot trug einen großen Strauß Misteln, und als sie den Kirchhof von Montleroy betrat, legte sie einen Mistelzweig auf das Grab ihrer Mutter und einen zweiten auf das von Blanche. Sie hatte die beiden zu Puppen gewordenen Frauen im Gedächtnis bewahrt; die eine, die steif wie eine kleine Puppe aus Holz in ihren geblümten Stoff gewickelt dagelegen hatte, und die andere, die gesprungen war wie ein Figürchen aus Glas. Und sie lud beide ein, an ihrem Hochzeitsfest, an ihrem Glück, an ihrer Verwandlung teilzunehmen. Denn noch war sie selbst nichts weiter als eine Puppe. Eine Puppe aus Kreide, ganz und gar eingehüllt in schöne Stoffe, in Litzen und Fell, doch bald würde sie vor Gott und der Ewigkeit Fleisch werden und dieses neue Fleisch in Nacktheit und Hingabe auskosten.

Saint-Pierre brachte seine neue Glocke in Schwingung und sandte sein Festgeläut fröhlich in alle Richtungen durchs Dorf, während die Familie Péniel sich auf dem Kirchplatz versammelte. Margot, am Arm ihres Vaters, starrte lächelnd in die Richtung, aus der Guillaume auftauchen würde. Alle anderen hatten Augen nur für sie, so ausgefallen war ihre Schönheit. Der Platz war bald voller Leute, alle Einwohner aus dem Dorf, aus Terre-Noire und den Weilern ringsum kamen, um die Tochter des Nuit-d'Or-Gueule-de-Loup zu bewundern, und alle nahmen dieses Weiß wahr, wie sie noch nie eins gesehen hatten. Margot trug Weiß auf so verschwenderische Weise, daß alles andere Weiß, das Gleißen der Sonne wie des Schnees, aus ihren Röcken und unter ihrem Schleier hervorzuquellen schien. Sie thronte vor dem geöffneten Kirchenportal, gleich jenen Schneeköniginnen, denen die Kinder in den Märchen begegnen. Und Nuit-d'Or-Gueule-de-Loup hielt sie fest am Arm, ein königlicher Bauer, der geblendet war von der Schönheit seiner Tochter und stolz, sie den Menschen und der Erde zu zeigen.

Doch die Zeit verging, und Guillaume ließ auf sich warten.

Margot begann mit ihren Füßen auf den vereisten Boden des Kirchplatzes zu trommeln, um sie zu erwärmen. Aber dieses leichte Geräusch hallte unwirklich wider und übertönte bald die bewundernden Ausrufe der Menge und das fröhliche Gebimmel des Glockenturms. Alle verstummten und sahen betroffen zu, wie die feinen weißen Stiefeletten ihre Erregung auf das Pflaster hämmerten und mit mehr Getöse widerhallten als tausend Trommeln. An welchem Ort Guillaume sich in diesem Augenblick auch befinden mochte, er hätte dieses Signal vernehmen müssen.

Es kam übrigens eine Antwort. Ein kleiner Junge bahnte sich mit den Ellenbogen einen Weg durch die dichtgedrängt stehende Menge und eilte bis zum Kirchenportal. Hier reichte er, ganz außer Atem, der Braut ein Stück Papier und machte ebenso rasch wieder kehrt. Margot entfaltete das Blatt. Guillaume hatte drei kurze Zeilen geschrieben; seine Schrift war bis zur Manieriertheit sorgfältig, ein wahres kleines Kunstwerk der Kalligraphie. Sie las: »Margot, warten Sie nicht auf mich – Ich werde nicht kommen – Ich werde Sie niemals wiedersehen – Vergessen Sie mich – Guillaume.«

La Trique hielt Wort, man sah ihn nie wieder, und niemand erfuhr jemals, was aus ihm geworden war.

Margot faltete den Brief langsam zusammen, steckte ihn unter ihren Gürtel, warf dann ein wenig den Kopf nach hinten und begann zu lachen. Ein hübsches kleines Lachen, wie das Klingen von Glasglöckchen. Dann riß sie sich vom Arm ihres Vaters los und begann sich zu drehen, wobei sie sanft die Schultern und den Kopf wiegte und mit ihren Absätzen auf den Boden hämmerte. Ihr Schleier blähte sich und schwebte in schleppenden Wogen, während ihre Röcke sich hoben und zu Blütenkronen öffneten. Sie hatte ihre Arme angehoben und drehte sich immer schneller, wie ein Kreisel. So umherwirbelnd, stürmte sie in das Kirchenschiff und zerteilte das Dunkel des Raums mit heftigen Schwüngen ihrer Röcke. Ihr Lachen und das Geräusch ihrer hastigen

Schritte hallten sonderbar in dem Gewölbe wider. Als sie den Beichtstuhl hinter den Säulen erblickte, stürzte sie, sich immer noch drehend, auf ihn zu, riß den violetten, von Feuchtigkeit ganz schimmligen alten Vorhang herunter und warf ihn sich wie eine Plane über die Schultern. Sie tanzte noch einige Minuten durch die Kirche, wobei sie Stühle und Bänke umwarf, dann brach sie mit einem gellenden Schrei zusammen wie eine Marionette, deren Fäden man auf einen Schlag durchschnitten hat.

»Margot! Margot! Was ist mit dir?« rief Mathilde, die vor Schreck wie angewurzelt am Portal stehengeblieben war. Sie preßte in ihren geschlossenen Fäusten die Hände von Rose-Héloïse und Violette-Honorine gegen ihre Hüften, während die beiden mit offenem Mund zusahen, wie das prachtvolle Rauschen der weißen Stoffe dort am anderen Ende des Kirchenschiffs zum Stillstand gekommen war.

Nuit-d'Or-Gueule-de-Loup betrat die Kirche und lief zu Margot. Als er den leblosen Körper seiner Tochter in seine Arme nahm, fand er ihn so leicht, daß er fast das Gleichgewicht verlor, als er sich erhob, und er trug diesen Körper, der alle Schwere abgeworfen hatte, mit unsicherem Schritt bis zum Altar, wo er ihn hinbettete. Er stieß die Vasen, die Kerzenständer und die Kultgegenstände um, packte das Kruzifix aus vergoldetem Holz, brach es auf dem Tabernakel entzwei und schrie: »So also, Gott des Unheils, gefällt es dir, deine Kinder zu sehen, in den Tod getrieben und von Wahnsinn geschlagen? Dann schau gut her, schau noch einmal gut her, auf diese meine Tochter hier, mein Kind, denn am Ende wird es nichts mehr zu sehen geben. Dann, wenn du uns alle zugrunde gerichtet hast und die Erde menschenleer sein wird!«

Die Menge draußen auf dem Vorplatz hatte sich zu einem Meer von Köpfen und Schultern zusammengedrängt, und ein lautes Gemurmel erhob sich, aber niemand wagte, das Portal zu überschreiten, wo Mathilde noch immer mit den beiden kleinen Mädchen stand.

Zum zweiten Mal fühlte Violette-Honorine Blut aus ihrer linken Schläfe sickern und langsam ihre Wange hinunterrinnen. Diesmal sagte sie nichts. Sie wußte jetzt, daß dieses Blut nicht ihres war, daß es aus der Wunde eines anderen Körpers, aus dem Schmerz eines anderen Herzens strömte. Und wieder war Jean-François-Tige-de-Fer der einzige, der das tiefe Erbarmen der Kleinen, den Wahn in ihrem Blick bemerkte. Er trat näher und legte ihr schüchtern seine Hand auf die Schulter. Er wollte etwas zu ihr sagen, fand aber keine Worte, er brachte nur ein wirres Gestammel heraus, dabei umklammerte er ihre Schulter immer fester, bis er sich mit seinem ganzen Gewicht darauf stützte. So verharrte er, dem gespannten Profil des Kindes zugeneigt und wie geblendet von dem dünnen Strahl, der aus ihrer Schläfe sikkerte. Er fühlte sich selbst von dieser Flut von Zärtlichkeit voller Angst und Leid davongetragen, und ihm war, als würde auch er plötzlich ganz klein, sehr viel kleiner noch als Violette-Honorine.

Aber eine Bewegung der Menge trennte ihn von dem Kind. Seine Tochter in den Armen, verließ Victor-Flandrin die Kirche, und alle traten zurück, als er vorüberging, dann schloß sich die Menge gleich wieder wie ein schwarzes Wasser und murmelte einen Namen, den Margot nie mehr loswerden sollte. »Die Maumariée, die Sitzengelassene, ja, sie ist die Maumariée . . . !« flüsterten alle und blickten Nuit-d'Or-Gueule-de-Loup neugierig nach, wie er seine große, in den violetten Beichtvorhang eingehüllte Puppe aus weißen Fetzen davontrug.

Vierte Nacht
Nacht des Blutes

Gott schuf die Erde und alle Dinge auf Erden, aber er gab keinem Ding einen Namen. Aus Feinfühligkeit hüllte er sich in Schweigen und ließ seine ganze Schöpfung in dem sehr klaren und reinen Licht einfachen Daseins erstrahlen. Dann vertraute er diese Vielzahl unbenannter Dinge dem Ermessen des Menschen an, und der Mensch, kaum erwacht aus seiner lehmigen Starre, ging daran, alles, was ihn umgab, zu benennen. Jedes der Worte, die er damals erfand, veränderte das Aussehen und die Umrisse der Dinge, die Namen versahen die Dinge mit einem Schatten wie eine Hülle aus Lehm, in die sich bereits das Wechselspiel der Ähnlichkeiten und unwägbaren Unterschiede eindrückte.

Es gibt daher auch kein einziges Wort, das in seinen geheimsten Höhlungen nicht Wirbel feiner Lichter und Echos mit sich führt und das beim bohrenden Zuruf anderer Worte nicht erzittert. So kommt es, daß sich der Name der Rose öffnet und schließt und am Ende seine Blätter abwirft wie die Blume selbst. Mitunter entfaltet sich ein einzelnes Blütenblatt so, daß es ganz allein alle Lichtspiegelungen einfängt und die Schönheit der Blüte in sich vollendet. Es kommt auch vor, daß ein einziger Buchstabe das ganze Wort aufrührt und es vollkommen wendet.

Wenn das Wort »Rose« in zuviel Begierde entbrennt und Fleisch zu werden beginnt, entfaltet es sich so weit, daß es sich in »Eros« wandelt. Schließlich beginnt das Wort unter dem Ansturm anderer Wörter vor Erregung zu beben und verengt sich auf einmal zu dem Verb »oser« – wagen.

Eros. Oser la rose – die Rose wagen, le don de la rose – das Geschenk der Rose.

Doch das Verb setzt sich nun seinerseits in Bewegung und dreht sich. Wenn das Wort »Rose« auf diese Weise in Wallung gerät und rotiert, wird es zu »roue« – Rad. Dann verletzt sich das Wort »Rose« an seinen eigenen Dornen und fängt an zu bluten. Mitunter nimmt das Blut der Rose die Farbe des Tages an und glänzt wie der helle Speichel eines Lachens. Andere Male braut sich das Blut in der Nacht zusammen, und es mischt sich ein beißender, dunkler Schweiß hinein.

Oser – wagen. Die Wunde der Rose. Gewalttätige Rose, vergewaltigte Rose.

Blut der Rose, das blutrot aufschießt, sich bräunlich verfärbt und schwarz sich ergießt.

In Terre-Noire wandelten sich die Namen der Dinge, der Tiere und Blumen und die Namen der Menschen unaufhörlich und wurden in die Windungen ähnlicher Klänge und deren Widerhall abgetrieben.

Gleicher Klänge, die mitunter so unerwartet, ja ungebührlich waren, daß sie in Mißklänge zersprangen.

Rosen-Blut, Rosen-Nacht. Nacht-Blut und Feuer-Wind-Blut. Rosen rot und rauh.

I

Margot kam niemals über die Stunde ihres Erwachens hinaus, sie blieb für immer auf der Schwelle jenes strahlenden Morgens stehen, der ihrem zwanzigsten Jahr und den Vorbereitungen ihrer Hochzeit gelächelt hatte. Sie öffnete langsam, sehr langsam die Augen und richtete sich dann noch langsamer in ihrem Bett auf. Ihr Körper und auch ihre Stimme begannen so, Gesten und Worte wie in Zeitlupe aufzulösen. Eine Zeitlupe an der Grenze zur Bewegungslosigkeit und zum Schweigen, wo die Zeit allmählich in Schlaf sinkt. Und dank dieses tiefen und langen Schlafes der Zeit konnte sie die dreizehn Jahre, die sie noch leben sollte, ertragen, indem sie sie zu einem einzigen und einzigartigen Tag zusammenfaßte.

Margot blieb immer zwanzig Jahre alt, behielt den Blick jenes Januarmorgens und trug stets ihr Brautkleid. Sie hörte nie auf, die geheiligte Stunde der Ehe zu erwarten, und machte sich wieder und wieder auf den Weg zur Kirche. Sie sagte niemals andere Worte als die, die sie an jenem Morgen gesprochen hatte, und wiederholte endlos jede der Gesten, jeden der Schritte von damals.

Zum Abend hin schien es jedoch, als drängte sich ihr plötzlich ein Zweifel auf, und einen Augenblick lang rissen ihr Körper und ihre Stimme sich aus der Benommenheit los und fanden zu einem rascheren Rhythmus zurück. »Wo sind sie denn?« fragte sie dann. »Wer?« hatte Mathilde das erste Mal wissen wollen. »Guillaume und Margot natürlich«, hatte Margot darauf erwidert. »Sie müssen schon weit fort sein. Sie haben den Zug genommen, aber sie haben niemandem gesagt, wohin sie fahren.« Dann fügte sie hinzu: »Sie haben recht. Eine Hochzeitsreise muß geheim bleiben. Sonst...« – »Was sonst?« fragte Mathilde. Aber Margot wußte nie eine Antwort und ließ ihren Satz in der Schwebe. »Sonst, sonst... ich weiß nicht... Die Liebe ist ein Geheimnis, das ist alles. Man darf nicht zu viele Fragen stellen...«

Dann wandte sie den Kopf ab und träumte von der nicht endenden Hochzeitsreise Guillaumes und Margots.

Mathilde träumte nicht und hielt die Liebe keineswegs für ein Geheimnis. In ihren Augen war sie sogar das ganze Gegenteil eines Geheimnisses, sie war ein Verrat, sie war die arglistigste Lüge, die sich die Menschen je ausgedacht hatten. Und sie beschloß, die Liebe bis zur letzten Wurzelfaser aus ihrem Herzen zu reißen und jede Begierde in ihrem Körper zu töten. In der Nacht, die auf Margots nicht vollzogene Hochzeit folgte, weckte sie ein heftiger Schmerz im Unterleib und im Kreuz. Diesen Schmerz, den kannte sie allerdings, sie erduldete ihn ja allmonatlich, seit Jahren, diesmal jedoch schien er ihr unerträglich, unmäßig. Mit einem Mal flößte das Blut der Menstruation ihr Abscheu ein, sie fühlte sich besudelt in ihrem Fleisch, beleidigt in ihrem Dasein. Dieses widerwärtige Blut mußte gestoppt werden, augenblicklich und für immer, sonst würde es überhaupt nicht mehr aufhören zu fließen und ständig sein schmutziges Rot, seine ekelhafte Hitze der Begierde auf der Erde verströmen. Da war sie aufgestanden und barfüßig und im Nachthemd aus dem Haus gelaufen und hatte sich im Schnee gewälzt, bis alle Kälte der Nacht in sie eindrang und sie vereiste. Sie hatte ihre Brüste, ihren Bauch, ihren Nacken und ihr Kreuz mit verharschtem Schnee abgerieben. Dann, als sie fühlte, daß alles Blut ihres Körpers in ihr Innerstes zurückgeströmt und erstarrt war, hatte sie sich mit dem Grat eines Steins tief ins Fleisch geschnitten. Und kein bißchen Blut war aus der Wunde geflossen. Ihre Regel bekam sie nie mehr, und ihr ganzes Leben hindurch blieb ihr Körper erbittert in Kälte zusammengezogen, jener Kälte, die ihren Schoß und ihr Geschlecht vereist hatte.

Die Jahreszeiten nahmen indessen ihren Lauf, trotz der unerschütterlichen Kälte, die sich unbemerkt von Margots starrem Blick für immer in Mathilde niedergelassen hatte. Sie kamen und gingen, ungeachtet der Wünsche, Kümmernisse und Schrullen der Menschen. Victor-Flandrin folgte diesem unbeirrbaren, steten Ablauf, den die Zeit in die Erde schrieb, und er lief mit gleichförmigem Schritt in diesem Rhythmus. Er äußerte niemals ein Wort über Margots Wahn, doch lange hing er dem Gedanken nach, daß er nicht zögern würde, jenem, der seine Tochter unheilbar zur Maumariée gemacht hatte, falls er ihm einmal begegnen sollte, den Kopf abzuschlagen wie seinerzeit dem Pferde Escaut. Und diesen Kopf, den würde er genauso am Giebel über dem Hofeingang anbringen – zur Warnung für alle sprachlosen und herzlosen Menschen und vor allem für den noch herzloseren Gott.

Sonntags, zu der Stunde, da alle Einwohner von Terre-Noire zur Messe aufbrachen, nahm er den Weg zum Wald. Er hatte gelernt, das Gewehr mit der linken Hand zu bedienen und war sehr rasch ein ausgezeichneter Schütze geworden. Nie verfehlte er seine Beute, die er stets mit dem ersten Schuß niederstreckte. Er verstand es, besser als jeder Hund das Wild aufzuspüren und jenen winzigen günstigen Augenblick abzupassen, in dem das Tier, auf das er angelegt hatte, seiner Kugel nicht entgehen konnte. Diese außerordentliche Präzision im Blick und in der Bewegung und ihre blitzartige Verschmelzung im Finger des Todes – das war es, was seine Jagdlust erregte. Er liebte es, wie sich das trockene Knallen eines jeden abgegebenen Schusses zwischen den Bäumen fortpflanzte, er liebte den kurzen, dumpfen Rückstoß der Waffe gegen die Schulter, er liebte den Geruch und den rötlichen Widerschein der Feuerzunge, die blitzartig aus der Mündung seines Gewehres fuhr.

Er liebte es über alles, den so kräftigen Körper des Wildes auf einen Schlag zusammenbrechen zu sehen. Er jagte alles, Enten und Vögel, Hasen, Eichhörnchen und Dachse ebenso wie Füchse, Hirsche oder Rehe. Den Schwung des Tieres im Flug oder im vollen Lauf zu stoppen, es zu zwingen, daß es zu seinen Füßen niederstürzte, sich wälzte, das berauschte ihn. Doch am liebsten jagte er Wildschweine. Einen Wolf sah er nie; wäre er im übrigen einem begegnet, hätte er sicher nicht auf ihn geschossen, vielleicht weil sich inzwischen der Glaube an den Werwolf seiner bemächtigt hatte – in umgekehrter Form. Er hatte überhaupt keine Angst vor diesem Tier, das sein Führer im Wald, sein Führer übers Land gewesen war, das ihn in den Tag begleitet hatte und auch zur Liebe. Und vielleicht konnten ihn diese Wölfe noch in andere Gegenden führen, hin zu anderen, unerwarteten Wesen.

Er hatte auch vor Wildschweinen keine Angst, aber diese Tiere mit dem mächtigen Brustkorb, den dichten, rußfarbenen Borsten und dem dreieckigen, mit gewaltig vorstehenden Hauern bewehrten Kopf waren für ihn eine Herausforderung, eine Art heftiger Verlockung. Er zielte stets auf ihre Stirn und traf sie dort genau in dem Augenblick, da sie sich auf ihn stürzten. Er liebte ihren Mut, ihre Unbeugsamkeit. Das getroffene Tier machte plötzlich einen sonderbaren Satz zur Seite, indem es sich leicht aus der Schußbahn warf, um dann schräg zu seinem Todesblick zusammenzubrechen. Nuit-d'Or-Gueule-de-Loup spürte den dumpfen Aufschlag des jäh aus dem Leben gerissenen Körpers bis in die Tiefen seines eigenen Leibs. Und das rief in ihm ein Gefühl höchsten Glücks hervor, das ihn fast aufschreien ließ. Es war ein Glück voller Raserei und Düsternis, eine große Welle herben Glücks, die sein von Tod und Aufruhr so erfülltes Herz mit ganzer Wucht traf. Ein Glück, dunkel und schwer wie die fette Erde, die die Wildschweine aufwühlten, um die Wurzeln herauszureißen. Schon so viele von den Seinen hatte diese Erde verschlungen, bis sie selbst zu Schlamm geworden waren. Und ebendiesen Schlamm, diesen ganzen trüben Morast, den die Toten in ihm angehäuft hatten, drängte er zurück, indem er Wildschweine niederschoß. Er rührte im übrigen niemals Bachen oder Frischlinge an, er schoß nur auf die männlichen Tiere, deren wundervoll massiges Vorderteil mit der kurzen, gesträubten Mähne harter Borsten ihm wie von Schlamm, schwarzem Blut und erstarrtem Wind gebläht schien.

Eines Tages entdeckte er in der Nähe eines Moores die Suhle einer Rotte. Von dem aufgescheuchten Rudel löste sich sofort ein ungewöhnlich großer Keiler; er mochte mehr als einen Meter hoch sein und das Gewicht eines riesigen Findlings haben. Das Tier schien ihm wie aus einem Granitblock gehauen, und als es bemerkte, daß es verfolgt wurde, ging es auf ihn los, rollte mit der blinden Gewalt eines Felsbrockens heran, der einen steilen Abhang hinunterstürzt. Nuit-d'Or-Gueule-de-Loup spürte schon fast den glühenden Atem des Tieres auf seinen Händen, als er schoß. Genau zwischen die Augen getroffen, stieß der Keiler ein schrilles Grunzen aus und warf sich für einen Augenblick einige Zentimeter hoch in die Luft, dann fiel er wie ein Block zurück und rollte auf die Seite.

Nuit-d'Or-Gueule-de-Loup hatte sich dem hingestreckten Keiler genähert, sich niedergekauert, den schweren, noch warmen und von Wollschweiß triefenden Kopf in seine Hände genommen und begonnen, das Blut zu trinken, das aus der Wunde quoll. Und er hatte all dieses Blut getrunken, nicht wie Blut eines besiegten Tieres, dessen Kraft man an sich ziehen will, sondern so wie man seine eigenen Tränen, seine Angst und seine Wut hinunterschluckt. Er hatte es getrunken bis zum Vergessen seiner selbst, seiner Trauer und seiner Einsamkeit – bis zum Vergessen seines Vergessens. Er hatte es getrunken, bis er in seinem Mund den ekelhaft süßlichen Geschmack wahrnahm, den das Fleisch der Toten in der Erde annimmt. Und wie trunken von diesem Geschmack, hatte er sich wieder aufgerichtet.

Nuit-d'Or-Gueule-de-Loup erfuhr niemals, wer die Frau war, der er an diesem Tage begegnete, als er den »Wald der leichtsinnigen Lieben« verließ. Der Blick, mit dem er sie ansah, war genauso gedankenverloren und erstaunt wie der, mit dem Tiere die Menschen ansehen. Er sah sie plötzlich und sehr verschwommen, jedoch mit einer solchen Heftigkeit vor sich, daß er sich von dem Bild nicht abwenden oder es übersehen konnte. Er stieß unvermittelt auf diesen großen dunklen Fleck, der sich auf dem sattgrünen Hintergrund des Waldessaums bewegte. Sie stand gebückt und sammelte Pilze oder Pflanzen in einen Korb, die sie im Umkreis mächtiger Baumstümpfe abriß. Er sah, daß sie sich langsam erhob, als sie ihn näher kommen hörte. Sie richtete sich auf, eine Faust ins Kreuz gestemmt, während sie sich mit der anderen die Stirn abwischte. Gewiß nahm sie das sehr sonderbare Gesicht wahr, das er in diesem Augenblick hatte, seinen furchterregenden und zugleich verstörten Blick eines Tieres, denn sie ließ die Hand, mit der sie sich über die Stirn fuhr, bis zu ihrem Mund sinken, der sich zu einem stummen Schrei öffnete. Ihre andere Hand schob sie von der Hüfte über den Bauch und preßte sie gegen ihren Schoß wie eine gewaltige Gürtelschnalle. Er ging geradewegs und sehr ruhig auf sie zu; sie begann mit kleinen, stolpernden Schritten zurückzuweichen. Dieses Rückwärtsgehen dauerte lange, weil weder der eine noch der andere den Schritt beschleunigte und die Entfernung zwischen ihnen immer die gleiche blieb. Doch schließlich stolperte die Frau über eine dicke Wurzel und fiel rücklings hin, ohne noch ihren Sturz mit den Händen abfangen zu können.

Nuit-d'Or-Gueule-de-Loup nahm ihr die Hände vom Mund und vom Bauch. Er zog sie aus und spreizte ihr die Knie auseinander. Sie schien wie betäubt und so entsetzt zu sein, daß sie dem dumpfen Kampf, der ihr geliefert wurde, keinerlei Widerstand bot. Er wälzte sich mit so ungezügelter Wildheit auf sie, umschlang sie, als wollte er ganz und gar in sie hinein, sich in ihr auflösen oder sie sprengen. Es schien ihm, als dringe er bis in die tiefsten Tiefen des Schoßes der Frau ein, bis auf das Blut in ihrem Fleisch und ihrem Herzen – bis in die Erde unter ihrem Körper. Und er spürte eine Lust, wie er sie niemals empfunden hatte. Eine so glühende Lust, daß sie ihn auf der Stelle in eine tiefe Benommenheit tauchte, in die auch die Frau verfiel. Ihre beiden Leiber waren so unauflösbar ineinander verkeilt, daß ihre Empfindungen nur gemeinsame sein konnten. Als er jedoch erwachte, die Nacht war schon hereingebrochen, lag er ganz allein bäuchlings auf der feuchten Erde, und lange glaubte er, er habe geträumt. Er konnte sich nicht genau erinnern, was für ein Traum es gewesen war, und er erhob sich, ganz taumelig von dem dumpfen Schlaf, der ihn mit dem Gesicht zur Erde, mit dem Bauch gegen Humus und Wurzeln hingeworfen hatte, ohne daß er sich dessen bewußt geworden war. In seinem Mund war ein klebriger Geschmack wie von Blut.

2

Hortense wurde nie wieder in La Ferme-Haute gesehen und auch nicht im Hause der Witwen. Sie verschwand eines Tages unerwartet und ohne ihren so eifersüchtig geliebten Sohn mitzunehmen, den sie an Juliettes Brust zurückließ.

Aber Juliettes Brust versiegte am Ende. Benoît-Quentin war fast zwei Jahre, als er beschloß, sich von dieser Brust zu trennen. Das war genau zu der Zeit, als Hortense fortging. Niemand wußte, wohin sie gegangen war, noch was aus ihr wurde. Manche erzählten, sie hätten sie in anderen Städten gesehen, doch die Namen der Orte waren niemals die gleichen, so daß man meinen konnte, sie sei eine Landstreicherin geworden. Es gab sogar Leute, die in den Monaten nach ihrem Verschwinden behaupteten, sie schwanger gesehen zu haben. Aber ihren Reden zufolge war Hortense so schrecklich schwanger und ihr Blick so wehmütig blau gewesen, daß man derartigen Worten keinen Glauben schenken konnte. Schließlich hörte man auf, von ihr zu reden.

Was Juliette betraf, so verlor sie in dem Augenblick, da das Kind abgestillt war, den Grund und die Kraft für ihr Dasein und ließ sich in einen Zustand vollkommener Apathie gleiten. Sie wandte sich von Benoît-Quentin mit derselben Gleichgültigkeit ab, mit der er sich von ihrer Brust abgewandt hatte. Bald weigerte sie sich, aufzustehen, und kränkelte in einer nicht endenden Folge leerer Tage in ihrem Bett dahin. Die fünf Witwen, die sich um sie kümmerten, beschlossen daher, das Kind nach La Ferme-Haute zu bringen; sie fühlten, daß ihr Haus den kleinen Knaben nicht länger beherbergen konnte, da seine Mauern jedem Manne, der sich in ihm niederließ, unweigerlich Unglück brachten. Außerdem mochten sie das Kind mit dem mißgestalten Rücken nicht sonderlich; es gehörte ja nicht einmal zu den Ihren. Es war der Sprößling jener Verrückten, die ständig in den Wäldern umherirrte und die sie so oft gedemütigt und sich jetzt auch noch Gott weiß wohin davongemacht hatte. Was seinen Vater betraf, so wußte man nicht einmal, wer er genau war. Sie hegten überdies den Verdacht, das Kind verberge in seinem abscheulichen Buckel eine Ungeheuerlichkeit – vielleicht sogar eine Kraft, die den hartnäckigen Fluch, der bisher auf ihren Männern gelastet hatte, nun gegen sie, die Frauen, zu kehren vermochte. Begann dieser Fluch nicht schon zu wirken, indem er Juliette derart mit Lethargie und Melancholie schlug? Sie wickelten das Kind in ein großes Umschlagtuch und trugen es zu den Péniels. So fand sich Benoît-Quentin, nachdem er zunächst mit zwei Müttern bedacht worden war, plötzlich ohne Mutter. Doch auf dem Hof der Péniels war viel Raum, und das Kind wurde von Rose-Héloïse und Violette-Honorine freudig aufgenommen. Mathilde brauchte sich kaum um den Neuling zu kümmern, Deux-Frères nahm seinen Sohn zu sich und versorgte ihn. Er gewann durch Benoît-Quentin sogar neue Energie und Freude und nahm wieder einen tätigeren Anteil am Leben.

Oft war das Kind über seine Mißgestalt bekümmert und befragte seinen Vater wegen dieser Bürde, die ihm auferlegt war und deretwegen es von den anderen Kindern des Weilers oft gehänselt wurde. Dann nahm Deux-Frères den Knaben auf seine Knie, wiegte ihn sehr sacht und strich ihm zärtlich übers Haar, bis das Kind all seinen Kummer vergaß. Und schließlich erzählte der Vater ihm so schöne Geschichten, daß Benoît-Quentin seine

Häßlichkeit mitunter zu lieben begann. Deux-Frères sagte ihm nämlich, daß sein Buckel ein sehr großes, wunderschönes Geheimnis berge – daß darin ein zweiter Knabe schlafe. Ein ganz kleiner Bruder, der von bemerkenswerter Schönheit sei und mit großen Talenten begabt, und dieser kleine Bruder werde, wenn Benoît-Quentin ihn zu lieben und ihn sein ganzes Leben hindurch voller Vertrauen zu tragen verstünde, über ihn wachen und ihn vor allem Unglück bewahren. Im tiefsten Grunde freute sich Deux-Frères sogar über die Mißgestalt seines Sohns, denn mit dieser Verwachsung, so dachte er, könnte man ihn nicht einberufen, um ihn in einen neuen Krieg zu schicken. Die kleinen Buckligen sind nicht gemacht für Uniform und Ehre, sie sind geschaffen für große Träume, für Erinnerung und Gnade.

Bald bekam Benoît-Quentin Brüder. Sie waren erst einige Tage alt, als man sie fand. Jemand, der gleich wieder verschwand, kam eines Nachts und legte sie auf der Schwelle des Pénielschen Hauses nieder. Jean-François-Tige-de-Fer entdeckte sie am Morgen. Sie waren drei an der Zahl und einander ebenso ähnlich wie voneinander verschieden. Man hätte meinen können, es seien drei Kopien eines einzigen Kindes; ihr Körperbau und ihre Gesichtszüge waren völlig identisch, während ihr Teint und ihre Augen- und Haarfarbe sich von Grund auf unterschieden. Der eine war matthäutig und sehr schwarzhaarig, mit durchsichtig blauen Augen, der andere hatte einen blassen Teint, hellblondes Haar und Augen von einem lichtdurchlässigen Schwarz. Was den dritten betraf, so war er einfach ein Albino.

Diese Kinder ähnelten niemandem – sie waren von einer betörenden, in ihrer Vollkommenheit beinahe unmenschlichen, in ihrer Wildheit nahezu tierischen Schönheit. Doch ein Zeichen zeigte ihre Verwandtschaft an; ein jedes trug den gleichen goldenen Fleck im linken Auge. Das genügte, um ihre Abstammung zu belegen, die man nicht erklären konnte. Mathilde, von Jean-François-Tige-de-Fer herbeigerufen, ging zu ihrem Vater, um es ihm zu sagen. Diesmal trat sie ohne anzuklopfen in sein Zimmer, baute sich vor seinem Bett auf und schrie: »Stehen Sie auf! Kommen Sie und sehen Sie sich das neue Unglück an, das Sie uns wieder beschert haben! Und dieses Mal sind es drei! Drei, hören Sie? Drei Bastarde, von denen man nicht mal weiß, wo sie ausgeschlüpft sind! Aber um die, das sage ich Ihnen, werde ich mich nicht kümmern. Nie und nimmer, die können ruhig krepieren! Und das werden sie bestimmt auch, denn ihre Hure von Mutter hat sie ausgesetzt, sie werden nichts zu essen haben. Eine Amme gibt es hier nicht!«

Victor-Flandrin begriff zunächst nichts von dem Geschrei und den Drohungen seiner Tochter, doch als er hinunterstieg und die drei Kinder sah, erinnerte er sich plötzlich an den Traum, den er einige Monate zuvor geträumt zu haben glaubte. Er konnte sich jedoch nicht an jene Frau erinnern, die er im »Wald der leichtsinnigen Lieben« vergewaltigt hatte, sie blieb beharrlich ein verschwommener Schattenfleck. War es möglich, daß ein Traum wirkliche Kinder gebären konnte?

»Wo kommen diese Erzengel des Unglücks her?« rief Nuit-d'Or-Gueule-de-Loup aus, als er diese ungewöhnlichen, furchterregend schönen Kinder betrachtete. Dann faßte er sich und erklärte: »Na gut, da haben wir also drei neue Péniels. Egal, woher sie kommen, sie sind da. Und ob sie nun leben oder sterben werden, sie brauchen auf jeden Fall einen Namen.«

Die drei Kinder erhielten die Namen Michael, Gabriel und Raphael, und sie blieben am Leben. Sie wurden mit Kuhmilch aufgezogen und gediehen dabei ganz ausgezeichnet. Es zeigte sich, daß sie genauso gern auch die Milch von Ziegen, von Sauen und Schafen tranken, und sobald sie in dem Alter waren, daß sie herumkrabbelten, kamen sie von allein, um an deren Zitzen zu saugen. Diese Neigung und die völlige Gewöhnung der drei Kinder an tierische Milch bestärkte Mathildes Widerwillen gegen die Bastarde. Sie mischten sich niemals unter die anderen Péniel-

Kinder, blieben scheu unter sich und erfanden eine jedem anderen unverständliche Sprache. Doch sehr rasch zeichnete sich in diesem Clan ein besonderes Einvernehmen ab zwischen Michael, dem Blonden, und Gabriel, dem Dunklen, die sich nie voneinander trennten. Selbst im Schlaf hielten sie einander umschlungen. Raphael, das Albinokind, strich immer allein umher und redete zu sich selbst mit einer Stimme, die so hell und melodisch war, daß sie sich selbst genügte. Und er lief schattenlos, denn sein Körper war so durchscheinend, daß er niemals einen Schatten warf. Alle drei verstanden die Sprache der Tiere, deren Gesellschaft sie der menschlichen offensichtlich vorzogen, und konnten mit ihnen reden. Manchmal kam Raphael zu seinen Brüdern und begann, den Kopf und die Schultern sacht wiegend, zu singen. Seine sehr helle Stimme hatte unglaubliche Töne und Klänge, die Gabriel und Michael gleich zum Tanzen anregten. Dieser Gesang und diese Tänze konnten so lange dauern, daß die drei Kinder schließlich in einen Zustand tiefer Trance verfielen.

Nuit-d'Or-Gueule-de-Loup hegte für seine drei Söhne einer unbekannten Mutter eine ganz eigentümliche Liebe, in die sich Bewunderung, Schauder und Zweifel mischten. Seinem Gefühl nach entstammten diese Kinder nicht so sehr seinem Fleisch als vielmehr einem dunklen Winkel seines Herzens – einem jener Winkel, in die das Denken nicht vordringt, so daß es keine Ordnung in dem Chaos der dort keimenden glühenden Wünsche und grellen Visionen schaffen kann. War es denn nicht ein Traum gewesen, der sie geboren hatte, ein schwerer Traum, der nach Blut und Schlamm schmeckte?

Nuit-d'Or-Gueule-de-Loup empfand seinen Enkel Benoît-Quentin viel stärker als seinen Sohn als diese drei; er war wirklich ein Kind der Liebe und der Trauer, die Fleisch gewordene Geschichte der Péniels und Terre-Noires. Außerdem hatte Benoît-Quentin ein so sanftes Lächeln, mit dem er sich stets zu entschuldigen schien, daß er mit seinem Buckel auf dem Rücken nicht ganz so war wie die anderen – ein Lächeln, das einem zu

Herzen ging. Die drei anderen dagegen waren Söhne allein der Begierde, nicht der Liebe. Einer blinden, unheimlichen Begierde, deren Blut und deren Schrei er noch immer in sich pulsieren fühlte.

Indessen mußte man versuchen, diese so unterschiedlichen Kinder zusammenzuhalten, wofür Mathilde, die einzige Frau auf La Ferme-Haute, die dazu fähig gewesen wäre, keinerlei Interesse aufbrachte. All ihre Sorge und Pflege verwandte sie auf ihre Schwester Margot. Jeden Morgen kam sie, sie zu wecken und für ihre Hochzeit zurechtzumachen; sie half ihr, die dreizehn Unterröcke anzulegen, ihr Haar zu flechten und die Stiefeletten zu schnüren. Und jedes Mal hob Margot ihren ewigen Blick vom Januar 1920 zu ihr und lächelte sie mit dem Ausdruck eines freudestrahlenden Kindes an. Dann begann der sehr langsame Tag der Maumariée, deren einzelne Gesten die Hast des Aufbruchs zur Kirche im Zeitlupentempo nachahmten und so den Augenblick dieses sinnlosen Aufbruchs vorsorglich hinausschoben. Mathilde geriet ihrer Schwester gegenüber nie in Zorn und versuchte niemals, dieses verzweifelte Spiel, das allein ihre geliebte Margot am Leben hielt, abzubrechen. Doch jeden Tag aufs neue fühlte sie auch ihren Stolz vom Januar 1920, ihren gedemütigten Stolz und ihr verhöhntes Herz, das hatte mit ansehen müssen, wie jener andere Teil ihrer selbst verraten und lebendig getötet wurde: dieser ihr anderer Teil, auf den sich fortan ihre ganze Eigenliebe konzentrierte und der sich an jenem Tage so hoch in die Schönheit und in die Freude erhoben hatte – um dann so tief zu fallen, in den Irrsinn geschleudert zu werden, wie man einen Lumpen in die Brennesseln wirft. Und jeden Morgen fühlte sie auch unvermindert stark ihren Haß und ihr Rachegelüst. Was die drei Bastarde anging, die ihr Vater irgendwo gezeugt hatte, so argwöhnte sie in ihnen einen bösen Geist, der zu Verrat und Kränkung bereit war wie La Trique, und sie übertrug ihren ganzen ohnmächtigen Haß auf sie.

Victor-Flandrin entschloß sich deshalb, eine Magd einzustellen, die sich um die Kinder kümmern und bei einigen Arbeiten auf dem Hof helfen sollte. Doch weder in Terre-Noire noch in Montleroy, noch selbst in den Dörfern im Umkreis konnte er ein junges Mädchen finden, das auf der Ferme-Haute arbeiten wollte. Nuit-d'Or-Gueule-de-Loup und sein Rudel gelbäugiger Zwillingskinder erweckten mehr denn je zuvor Mißtrauen und Angst. Die Leute waren schließlich zu der Ansicht gelangt, daß La Trique im Grunde recht daran getan hatte, davonzulaufen, bevor er diesen Wölfen, den Péniels, in den Rachen fiel.

Victor-Flandrin hörte von Schloß Carmin, das am anderen Ende der Region lag. In diesem Schloß lebte, so hieß es, eine Kolonie von Mädchen jeden Alters, die aus illegitimen Verbindungen stammten und die man dort aufzog, bis sie alt genug waren, in den umliegenden Fabriken, auf Bauernhöfen oder in Läden in Stellung zu gehen.

Der alte Marquis Archibald Merveilleux du Carmin hatte diese Einrichtung etwa zwanzig Jahre zuvor gegründet. Die Wohltätigkeitsinstitution hieß »Les Petites Sœurs de la Bienheureuse Adolphine«, Die Kleinen Schwestern der Glückseligen Adolphine, denn man hatte sie nach den Wünschen der jüngsten Tochter des Marquis, Adolphine, geschaffen, die im Alter von fünfzehn Jahren gestorben war.

Einige Monate vor dem Tode Adolphines hatte ein Brand einen Flügel des Schlosses Carmin zerstört. Das Feuer hatte sich im Verlauf eines Balls entzündet, der zu Ehren von Amélie, der älteren Tochter des Marquis, veranstaltet worden war, die an diesem Tag ihren achtzehnten Geburtstag feierte. Das Feuer brach gegen Ende des Balls aus. Amélie, die sich im Arm ihres Kavaliers drehte, warf beim Tanzen einen Leuchter um; die Flammen verfingen sich in den Falten ihres Kleides und verwandelten sie augenblicklich in eine Fackel. Während ihr Kavalier noch die Geistesgegenwart besaß, diese lebendige Fackel loszulassen, war Amélies Mutter, die Marquise Adélaïde, auf das

Mädchen zugelaufen, um es zu retten. So hatte Amélie ihren unterbrochenen Tanz in den Armen ihrer Mutter vollendet, deren Kleid ebenfalls Feuer fing, und die beiden Frauen hatten den Ball mit einem glanzvollen Walzer, umschlungen von Tausenden Feuerfingern, zu Ende geführt.

Das Feuer hatte sich danach über den ganzen Saal ausgebreitet, Tischtücher, Möbel und Vorhänge flackernd erstürmt und die Gäste zu den Fenstern hinausgetrieben, die unter der Hitze zersprangen.

Adolphine hatte an diesem Ball nicht teilgenommen, sie lag in ihrem Zimmer, wo die Krankheit, die sie bald dahinraffen sollte, sie schon gefangenhielt. Sie hatte nur einen gewaltigen rötlichen Schein ihr Fenster in Glut tauchen sehen und in ihrem Fieber geglaubt, auch die Nacht sei nun schon von ihrer Krankheit angesteckt worden und beginne gleichfalls Blut zu spucken. Doch Archibald Merveilleux du Carmin, er hatte gesehen. Er hatte seine Gattin und seine ältere Tochter sich in den Flammen winden und verschwinden sehen, er hatte die Fenster zersplittern und das Dach zusammenbrechen sehen, er hatte die Leute schreiend durch den erleuchteten Park fliehen sehen, er hatte seine Pferde sich in ihren Boxen aufbäumen und laut wiehernd mit ihren Hufen in die Luft schlagen sehen, als wollten sie so den Ansturm der furchterregenden Lohen abwenden. Manche hatten sich dabei die Beine gebrochen, so daß man sie am Ende töten mußte. Dann hatte er das Feuer verlöschen und, übersatt, sich auf sein gewaltiges Lager aus Glut und Asche betten sehen. Er hatte sein verwüstetes Schloß gesehen und unter den Trümmern die gänzlich verkohlten Körper seiner Gattin und seiner älteren Tochter, die an ihren nicht mehr vorhandenen Ohren und auf der verbrannten Brust noch die unversehrten Diamanten trugen.

Da hatte die Erde sich unter seinen Füßen aufgetan, und in diesem Schlund, der sich sofort wieder schloß, waren sein Glück, seine Liebe und sein Glauben versunken. Doch Adolphine hatte den Schmerz und den Zorn aus dem Herzen ihres Vaters austreiben wollen und ihm das Versprechen entrissen, daß er den zerstörten Flügel des Schlosses wiederaufbauen würde, um dort all die kleinen im Stich gelassenen oder elternlosen Mädchen der Umgebung unterzubringen, denn so bekäme er, hatte sie ihm erklärt, mehr Töchter, als er verloren hatte. Und dann hatte sie noch verlangt, ihr Leib solle nach ihrem Tode in der Kapelle des Waisenhauses aufgebahrt werden, damit sie unter all diesen kleinen posthumen Schwestern ruhe.

3

Archibald Merveilleux du Carmin hielt das Versprechen, das er seiner Tochter gegeben hatte, aber er deutete und verwirklichte die Wünsche der Verstorbenen in völliger Freiheit.

Adolphine hatte in einem Heft mit dem Entwurf ihres Planes begonnen, der ebenso zur Errettung der in allem benachteiligten Kinder gedacht war wie er das aufgewühlte Herz ihres Vaters der Verzweiflung entreißen sollte. Sie konnte ihr Rettungswerk jedoch nicht fortsetzen, am Ende fiel ihre Hand immer wieder auf die aufgeschlagene Seite zurück und schrieb nur noch unleserliche, von blutigem Auswurf und von Weinkrämpfen unterbrochene Worte. Eines Tages warf sie ihr Heft schließlich mit Ungestüm beiseite und rief: »Ich will nicht sterben! Ich will nicht, nein, ich will nicht…« Aber sie fiel dann so schnell in Agonie, daß ihr keine Zeit blieb, weiter gegen das Sterben anzukämpfen und in der Niederschrift ihres Werkes fortzufahren.

Diese letzten Worte, die das junge Mädchen angsterfüllt schrie, waren gewiß die einzigen, die ihr Vater vernahm und beherzigte, und im undurchschaubaren Licht dieser Schreie las er das unvollendet gebliebene Heft seiner Tochter. Er las im übrigen nichts als verstreute Sätze und Wörter: »Kapelle Notre-Dame-des-Tendresses«, »…und alle kleinen Mädchen sollen unter den Schutz der Gottesmutter Maria gestellt werden«, »Schlafsaal Amélie«, »... damit die heiligen Tage für sie zu Festtagen werden«, »Saal Adélaïde«, »... und ich werde in der Kapelle stets unter ihnen sein«, »... so werden alle allen ein Trost sein ...«. Vor allem las er jedoch die Flecken, die die Tränen und der blutige Auswurf hinterlassen hatten, und diese Fleckenwörter waren es, mit denen er seine Phantasie nährte, um die Wünsche seiner Tochter – seiner letzten und einzigen – zu erfüllen.

Er ließ den niedergebrannten Flügel tatsächlich wieder aufbauen und sogar noch vergrößern und das Herz Adolphines in der Notre-Dame-des-Tendresses geweihten Kapelle verwahren. Allerdings befahl er, diese Kapelle am äußersten Ende des Gebäudes, im Kellergeschoß, zu errichten. Diese unterirdische Kapelle war vollständig mit schwarzem Marmor verkleidet und nur vom Schein der Wachslichter erleuchtet. In der Mitte erhob sich der Altar, auf dem ein wunderbarer Reliquienschrein thronte, der das Herz der Verstorbenen enthielt. Man gelangte in die Kapelle über eine endlos lange Steintreppe, die in einen kleinen Raum mit so niedriger Decke mündete, daß man sich bücken mußte, um ihn zu durchqueren. In diesem Vorraum waren die Grabstätten der Marquise und ihrer Tochter Amélie zu sehen wie auch ein riesiges gläsernes Reliquiar, das den einbalsamierten Leib Adolphines barg.

Die todesdüstere Vorstellungskraft des Marquis prägte das gesamte Gebäude bis in seine letzten Winkel. Es gab nicht eine Wand, weder in den Schlafsälen noch im Refektorium, die nicht in düsterem Grau gehalten, nicht ein Bett, das nicht aus Eisen, nicht ein Kleid, das nicht aus schwarzem Tuch gewesen wäre. Zum Waschen für die Pensionärinnen ließ er im Mittelgang der Schlafsäle Reihen von Holzbottichen aufstellen, eine Art Tränke, in die man lediglich Kannen eiskalten Wassers goß. Die Regeln, die er für Zucht und Schweigen verordnete, waren strenger als die einer klösterlichen Anstalt.

Als seine gewaltige Gruft fertig war, erklärte der Marquis die

Anstalt der »Petites Sœurs de la Bienheureuse Adolphine« für eröffnet, und bald brachte man aus der Umgebung alle kleinen Mädchen dorthin, die aus einer unerwünschten Liebe hervorgegangen waren. Diese Kinder kamen so bar aller Habe, daß sie nicht einmal eine Identität besaßen. So führte der Marquis ein System ein, um die bei ihm gestrandeten, lebendigen kleinen Gegenstände mit einem Namen zu versehen. Er beschloß, daß jedem Jahr ein Buchstabe des Alphabets entsprechen sollte; da der Buchstabe A jedoch seiner eigenen Familie vorbehalten war, ließ er die Reihe mit B beginnen. Dem ersten Vornamen folgte dann der Name des Tages im Kirchenjahr, an dem das Kind in das Schloß eintrat, um schließlich mit dem Namen Maria zu enden, deren göttlichem Schutz die gesamte Herde der Waisen unterstellt war. Diese Dreieinigkeit ordnete sich um einen allen gemeinsamen Familiennamen, der kein anderer war als »Sainte-Croix«, Heiliges Kreuz. Die zum Abfall geworfenen Mädchen, dieses Unkraut, das aus Liebesbeziehungen ohne Glaube und Gesetz aufgekeimt war, haßte der Marquis mit seinem ganzen trauernden Herzen, mit seinem ganzen gebrochenen Stolz, mit all seinem verlorenen Glauben, und er verwandte seinen Einfallsreichtum darauf, das vernunft- und gesetzwidrige Dasein dieser Kinder zu einer sehr artigen, stillen Hölle zu machen, die vom schwarzen Ruch der Heiligkeit erfüllt war.

Victor-Flandrin wurde vom Marquis empfangen, der ihm die Ehre erwies, ihm seinen Garten, seine Gewächshäuser, seine riesigen, von Schleiereulen bevölkerten Volieren und seine Pferdeställe zu zeigen. Auf all dies war der Marquis in der Tat sehr stolz: auf seine hundertjährigen Bäume, die mit ihren kräftigen nachtblauen oder purpurnen Schatten die blaßgraue Erscheinung vorbeikommender Besucher erdrückten; auf seine fremdländischen Blumen mit Blütenblättern, die fleischig waren wie zuckrige Zungen; auf seine Schleiereulen, deren Gefieder ebenso hell war wie ihr Ruf düster; und stolz war er vor allem auf seine

Pferde. Sie hatten das Privileg, den ersten Buchstaben ihrer Vornamen mit ihrem Herrn zu teilen. Der Marquis stellte sie seinem Gast einzeln vor; da war Amour-Acrostiche, Atlas-Ambassadeur, Abîme-Apostolique, Alarme-Arabesque und Absinthe-Abeille. Sie waren so feingliedrig, so schlank, daß Victor-Flandrin darüber in Entzücken geriet. Soviel Eleganz bei einem Tier versetzte ihn in Erstaunen, ihn, der nie etwas anderes als Zugpferde und Zugochsen gekannt hatte.

Archibald Merveilleux du Carmin ließ dagegen niemals die Räumlichkeiten seiner Anstalt besichtigen; sie wurden geheimer gehalten als die Klausur eines Klosters. Die Besucher wurden immer in einen an die Gebäude des Waisenhauses angrenzenden Raum geführt, und hier fand dann die Vorstellung der jungen Pensionärinnen statt, die in dem Alter waren, in Stellung zu gehen.

Es war ein schöner Raum mit hoher Decke, weißgekalkten Wänden, mit einem großen Fenster nach Westen, durch das am Nachmittag ein helles, rötliches Licht fiel.

Der Marquis ließ Nuit-d'Or-Gueule-de-Loup an seiner Seite auf einer Bank Platz nehmen, die von einer hohen, geschnitzten Rückenlehne überragt wurde. Auf dem Tisch vor ihnen lagen fein säuberlich große Hefte. Jedes Heft hatte eine andere Farbe und trug einen schwarzen Buchstaben auf dem Heftschnitt. Der Marquis ließ seinen Zeigefinger langsam den Stapel abwärtsgleiten und hielt ziemlich weit unten an. Er zog drei Hefte heraus, ein hellgrünes, ein ockerfarbenes und ein braunes, mit den Buchstaben G, H und I. »Da wollen wir doch mal sehen«, sagte er, indem er sich einen extravaganten Zwicker aus dem vergangenen Jahrhundert auf die Nase klemmte. »Diese Mädchen sind zwischen vierzehn und sechzehn Jahre alt. Sie werden unter ihnen gewiß die Magd finden, die Sie brauchen. Wir werden sie Ihnen vorführen.« Doch Victor-Flandrin stellte klar, daß er ein älteres Mädchen bevorzuge, das vor allem in der Lage sei, sich gut um seine Kinder zu kümmern. »Hm«, meinte der Marquis, »wir haben nur noch wenige Mädchen diesen Alters. Sie sind schon alle untergebracht.« Er zog nun aus dem Stapel ein anderes Heft, rot eingebunden, das den Buchstaben E trug. »Es sind noch fünf Pensionärinnen des Jahrgangs E übrig«, sagte er nach Durchsicht des Heftes. »Sie sind achtzehn Jahre alt. Ältere haben wir nicht mehr, die aus den vorangegangenen Jahren sind schon alle fort. Ich werde Ihnen diese fünf rufen lassen.« Dann fügte er hinzu, während er an seinem Zwicker rückte: »Aber wissen Sie, Sie haben unrecht, wenn Sie keine jüngere wählen. Die fünf Mädchen, die wir noch haben, sind nur deshalb noch hier, weil keiner sie nehmen wollte. Es ist wirklich der Abfall, die Sitzengebliebenen. Na, Sie werden ja sehen. Sie können sich's dann immer noch anders überlegen.«

Eine Anstandsdame begleitete den Aufmarsch der fünf »ausrangierten« Mädchen. Der Marquis verlas, in sein rotes Heft versenkt, die Namen, und eine jede trat, wenn sie aufgerufen wurde, drei Schritte vor und deutete linkisch einen Knicks an. »Emilienne-Fête-Dieu-Marie!« – Emilienne-Marie-des-Fronleichnamsfestes: eine kleine Blonde, ganz aufgeschwemmt und mit einem Ekzem bedeckt, stellte sich vor. »Ernestine-Pentecôte-Marie!« – Ernestine-Marie-des-Pfingstfestes: das Mädchen schielte zum Gotterbarmen. »Edwige-Annonciation-Marie!« – Edwige-Marie-der-Verkündigung: eine rachitisch aussehende, große Rothaarige hinkte herbei. »Elminthe-Présentation-du-Seigneur-Marie!« – Elminthe-Marie-der-Darstellung-des-Herrn: ein Mädchen ohne alle Behaarung trat vor. »Eugénie-Rogations-Marie!« – Eugénie-Marie-Rogate: das Mädchen begann mit einem triumphierend idiotischen Grinsen zu glucksen, was den Stumpfsinn ihres Gesichtes noch unterstrich.

Der Marquis wandte sich an Victor-Flandrin und fragte: »Liegt Ihnen noch immer daran, eines dieser Mädchen einzustellen? Ich hatte Sie gewarnt – alles Abfall!« Nuit-d'Or-Gueule-de-Loup antwortete nicht sofort; er betrachtete noch einen Augenblick die fünf Pensionärinnen, dann entschied er sich. »Ja«, sagte er schließlich und deutete auf das Mädchen mit der Haut eines Neunauges, dessen unmöglichen Namen er schon vergessen hatte. Der Marquis schreckte bei dieser Wahl leicht zusammen und begann sonderbar mit den Augenlidern zu zucken, doch Victor-Flandrin schenkte dieser Reaktion keinerlei Beachtung. Seine Wahl war getroffen; er hatte es eilig, den ebenso verwirrenden wie beklemmenden Ort zu verlassen.

Den ganzen Rückweg über wechselten Nuit-d'Or-Gueule-de-Loup und das Mädchen kein Wort. Sie tauschten auch kein Lächeln und keinen Blick. Übrigens war der Blick von Elminthe-Présentation-du-Seigneur-Marie sonderbar starr und streng, und diese Starrheit wurde durch das Fehlen von Wimpern und Augenbrauen noch unterstrichen. Sie hielt ein großes Bündel aus grauem Stoff auf ihre Knie gepreßt. Ihre Hände fielen ihm auf; das waren nicht die Hände einer Bauernmagd. Sie waren außergewöhnlich lang und schlank, sehr nervig und fein geädert, mit zarten Fingergliedern. Die Nägel waren so durchsichtig, daß sie Deckflügeln von rosa Insekten glichen. Nuit-d'Or-Gueule-de-Loup fuhr fort, das Mädchen verstohlen zu mustern. Am Ende hätte er nicht zu sagen vermocht, ob er sie häßlich fand oder schön mit ihrer so nackten Haut, ihrem glatten Schädel und ihren wimpernlosen Augen. Er fand sie einfach sonderbar – aber die blaue Ader, die sich an ihrer Schläfe ringelte, schien ihm bemerkenswert. Selbst bei kleinen Kindern hatte er nie etwas Ähnliches gesehen. Dieser Ader wegen gefiel sie ihm, und da er sich ihres Namens wahrlich nicht erinnern konnte, nannte er sie Sang-Bleu – Blaublut.

Mathilde hingegen schwankte nicht eine Sekunde in bezug auf die Magd, die ihr der Vater da mitgebracht hatte – sie fand sie abscheulich und nannte sie erbarmungslos Sans-Poils, Ohne-Haar, als schleppe das arme Mädchen nicht schon genug lächerliche Namen mit sich herum.

Raphael, Gabriel und Michael waren zu dieser Zeit noch zu

klein, um sich über die Eigentümlichkeit ihres Kindermädchens zu wundern. Jedenfalls ließen sie ihr, als sie größer wurden, dieselbe Gleichgültigkeit zuteil werden, die sie allen Menschen gegenüber empfanden, nicht mehr und nicht weniger. Doch Elminthe-Présentation-du-Seigneur-Marie kümmerte sich kaum um die Urteile und Gefühle anderer in bezug auf ihre Person, sie versah jeden Tag ihre Aufgabe mit ebensoviel Fleiß wie Gelassenheit. Diese Gelassenheit war im übrigen ihr bezeichnendster Charakterzug. Niemals erlebte man, daß sie sich auflehnte, die Geduld oder die Beherrschung verlor, und nie zeigte sie den geringsten Verdruß, Müdigkeit, Freude oder Niedergeschlagenheit. Ob man sie Sainte-Croix, Sang-Bleu, Sans-Poils, Anguille – Aal – oder Poisson – Fisch – nannte, sie antwortete in immer gleichem Tonfall: »Hier bin ich«, so wie sie früher auf die verschiedenen Namen und Spitznamen geantwortet hatte, mit denen Anstandsdamen und Leidensschwestern auf Schloß Carmin sie geschmückt hatten. Für die Leute von draußen war sie ganz einfach die »Hurentochter« und folglich die »Hurenbrut«. In alles das schickte sie sich mit unerschütterlichem Gleichmut und richtete auf jeden, der sie ansprach, den gleichen kühlen, abwesenden Blick, dem das Fehlen der Wimpern etwas Statuenähnliches verlieh.

Sie trug dieses nicht zu erschütternde Bild fügsamer Anwesenheit um so bereitwilliger zur Schau, als sie sich abwesend wußte.

Denn sie war vollkommen abwesend aus dieser Welt, seit sie im Alter von fünfzehn Jahren aus ihr geflohen war. Sie war auf einen Traum hin davongelaufen. In diesem Traum, der ihr mitten im Schlaf kam, war ihr nur ein einziges Bild erschienen: eine Sonnenfinsternis.

Sie sah, wie eine schwarze Scheibe sich bedrohlich auf das schmelzende Gestirn zuschob, es allmählich bedeckte und zuletzt nur einen unruhig flirrenden Rand von ihm übrigließ. Darauf hob in ihr ein Gesang an. Ein wirklich wundervoller Gesang. Ihr ganzer Körper wurde zu einem riesigen leeren Gefäß, verwandelte sich in einen schwingenden Raum, worin jener Gesang, der von ihren Fußsohlen aufstieg, sich entfaltete. Er durchströmte sie von einem Ende zum anderen. Dabei traten aus dem gedämpft dröhnenden Chor einzelne Stimmen hervor. An ihren Fußgelenken hoben sich Frauenstimmen kräftig und strahlend ab. Und diese Frauenstimmen wurden in Höhe ihrer Knie von unendlich tiefen Männerstimmen abgelöst. Als der Gesang ihren Leib erreichte, durchbrach ihn plötzlich ein Geläut von Glokken. Und aus dem Glockenklang hervor tauchte, feierlich und brüchig wie Rost, die Stimme einer einzelnen Frau auf. Dann setzte der Chor wieder ein und trug in seinen Strudeln den einsamen Gesang mit sich fort, und wieder wurde er schwächer und ließ in der Höhe ihres Herzens die Stimme eines Mannes durchbrechen.

Diese Stimme war wandelbar, modulierte klagende Laute wie die eines Bettlers oder eines Idioten. Der Gesang strömte durch ihre Kehle hinauf und überschwemmte ihren Kopf, wo er wie ein Sturm toste, bis er sich beruhigte. Unter ihren Lidern und in ihrem Mund zitterte es, als hätte sich dort eine abgehetzte Meute von Hunden niedergelassen. Aber die verstreuten Stimmen tauchten aus allen Winkeln ihres Körpers wieder auf, ihr Echo hallte wider, bald bis in einen Schrei hinauf, bald in Schweigen: die Stimme des Bettlers in ihrem Fußgewölbe, die wie ein sanftes Weinen war, die Frauenstimme, rostfarben, in ihrer Armbeuge, sehr klare Stimmen von Kindern in ihren Händen, aber auch im Nacken und auf der Stirn – und dann diese sonderbare Stimme, weder Mann noch Frau, halb das eine, halb das andere, in ihrem Geschlecht.

Am Morgen, als sie erwachte, war die Wirklichkeit von ihrem Körper, von ihrem Denken und von ihrem Herzen weit, sehr weit zurückgewichen. Sie fand ihr Bett von ihrem Kopfhaar und den Haaren ihres Körpers übersät, so als hätte ihr gerade erst geformter Leib eine neue Mutation vollzogen. Und sie hatte auch alle Erinnerung verloren. Vor diesem Traum hatte sich nichts ereignet. Sie erwachte, gereinigt von aller Vergangenheit, geläutert von aller Geschichte.

Am nächsten Tag hatte sie auf den Traum gewartet, doch nichts war geschehen, auch nicht an den folgenden Tagen. Der Traum war erst nach einer Woche wiedergekehrt, seither wiederholte er sich jeden Freitag. Sie hatte das Geheimnis dieses Traums niemandem anvertraut, und niemand ahnte, daß sie zum Raum eines solchen Gesangs geworden war.

Es war Waschtag. Elminthe-Présentation-du-Seigneur-Marie stand in einer Hofecke bei den Ställen und rührte in einem großen, heftig dampfenden Zuber. Nuit-d'Or-Gueule-de-Loup, der auf dem Weg zu seinen Feldern war, hielt einen Augenblick inne. Die Bewegungen des Mädchens waren geschmeidig und hatten etwas Biegsames, was auf das reptilienartige Aussehen ihrer Arme zurückzuführen war. Aber plötzlich machte sie eine noch schlangenhaftere Bewegung, sie warf ein mit blauem Pulver gefülltes Taschentuch, das sie gerade ins Wasser getaucht hatte, um das Weiß der Wäsche aufzufrischen, gegen die Stallmauer. Ein kräftiges Blau spritzte an die Wand. Nuit-d'Or-Gueule-de-Loup war wie geblendet von diesem Fleck. Er ging geradewegs auf seine Dienstmagd zu und stellte sich auf der anderen Seite des Zubers vor sie hin. »Blaublut«, sagte er. Das Mädchen richtete sich auf, zog ihre geröteten Arme aus dem Zuber und wischte sich die schweißnasse Stirn mit dem Handrücken ab. »Ja?« antwortete sie. Nuit-d'Or-Gueule-de-Loup versuchte ihren Blick einzufangen, doch die Dämpfe, die vom Zuber aufstiegen, hüllten ihr Gesicht immer wieder in Dunst. »Blaublut«, wiederholte er, »willst du mich heiraten?« Das Mädchen hob die Hände an ihre Schläfen, warf ihren Kopf ein wenig nach hinten und tauchte dann ihre Arme ins Wasser zurück. Das Blau ihrer befeuchteten Schläfe schimmerte märchenhaft. »Wenn Sie wollen«, antwortete sie, indem sie ihre Arbeit fortsetzte. »Aber du, du«, beharrte Nuit-d'Or-Gueule-de-Loup, »willst du es auch?« – »Ich weiß nicht«, erklärte sie schlicht, ohne ihre Arbeit zu unterbrechen. Dann antwortete sie abwesend, indem sie sonderbar ins Leere blickte: »Ich weiß nicht, ich...«

4

Nuit-d'Or-Gueule-de-Loup versuchte nicht, die Gefühle seiner Magd noch weiter zu ergründen. Sie hatte einen so kräftigen Schuß Blau in sein Herz gegossen, daß er sich entschloß, sie zu heiraten – und er heiratete sie. »Passen Sie nur auf«, warnte ihn Mathilde, durch diese neuerliche Heirat tief gekränkt, »die mit ihrer Froschvisage wird Ihnen Kaulquappen in die Welt setzen!«

Und Victor-Flandrin entdeckte das Geheimnis von Elminthe-Présentation-du-Seigneur-Marie. Er hörte den Gesang im Leib seiner Frau aufsteigen, er sah, wie der Atem dieser Stimmen ihre Brüste anschwellen ließ und ihre Glieder und ihre Lenden in sagenhaften Wellen überlief. Er sah die blaue Linie an ihrer Schläfe wie eine Alge unterm Wasser hin- und herwogen und in ihren Augen die Pupillen sich weiten wie zu einer Mondfinsternis. Er spürte ihre nackte Haut in seinen Armen wie überströmt von Zartheit. Er versank in den schattigen Höhlungen ihres Bauches und ihres Mundes und ließ sich von den Wogen ihres Gesanges davontragen. Dieser Gesang durchdrang auch ihn, ließ sein Echo in ihm widerhallen und in seinen Adern ein Blut kreisen, das wie Lava war. Und als er der Geißel der Lust erlag, die ihm die Lenden peitschte und in seinem Bauch toste, quoll ein heiserer Schrei mit Macht aus ihm.

Sang-Bleu liebte diesen Schrei, sie liebte ihn mehr noch als das wundersame Singen, das in ihrem Körper wohnte, so stark war sein Echo in ihr, wenn er in ihrem Fleisch ein großes Erschauern auslöste, wie das der weißen Schleiereulen in der Voliere des Schlosses Carmin, die nachts mit den Flügeln schlugen. Da tauchte die Welt wieder in Inseln von Wirklichkeit an der Oberfläche auf, vor dem Hintergrund der Einöde, in die sie sich zurückgezogen hatte, und Sang-Bleu entdeckte die Dinge neu. Sie lernte Nuit-d'Or-Gueule-de-Loup zu lieben und fühlte sich allmählich sogar an den Hof gebunden und an manche von denen, die sie umgaben. Doch unter allen Kindern war es Benoît-Quentin, dem sie die größte Zuneigung entgegenbrachte. Ihm vertraute sie das Geheimnis ihres Gesangs an, und das Kind wiederum gab ihr sein eigenes Geheimnis preis; es sprach zu ihr von dem kleinen rätselhaften Bruder, den sein Buckel in sich barg. »Ein Tag wird kommen, da auch dein kleiner Bruder zu singen beginnen wird. Dann wirst du von allen kleinen Knaben der glücklichste sein! Die Leute werden von überallher kommen, um deinem Gesang zu lauschen, sie werden weinen, wenn sie ihn hören, so sanft und schön wird dieser Gesang sein, und allen wird es leid tun, daß sie nicht einen Buckel haben wie du.«

Die amphibischen Voraussagen Mathildes verwirklichten sich nicht. Elminthe-Présentation-du-Seigneur-Marie gebar keine Kaulquappen, sondern zwei Söhne, die weiter keine Besonderheit aufwiesen außer denen, die alle Péniel-Kinder als ihr Erbe mitbekommen hatten. Und das Leben begann auf La Ferme-Haute wieder seinen normalen Lauf zu nehmen wie vor dem Kriege. Die Erde erholte sich langsam von ihrer Erschöpfung und den Wunden, die der Besatzer ihr zugefügt hatte, die Herden formierten sich neu, Ernten reiften wieder, die Häuser hatten sich aus ihren Ruinen erhoben, und Nuit-d'Or-Gueule-de-Loup nahm sogar seine Lichtzaubervorführungen auf dem Dachboden wieder auf.

Nur die Maumariée blieb weiterhin jenseits der Zeit und schleppte den ganzen Tag über ihren Wahnsinn und ihre Unterröcke durch die Gegend, um gegen fünf Uhr nachmittags den Zug durch die Felder fahren zu sehen, in Richtung jener magischen Stadt, wo ihre Hochzeitsnacht sie erwartete. Die Jahre bemaßen sich für sie nur nach dem Verschleiß ihrer Unterröcke; jedes Jahr ging einer davon in Fetzen.

Zu der Zeit, da die letzten Péniel-Söhne, Baptiste und Thadée, das Alter erreichten, ihrerseits zur Schule von Montleroy zu gehen, beschloß Violette-Honorine, daß für sie nun endlich die Zeit gekommen sei, dem Ruf zu folgen, der sie seit ihrer Kindheit so heftig peinigte. Weder der Zorn ihres Vaters noch die Tränen von Jean-François-Tige-de-Fer konnten sie davon abbringen, sich zu dem Ort auf den Weg zu machen, an welchem sie sich erwartet wußte. Mit siebzehn Jahren nahm sie den Weg nach dem Berg Carmel, begleitet von ihrer Schwester, die ihr lieber in dieses Exil folgte als sich von ihr zu trennen. »Du warst meine kleine Königin, mein Glück«, sagte Tige-de-Fer zu ihr, »was werde ich nur anfangen ohne dich? Wer wird Erbarmen mit mir haben, wo wird meine Freude sein?« Violette-Honorine schenkte dem alten Mann ein Turteltaubenpärchen, das sie gezähmt hatte, und er baute für die Vögel einen Käfig, der so groß war, daß er einen ganzen Winkel seiner Hütte einnahm.

Elminthe-Présentation-du-Seigneur-Marie erwachte eines Morgens tief verstört. Das Bild der Sonnenfinsternis, das ihren großartigen Traum an jedem Freitag eröffnete, war plötzlich zerrissen. Die schwarze Scheibe war weggerollt und das Gestirn wieder erschienen – nicht mehr Sonne, sondern schwarzviolette Rose –, und mitten in ihrem Gesang war ein schriller Ton wie von Hörnern und Tuben aufgestiegen.

Diese Wandlung ihres Traums erweckte in ihr eine Faszination für die Rosen, und sie begann diese Blumen mit Leidenschaft zu züchten. Sie legte hinter den Scheunen ein kleines Gärtchen an, das sie mit einem Lattenzaun abtrennte; dieses Fleckchen Erde bearbeitete sie monatelang und säte dort alle Sorten von Rosen, die sie sich hatte beschaffen können. Zur ersten Blütezeit war das Gärtchen überschwemmt von einem wahren Gewirr von Rosen.

Da waren Kletterrosen, Buschrosen mit großen Blüten, Zwergrosen und andere, sehr hochstämmige. Nun begann sie sie zu veredeln und zu kreuzen und versuchte unaufhörlich, Form, Größe und Farbe der Knospen und Blüten zu vervollkommnen. Einer der schönsten Rosensträucher war eine Trauerrose, die sie dadurch erhalten hatte, daß sie eine Kletterrose mit biegsamen Zweigen auf den Stamm eines wilden Rosenstrauchs aufgepfropft hatte. Es waren jedoch weniger die Formen als vielmehr die Farben, die zu erforschen und zu vervollkommnen sie sich bemühte. Und all diese Farben strebten auf einen einzigen Farbton zu – ein Schwarzviolett, das sie jedoch nie vollständig erreichte. Nur ihr Traum konnte eine solche Rose erblühen lassen.

Mitunter schlüpfte die Maumariée in das umzäunte Rosengärtchen. In einem Winkel kauerte sie sich auf ihre Fersen, zog das, was von ihren zerschlissenen Unterröcken noch übrig war, über ihre Knie und ließ ihren ewigen Blick vom Januar 1920 über das Gewirr düsterer Rosen wandern. »Gibst du mir davon welche, sag, gibst du mir davon welche für meine Hochzeit? Aber ich hätte gern weiße, so wie mein Kleid«, bat sie jedesmal Elminthe-Présentation-du-Seigneur-Marie, die ihr dann einen Arm voll Rosen als Antwort überreichte. Und die Maumariée begann sogleich in den Blumen zu wühlen und riß sogar einzelne Blütenblätter ab, die sie dann lange und mit verträumter Miene zerkaute.

Alle Kinder stürzten in den Hof, als sie das Motorengebrumm und das Hupen hörten. Sie sahen ein schwarzes Automobil, das, die Landstraße heraufkommend, rasch größer wurde, und sie traten erst in dem Augenblick zurück, als es in den Hof einfuhr und in einer großen Staubwolke zum Stehen kam. Gabriel und Michael rannten ihm nach, fasziniert von seinem Aussehen, denn es erinnerte sie an ein großes, gedrungenes, mit glänzendem schwarzen Metall gepanzertes Tier, wie auch von seinem starken Benzingeruch. Sie liefen lange um die Maschine herum und strichen ihr über die Flanken, ohne dem Mann, der ausstieg, die geringste Beachtung zu schenken. Dieser warf einen düsteren und kalten Blick auf die Schar von Kindern, die um sein Fahrzeug kreisten. Er trug einen hellen Anzug, einen Strohhut und Handschuhe aus blaßgrauem Leder, an denen er sonderbar zerrte, um seine Hände herauszubekommen. »Ist das hier auch der Hof von Victor-Flandrin Péniel?« fragte er schließlich, ohne sich jedoch speziell an eines der Kinder zu wenden. »Ja, da sind Sie ganz richtig, und hier bin ich«, antwortete Nuit-d'Or-Gueule-de-Loup selbst, der gerade heraustrat und seinem Besucher entgegenkam. »Freut mich, Sie wiederzusehen«, sagte der andere und streckte ihm die Hand entgegen. »Ich war in Ihrer Gegend und bekam Lust, Ihnen einen Besuch abzustatten.«

Elminthe-Présentation-du-Seigneur-Marie, die gerade in ihrem Garten hinter den Scheunen arbeitete, erkannte die Stimme auf Anhieb und erhob sich jäh zwischen den Rosensträuchern, die sie soeben beschnitten hatte. Beim Hochfahren verletzte sie sich am Handgelenk, sie ritzte sich an einer Dorne. Sie erkannte nicht nur diese Stimme – sie erkannte auch einzelne dieser Worte. Sie erkannte sie bis zum Erbrechen. »Freut mich, dich zu sehen«, hatte er damals gesagt und war auf sie zugekommen. »Hast du nicht Lust, einen Spaziergang zu machen?« Und ohne ihre Antwort abzuwarten, hatte er sie sanft an der Hand hinter die Voliere mit den Schleiereulen gezogen. Dort hatte er sie geheißen, sich aufs Gras zu setzen, und, während er ihr übers Haar strich, erklärt: »Wenn du artig, sehr artig bist, zeige ich dir ihr Zimmer. Möchtest du das Zimmer von Adolphine sehen?« Doch sie fand kein Wort der Erwiderung, sie brachte nicht einmal einen Laut heraus. Sie fühlte nur mit Entsetzen die Hände des Mannes sich in ihr Haar graben, dann unter ihre Bluse gleiten und ihre Brüste befühlen. »Weißt du«, hatte er mit tonloser Stimme von neuem begonnen, »du ähnelst ihr... Sie hatte das gleiche Haar wie du, herrliches braunes, gelocktes Haar, mit rötlichem Schimmer wie das deine... Ja, wirklich, du ähnelst ihr sehr, ich habe es schon seit langem bemerkt…« Die Schleiereulen hinter ihr stießen immerfort ihre heiseren, quälenden Schreie aus.

Dann hatte er sich plötzlich auf sie gestürzt, wie ein Klotz, hatte sich auf sie gewälzt und dabei unter ihrem Rock herumgewühlt. Da hatte sich alles in ihr mit Macht verschlossen, ihr Körper war steif geworden, die Muskeln zum Zerreißen gespannt, und er hatte ihr weder den Mund öffnen noch weiter in sie eindringen können. »Biest! Dreckiges kleines Biest!« hatte er ihr mitten ins Gesicht geschrien und sie dabei brutal hochgerissen und so heftig geohrfeigt, daß sie bewegungslos ins Gras zurückgefallen war. Und immer diese düsteren Schreie der flügelschlagenden Schleiereulen hinter ihr in der Voliere. »Verflucht!« hatte er weiter geschrien, »du siehst ihr ähnlich, aber du bist es nicht. Du bist es nicht und verweigerst dich! Du bist es nicht, du siehst ihr nur ähnlich und quälst mich nur zum Spaß. Dreckiges kleines Biest, Hexe!« Sein Gesicht über dem ihren war genauso weiß wie die Schleiereulen, und seine wild gewordenen und von Tränen glänzenden Augen waren noch gelber als die der Vögel. Der Traum, den sie in der folgenden Nacht träumte, hatte sie von aller Erinnerung reingewaschen, und sie hatte den Marquis von da an nur noch mit dem leeren, gleichgültigen Blick angesehen, den sie auf alle richtete.

Doch mit einem Male brach ihr Gedächtnis auf, bäumte sich auf im Moder von Erinnerungen, die unter jahrelangem Vergessen begraben waren, und sie fühlte ihre Liebe, ihre Kinder, ihre Rosen besudelt.

»Wie geht es Ihrer Magd«, fragte Archibald Merveilleux du Carmin, »sind Sie mit ihr zufrieden? Wir haben niemals etwas von ihr gehört. Wie war doch gleich der Name?« Nuit-d'Or-Gueule-de-Loup gab lediglich zur Antwort: »Sie heißt Madame Péniel, ich habe sie geheiratet und bin sehr glücklich.« Der Marquis schrak zusammen. »Wie? Wirklich?« sagte er und warf Nuit-d'Or-Gueule-de-Loup einen schrägen Blick zu. »Sie sind in der Tat ein sonderbarer Mensch, Monsieur Péniel. Man erzählt es sich überall, aber nun bin ich ebenfalls geneigt, es zu glauben. Denn schließlich, ein solches Mädchen zu heiraten... ein Mädchen, das... das...« Doch er fand keine Worte, sie zu charakterisieren, und ohne jeden Übergang verlangte er plötzlich in barschem Ton, der einem Befehl glich: »Ich möchte sie sehen. Ihre Frau.« Aber Elminthe-Présentation-du-Seigneur-Marie hatte sich schon weit vom Hof geflüchtet; sie war den Kinderweg hinuntergehastet und hatte in den Feldern Zuflucht gesucht, sich auf der Erde, in einer Furche verkrochen.

Das Auto war lange wieder abgefahren, als sie sich endlich entschloß, auf den Hof zurückzukehren. Nuit-d'Or-Gueule-de-Loup machte gegenüber seiner Frau keinerlei Anspielung auf den Besuch des Marquis. Dieser hatte im übrigen mit seinem letzten Handschlag einen Eindruck von tiefem Unbehagen, fast von Ekel bei ihm hinterlassen, den er sich nicht erklären konnte. Er befragte Sang-Bleu auch nicht nach ihrer unverständlichen Flucht in die Felder und bemerkte nicht gleich die kleine Verletzung an ihrem Handgelenk. Bei all seinen Frauen hatte er stets Schweigen bewahrt, und jede seiner Verbindungen verwirklichte sich in der Gemeinsamkeit dieses Schweigens. Sang-Bleu, stiller noch als die beiden anderen, stellte selbst nie eine Frage und sprach niemals von sich. Sie schien in Leib und Seele aus Schweigen gemacht, bis hin zu ihrer glatten Haut, die bei jeder ihrer Gesten an die schlängelnde Bewegung eines am Grunde des Wassers dahinschwimmenden Fisches erinnerte. Und dieses Schweigen hatte er bei jeder seiner Frauen am meisten geliebt.

Doch allzuviel Schweigen zerreißt mitunter in einem Schrei. Und das geschah mit Elminthe-Présentation-du-Seigneur-Marie. Am folgenden Freitag veränderte sich ihr Traum ein weiteres Mal – die Sonnenfinsternis zerbarst und enthüllte nicht mehr eine Rose, sondern das Gesicht der in ihrem Reliquiar mumifizierten Adolphine. Sie verzerrte ihr Antlitz zu einem grauenhaften Grinsen und verrenkte dabei Schultern und Hände vor Lachen. Sie lachte so laut, daß der Gesang davon ganz übertönt wurde. Nur Hörner und Tuben ließen noch ihre durchdringenden Signale hören. Sie fühlte ihren Körper nicht mehr klingen, er war nur noch Chaos aufeinanderprallender Disharmonien. Als sie schweißüberströmt erwachte, überliefen sie schmerzhafte Zuckungen, unter denen sich ihre Muskeln verkrampften. Zum dritten Mal machte ihr Körper eine Mutation durch – ihre Muskeln spannten sich wie Bogensehnen. Und ihre Erinnerung kam wieder, all ihre Erinnerung. Mit überraschender Genauigkeit sah sie jeden Tag ihres Lebens vom Augenblick ihrer Geburt an in sich aufblitzen. Sie sah sogar das Gesicht ihrer Mutter, jener Frau, die sie im Stich gelassen hatte, kaum daß sie auf die Welt gekommen war. In kleinsten Details sah sie die Säle, Gänge, Treppen, die Kapelle und den Park des Schlosses Carmin. Und alle diese Räume klangen merkwürdig hohl in ihr; ihre Knochen waren zu einem Netz leerer Korridore geworden, mit einer Unmenge von Türen, die unablässig schlugen, bis sie aus ihren Angeln sprangen. Sie sah die Schar ihrer in schwarze, graue und braune Kleider gehüllten Elendsschwestern darin vorbeiziehen. Sie sah ihre Söhne Baptiste und Thadée und den jungen Benoît-Quentin, wie sie sie noch niemals gesehen hatte. Sie sah sie bis in ihr innerstes Wesen hinein, und ein ungeheures Erbarmen mit ihnen erschütterte ihr Herz. Sie sah Nuit-d'Or-Gueule-de-Loup noch einmal vom Augenblick ihrer ersten Begegnung an, und sein übernächtiges Gesicht, das er in der Liebe hatte. Sie sah noch einmal jede der Rosen, die sie zum Blühen gebracht, und den trostlosen, wie eine trunkene Biene zwischen ihnen umherschweifenden Januarblick der Maumariée. Alle diese Bilder durchfuhren ihren Leib wie Blitze. Ihr Gedächtnis, gleich einem Bogenschützen, spannte ihre Muskeln aufs äußerste, bis durch die Anspannung einer nach dem anderen zerriß. Zuletzt nahm ihr ganzer Leib die Form eines Bogens an. Er schoß ihren Traum ein letztes Mal ab, gleich einem übermäßig scharfen Pfeil – der Gesang durchfuhr sie wie ein rasender Meteorit, er schmolz auf seiner Bahn alle Töne zu einem einzigen schrillen Mißklang zusammen, der auf die schwarze Scheibe der Sonnenfinsternis aufschlug. Da ertönte ein phantastischer Zimbelschlag, den die beiden aufeinanderprallenden Himmelskörper erzeugten, und aus ihrem Zusammenprall sproß die violette Rose hervor, die sich sodann über einem kreisenden Herzen von fluoreszierendem Gelb öffnete. Sang-Bleus Kiefer klappte so heftig zusammen, daß sie sich all ihre Zähne ausschlug und die Zunge durchbiß. Aber dieser letzte Schuß war genau gezielt, er traf sie ins Herz, das wie alle anderen Muskeln ihres Körpers zerriß.

Man mußte Elminthe-Présentation-du-Seigneur-Marie mehrere Tage lang in heiße Bäder tauchen, um ihren Körper zu entspannen; Nuit-d'Or-Gueule-de-Loup weigerte sich, ein weiteres Mal jenen Akt des Knochenbrechens zu vollziehen, den schon der alte Valcourt und Mélanie über sich hatten ergehen lassen müssen. Und so nahm der Friedhof von Montleroy eine dritte Péniel-Gattin auf, deren Glieder ausgerenkt waren und die sich ebenso in eine Puppe verwandelt hatte wie die beiden vorigen. Was den Rosengarten betraf, so überlebte er kaum den Tod seiner Schöpferin. Nuit-d'Or-Gueule-de-Loup verwüstete ihn mit der Sense, und die letzten Sommergewitter vollendeten die Zerstörung.

Raphael, Gabriel und Michael, die offensichtlich nichts zu rühren vermochte, gingen über den Tod der Frau, die sie über Jahre hindurch aufgezogen hatte, vollkommen gelassen hinweg. Sie entfernten sich einfach noch mehr von ihren anderen Brüdern und drangen weiter auf den Pfaden vor, die sie sich am Rande der Liebe bahnten. Sie kannten von der Liebe in der Tat nur die schrägsten Abkürzungen, die am weitesten wegführten von Zärtlichkeit und Geduld. Wege allein der Begierde, der Tollheit und Hast, auf denen sie blindlings vorwärtsstürmten. Und wie die Zauberpfade, die sich durch Märchenwälder schlängeln, öffneten sich diese Wege nur, um allein sie durchzulassen und sich hinter ihnen sofort wieder zu schließen. Sie fühlten, ganz besonders Gabriel und Michael, wie ihr Körper von einem unbekannten Feuer verzehrt und in schwindelerregendem Tempo davongetragen wurde; sie fanden Ruhe nur an der äußersten Grenze ihrer Leidenschaft, welche sie ohne Unterlaß im Tanz, im Kampf, im Lauf oder in wilder Jagd durch die Wälder auslebten.

Baptiste und Thadée waren noch zu jung, um den Verlust zu ermessen, der sie mit dem Tod ihrer Mutter traf – sie spürten nur dunkel eine Verletzung, auf die sie jedoch nicht allzuviel achteten.

So stand Benoît-Quentin dem Rätsel und dem Schrecknis ihres Verschwindens allein gegenüber und vergrub in der Tiefe seines sonderbaren, buckelförmigen Gedächtnisses wahllos alle Erinnerungen, die er von Elminthe-Présentation-du-Seigneur-Marie bewahrte. Später war er es dann, der Baptiste und Thadée einen Weg eröffnete, der zugleich Rückweg und Umweg zu ihrer Mutter war – einen Weg reinen Traums, den er vor ihnen entrollte wie einen Ballen leicht raschelnden und von vagem Rosenduft durchtränkten Seidenstoffs.

Er war es auch, der sich um Jean-François-Tige-de-Fer kümmerte, den das Alter immer mehr in einen Käfig sperrte und ihn dadurch seinen Tauben noch näher brachte. Es dauerte nicht lange, und er blieb ständig in seiner Kammer und wagte sich kaum weiter als bis auf die Schwelle vor, um dort Luft zu schnappen. Er liebte es, gegen Abend seinen Stuhl an die offene Tür zu rücken und sich einen Augenblick dort hinzusetzen, um den Himmel zu betrachten, die Gerüche des sinkenden Tages einzuatmen und den Geräuschen der sich der Nacht zuwendenden Erde zu lauschen. Benoît-Quentin verbrachte oft ein Weilchen bei ihm. Der alte Mann und das Kind spielten dann Erinnern, und die Erinnerung des einen floß mit der des anderen zusammen, so wie eine kräftige Wasserströmung ein stehendes Gewässer durchfließt und in Bewegung bringt, so daß der Schlick aufsteigt.

5

Und wieder hatte Nuit-d'Or-Gueule-de-Loup die Prüfung der Einsamkeit zu bestehen. Er stellte einen jungen Knecht ein, als Hilfe bei den Arbeiten, die er mit Deux-Frères allein nicht mehr bewältigen konnte, jetzt, wo das Alter Jean-François-Tige-de-Fer zur Unbeweglichkeit verurteilt hatte und Sang-Bleu tot war.

Er sah, wie die Schar seiner mutterlosen Kinder neben ihm heranwuchs – weit entfernt von ihm. Die Einsamkeit, die ihn aufs neue umschloß und mit jedem Mal höher wurde, schuf überall und in allem einen Abstand.

Er ging nicht mehr zur Jagd, ließ seine Laterna Magica nicht mehr flimmern. Er bearbeitete seine Felder, versorgte sein Vieh, mähte und brachte die Ernten ein und verfiel jede Nacht in einen bleiernen Schlaf ohne Traum und Erinnerung. Manchmal bekam er einen Brief von seinen beiden Töchtern, die zu den Karmeliterinnen gegangen waren, und Deux-Frères las ihn im Kreise der Familie vor, aber Nuit-d'Or begriff nichts von diesen im Schatten und der Stille eines Klosters gereiften Worten. Waren sie überhaupt noch seine Töchter, diese fernen Ordensschwestern, die allem entsagt hatten, ihrer Familie, ihrem Boden, ihrer Jugend, ihren Körpern, und die selbst auf ihre Namen verzichtet hatten?

Wo war Violette-Honorine geblieben, die sich in Schwester Violette-du-Saint-Suaire – Violette-vom-Leichentuch-Christi – verwandelt hatte, und wo Rose-Héloïse, die zu Rose-du-Saint-Pierre – Rose-vom-heiligen-Petrus – geworden war? Seine Töchter, zwei Fremde mit unberührbaren Körpern, mit verhüllten Gesichtern, zwei Kläusnerinnen in der Verbannung, aus sinnloser Liebe jenem geopfert, der nicht einmal existierte – der nicht existieren durfte.

Aber seine beiden erstgeborenen Mädchen, waren sie denn eher seine Töchter geblieben? Die eine hatte sich in ihrem Wahn von allem abgewandt, was nicht ihr verlorener Geliebter war; die andere hatte sich in einem Haß, den er sich nicht zu erklären vermochte, unwiderruflich von ihm entfernt. Und was war von seinen erstgeborenen Söhnen geblieben außer jenem armen Kerl, der doppelt und unvollständig zugleich war? Und dann diese drei kleinen Wilden, niemandem zugetan, aus dem Walde gekommen mit Blicken wie Tiere, wer waren sie? Es blieben Baptiste und Thadée und sein Enkel Benoît-Quentin, der in dieser ganzen Schar das Kind war, dem er die größte Zuneigung entgegenbrachte. Der Junge hatte nämlich, wenn auch von Geburt an mit dem schrecklichen Makel dieses Buckels gezeichnet, eine unvergleichliche Gunst empfangen, jene Fähigkeit, Zuneigung zu gewinnen: alles in ihm war Sanftmut, Güte und unendliche Feinfühligkeit des Herzens und des Denkens. Er allein vermochte Nuit-d'Or in seiner beklemmenden, schmerzenden Einsamkeit zu trösten, so als hätte das mißgestaltete Kind sich alle Übel, alle Trauer und allen Kummer aufgeladen, um die anderen davon zu entlasten. Es kam Nuit-d'Or-Gueule-de-Loup manchmal sogar der traurige und zugleich süße Gedanke, daß sein Enkel in seinem Buckel vielleicht nichts anderes trage als das trostreiche Lächeln Vitalies.

Es war Mathilde, die Alarm schlug. Der Abend war schon hereingebrochen und Margot noch immer nicht zurück, obwohl sie von ihren Streifzügen durch die Gegend doch stets heimkehrte, bevor der Tag sich neigte. Margot fürchtete sich nämlich vor den Schatten des Abends, die ihren Januarblick verdüsterten und einen Zweifel in ihr aufsteigen ließen: Und wenn nun Guillaume ohne sie abgefahren war, wenn er nicht auf sie gewartet und den Zug allein genommen hatte? ... Sie raffte ihre Unterröcke ein wenig zusammen, kehrte dann eilig zum Dorf zurück und suchte vor ihrer Angst Schutz bei Mathilde, die nie versäumte, sie zu beruhigen. Von allen ihren Röcken existierte übrigens nur noch ein einziger, der längste, der aus Damastsatin mit den kleinen Seidentroddeln. Auch dieser letzte war in Wirklichkeit nur noch ein uralter, verschlissener Fetzen Satin. Und immer noch trug sie den altertümlichen violetten Vorhang um ihre Schultern.

Man veranstaltete eine Treibjagd. Alle Péniels, begleitet von einigen Leuten aus dem Weiler und eskortiert von Hunden, machten sich mit Fackeln und Laternen und unter den Rufen »Margot!« und »Maumariée!« auf den Weg durch die Felder.

Nuit-d'Or-Gueule-de-Loup steuerte auf den »Wald der toten Echos« zu. Er drang in das Dickicht ein, ohne auf seinen Weg zu achten; er streifte dort lange Zeit umher und hielt Ausschau nach seiner Tochter; bei jedem Geräusch, das durch die Nacht drang, glaubte er sie auftauchen zu sehen, aber all diese Geräusche waren dumpf und deuteten nur auf Tiere hin. Seine Rufe blieben ohne Antwort, und auch Margots Namen, den er alle drei Schritt rief, erstickte gleich im tiefen Schweigen der aneinandergedrängten Bäume. Um auszuruhen, setzte er sich schließlich auf einen Felsblock, der am Rande einer Lichtung aufragte; er hatte sich vollkommen verirrt. Ein vager Lichtschimmer begann hoch oben am Himmel durchzubrechen. Nuit-d'Or sackte schwer auf den Stein, jäh von Müdigkeit überwältigt nach all diesen Stunden des Laufens und Suchens. Er schloß einen Moment lang die Augen, doch beinah augenblicklich spürte er einen heftigen Schmerz im linken Auge, als dringe ein glühender Stachel hinein, gefolgt von einer Empfindung schneidender Kälte.

Nuit-d'Or-Gueule-de-Loup erschrak und riß die Augen weit auf. Diesen Schmerz kannte er, kannte ihn bis an den Rand der Tränen. Und auf der anderen Seite der Lichtung, die nun schon in das Grau der Morgendämmerung getaucht war, sah er undeutlich zwei Schimmer vorbeihuschen. Zwei sehr sanfte, vertraute Schimmer, ähnlich dem Januarblick, den Margot seit ihrer

Hochzeit abwesend über die Gegenstände und Lebewesen schweifen ließ. Er wollte aufstehen, auf dieses treibende Licht zugehen, Margots Namen rufen, aber er blieb wie angewurzelt auf seinem Stein sitzen und konnte nur weinen, bis zur Erschöpfung weinen, ohne auch nur zu wissen warum.

Er träumte in hellwachem Zustand, es sei denn, es war Margot, die in ihm träumte.

Er träumte von einem breiten Bett, groß wie ein Zimmer und überdacht von einem Baldachin in der Form eines Thronhimmels, mit Vorhängen aus violettem Samt. Dieses Bett schwankte ganz sanft, während es auf einem Fluß dahintrieb. Er erkannte die Maas. Doch der Fluß begann sich bald zu verbreitern, trat über die Ufer und führte ein immer schlammigeres Wasser mit sich. Eine Frau in weißem Unterrock, die im Schneidersitz auf dem Bett saß, dessen Vorhänge wie Segel flatterten, kämmte sich emsig das Haar. Ihr Kamm war ein Fischskelett mit sehr feinen, versilberten Gräten. Kleine kreidefarbene Fische fielen aus ihrem Haar, während sie es kämmte, und schwammen mit sonderbaren Schlängelbewegungen dicht unter der Wasseroberfläche davon.

Alle Vegetation ist von den Ufern verschwunden. Den Fluß überragen hohe, mit Stacheldraht gespickte Dämme aus steiniger Erde. Ganz vage nimmt er die Umrisse von Menschen wahr, die sich hinter dem Stacheldraht abzeichnen, und, noch weiter weg, Dächer von Holzbaracken, deren Schornsteine unentwegt schwarze Rauchschwaden ausspucken. Die menschlichen Silhouetten machen seltsame Verrenkungen, sie verdrehen ihre Glieder in alle Richtungen, so als tanzten diese Leute oder flehten zum Himmel.

Die Frau hat aufgehört, sich zu kämmen; sie hat jetzt keine Haare mehr. Sie kniet auf dem Bettrand, und den Oberkörper über das Wasser gebeugt, wäscht sie im Fluß mit großen Bewegungen ihr Haar wie Wäsche von Wöchnerinnen. Das Blut, das aus dem Haar fließt, färbt den Fluß immer röter.

Es sind jedoch noch eine Menge anderer Wäscherinnen da, sie alle knien in kleinen Holzkisten, die am Ufer nebeneinander angeordnet sind. Sie werfen ihre Wäsche ins Wasser, reiben sie kräftig, schlagen sie mit runden Schlegeln, wringen sie aus, tauchen sie wieder ein und beginnen von neuem. Ihre Wäsche ist weder aus Stoff noch aus Haar, sondern aus Haut. Es sind Häute, große Stücke menschlicher Haut.

Das Bett ist in Sümpfen von Asche steckengeblieben. Sein Thronhimmel neigt sich ganz schief. Die Frau ist verschwunden, die Wäscherinnen auch. Ein Zigeuner, mit einer Peitsche bewaffnet, führt, auf dem aschigen Wasser wandernd, an einer Leine einen weißen Bären spazieren, der sich auf seinen Hinterpfoten aufgerichtet hat und ein kleines Käppchen trägt, das bald viereckig, bald rund ist.

Der Bär sitzt nun in der Mitte des Bettes, das Hütchen schräg über dem Augenwinkel. Er spielt auf einem winzigen Bandoneon und wiegt dabei den Kopf hin und her.

Der Zigeuner, der groteskerweise Margots Hochzeitskleid trägt, tut, als wolle er vorwärtsschreiten, und läuft dabei auf der Stelle. »Glaser! Glaser!« ruft er mit träger Stimme. Auf seinen Glasscheiben, die hinter seinem Rücken hervorragen, sind Zeichnungen eingeritzt. Es sind Frauenbildnisse. Nuit-d'Or-Gueule-de-Loup erkennt sie, es sind die Porträts von Mélanie, Blanche, Sang-Bleu, Margot. »Glaser! Glaser!...«

Eine andere Frau rennt vorbei, gefolgt von vier kleinen Kindern. Sie alle sind nackt und laufen, die Hände über dem Kopf erhoben; nur die Frau hält ihre Arme über ihren Brüsten gefaltet.

»Asche! Asche!...« Aber es ist nicht mehr der Zigeuner, dessen Leier da ertönt; es ist der Bär. Oder genauer gesagt, ein Mann mit Bärenkopf und einem kleinen gestreiften Käppi. Er hat die Augen eines verstörten Kindes.

Die Wäscherinnen sind wieder aufgetaucht. Ihre Wäschebündel auf der Hüfte tragend, marschieren sie im Gänsemarsch am Flußufer entlang. »Rosen! Rosen! Rosen...«, sagen sie leise und wie beschwörend. In der langen Reihe glaubt Nuit-d'Or-Gueule-de-Loup Hortense wahrzunehmen. »Rosen! Rosen! Rosen!...« Das Klagelied der Wäscherinnen ist wie der laue, träge Wind eines Maienabends.

Ein zartgrauer, seidiger Ascheregen fällt geräuschlos vom Himmel.

Das Bett mit dem Baldachin, der Fluß, die Uferwege, die Wäscherinnen, der Bär und der Zigeuner, alles ist verschwunden. Übrig bleibt eine Puppe mit Glasaugen, die auf einem schwindelerregend hohen Hocker sitzt. Grelle Scheinwerfer sind auf die Puppe gerichtet und kreuzen sehr schnell ihre Lichtkegel. »Blut! Blut! Blut!« schreit die Puppe mit pfeifender Stimme. »Bluuut Bluuut Aaaschee...«

Nuit-d'Or-Gueule-de-Loup erwachte jäh. Den ganzen Traum über hatte er die Augen weit geöffnet gehabt. Die Morgendämmerung tauchte den Himmel bereits in ein zartes Rot; er erhob sich und machte sich wieder auf den Weg.

Unterdessen hatte Nicaise, der Knecht, begleitet von Benoît-Quentin, den »Früher-Morgen-Wald« durchsucht und Deux-Frères den »Wald der leichtsinnigen Lieben«. Sie kamen zurück, ohne etwas gefunden zu haben. Mathilde war in Richtung des Hügels gegangen, von wo aus ihre Schwester immer dem Zug nachzusehen pflegte, der am späten Nachmittag durch die Ebene fuhr, ihrer nie erfüllten Hochzeitsnacht entgegen. Aber auch auf dem Hügel war Margot nicht; sie blieb unauffindbar.

Mathilde schritt bis zum Morgengrauen den Hügel ab. Auf dem Rückweg entdeckte sie ihre Schwester. Sie war offenbar im Laufen abgerutscht, in eine kleine Schlucht gefallen und bei ihrem Sturz mit dem Kopf auf einen Felsen geschlagen. Sie lag auf dem Grund einer sumpfigen Mulde, in der Stille der Morgendämmerung, in der nur das leise Quarren der Frösche zu hören war. Einer davon, ein ganz kleiner, schimmernder, hüpfte behende auf Margots Schulter. Der letzte Rock der Maumariée war bei ihrem Sturz in Brombeergestrüpp und Steine völlig zerrissen und klaffte über ihren entblößten Beinen. Die Augen waren offen – mehr denn je war darin ihr schöner Januarblick.

Mathilde stand lange über die Schlucht gebeugt und betrachtete wie abwesend den leblosen Körper ihrer Schwester und den kleinen, grünen, quicklebendigen Frosch. Das Pfeifen eines Zuges, der durch das Tal sauste, riß sie plötzlich aus ihrer Sprachlosigkeit. Sie richtete sich auf und schrie: »Mathilde! Mathilde!«, schrie ihren eigenen Namen statt den ihrer Schwester. Aber in diesem Augenblick konnte sie nicht mehr unterscheiden zwischen sich selbst, die nichts mehr war, und jener anderen, die ihr schon immer weit mehr bedeutet hatte. »Mathilde! Mathilde!« sagte sie, und rief sich selbst beim Namen durch die Stille dieses Todes, der sie gerade auf so sonderbare Weise ereilt hatte, indem er nach ihrem zweiten Körper griff. Sie rief sich beim Namen, um aus dem bösen Traum zu erwachen, sich aus der Stille zu reißen, sich ins Leben zurückzuholen – sie beide wieder ins Leben zurückzuholen. Aber da war noch eine andere Stimme, die ihren Namen rief. »Mathilde, Mathilde ...«, murmelte diese Stimme in der Leere ihres Herzens – und es klang so tonlos, so kalt, so trostlos, daß ihr Schauer über die Haut liefen und sich ihr Haar weiß färbte, als entrisse man ihr mit einem Schlag die Jugend.

Da begann Mathilde zum ersten Mal in ihrem Leben zu weinen. Die Tränen, die sie vergoß, waren aus Blut, denn endlich floß all das zurückgehaltene Blut aus ihrem Körper, all das geleugnete, verpönte Blut, das ihr das Fleisch ebenso wie das Herz dreizehn Jahre lang erstickt hatte.

In den Monaten, die auf Margots Tod folgten, beschloß Nuit-d'Or-Gueule-de-Loup, eine Reise zu unternehmen. Terre-Noire schien ihm, auch wenn er seine Ländereien unaufhörlich vergrößert hatte, mit einemmal zu eng. Zu viele Tote schon erstickten diesen Boden, den er seit nahezu vierzig Jahren zu dem seinen zu machen versucht hatte. Und den Zug, den die Maumariée unwiderruflich versäumt hatte, den bestieg er nun selbst. Er vertraute den Hof Deux-Frères, Mathilde und Nicaise an und nahm Benoît-Quentin mit. Sie fuhren nach Paris. Und dort in der großen Stadt verloren sie sich in der Menge und zwischen den steinernen Gebäuden, wie man sich in einem Fest verliert. Sie stiegen in einem kleinen Hotel ab, das in der Nähe des Quai aux Fleurs lag.

Benoît-Quentin gefiel die Stadt, denn dort schien niemand auf seine Mißgestalt zu achten; die Leute liefen immer eilig vorüber. Die Frauen vor allem schienen ihm bemerkenswert. Ihm gefielen ihr lebhafter Gang, ihre mitunter überraschende Garderobe, ihre hohen Absätze, ihre Art, mit einem kleinen, spitzen Akzent zu reden und dabei die Nase in die Luft zu recken. Und dann war auch der Fluß so verschieden von dem in seiner Heimat. Das war nicht mehr ein träge dahinfließendes Wasser, auf dem die Wolken und die Melancholie weiträumiger, schweigend durchquerter Landschaften lasteten, sondern ein Fluß, ebenso flink wie der Gang der Frauen und schimmernd von all den Großstadtlichtern. Man konnte ihn immerfort von einem Ufer zum anderen überqueren. Benoît-Quentin fand Freude daran, die Namen der Brücken, die die Seine von Charenton bis Issy-les-Moulineaux überspannten, und auch die Namen aller Quais auswendig zu lernen.

Die Stadt hörte nicht auf, ihn zu überraschen; sie war für ihn wie eine gewaltige Laterna Magica, die jeden Augenblick neue Bilder projizierte – Bilder jedoch, die Körper, Gewicht und Volumen hatten, die sich bewegten und Gerüche und Geräusche von sich gaben. Er entdeckte nun bei Tageslicht und im wirklichen Leben all das, was er im Halbdunkel des Dachbodens bei den Lichtzaubervorstellungen nur hatte ahnen können. Nuit-d'Or-Gueule-de-Loup nahm ihn überallhin mit, sie spazierten über die Bahnhöfe mit ihren riesigen Hallen, wo unentwegt von weißem Dampf schäumende Züge einliefen, die aus allen Ecken Europas kamen; sie gingen in Lagerhäuser, auf Friedhöfe, die größer und stärker bevölkert waren als sein Weiler; sie besuchten den Zoo, die Radrennbahn, Schlachthäuser und Markthallen; sie gingen in Stadien, auf Eislaufplätze, in Museen, Spitalshöfe und sogar in die Höfe der Häuser. Nuit-d'Or-Gueule-de-Loup führte ihn mehrmals in ein Hippodrom, und er bewunderte die Pferde, die noch herrlicher waren als jene, die er seinerzeit beim Marquis du Carmin gesehen hatte. Benoît-Quentin versenkte sich mehr in die Betrachtung der Frauen. Es entzückte ihn, wie diese Frauen, die stets prächtige Hüte und wunderbaren Schmuck trugen, ihre Oberkörper strafften und ihre schönen Köpfe in dem Augenblick hoben, wenn die Pferde an ihnen vorüberflogen. Sie hatten selbst etwas von sonderbaren Tieren, glichen Insekten, exotischen Vögeln und Katzen ebenso wie Fabelwesen. Er war verliebt in alle diese Frauen, die sich in seinen Träumen mit den Brücken, dem Fluß, den Straßen und den Quais vermischten.

Doch über alles liebte er die Parks und die Gärten und darin die Wasserspiele, die von zwitschernden Spatzen übersäten Statuen und die großen Becken, auf denen Kinder ihre buntbemalten, hölzernen Segelschiffe gleiten ließen. Auch jene langen, von Kastanienbäumen überschatteten Alleen liebte er, wo die Schritte der Spaziergänger auf dem Schotter köstlich knirschten.

Es gab so viel zu sehen in diesen Gärten, und so viele Dinge, die man fühlen, kosten, berühren und hören konnte, daß er nicht müde wurde, immer wieder dorthin zurückzukehren, wobei er vor allem um die Kioske mit den spitzen Dächern herumstrich, an denen Trauben von Luftballons in allen Farben, Windmühlen, Springseile, Holzreifen, Eimer, Schaufeln, Kreisel und Federballspiele hingen. Ihre schmalen Auslagen erblühten in einem noch wundervolleren Durcheinander – da gab es dicke Gläser, gefüllt mit Murmeln, Gerstenzuckerstangen und Lakritzeschnüren, es gab Sträuße von Lutschern, Phiolen voll weißer und rosafarbener Aniskörner, Bottiche voll Lakritzenwasser und Schachteln mit Karamelbonbons. Und dann gab es da noch die Maroniverkäufer und die Verkäufer von Waffeln, Honigkuchen und kleinen Pasteten; sie liefen vor den Eingängen der Marionettentheater, der Schaukeln und Pferdekarussells hin und her und mischten ihre heiseren, trägen, lockenden Stimmen unter die der Vermieter der Ziegen-, Esel- und Ponykarren.

Aber die schönste Stimme von allen war jene, die, ein wenig schrill, aus dem kleinen Leierkasten aufstieg, der in der Mitte mancher Karussells aufgestellt war, um den langsamen Reigen der reitenden Kinder im Takt zu halten.

Benoît-Quentin wagte nicht, selbst einmal eine Runde zu fahren, er kam sich dafür schon zu groß vor, und außerdem wäre er mit seinem Buckel ja sofort zum Gespött aller anderen Kinder geworden. So setzte er sich auf einen Stuhl im Schatten eines Baums und sah den kleinen Traumrittern zu, wie sie auf ihren farbenprächtigen Reittieren ihre Runden drehten, auf goldenen, braunen, schwarzen, mehr oder weniger sich aufbäumenden oder Sprünge vollführenden Pferden, auf grauen oder weißen Elefanten, orangefarbenen Kamelen und Löwen, auf Giraffen und rosaroten, runden Schweinen. Eine große Quaste baumelte am Ende eines Stabes, den die Hüterin dieser hölzernen Herde in die Luft hielt, und ihr Schwänzeln ließ die Kinder, die sich in ihren Steigbügeln aufrichteten, um sie zu erhaschen, schrill aufkreischen.

Eines Tages bemerkte Benoît-Quentin auf einem dieser Karussells im Park Montsouris ein kleines Mädchen, das auf einem weißen Elefanten ritt. Sie mochte etwa fünf Jahre alt sein; sie hatte sehr blondes, ganz lockiges Haar, das durch eine große blaue Taftschleife flüchtig zusammengehalten wurde, und trug ein blauweißkariertes, baumwollenes Kittelchen. Ihr Gesicht war erstaunlich klein und bleich und merkwürdig ernst. Ihr Mund war so winzig, wie ihre Augen groß waren – zu groß und dunkel für ihr Gesicht. Sie saß sehr gerade und artig auf ihrem Reittier und hielt eifrig die Zügel. Die Karussellfrau hatte die Kleine wohl ebenfalls bemerkt und sich durch ihr Gebaren einer artigen Puppe bezaubern lassen, denn bei jeder Runde ließ sie die rote Quaste ganz nah vor ihr tanzen, damit sie sie leicht erhaschen könne. Doch das Kind ließ seine Zügel niemals los und schien die Quaste, die von allen anderen Reitern ungestüm begehrt wurde, nicht einmal zu bemerken. Wenn das Karussell anhielt, stieg sie nicht von ihrem Reittier herunter; sie griff einfach tief in ihre mit Fahrscheinen vollgestopfte Tasche und hielt der Karussellfrau einen davon für die nächste Runde hin. Diese fragte sie schließlich am Ende der fünften Runde: »Na, Herzchen, magst du nicht mal auf einem anderen Tier reiten, auf einem Pferd oder auf einem Löwen?« Das Mädchen hielt die Zügel noch straffer und preßte seine Knie gegen die Seiten des Elefanten. »Nein«, antwortete sie, »ich mag nicht. Ich hab den Elefanten sehr gern.« Die Frau lachte auf und sammelte weiter ihre Fahrscheine ein, während sie trällernd wiederholte: »Und los geht's, mit dem Elefanten!«

Benoît-Quentin sah, daß die Kleine von Zeit zu Zeit die Zügel losließ, um dem Elefanten die Ohren und Augen ganz behutsam zu streicheln; es schien ihm sogar, daß sie dem Elefanten etwas zumurmelte. Er ließ sie nicht aus den Augen, folgte jeder ihrer Bewegungen, erforschte aufmerksam ihre Gesichtszüge und faßte heftige Zuneigung zu ihr. Er verging vor Lust, zu ihr hinzutreten, sie leise nach ihrem Namen zu fragen und sie auf seine Arme zu nehmen, um sie im Kreis zu drehen. Sie mußte ja so zerbrechlich, so leicht zu tragen sein. Er träumte schließlich sogar den gleichen Traum wie das Mädchen – daß der Elefant lebendig würde und vom Karussell herunterstiege, um mit schaukelndem Schritt, seinen Rüssel balancierend, durch die Alleen des Parks davonzugehen. Er würde das Tier am Zügel halten und sie führen, indem er schweigend an ihrer Seite liefe. So würden sie die ganze Stadt durchqueren, dann die Seine entlanglaufen und immer so weiter bis ans Meer. Doch er wagte nicht aufzustehen und zu der Kleinen zu gehen, er fürchtete sie mit seinem Buckel zu erschrecken. Und traurig dachte er, daß es sehr schade sei, daß das kleine Mädchen nicht das braune Dromedar gewählt hatte, das drei Reihen hinter dem Elefanten neben einem dicken Hasen mit grünen Augen seine Runden drehte. Das hätte ihm einen Schimmer Zuversicht gegeben. Da begann er im Gedränge der Frauen, die um das Karussell herum standen, nach derjenigen zu suchen, die die Mutter des Mädchens sein konnte. Doch er fand keine, die ihr ähnlich sah.

Eine Alte trat auf ihn zu und ließ ihn zusammenfahren. Sie hatte ein kurioses, von Falten ganz zerfurchtes Gesicht, um das sie ein einst geblümtes, nun aber ausgewaschenes, nur noch schmutziggraues Tuch geschlungen hatte; mit einer Hand kramte sie in einer tiefen, von kleinen Münzen klimpernden Schürzentasche. Es war die Stuhlvermieterin des Gartens, die ihre Gebühren verlangte. Die schwielige Handfläche, die sie ihm vors Gesicht hielt, ließ ihn zurückschrecken. Es war, als zeigte sie ihm die Linien seiner eigenen Hand im verzerrenden, verhexten Spiegel der ihren. In seiner Angst ballte er die Fäuste. Er war beinah darauf gefaßt, eine Ohrfeige zu bekommen, so bedrohlich war diese Hand. Die Alte fluchte vor sich hin und rasselte ungeduldig mit ihrer großen Geldschürze. Benoît-Quentin beeilte sich, ein Geldstück aus seiner Tasche zu ziehen, um sich die Hexe vom Halse zu schaffen. Als er sich endlich wieder der Betrachtung des Karussells überlassen konnte, war das Mädchen verschwunden. Ein anderes Mädchen mit langen Zöpfen hatte auf dem Elefanten Platz genommen. Benoît-Quentin verschlug es beinah den Atem vor Überraschung und Wut. Er stand hastig auf und suchte in der Menge nach den Umrissen des Kindes. Er entdeckte die Kleine, als sie sich in eine Seitenallee entfernte, an der Hand einer Frau in einem grünen, wadenlangen Kleid. Die Frau trug einen großen Zeichenkarton unterm Arm. Er stürzte auf sie zu und sprach die Mutter unvermittelt an, ohne Guten Tag zu sagen oder sich zu entschuldigen. »Madame«, sagte er, vom Rennen leicht außer Atem, »Ihre kleine Tochter!...« Aber er beendete seinen Satz nicht, wußte er doch gar nicht, was er ihr sagen sollte. »Was wünschen Sie?« fragte die Frau ein wenig überrascht. Sie war brünett, trug einen Bubikopf, und ihre Augen waren zu groß und zu dunkel für ihr Gesicht. Sie sprach mit einem starken ausländischen Akzent, der Benoît-Quentin verwirrte. »Ich… ich… ihr Name«, stammelte er schließlich. »Ich würde gern ihren Namen wissen.«

Er stand jetzt mit gesenktem Kopf vor der Mutter und dem kleinen Mädchen, schrecklich verlegen seiner lächerlichen Dreistigkeit und seines Buckels wegen, der noch um so vieles lächerlicher war. »Und weshalb wollen Sie ihren Namen erfahren?« wollte die junge Frau wissen, die ihn neugierig und amüsiert betrachtete. »Weil sie so hübsch ist…«, flüsterte Benoît-Quentin, buckliger denn je und den Tränen nahe. »Liebchen«, sagte die Frau, indem sie sich zu ihrer Tochter hinabneigte, »sag dem jungen Mann, wie du heißt.« Die Kleine betrachtete Benoît-Quentin mit dem gleichen Ernst, mit dem sie auf dem Elefanten geritten war. »Ich heiße Alma«, sagte sie schließlich nach einer Weile. »Alma!« rief Benoît-Quentin verwundert aus, »so wie die Brücke?« Die Mutter lachte und wiederholte: »Wie die Brücke, ja. Und ich heiße Ruth. Jetzt sind Sie dran, stellen Sie sich vor.« – »Ich… ich weiß nicht mehr…«, sagte Benoît-Quentin verwirrt. Er wollte Hals über Kopf davonstürzen, blieb aber wie gelähmt stehen, mit hängenden Armen und unfähig, sich seines Namens zu erinnern. »Die Alte«, wiederholte er in seiner Aufregung, »diese Hexe von Stuhlvermieterin, sie hat mir meinen Namen gestohlen.«

»Er heißt Benoît-Quentin. Benoît-Quentin Péniel«, erklärte mit ruhiger Stimme Nuit-d'Or-Gueule-de-Loup, der zu ihnen trat. Er kam von einem Spaziergang zurück, den er in Richtung einer Gruppe von Boulespielern unternommen hatte, die in einiger Entfernung versammelt standen. Das Auftauchen des Großvaters befreite Benoît-Quentin auf der Stelle von seinem Schrekken und seiner Schmach, und mit freudestrahlendem Lächeln wandte er sich dem kleinen Mädchen zu. Siehe da, auch er hatte einen Namen und eine Familie. Die Kleine lächelte nicht. Sie starrte ihn mit ihrem blauen, dunklen Blick an, hatte die Augen weit aufgerissen und den schmalen Mund zusammengepreßt, was die Disproportioniertheit ihrer Züge noch unterstrich. Doch der feierliche Ernst des Kindes beeinträchtigte keineswegs das triumphierende Lächeln Benoît-Quentins. Er fühlte sich glücklich, unendlich glücklich, und schenkte nicht einmal den Worten Beachtung, die Nuit-d'Or-Gueule-de-Loup und die Frau namens Ruth miteinander austauschten.

6

Als sie ihren Vater mit dem jungen Benoît-Quentin zurückkommen sah, zwischen einer Frau und einem kleinen Mädchen mit schieferblauen Augen, die viel zu groß waren für ihr Gesicht, pflanzte sich Mathilde auf der Schwelle auf und hob erbost den Kopf. Sie ließ sie herankommen, ohne ihnen entgegenzugehen, und die Hände auf dem Rücken verschränkt, rief sie ihnen als einzigen Gruß von der Treppe herab zu: »Nun, Vater, sind Sie endlich zurück, und obendrein mit einer Menge Gepäck! Was wollen Sie denn mit den beiden da?« Nuit-d'Or-Gueule-de-Loup stieg schweigend die Stufen hinauf, während die anderen drei bewegungslos am Fuß der Treppe verharrten, und als er auf Mathildes Höhe war, antwortete er: »Geh schon und mach uns was zu essen und zu trinken. Die Reise war lang. Wir sind müde.« Und indem er sich zu der Unbekannten und dem Kind zurückwandte, sagte er: »Ich stelle dir Ruth vor und ihre kleine Tochter Alma. Von nun an gehören sie zu uns. Sie werden hier bei uns auf La Ferme-Haute bleiben.« Eine seltsame Bewegung ging durch Mathildes ganzen Körper, ungestüm warf sie den Kopf zurück, als hätte sie gerade eine unsichtbare Ohrfeige bekommen, oder vielmehr als sei sie ihr ausgewichen. »Ach!« rief sie bitter. »Das also ist das Geschenk, das Sie uns aus Paris mitbringen! Nun, mir gefällt es nicht, und ich mag es nicht. Im übrigen hat dieses Haus Ihre Frauen nie gemocht, immer hat es sie mit den Füßen zuerst hinausgejagt! Nicht wahr, Vater?« Dann fügte sie, indem sie die Neuangekommene ansah, hinzu: »Mein Vater hat es Ihnen vielleicht nicht gesagt, aber er bringt den Frauen Unglück. Er kann ihnen bloß Kinder machen, und zwar immer gleich zwei auf einen Schlag! Hinterher läßt er sie dann vom Tod fortschaffen wie Pakete schmutziger Wäsche und vergrößert so nur seine Schar von Waisen. Das ist nun mal so, mein Vater hat eine Berufung zum Witwer! Es wäre also besser für Sie, sofort abzureisen, bevor Sie den anderen drei Madames Péniel auf den Friedhof folgen. Wahrhaftig, es wäre besser für Sie, den Zug zu nehmen und von hier zu verschwinden!«

Nuit-d'Or-Gueule-de-Loup stand mit geballten Fäusten neben seiner Tochter. Er erwiderte nichts. Ruth war es, die das Wort ergriff. »Ihr Vater hat mir alles erzählt«, sagte sie mit ruhiger Stimme. »Ich habe keine Angst und möchte gern mit ihm zusammen hier bleiben.« Mathilde unterbrach sie, von ihrem Akzent überrascht, und drehte sich aufgebracht zu ihrem Vater um. »Eine Ausländerin, auch das noch! Das hat ja gerade noch gefehlt! Und eine Deutsche obendrein! Sie holen sich Ihre Frauen wohl jetzt schon beim Feind? Bravo!« – »Mathilde!« Nuit-d'Or-Gueule-de-Loup schnitt ihr das Wort ab, mit einer vor Wut tonlosen Stimme. »Ich befehle dir zu schweigen! Noch bin ich dein Vater.« Benoît-Quentin griff nun gleichfalls ein. »Erstens sind sie keine Deutschen! Ruth ist Österreicherin«, präzisierte er, als könnte diese Unterscheidung Mathilde besänftigen. »Und außerdem, wenn es dir nicht paßt, dann hast du eben Pech. Wir, Großvater und ich, wir sind froh und wollen, daß sie bleiben. Basta.« – »Na bitte, sollen sie bleiben! Sollen sie doch hierbleiben, eure Ausländerinnen!« lenkte Mathilde ein, und sie fügte hinzu: »Sollen sie doch hierbleiben, bis daß der Tod sie holt!« Dann drehte sie sich auf den Absätzen um und ging ins Haus zurück.

Ihr Kleid gab beim Schwingen ein merkwürdiges Klappern von sich, als wären die Falten aus Holz.

Alma, die das Gespräch mit ihrer ernsten, aufmerksamen Miene angehört hatte, fuhr bei dem dürren Geräusch von Mathildes Kleid zusammen und begann leise zu wimmern. »Mayn Libinke«, sagte ihre Mutter und nahm sie in die Arme, »vos vet der sof zayn?« Die Kleine antwortete nichts, sie zeigte nur mit ihrem Finger auf die Tür, durch die diese unheimliche Frau mit ihrem noch jungen Gesicht und ihren vollkommen weißen Haaren, ihrer boshaften Stimme und ihrem hölzernen Kleid eben verschwunden war. Benoît-Quentin trat zu Ruth und nahm die Hand des kleinen Mädchens. »Du brauchst keine Angst zu haben«, sagte er zu der Kleinen. »Schau dich um. Alle diese Felder, diese Ländereien, diese Bäche und Wälder, sie gehören dir. Sie gehören dir, damit du dort herumlaufen und dich vergnügen kannst. Und ich werde immer bei dir sein, um dich zu beschützen. Außerdem werde ich dir einen schönen Holzelefanten bauen, so einen wie den vom Karussell. Magst du, sag?« Alma lächelte ein wenig und nickte mit dem Kopf. Nuit-d'Or-Gueule-de-Loup kam wieder zu ihnen herunter, wobei er Ruth um die Schultern faßte, und lud sie ein, mit ihm in sein Haus einzutreten.

Als er die Schwelle seines Hauses überschritt, spürte Nuit-d'Or-Gueule-de-Loup in dessen schattigem Innern eine Frische und ein Wohlbehagen, deren Köstlichkeit er vergessen, die er sogar für immer verloren geglaubt hatte. Er schloß Ruth fest in seine Arme und küßte sie. Noch konnte er an diese neue Liebe nicht glauben und wunderte sich immerfort, daß ihm ein solches Glück widerfahren war. Er wußte nicht einmal mehr, wie alles geschehen war, es war so plötzlich gekommen und auch so einfach gewesen. Sie waren lange und sehr gemächlich durch die Alleen des Parks Montsouris gelaufen und hatten sich miteinander so wohl gefühlt, daß sie ihren Spaziergang bis zum Abend in den

Straßen von Paris fortsetzten. Sie hatten sogar mit den Kindern auf der Terrasse eines Bierlokals im Stadtviertel Auteuil zu Abend gegessen. Und da sie sich durchaus nicht trennen mochten, hatten sie sich später, als die Kinder im Bett lagen, wieder getroffen und waren untergehakt, wie zwei alte Freunde, die menschenleeren Straßen entlangspaziert und hatten von diesem und jenem gesprochen. Victor-Flandrin hatte gewiß niemals in seinem ganzen Leben so viel gesprochen, er, der mit jeder seiner Frauen stets geschwiegen hatte. Aber in dem Akzent dieser Ausländerin war etwas wie eine Einladung zum Gespräch – zu einem ununterbrochenen Gespräch, frei von allem Geheimnis und voller Munterkeit. Mitunter suchte sie nach einem Wort, dann blieben beide einen Augenblick stehen und bemühten sich, es zu finden, und jedes dieser Worte nahm für ihn einen neuen Klang, eine fröhliche Farbe an, wenn er es in einem Wirrwarr von Vokabeln endlich aufstöberte.

Am Ende hatten diese Worte in seinem Mund sogar den irritierenden Geschmack von Küssen angenommen, und als die Morgendämmerung sie überraschte, fühlte er sich selbst überrascht von seinem offenkundigen Liebesbegehren. Ohne zu überlegen, hatte er sich ihr zugewandt, ihren Kopf in seine Hände genommen und sie geküßt. Da waren alle Worte Fleisch geworden und hatten sich in ein grünes Kleid gehüllt.

Dieses grüne Kleid blendete noch immer seine Augen und brannte noch immer in seinen Händen – er hatte nicht einmal gewartet, bis sie die Tür des Zimmers, in das sie ihn führte, schloß, ihr das Kleid herunterzureißen. Doch mit der leidenschaftlichen Geste, die Ruths Leib so hastig entblößte, legte er sich selbst bis in sein Innerstes bloß. Zum ersten Mal war die Liebe für ihn Qual, denn so viele Jahre und Unterschiede trennten ihn von der jungen Frau, daß er fürchtete, sie zu verlieren, kaum daß er ihr begegnet war. Diese Qual war beim Aufwachen über ihn hergefallen, während Ruth, den Kopf an seiner Schulter, noch schlief. Vorsichtig war er mit seinen Händen in ihr zerzaustes Haar gefahren und hatte in seinen Fingerspitzen die Wärme ihres Schlafes, die Wärme ihrer Jugend pulsieren gefühlt. Er sah das grüne Kleid mitten im Zimmer auf dem Fußboden liegen, und Entsetzen packte ihn, als er plötzlich gewahr wurde, wie das Kleid durch das offene Fenster davonflog, zwischen den Schornsteinen, mit denen die Dächer gespickt waren, entschwand und in der Tiefe seiner Taschen seine Liebe davontrug, um sie den Morgenvögeln zum Fraß vorzuwerfen. Da war er aufgestanden, hatte das Kleid aufgehoben und das Fenster geschlossen. »Dortn, dortn, di Nacht... shtil un sheyn... dortn, dortn...«

Nuit-d'Or-Gueule-de-Loup hatte sich umgewandt. Ruth schlief noch immer und murmelte im Schlaf. Er war zum Bett gegangen, das zusammengeknüllte Kleid in den Händen, und hatte sich dicht neben sie gesetzt. »Dortn«, hatte sie noch einmal wiederholt, »der Vint blozt... in Blut... in Blut un Nacht...« Da hatte ihr Gesicht einen schmerzerfüllten Ausdruck angenommen, sie hatte, den Kopf hin und her werfend, geschrien: »Neyn! neyn... neyn...«, und war aus dem Schlaf hochgefahren, mit einem angstvollen und überraschten Blick auf Victor-Flandrin. Er hatte sie fest in seine Arme geschlossen und sie durch sanftes Wiegen beruhigt. »Schon gut, es ist doch gar nichts, es war ein böser Traum. Nur ein böser Traum. Sieh doch, wie schön das Wetter ist! Es wird ein wundervoller Tag!« – »Ja, ja...«, hatte sie gemurmelt; ihre Stimme schien von sehr weit her zu kommen, noch immer schlaftrunken und voll Angst. Dann hatte sie ihre Fassung zurückgewonnen und gelacht, als sie ihr zusammengerolltes Kleid auf Victor-Flandrins Knien sah. »Was machst du denn mit meinem Kleid? Na, jetzt ist es ja ein richtiger Fetzen!« Verlegen hatte er gestottert: »Dein Kleid? Ach so, hier, nimm es. Ich habe nämlich auch schlecht geträumt... Aber das macht nichts. Jetzt sind wir ja beide wach.«

Und ein neuer Tag hatte begonnen. Ein schöner, heller, strahlender Tag. Das Licht warf blaßgelbe Flecke wie Wasserspiegelungen an die Fassaden der Steinhäuser. Sie hatten die Kinder wieder in einen Park geführt und sich dann auf einer Kaffeehausterrasse niedergelassen. Nuit-d'Or-Gueule-de-Loup erinnerte sich an jede Einzelheit dieses Tages. An den Kellner mit seinem Tablett, auf dem die Gläser klirrten, an den kleinen, runden Marmortisch, auf den er die Sodawasserflasche aus bläulichem Glas und ihre Getränke stellte. An die kleine bemalte Metallschachtel, in der Ruth ihre Zigaretten aufbewahrte, und an Almas schönes Lachen, als sie mit Benoît-Quentin spielte. An die Gemüsegärtnerin, die, ihren gemüsebeladenen Karren schiebend, die Straße überquerte, an die Radfahrer, die dicht an den Bürgersteigen vorbeiflitzten, den Zeitungsverkäufer und schließlich die Luftballonverkäuferin, die beide an ihren Tisch gekommen waren. An den kurzen Regenschauer, der niederging, ohne die Sonne zu verdüstern, und an den fuchsroten Hund, der um ein Stück Zucker gebettelt hatte.

»Dein Dorf, wo liegt das genau?« hatte Ruth plötzlich völlig zusammenhanglos gefragt. »Weit, sehr weit weg von hier. Sehr weit weg übrigens von allem. Es liegt oben im Norden, und dort etwas östlich, nahe der Grenze. Die Maas fließt dort. Und Wälder gibt es. Sehr viele Wälder. Früher trieben sich sogar Wölfe in der Gegend herum. Und dann gibt es auch noch den Krieg, der immer wieder dort durchzieht.« – »Und ist es schön?« – »Ich weiß nicht. Es ist mein Land. Das heißt, es ist mein Land geworden.« Er hatte nichts weiter hinzugefügt, denn er hatte ihr sagen wollen, sie solle mit ihm dorthin kommen, es sich anzusehen, doch er hatte es nicht gewagt, er hatte sich geschämt. Sein armseliger Weiler, der so schwarz, so verloren dort oben lag, sein dem Wind ausgesetztes Gehöft, in dem es von Trauer und von Kindern spukte, die einen immer wilder als die anderen – das konnte kein Ort sein für eine Frau wie Ruth. »Und wenn ich käme, es mir anzusehen, dein Land voller Wälder?« hatte sie gefragt. Sie hatte das so lebhaft, so sicher gesagt, als wäre sie schon zum Aufbruch bereit.

Er führte Ruth zu seinem Zimmer. »Weißt du«, sagte sie, als sie drinnen war, »es ist sehr schön, dein Land.« – »Aber du hast ja noch gar nichts gesehen!« rief er erheitert aus. »Egal. Es gefällt mir hier. Dein Haus, dein Zimmer. Und dann das Land hier, das bist wirklich du.«

Dieses Land hatte sie seit langem gesucht. Ein Land, um auszuruhen, um endlich das so schwere, so lärmende Buch der Tage, all dieser Tage, dieser Tausende von Tagen zu schließen, die sie auf der Flucht und bettelnd zugebracht hatte. Es war unwichtig, daß dieses Land nicht größer war als ein Mensch, wenn sich dort nur ein Platz für sie fand. Ein wirklicher Platz, still und recht weit abgelegen. Ein Platz aus Sehnsucht und Zärtlichkeit. Weiträumige, ruhmreiche, mächtige Länder bedeuteten ihr schon lange nichts mehr. Sie wußte, solche Länder konnten plötzlich zu schrumpfen beginnen, bis sie nur noch ein Chagrinleder waren. Sie war im Herzen eines der größten Reiche geboren worden, war aufgewachsen in seiner bereits durch Nachlässigkeit angeschlagenen Pracht und hatte am Ende nur noch ein paar Morgen verwüsteten Landes hinter sich gelassen. Alles hatte mit einer Geschichte von vergossenem Blut und von verlorenem Blut angefangen. An ein und demselben Tag hatte das Kaiserreich zu wanken begonnen wie ein riesiges und sehr altes, verletztes Tier, man hatte es angeschossen, ihm in den Rücken geschossen an einem Punkt namens Sarajevo – und auch ihr eigener Körper hatte sich zu regen begonnen, irgendwo in ihrem Leib hatte sich eine seltsame Wunde geöffnet, hatte geblutet. Jemandes Blut war vergossen worden, und man hatte das Kaiserreich zu einem Land im Kriegszustand erklärt; ein wenig Blut war aus dem Inneren ihres Körpers geflossen, und man hatte sie zur Frau erklärt. Dieser von zweifachem Blut befleckte Tag hatte eine verworrene Erinnerung an Bestürzung und Schmerz, auch an Gewalt, tief in sie eingraviert: es war das Ende von Glanz und Frieden, das Ende der Kindheit. Das Kaiserreich war nun ein Land im Kriegszustand, ihr Körper nunmehr der Körper einer Frau.

Und je mehr sie zur Frau wurde, desto mehr wurden die Männer zu Toten. Von ihren drei Brüdern, die in den Kampf gezogen waren, kehrte ein einziger heim, wobei selbst dieser eine nicht unversehrt wiederkam. Er hatte an der Front seine beiden Beine und ein gut Teil seines Verstandes eingebüßt. So war ihr Frauenleib, der sich gegen Trümmer und Trauer aufgelehnt, selbst zu einem Körper des Krieges geworden.

Denn sie war plötzlich zum Opfer bizarrer, mit schreienden Farben versetzter Bilder geworden. Hunderte fremder Leiber hatten begonnen, ihren eigenen Körper zu durchwandern und ein Dasein von ihr zu fordern. Um diesem Verlangen nachzukommen, hatte sie sich mit Bleistiften, Pinseln, Farben und Messern bewaffnet und versucht, die Gestalten auf Leinwand und Papier zu bannen, in Ton, Stein und Holz zu formen. Doch immer wieder entarteten diese Wesen zu Zerrbildern, zeigten ihre Gewalt nackt und roh. Sie hatte ihre Leiber entblößt, ihnen die Glieder ausgekugelt, ihnen die Münder weit aufgerissen und ihnen die Augen zerfetzt. Sie hatte ihren Gesichtern Gewalt angetan, sie ausgehöhlt und entstellt – eine Gewalt, wie sie dem Jammer und dem Wahnsinn entsprach, die an ihnen fraßen.

Da hatte ihr Vater sich drohend zwischen sie und diese Horden verzerrter Gesichter und Leiber gestellt. Ihre Sünde sei groß, hatte er ihr verkündet, da sie gewagt habe, das GESETZ zu brechen, wonach es verboten sei, das menschliche Antlitz darzustellen, und zudem habe sie sich unterstanden, diese an sich schon frevelhaften Darstellungen noch bis zum äußersten zu entstellen. Sie hatte diesen Auftritt in nachdrücklicher, bis zur Widersprüchlichkeit doppelsinniger Erinnerung bewahrt: ihren Vater, wie er brutal in ihrem Zimmer auftauchte, mit seinen Schultern, die so gewaltig und massig waren, daß sie alles Licht schluckten, als er mit dem Rücken vor dem Fenster stand. Ihr Vater, ganz in Schwarz gekleidet wie eine Absage an jede Farbe und jedes Licht. Unentwegt hatte er an seinem Bart gedreht, der noch schwärzer als seine Kleidung war, während er sie mit seiner tonlosen, zugleich drohenden und klagenden Stimme abkanzelte. Ihr Vater mit seinen feuchten Augen, feucht vor Kummer wie vor Zorn. Schließlich hatte er mit der Faust auf den Tisch geschlagen, dabei Pinsel und Farbnäpfe zertrümmert und sich danach an die Brust geschlagen, als wollte er sich auch noch das Herz zertrümmern. Ein dumpfer, harter Ton war unter seinen schwarzen Kleidern ertönt, unterhalb seines tintenschwarzen Bartes. Und der Bart ihres Vaters war ihr noch nie so lang, so dicht erschienen – wie das Haar einer auf dem Kopf stehenden Frau.

Da auf einmal hatte sie in seinem Antlitz ein umgekehrtes Frauengesicht aufleuchten sehen, dessen Augen zwei Münder und dessen Mund zwei vor Tränen und Wut funkelnde Augen waren. Eine Frau, die, den Kopf nach unten, mit offenem, wirrem Haar über dem Oberkörper ihres Vaters hing. Welcher Frau hatte er denn solcherart den Kopf abgeschnitten, das Haar gestohlen? Ihrer Mutter – dies war gewiß das Haar ihrer Mutter, ihrer Mutter mit dem nackten Schädel unter der Perücke der Ehefrau. Und jetzt wollte er auch ihr das Haar nehmen, sie ihrer Kraft berauben, ihrer Bilder und ihrer vielfältigen Körperlichkeit, um sie auf einen einzigen, bevormundeten Körper zu reduzieren. Aber das durfte nicht sein, sie unterstand jetzt einer Macht, die stärker war als ihr Vater, einer Macht außerhalb ihrer selbst – sie unterstand der Macht eines unendlichen Traums, den farbenprächtige, kraftvolle, irdische Bilder bevölkerten. Und dieser Traum hatte sie, einzige und letztgeborene Tochter des gottesfürchtigen Joseph Aschenfeld, der mit Handschuhen, Hüten und Muffs jeglicher Art handelte, zur Beschützerin jener Heerscharen von Männern und Frauen mit den wüsten Leibern und den zerquälten Gesichtern aufgerufen und sie unter ihre Obhut und Inspiration gestellt.

Noch am selben Abend hatte sie mit groben Pinselstrichen ein Bildnis ihres Vaters hingeworfen. Sie hatte ihm ein gipsfarbenes Gesicht gemalt, mit Augen, Mund und Nasenlöchern, die wie Risse in verbrannter Erde oder verrostetem Metall aussahen.

Dann hatte sie sich die Haare im Nacken kurz abgeschnitten und sie auf die noch feuchte Leinwand quer über das Gesicht geklebt – wie einen Peitschenhieb. Daraufhin war sie geflohen und hatte dieses Gesicht ihres verhöhnten Vaters zurückgelassen, das ihre eigenen, lebendigen Spuren trug. Seither war sie unentwegt auf der Flucht gewesen, war von einer Stadt zur anderen gezogen und hatte von so gut wie nichts, vom Zufall und von der Hand in den Mund gelebt.

Sie hatte Europa in allen Richtungen durchquert, hatte sich in Berlin, Zürich, Moskau, Rom, Prag, London und Wilna aufgehalten. Nicht vor ihrem Vater war sie auf diese Weise geflohen – er hatte übrigens nicht einmal nach ihr gesucht. Als er das verletzende Porträt fand, das wie eine Herausforderung in dem leeren Zimmer stand, quittierte er das Verschwinden seiner Tochter, indem er sie für alle Zeit aus seinem Leben strich: er zerriß sich die Kleider, bedeckte seine Stirn mit Asche, setzte sich barfüßig, mit gekrümmtem Rücken auf ein Bänkchen in der Mitte seines Zimmers und stand nur hin und wieder auf, um den Kaddisch zu sprechen, wie er es schon zweimal für seine Söhne getan hatte.

Nein, es war das Bildnis ihres Vaters, vor dem sie die Flucht ergriffen hatte, dieses zwiespältige und erschreckende Porträt, aus dem ebensoviel Gewalt und Intoleranz wie Schmerz und Mitleid sprachen.

In Wirklichkeit aber war es noch mehr als das Porträt ihres Vaters, wovor sie die Flucht ergriff, es war das Bild ihrer ganzen Familie, ihr eigenes und das ihres Volkes. Ein vielfaches Antlitz, in dem sich die Gesichter von Männern und Frauen, die Gesichter von Toten und Lebenden mischten, Gesichter, die sich stets wider den Himmel und wider die Erde erhoben. Gesichter, hoch aufgerichtet zu einem Himmel, der streng und kahl wie eine große Steinwand war, und tief herabgebeugt zu einer rebellierenden, ungastlichen Erde. Gesichter, die sich nie abwandten, auch wenn sie sich in stetem Kampf befanden und von Angst und Trauer gehetzt wurden.

Sie hatte die Einsamkeit flüchtiger Freundschaften ohne Zukunft, von Liebschaften ohne Erinnerung kennengelernt, deren Vergangenheit jedoch voll von Schatten und Lärm war. Sie hatte Wäsche gestopft, Fußböden gescheuert und Geschirr gespült, alten Damen vorgelesen und mit Kindern Diktate geschrieben, sie hatte für Maler und Bildhauer Modell gestanden und manchmal auf Kaffeehausterrassen einige ihrer eigenen Zeichnungen und Bilder verkauft. Dann war Alma gekommen, so still und zart, daß Ruth das Fehlen eines Vaters hatte verwinden können. Und dieses Kind, aus einer zufälligen Beziehung entstanden, hatte ihr gesamtes Leben umgewälzt.

Es war eine sehr sanfte, kaum wahrnehmbare, aber entscheidende Umwälzung gewesen. Ruth hatte mehr und mehr ihren Aufruhr und ihren Fluchttrieb verloren, ihre Heftigkeit und ihre Angst abgelegt, und jene Heerscharen aufgewühlter Bilder, die sich seit so vielen Jahren in ihrem Herzen und ihren Augen niedergelassen hatten, waren endlich von ihr gewichen. Nur manchmal noch zogen Spuren davon vorbei wie verspätete Schreie, die in ihren Träumen nachhallten.

Seit drei Jahren lebte sie nun in Paris, übte ständig verschiedene Berufe aus, um durch Gelegenheitsarbeiten ihren Unterhalt zu verdienen; und von Zeit zu Zeit zeichnete sie. Ihr Strich hatte sich verfeinert, ihre Farben waren heller, beinah durchsichtig geworden. Sie machte fast nur noch – stets unvollendet bleibende – Skizzen von Bäumen, Alleen, Statuen und Dächern, die sich von hohen, blassen Himmeln abhoben, aber sie zeichnete nie wieder ein Porträt. Und da war Nuit-d'Or-Gueule-de-Loup aufgetaucht und hatte ihr seine Arme geöffnet, wie ein Land unverhofft seine Grenzen öffnet, um Flüchtlinge aufzunehmen. Ein offenes Land. Er war fast dreißig Jahre älter als sie, aber er hatte sich in seinem Herzen eine eigenartige Jugend bewahrt, die ebenso scheu wie naiv war und die sie selbst schon vor langem verloren hatte. Und diese schlichte Kraft, die aus Geradheit und Ausdauer resultierte, war es, die sie an ihm liebte. Hier bei ihm würde sie Frieden finden und das Glück ihrer Tochter zu bewahren wissen, gleichgültig, was diese düstere Frau mit den weißen Haaren, die ihnen schon auf der Schwelle des Hauses gedroht hatte, auch gesagt haben mochte. Denn ihr Vertrauen in Victor-Flandrin war grenzenlos.

Und darum lächelte sie jetzt, die Ellenbogen auf das Fensterbrett gestützt, als sie Victor-Flandrin ihre Koffer auf das Bett legen sah. In ihm würde sie ihre Ruhelosigkeit für immer verankern. Die Zeit der Flucht war endlich zu Ende und ihre Einsamkeit vorbei. »Ja«, sagte sie noch einmal und wandte sich zu den Feldern und Wäldern, die sich unterm Fenster dehnten, soweit das Auge reichte, »mir gefällt es sehr gut hier. Es ist so still…«

7

Und Ruth fand tatsächlich den Frieden, den sie so sehr gesucht hatte. Sie verankerte ihre Ruhelosigkeit so unwiderruflich in der Liebe und im Land von Nuit-d'Or-Gueule-de-Loup, daß sie sie für immer darin versenkte, und aus dieser tiefen Versenkung entsprangen vier Kinder. Im ersten Jahr ihrer Übersiedlung nach Terre-Noire gebar sie zwei Söhne, Sylvestre und Samuel, denen im Jahr darauf zwei Schwestern, Yvonne und Suzanne, folgten. Keines dieser Kinder wies die geringste Ähnlichkeit mit dem Bildnis auf, vor dem sie fast zehn Jahre lang geflohen war – jene Linie war abgerissen und eine andere war entstanden. Die vier Kinder trugen den Fleck der Péniels im linken Auge. Nur Alma blieb ohne Vater und ohne Mal; ihre zu großen, schieferfarbenen Augen deuteten allein auf ihre Mutter hin – und jenseits von ihr vielleicht auf die Mutter ihrer Mutter, die sanfte Hannah, deren Gesichtszüge in einem Laden für Handschuhe, Hüte und Muffs aller Art an der Ecke eines Gäßchens irgendwo in Wien verblaßten. Doch in Benoît-Quentin hatte Alma einen so liebevollen, anhänglichen Bruder gefunden, daß auch sie, mit seiner Hilfe, dieses Land zu dem ihren machte. Wie versprochen, hatte er für sie einen Elefanten geschnitzt, weiß angestrichen und mit Rädern versehen. Lange Zeit führte er Alma auf diesem Elefanten auf allen Wegen spazieren, die sich um den Hof herum wanden. Von allen Kindern, die auf dem Hof lebten, blieb sie für ihn das am meisten geliebte. Er betrachtete sie als die Seine, Schwester wie Freundin, und manchmal, in der Wirrnis der Nächte, widerfuhr es ihm auch schon, daß er von ihr als einer Frau träumte.

Mit Ruth hielt zugleich ein Stück Außenwelt Einzug in La Ferme-Haute, und endlich drang durch die Festungsmauern des Nuit-d'Or-Gueule-de-Loup, die so lange und so erbittert eine stillstehende Zeit in sich eingeschlossen hatten, ein wenig vom Lärm und Treiben von draußen herein. Zeitungen und Illustrierte und vor allem das Radio rissen Terre-Noire von seiner Reede im äußersten Winkel des Landes, ja der Welt los und ließen die Péniels zum ersten Mal ein wenig näher am Strom der Geschichte treiben. Nur die Älteren hielten sich weiterhin abseits und nahmen an diesem Aufbruch nicht teil, den sie als ebenso eitel wie trügerisch ansahen. Was bedeutete es in der Tat für Deux-Frères, das Brausen der Geschichte aus allen vier Himmelsrichtungen zu vernehmen, wo doch mit einem Schlage alles unter gräßlichem Getöse in Stücke fliegen konnte, ohne daß irgendwer weder die Zeit noch die Macht hatte, »Nein!« zu schreien. Was Mathilde betraf, so war die Geschichte für sie mit Margots Tod ohnehin zum Stillstand gekommen; seitdem war es zu spät, unwiderruflich zu spät.

Die Laterna Magica verstaubte langsam auf dem Dachboden, während andere, noch magischere Kisten Rhythmen und Lieder erklingen ließen und für immer und ewig lächelnde Familienbilder auf dem Papier festhielten. Ruth hatte nach und nach Leinwand und Pinsel beseite gelegt und sich ganz der Kunst der Fotografie verschrieben. Die Scharen grimassenschneidender Bilder, die sie so lange heimgesucht hatten, waren nun vollends von ihr gewichen, hatten sich in Vergessen aufgelöst. Sie hatte wirklichen Wesen das Leben geschenkt, Wesen aus Fleisch und Blut, strahlend vor Kindheit und Frische, die wie ein unablässiges Spiel und wie ein immerwährendes Lachen waren. Und seither richtete sie ihren Blick und ihre ganze Aufmerksamkeit auf die Gesichter derer, mit denen sie zusammen lebte, und versuchte mit Hilfe der Porträts, die sie von ihnen machte, die verborgenen Spuren anderer Bilder und unwägbarer Ähnlichkeiten ausfindig zu machen.

Michael, Gabriel und Raphael nahmen sehr rasch diese neue Macht in sich auf, die von draußen als Echo zu ihnen drang, und wurden zu leidenschaftlichen Anhängern des Radios und des Grammophons. Michael und Gabriel begeisterten sich besonders für den Jazz, in dessen Rhythmen sie endlich das Maß und den Schwung fanden, die ihren unaufhörlich in Begierde und Bewegung befindlichen Körpern entsprachen. Doch bald wuchs das ungeheure Bedürfnis nach Geschwindigkeit, Raum und Intensität, das sie seit ihrer Kindheit bedrängte, ins Unermeßliche. Sie verließen schließlich die Ihren, die sie niemals wirklich als solche betrachtet hatten, sie drangen auf gut Glück in die tiefen Wälder und suchten sich dort einen Unterschlupf. Jeder anderen Gesellschaft zogen sie die der freilebenden Tiere vor, deren Sprache sie verstehen und sprechen konnten und deren Fleisch und deren Blut ihnen als Nahrung dienten. Sie selbst sprachen wenig; sie verständigten sich mehr durch Laute und Gesten als durch Worte. Die Liebe, die sie füreinander hegten, kleideten sie niemals in Worte; es war eine zu ausschließliche, zu heftige Liebe, als daß sie in Worten hätte Platz finden können. Auch diese Liebe drückten sie daher in körperlicher Sprache aus; und sie wurden Liebende, noch bevor sie Männer wurden.

Raphael war zwar nicht seinen Brüdern in die Wälder gefolgt, aber er war auch nicht auf dem Hof geblieben. Auch er war fortgegangen; seine Stimme, die noch heller war als seine Haut, hatte ihn zu dieser Auswanderung veranlaßt. Seine Stimme bedurfte anderer Räume und anderer Lieder. Er zog in die Stadt und lernte es, sein Talent durch harte Arbeit bis zu höchster Vollkommenheit zu verfeinern. Das einzige Wesen, mit dem er sich je verband, war seine Stimme; sie bedeutete ihm mehr als sein Leben und war seine einzige Geliebte, die ihn zu einem der außergewöhnlichsten Countertenöre aller Zeiten machte. Er verdankte ihr sogar noch mehr: sie ließ ihn das Schweigen und das Geheimnis der Toten durchdringen. Seine Brüder konnten die Sprache der Tiere verstehen und sprechen und lebten nur im unergründlichen Rauschen ihres Blutes; er indes lernte, die verstummte Stimme der Toten wahrzunehmen – ihr zu antworten und sie sogar herbeizurufen. Aus dieser geheimen Zwiesprache mit den Toten zog er seine unerhörten Töne, die allen, die sie vernahmen, einen Moment lang den Atem stocken ließen. Denn seine Stimme hatte mehr als Vollkommenheit erlangt – sie war ein Wunder der Metamorphose geworden.

Doch nicht alle Péniel-Kinder wurden Fremde auf ihrem Boden und unter den Ihren. Die beiden Söhne von Elminthe-Présentation-du-Seigneur-Marie behielten die Bindung an ihr Land und gingen nicht fort. Das einzige Außergewöhnliche, das ihnen widerfuhr, war, daß sie sich bis über beide Ohren verliebten, der eine in ein Mädchen, der andere in den Himmel. Dieser doppelte Liebesblitz traf sie am selben Tag, in ihrem sechzehnten Lebensjahr.

An diesem Tag waren beide mit dem Fahrrad in die nächste Ortschaft gefahren; ihre zukünftige Leidenschaft harrte ihrer an der Ecke der Hauptstraße, im Hinterraum eines Ladens mit blau gestrichenem Schaufenster und dem Ladenschild »Buchhandlung Boromée«, wohin Ruth sie geschickt hatte, ein paar Malhefte für die Kinder zu kaufen. Baptiste hatte kaum die Ladentür geöffnet, als ihm die Klinke in der Hand steckenblieb, und in

Thadées wie benommenem Kopf begann sonderbar die Glocke zu schellen. Verlegen verharrten sie auf der Schwelle und wußten nicht einmal mehr, was sie hier wollten. »Wünschen Sie etwas?« fragte eine Stimme, die aus dem Nebenraum kam. Ein junges Mädchen, deren Zöpfe über der Stirn zusammengesteckt waren, trat ihnen entgegen. Sie hatte ein halbgeöffnetes Buch in der Hand. Baptiste, der noch immer den abgebrochenen Türgriff hielt, warf einen Blick auf den Buchdeckel, konnte aber nicht den ganzen Titel lesen. ›Die Prinzessin von ...‹ Er hob seinen Blick zu dem Mädchen. Ihre Augen waren mandelförmig und hatten die Farbe von Herbstlaub und ein Schönheitsmal über der rechten Braue. Er verliebte sich auf der Stelle in sie und verlor schlagartig das bißchen Haltung, das er bewahrt hatte. »Nun? ...«, sagte sie, um die beiden Kunden zum Sprechen zu ermuntern; aber die blieben stumm. Als einzige Antwort hielt Baptiste dem Mädchen die abgebrochene Klinke hin. »Das macht nichts«, sagte sie, »das passiert unentwegt. Ich werde sie wieder anbringen.« Da ihr Buch sie zu behindern schien, legte Baptiste schließlich seine Stummheit ab und bot ihr an, es zu halten, bis sie den Griff wieder angebracht hätte. Thadée entfernte sich ein wenig und begann in dem Laden herumzustöbern, während Baptiste das Buch an der Stelle aufschlug, wo das Mädchen ein Lesezeichen hineingelegt hatte. Er stieß auf einen Abschnitt, der ihn so sehr verwirrte, daß er ihn halblaut, im Ton einer vertraulichen Mitteilung zu lesen begann. »Monsieur de Nemours war so überrascht von ihrer Schönheit, daß er, als er nahe bei ihr war und sie einen Knicks vor ihm machte, nicht umhinkonnte, seiner Bewunderung Ausdruck zu geben. Als sie zu tanzen begannen, erhob sich im Saal ein beifälliges Gemurmel. Der König und die Königin entsannen sich, daß die beiden einander niemals gesehen hatten, und fanden es etwas merkwürdig, daß sie miteinander tanzten, ohne sich zu kennen. Sie riefen sie herbei, als sie geendigt hatten, ohne ihnen Gelegenheit zu lassen, mit irgend jemandem zu sprechen, und fragten sie, ob sie nicht wissen wollten, wer sie seien, und ob sie es sich nicht denken könnten.« Dann klappte er das Buch wieder zu und hielt es dem Mädchen hin, das immer noch an der Tür stand, die Hand auf der Klinke, als wollte sie hinausgehen. »Bei dieser Stelle war ich wohl stehengeblieben, als Sie hereinkamen«, sagte sie und nahm das Buch wieder an sich, dann fügte sie hinzu: »... aber wie schön Sie das gelesen haben!...« – »Ich bin ja auch genauso überrascht wie dieser Monsieur de Nemours«, antwortete Baptiste. »Aber weshalb denn?« fragte das Mädchen und spielte mit der Klinke. »Weil wir hier nicht im Louvre sind und nicht auf einem Ball.« Es schien Baptiste, daß sie ein wenig errötet war, und das ermutigte ihn etwas. »Sie sind hier und...«, begann er lebhaft, aber seine Stimme versagte gleich wieder. Das Mädchen sah ihn von der Seite an und spielte immer nervöser an der Klinke herum, die schließlich von neuem herabfiel. Sie bückten sich beide gleichzeitig, um sie aufzuheben. Sie waren jetzt so nah beieinander, daß sie nicht mehr wagten, sich zu bewegen oder auch nur sich anzusehen, und so verharrten sie, reglos auf dem Boden kauernd, die Augen auf den Türgriff geheftet.

Thadée hatte dieser Szene keinerlei Aufmerksamkeit geschenkt; beim zufälligen Durchblättern der Bücher, die auf einem großen Tisch in der Mitte der Buchhandlung auslagen, hatte er staunend vor der Fotografie einer Sonnenfinsternis innegehalten und war nun ganz in die Betrachtung des Bildes versunken. Erst als er weiterzublättern begann, zuckten die beiden zusammen, als hätte dieses sachte Rascheln genügt, sie aus ihrer Verlegenheit zu reißen, und gleichzeitig streckten sie die Hand nach der Klinke aus. Doch sie faßten nur nach der Hand des andern und erstarrten neuerlich, in immer größerer Verwirrung. Baptiste hielt die Hand des Mädchens so fest, daß es ihr gewiß weh tat, aber sie sagte kein Wort und versuchte auch nicht, sich frei zu machen. »He, Baptiste!« rief plötzlich Thadée, der noch immer in sein Buch vertieft war. »Komm mal her! Das ist einfach phantastisch!« Baptiste richtete sich rasch auf, das Mädchen ebenfalls. »Komm schon her«, beharrte Thadée ganz aufgeregt, »das ist phantastisch, sage ich dir!« Da sein Bruder noch immer nicht reagierte, wandte er sich ungeduldig um und bemerkte Baptiste, der wie erstarrt an der Tür stand und noch immer die Hand des Mädchens hielt. »Ach!…«, sagte er nur, überrascht von dieser plötzlichen Vertrautheit seines Bruders mit einer Unbekannten. Auch das Mädchen schien überrascht, als bemerkte sie erst jetzt die erstaunliche Ähnlichkeit der Zwillinge, und mehrere Male wandte sie den Kopf von dem einen zum andern. Daraufhin brachen alle drei in schallendes Gelächter aus. »Na dann«, bat schließlich Baptiste, »dann erzähl uns mal, was du Phantastisches gesehen hast.« – »Richtig«, übertrumpfte ihn das Mädchen, »jetzt sind Sie an der Reihe mit Vorlesen.« Und Thadée erging sich in einem verworrenen Bericht, worin von Sonnenfinsternissen die Rede war, von wandelnden Planeten und Sternschnuppen, von einem märchenhaften Schloß auf einer scharlachroten Insel, wo ein gewaltiger Astronom herrschte, der eine silberne Nase hatte, von einem Elch, der gestorben war, weil er zuviel Bier getrunken hatte, von einem großen Globus aus Bronze, auf dem sich der Himmel abzeichnete, von Reisen, die Prinzen, Könige und Gelehrte durch Schnee und Wälder unternommen hatten, von einem goldenen Gäßchen auf den Festungswällen von Prag und von den Streichen eines Zwerges, der mit scharfsichtiger Narrheit begabt war und hellsehen konnte.

Von diesem Tag an kamen Baptiste und Thadée häufig in die Ortschaft und eilten auf direktem Wege zur Buchhandlung Boromée, der eine, um dort der Tochter des Buchhändlers, der andere, um Tycho Brahe seine Aufwartung zu machen.

Nuit-d'Or-Gueule-de-Loup ließ alle seine Kinder ihren Liebschaften nachgehen. Die Zeit hatte weniger Macht über ihn denn je, und mit Riesenschritten durchmaß er die Tage. Seine Felder dehnten sich nun so weit, daß sein Schatten überall die Wege blond färben konnte, ohne daß er Gefahr lief, die Hunde eines anderen Herrn zu schrecken.

Seine Erinnerung reichte weit und tief zurück: es gab keinen einzigen unter diesen Tausenden von Tagen, aus denen sein Leben bestand, von dem er nicht ein klares Bild vor Augen hatte. Zahllose dieser Tage waren ihm Qual und Trauer gewesen, doch Ruth überstrahlte die Gegenwart mit einem so hellen Licht, einer so starken Freude, daß die ganze Vergangenheit wie geläutert dadurch war. Dabei gerieten jene Frauen, die er früher geliebt hatte, keineswegs in Vergessenheit; Ruths Anwesenheit erhellte ihre Gesichter, um sie – nicht in Bildern zwar, doch in unermeßlichen Landschaften – festzuhalten. Mélanie, Blanche, Sang-Bleu, sie waren hier, waren in ihm, unermeßliche Räume, endlich der Nacht entrissen, Blut in seinem Blute und ewige Zärtlichkeit in seinem Herzen.

Mélanie, Blanche, Sang-Bleu, ihre Namen klangen von neuem hell, wie die Namen von fruchtbaren Feldern, von Wäldern und Jahreszeiten. Namen und Gesichter waren versöhnt mit dem Leben und mit der Gegenwart, dank jener geheimnisvollen Wandlung, die Ruth in seinem Gedächtnis hatte herbeiführen können.

Und war die Welt auch nicht mehr im Lot Gottes, so hatte sie doch wieder ein Fundament. Ruth war das Gleichgewicht und der Punkt, auf dem alles ruhte, oder genauer gesagt, der Fokus, auf den alle Dinge, alle Orte, alle Gesichter zustrebten, um sich in Wonne und Glück eine Ruhepause zu gönnen.

Fünfte Nacht
Nacht der Asche

In dieser Zeit waren die Péniels vollends zu Landmenschen geworden, zu Leuten eines verstohlen gewellten Landes, das von Nebel und Regen durchtränkt war, von finsteren Wäldern bewachsen und von einem Fluß mit unzähligen grauen Windungen durchschnitten. Ein scheu gebliebenes Land, das bei Einbruch der Dämmerung alte Legenden von Hexen, Feen, unverbesserlichen Taugenichtsen und umherirrenden Geistern raunte. Ein Land, das so oft von Kriegen heimgesucht worden war, daß es stets auf der Hut blieb – ein Land mit wachem Gedächtnis, darin immer das Blut der Vergangenheit pulsierte.

Aber der Himmel über ihnen war immer noch der gleiche wie zu den Zeiten, da sie Süßwassermenschen waren. Ein unendlich weiter Himmel, über den der Wind fegte, schieferfarben und von lichten Wölkchen gesprenkelt wie der Bauch eines Fabelpferdes, das unaufhörlich über die Erde hinjagt.

Dieses Grau des Himmels, sie trugen es selbst von jeher tief in ihrem Innern. Es spiegelte sich sogar in ihrem Blut, in ihren Stimmen und in ihren Blicken. Auch ihre Herzen waren schieferfarben und abgeschliffen durch das strahlende Licht des Tages ebenso wie durch den Dämmerschein der Nacht.

Ihre Herzen, sie hatten sie lange in den unglaublich süßen Wassern der Kanäle gewaschen, dann hatten sie sie auf die Felder und in die Wälder getragen und sie tief in der Erde zwischen Steinen und Wurzeln vergraben. Da hatten ihre Herzen Wurzeln geschlagen und sogar geblüht wie wilde Rosen, doch hatten sie sich alle gleichermaßen blutrot gefärbt.

Blutig rot.

Die Namen der Dinge und der Rosen bekamen immer mehr neue und sonderbar klingende Endungen, die schließlich unaussprechlich wurden. Denn es gab Menschen, die die Freiheit des Benennens und das Spiel mit den Ähnlichkeiten in einem solchen Maße übertrieben, daß sie die Namen am Ende verfälschten. Sie überzogen sie mit einer Schicht aus schwarzem Blut, auf der nur noch Gegensätze sich abzeichneten.

Sie reimten »Blut« auf »Asche« und »Nichts«.

Blutiges Rot.

Die Namen der Rosen und der Menschen zerrissen in Schreie und fielen in das Schweigen zurück.

Aschefarbenes Blut, Blut aus Nacht und Nebel.

So machte sich selbst der Mensch unnennbar – und mit ihm auch Gott.

Blut-Gott, gottlos.

Asche-Gott.

Asche und Staub.

1

Aber die Welt des Nuit-d'Or-Gueule-de-Loup, die durch Ruths Blick erhellt worden war, sollte eine ungeheuerliche, verheerende Verfinsterung erleben. Die Vorboten dieser Verfinsterung hatte nicht Ruth bemerkt, und auch nicht Thadée, der Lehrling der Astronomie, der seine Nächte damit zubrachte, die Sterne am Himmel zu beobachten. Es war die andere – jene andere, deren Verzicht so weit ging, daß sie ihrer Person entsagt und ihren Namen für ein schreckliches Doppelwort aufgegeben hatte: Violette-du-Saint-Suaire – Violette-vom-Grabtuch-Christi.

Es kam ein Brief, den ihre Schwester, Rose-de-Saint-Pierre, geschrieben hatte.

»... Es ist so plötzlich gekommen, so rätselhaft, daß niemand hier begreift, was geschehen ist und noch immer geschieht. Es hält nun seit mehr als drei Wochen an, daher habe ich mich endlich entschlossen, Euch zu schreiben. Mehrere Ärzte waren schon da, sie zu untersuchen, aber auch sie begreifen nicht. Die Krankheit, an der sie leidet, ist unerklärlich und scheint unheilbar. Aber wie soll man auch eine Krankheit behandeln, deren Ursache man nicht kennt?

Sie klagt nicht, so wie sie ja in ihrem ganzen Leben niemals geklagt hat. Dabei leidet sie unendlich. Aber dieses Leiden kommt vom Herzen. Allein vom Herzen, so denke ich. Es ist, als wollte Gott diejenige ins Herz treffen, die IHM von uns allen hier am meisten ergeben ist. Das Blut, das schon in ihrer Kinderzeit mehrmals so grundlos aus ihrer Schläfe gesickert ist, hat wieder zu rinnen begonnen. Aber es sind nicht mehr nur einige Tropfen wie früher, es ist wirklich wie das Blut einer Wunde. Es rinnt unaufhörlich, ihr Gesicht ist ständig von Blut überströmt. Sie ist so geschwächt, daß sie die ganze Zeit über das Bett hüten muß, sie kann nicht mehr zu den Gottesdiensten gehen und hat nicht einmal mehr Kraft, zu essen oder zu sprechen. Die Kommunion, die unser Geistlicher ihr jeden Tag erteilt, ist ihre einzige Nahrung geworden.

Mitunter allerdings sagt sie etwas, aber so leise, daß man sich ganz zu ihr hinunterbeugen und das Ohr nahe an ihren Mund legen muß, um ihre Worte zu hören. Was sie dann murmelt, ist so wirr, daß man es kaum versteht. Es sind im übrigen nicht einmal Sätze, sie wiederholt Worte, immer die gleichen wie »Leid, Gott, Erde, Ruinen, Asche, Todeskampf«. Man kann ihre Augen fast nicht mehr ansehen, so viel Angst und Schmerz liest man darin. Sie hat den Blick eines Menschen, der entsetzliche Dinge sieht, Dinge, die weder gesehen werden können noch gesehen werden sollen. Ich verbringe soviel Zeit bei ihr wie nur möglich. Aber ich glaube nicht, daß sie mich sieht, sie erkennt niemanden mehr. Es ist diese Vision in ihr, die alles verbrennt und ihr Gesicht bluten läßt wie eine Wunde…«

Der Brief von Rose ging noch weiter, er bedeckte über fünf Seiten mit einer engen, steifen Schrift. Noch nie hatte sie einen so langen Brief nach Hause geschrieben, niemals seit ihrem Eintritt in das Kloster hatte sie in einem solchen Maße das Gesetz des Schweigens gebrochen. Aber es war schon etwas anderes unwiderruflich in ihr zerbrochen.

Nuit-d'Or-Gueule-de-Loup begriff nichts von diesem Brief, außer daß seine Tochter an einer schweren Krankheit litt und daß sicherlich jenes zurückgezogene Leben daran schuld war, das sie sich aus Liebe zu einem imaginären Gott auferlegt hatte – jenem Gott, der nur vorgab, zu existieren, um die Menschen zu täuschen, zu erniedrigen und zu bekümmern. Und von neuem empfand er seinen einstigen Zorn gegen diesen Gott, der ihm schon allzu viele Beweise seiner Grausamkeit und seiner Brutalität geliefert hatte. Er war bereit, seine beiden Töchter mit Gewalt zu entführen, um sie wieder zu sich auf den Hof zu holen.

Aber Deux-Frères, er erinnerte sich. Erinnerte sich an Blanche, die Mutter von Violette-Honorine, dachte daran, wie sie in Agonie verfallen, an welchem Leiden sie erkrankt, an welch grauenhafter Vision sie gestorben war. Und er begriff, was die anderen zu begreifen sich weigerten – ausgenommen Ruth, deren Erinnerung plötzlich aus der Tiefe so vieler Jahrhunderte widerzuhallen begann, so daß sie all die durchscheinenden Gesichter nicht mehr zählen konnte, die wiederum aus ihren Träumen drängten wie verstörte Herden, von einem grauen Wind durch Leere und Nacht gejagt.

Die Erinnerung an die Ihren begann wie ein trübes Wasser in ihr aufzusteigen, das aus den Tiefen der Erde dringt und die Bilder aller Dinge aufweicht und verändert. Die Gesichter ihrer Kinder wie auch die Porträts, die sie von ihnen gemacht hatte, erschienen ihr nun wie Doppelbelichtungen. Die Fotografie verstärkte dieses Phänomen noch; hinter der Reglosigkeit dieser der Zeit entrissenen Porträts zeichneten sich Spuren anderer, älterer, mitunter sogar vergessen geglaubter Gesichter ab. Alle diese Fotos, die sie seit Jahren aufgenommen und entwickelt hatte, um, was sie damals gesehen, nicht zu vergessen, überraschten sie nun. Denn wenn sie jetzt diese Fotografien betrachtete, fand sie darauf weniger den flüchtigen Gesichtsausdruck ihrer Kinder wieder, deren tägliche Veränderung sie damals hatte festhalten wollen, als vielmehr wesentlich prägnantere, ältere Zeichen.

Sie sah sogar wieder, was sie vergessen hatte – alle die Ihren, die sie hatte verlassen, fliehen, verleugnen müssen. Sie sah, daß sie vergessen hatte und daß solches Vergessen nun nicht mehr möglich war. Das Vergessen verkehrte sich in sein Gegenteil und bedrängte sie als unendliches, erbarmungsloses Erinnern. All die Augenblicke, die sie wie kleine Fetzen Ewigkeit in ihre Fotoalben geheftet hatte, begannen sich zu bewegen und zu wispern. Irgend etwas löste sich in ihnen auf, verwandelte sich, sie trieben nach rückwärts ab und trugen die Gegenwart ihrer Familie mit sich fort, düsteren Unermeßlichkeiten entgegen, die sich immer weiter der Vergangenheit öffneten.

Im Antlitz ihrer beiden Söhne, die noch so voller kindlicher

Rundungen waren, ahnte sie das Gesicht ihrer Brüder, die im Alter von achtzehn und zwanzig Jahren für den Ruhm eines Kaiserreichs gefallen waren, welches mit ihnen zusammen unterging, und das Gesicht Jakovs, ihres letzten Bruders, der dem Wahnsinn verfallen war. Lebte er noch, war er noch im Hause ihrer Eltern? Aber nein, sie wußte sehr wohl, dort konnte er nicht mehr sein, ebensowenig wie ihre Eltern. In ihrem ganzen Heimatland gab es künftig kein Haus mehr, um die Ihren aufzunehmen; sie hatten alle fliehen müssen, begleitet von ihrem bösen Stern, der ihnen auf die Brust genäht war wie eine gelbe Zielscheibe, ein armseliges Herz aus Stoff, damit man es ihnen zerreißen könnte. Doch wohin mochten sie gegangen sein, war ihnen denn wenigstens Zeit zur Flucht geblieben? War es überhaupt möglich, daß ihre Mutter die Kraft und den Mut gefunden hatte, sich aufzumachen, unbekannte Wege einzuschlagen, sie, die aus krankhafter Angst vor ihrem eigenen, obschon so schwachen Schatten niemals das Halbdunkel des Zimmers hinter dem väterlichen Laden verlassen hatte? Ihre Mutter, deren zu große Sanftmut sich in jedem Zug von Almas feinem Gesicht wiederfand. Ruth hatte ihre Mutter im Grunde wenig gekannt; jetzt, schien ihr, würde sie die Beziehung zu ihr erneut knüpfen, wenn nicht gar überhaupt herstellen, über Alma, die bald das Alter erreicht haben würde, das sie selbst hatte, als sie die Flucht ergriff vor ihrer Familie, vor ihrem Land – vor ihrer Geschichte und vor ihrem Gott.

Ihre Familie, ihre Geschichte, ihr Gott – das war es, was durch diese Fotografien nun erneut sichtbar wurde, die sie nicht müde wurde, aufzunehmen, zu retuschieren, zu vergrößern in dem Bestreben, durch diese Arbeit Macht über die Erinnerung zu bekommen, die sie mit einemmal wieder verfolgte. Schlagartig erwacht und unbemerkt aufgebrochen war sie durch Roses Brief, der ihnen den sonderbaren Todeskampf von Violette-du-Saint-Suaire schilderte, so als hätte das Blut der jungen Nonne sich über alles und alle ergossen und sogar das Angesicht von Ruths Vater rot gefärbt, das sie mehr quälte – als jedes andere.

Der Bart dieses Vaters erschien ihr jetzt nur noch wie ein langgezogenes Weinen der Nacht. Einer Nacht, die nach so vielen Jahren gewiß aschfarben geworden war, einer weißen Nacht – Nacht der Schlaflosigkeit und sinnlosen Wartens.

Es war, als quelle das Blut der jungen Nonne aus allem und allen, Flut von Gegenwart, die plötzlich den Schlamm von Vergangenheit aufwühlte und über die gewaltsam die Zukunft hereinbrach.

»... Departement Isère, Präfektur Grenoble / Departement Jura, Präfektur Lons-le-Saunier / Departement Landes, Präfektur Mont-de-Marsan / Departement Loire-et-Cher ...«, so leierte im Kopf von Deux-Frères unablässig eine Schülerstimme ihre Litanei herunter, lange Stunden der Schlaflosigkeit hindurch. Denn er konnte nicht mehr schlafen, so als müßte er Tag und Nacht wachen, um bereit zu sein, seinen Sohn, seinen einzigen, zu retten, sobald vom Kirchturm von Saint-Pierre die Sturmglocke läuten würde. Allein Benoît-Quentins Mißgestalt beruhigte ihn ein wenig; in der Armee würde niemals eine Uniform für einen Buckligen geschneidert werden, sagte er sich immer wieder. Benoît-Quentin hingegen hatte ganz andere Sorgen: seine maßlose Liebe zu Alma. Denn sein mißgestalteter Körper, so jammerte er in einem fort, sei nicht für das Liebesverlangen geschaffen.

Nur Jean-François-Tige-de-Fer sagte man nichts von dem, was derjenigen widerfuhr, die alle Freude seines unendlich einfältigen Herzens gewesen und geblieben war – und die er sein kleines Seelchen nannte. Das Alter hockte schon so lange in ihm, daß er selbst jenseits aller Zeit zu sein schien. Immer noch stellte er gegen Abend gern einen Stuhl an seine Tür und ließ sich dort nieder, den Blick auf die Felder gerichtet, die er so lange bearbeitet hatte, auch wenn seine Augen nun schon ganz trübe waren und nichts anderes mehr sahen als seine Erinnerungen. Er hörte auch kaum noch die von der Erde aufsteigenden Geräusche, die

Schreie der Tiere oder die Stimmen derer, die um ihn waren. Er nahm nur noch das Gurren der beiden Turteltauben wahr. Er hatte stets ein Pärchen von ihnen behalten, zur Erinnerung an Violette-Honorine. Mitunter meinte er selbst zu dem Käfig zu werden, in dem seine Vögel nisteten; dann war ihm, als wippten sie dort auf dem äußersten Rand seines Herzens und zwitscherten ganz leise.

Und als die Sturmglocke läutete, hörte er sie nicht. Der Tod konnte weder Einlaß noch Echo in seinem Herzen finden, wo seine Tauben schlummerten. Sie bewahrten ihn vor allem Übel, vor allem Schrecken.

Dabei dröhnte die Glocke von Saint-Pierre diesmal sehr laut, da sie doch keinen Sprung mehr hatte. Sie war im Taumel der Siegesfreude und des wiedergewonnenen Friedens seinerzeit neu gegossen worden.

Jedoch war der Sprung nicht gänzlich verschwunden – er war nur woanders erschienen; er trat jetzt nicht mehr in der Bronze zutage, sondern im Frieden. Deshalb tönte die Glocke so voll und entschlossen querfeldein und schrie die große Neuigkeit heraus: daß sie wiedergekommen sei, die Zeit des Feindes, die Zeit des Blutes und der Angst, und mit Riesenschritten diesmal.

Sie läutete sogar so laut, daß Gabriel und Michael sie bis in ihren Wald hinein hörten und den Weg zurück zum Weiler nahmen, nicht um heimzukehren und bei den Ihren zu bleiben, sondern um einen neuen Aufbruch zu wagen. Einen großartigen, einen wirklichen Aufbruch. Instinktiv hatten sie nämlich gespürt, die beiden liebenden Brüder, die beiden Blutsbrüder, daß nun endlich die Stunde gekommen war, ihre Leidenschaft, ihre Brutalität und ihren Schrei im grellen Licht zu offenbaren und die ganze Welt mit Kampf zu überziehen.

Und das Lager, das sie wählten, um ihr Werk – ihr großartiges Werk auszuführen, war das Lager des Feindes. Nur auf seiner Seite, auf der des stärksten Hasses und der hochmütigen, zerstörerischen Brüderlichkeit konnte sich ihr Blut-Werk erfüllen.

Denn sie mußten zerstören. Zerstören, zerstören und abermals zerstören. Bis ihnen der Atem ausging, bis zur Erschöpfung ihres Körpers, bis zur Raserei. Jener Raserei, die schon immer in ihrem Herzen und in ihrem Fleisch schwelte.

2

Da war sie nun wieder, die Zeit des Feindes, und wieder hatte man ihr Herannahen kaum beachtet. Aber diesmal zögerte sie nicht lange und ließ sich nieder, sobald sie Fuß gefaßt hatte. Dazu muß gesagt werden, es war Frühling, und es ging alles so rasch, daß trotz der Ruinen und der ersten Toten, die schon allenthalben über die Landschaft vertreut lagen, die schöne Jahreszeit noch all ihren Zauber bewahrte.

Der Weiler Terre-Noire, hoch oben auf seinem über die Maas geneigten Hügel, war unberührt geblieben. Er hatte sich gerade noch losgemacht, sich noch weiter aus dem übrigen Land zurückgezogen und schien in den Tiefen seiner Wälder verschwunden zu sein wie ein gehetztes Tier, das unten in seiner Höhle den Atem anhält. Auch das Land selbst war auseinandergerissen, in mehrere Inseln zerfallen. Es hatte schon immer drei Frankreiche gegeben, nur waren es jetzt nicht mehr ganz dieselben; nun drittelte Frankreich sich von innen her, teilte sich in Zonen – in die sogenannte freie Zone, in die besetzte und in die verbotene Zone. Es gab sogar noch weitere Zonen; manche Leute waren auf Schiffen davongefahren und hatten in ihren Taschen etwas Heimaterde mitgenommen, um sie an anderen Orten, in behelfsmäßig erbauten Treibhäusern, in England oder Afrika, wieder einzugraben. Und die Stadt, die große Stadt mit den Parks und den Gärten, wo Nuit-d'Or-Gueule-de-Loup seiner letzten und größten Liebe begegnet war, lag gefangen dort drüben in Schmach und Leid.

Dort drüben. Ein Hier gab es nicht mehr, nicht mal ein Heute. Es gab nur noch ein Drüben, ebenso unbestimmbar wie unerreichbar, und ein Morgen, das ein von Schrecken klaffender Abgrund war. Diese neuartige, in aller Eile geschaffene Kartographie überraschte immer wieder: eine kleine Stadt, die außer den Leberkranken keiner kannte, geriet schlagartig in den Blickpunkt dieser aus Katastrophen hervorgegangenen Geographie.

Das gesamte Gebiet von Terre-Noire schien dadurch, daß es in die verbotene Zone gefallen war, den Breitengrad gewechselt zu haben. Breitengrad Krieg: die Landschaft wurde durch ihn ganz verändert. Die Erde schien wie von Blutungen heimgesucht; Ernten, Menschen und Herden wurden in Wellen auf die andere Seite der Grenzen geschwemmt. Ganze Dörfer verschwanden nach den Launen eines Katasters, das von einem Tag auf den andern mit Gewehrsalven, Feuer und Bombardements geschrieben wurde. Absonderliche Architekturen tauchten allenthalben auf – Bunker, Flugzeugstützpunkte, Lager, Kasernen, Schienen. Eine Landschaft in Beton und ein Horizont aus Stacheldraht. Behausungen und Felder wechselten jäh ihre Besitzer und Bestimmungen. Der Feind nahm Besitz von den schönsten Häusern und vertrieb die Bevölkerung zu Scharen, um an ihrer Stelle Kolonisten aus weit entfernten Landstrichen im Osten anzusiedeln und um Horden von Gefangenen, die in allen Ländern zusammengetrieben worden waren, dort arbeiten zu lassen.

In der ersten Zeit schien der Feind, seines Sieges sicher, noch eine gewisse Korrektheit zu zeigen und sann sogar darauf, wie er dies verstreute Volk von Besiegten, das sich im Zwielicht von Angst und Rachsucht verkroch, für seine Größe gewinnen könnte. Aber das hielt nicht lange an; der Sieg des Mächtigen war ja in Wirklichkeit nur für ihn selbst eine Errungenschaft und ein Recht, für die anderen bedeutete er lediglich Ausplünderung des Landes und eine Freiheit, die man nur als vorläufig zu betrachten – und bei der nächsten Gelegenheit zurückzugeben hatte.

Angesichts solchen Mangels an Unterwerfung erklärte der Feind in roten Anschlägen offen seinen Haß und seine Gewalt. Die solchermaßen plakatierten Straßen der Städte und Dörfer wurden zu Wandelgängen des Schreckens und des Todes.

Terre-Noire, wo es eigentlich keine Straßen gab und dessen einziges öffentliches Gebäude das alte Waschhaus war, wurde vom Okkupanten eine Zeitlang nicht beachtet, so daß die Bewohner des Weilers die Anwesenheit des Feindes beinahe vergaßen, den sie bisher immer nur flüchtig hinter den Scheiben großer schwarzer, eilig über die Landstraßen gleitender Autos gesehen hatten. Doch die Menschen hatten die früheren Aufenthalte des Feindes in ihrer Gegend nicht vergessen, sie spürten genau, daß der Tod umherschlich, daß er sich in einer Ecke kauernd bereithielt, um aus dem Hinterhalt über sie herzufallen. So war es immer gewesen. Nur wußten sie nicht genau, von wo, noch wann und wie er auftauchen würde. Sie spannten also den Rücken und schwiegen.

Schließlich kam er, dieser Tod, den sie so fürchteten. Als er auftauchte, zielte er merkwürdigerweise nicht auf die Lebenden, sondern just auf die Toten. Denn auch das gehört zum Breitengrad Krieg – die Überraschung und die Verhöhnung.

Ein Flugzeug stürzte kurz vor Tagesanbruch auf den Friedhof von Montleroy. Diesmal büßte die Kirche nicht nur ihre Glocke ein, sie verlor auch ihren Glockenturm. Und der Friedhof selbst wurde zu Dreivierteln zerstört. Als der Morgen anbrach, konnte man zwischen den Ruinen die zerfetzten und zudem seit langem von der Erde zerfressenen Leiber entdecken. Leiber, ohne Gesichter und ohne Geschlecht, die es in wirrem Durcheinander bis auf die Dächer der benachbarten Häuser und in die Äste der Bäume hinaufgeschleudert hatte, welche ihre Blätter gerade zu verlieren begannen.

Das also war die große Ernte, die der erste auf dem Breitengrad Krieg verbrachte Herbst den Pfarrkindern von Montleroy beschied – sie mußten die Reste ihrer Ahnen von den Bäumen herunterschlagen und wahllos in einem Massengrab verscharren, welches unter bewaffneter Aufsicht des Okkupanten ausgehoben worden war; er selbst interessierte sich nur für einen einzigen Kadaver – das abgestürzte Flugzeug.

Nuit-d'Or-Gueule-de-Loup fühlte die Schändung des zum anonymen Beinhaus erniedrigten Friedhofes bis in sein innerstes Fleisch. All sein Gedächtnis war aufgerissen und entweiht. All seine Erinnerungen und seine vergangenen Lieben.

Mélanie, Blanche, Sang-Bleu und seine Tochter Margot – die Namen schmerzten ihn plötzlich, sie begannen ihn mit Trauer zu erfüllen und ihm das Herz zuzuschnüren. Seine Vergangenheit, seine ganze Vergangenheit lag in einem Massengrab, der Geschichte entrissen, aus dem Gedächtnis verschleppt.

Diesmal konnte man wahrhaftig nicht länger an der Tatsache vorbeisehen: Tod und Unglück waren zurückgekehrt. Sie schlichen nicht mehr umher, sondern hatten soeben zum ersten Schlag ausgeholt. Und dieser Angriff war auf eine listige, heimtückische Weise geführt worden – genau in den Rücken, in die Vergangenheit. Nun aber würden sie sich die Lebenden vornehmen, sie würden ihnen in die Flanken fallen, und am Ende würden sie sie mit voller Wucht mitten ins Gesicht schlagen.

So glitt Terre-Noire immer mehr auf den Breitengrad Tod zu, um diesmal ganz darin zu versinken.

Es schien Benoît-Quentin, als hörte er eine sanfte Klage von der anderen Seite des Feuers aufsteigen, als inmitten der Glut der weiße Elefant auf die Seite fiel und aufplatzte. Dem Wahnsinn nahe, starrte er auf Almas feines, hinter den tanzenden Flammen verschwimmendes Gesicht. Ihre Augen waren ihm niemals so groß erschienen. Er spürte nicht einmal, wie sich die Finger seines Vaters in seine Schultern krampften. Deux-Frères preßte ihn an sich, als wollte er ihn mit seinem eigenen Körper umhüllen, ihn darin verbergen.

Das Feuer brannte lange. Es war riesengroß, denn es hatte eine gewaltige Pyramide von Möbeln, Wäsche und Gegenständen zu verschlingen. Der Schnee ringsum schien unter dem Auflodern der Flammen wie von rosigen Schauern überlaufen. Es war ungewöhnlich kalt und gleichzeitig glühend heiß um diesen Scheiterhaufen.

Die beiden kleinen Mädchen hatten ihre Gesichter in die Falten des Kleides ihrer Mutter vergraben und zerkratzten ihr vor Angst die Arme. Sie wollten nicht sehen, sie waren nicht imstande zu sehen. Ruth stand reglos und weinte stumm. Unablässig sah sie Gesichter und Hände nach oben treiben und in der tiefschwarzen Rauchsäule, die aus dem Zentrum der Flammen aufstieg, ihre Konturen verlieren. Alle ihre Alben waren verbrannt. Tränen und Spiel der Flammen – der Blick ihrer Augen verlor sich in dieser Blendung. Und dann dieser schwarze Qualm, wie ein langer, windzerzauster, fauchender Bart.

Nur Mathilde ragte, die Arme über der Brust verschränkt, etwas abseits aus der Gruppe der Frauen, und ihre weißen Haare schimmerten im Schein des Feuers.

Nuit-d'Or-Gueule-de-Loup stand unter seinen Söhnen Sylvestre, Samuel und Baptiste. Er taumelte unmerklich, wie ein Nachtwandler, der auf der Schwelle zwischen Traum und Erwachen steht. Die Hände, die Ruth ihm am Morgen über die Augen gelegt hatte, beschatteten noch seine Lider. »Weißt du, was ich heute anhabe?« hatte sie ihn gefragt. Als sie ihre Hände weggenommen und er sich umgedreht hatte, sah er das grüne Kleid, das Kleid ihrer ersten Nacht. »Erinnerst du dich?« – »Natürlich erinnere ich mich. Es steht dir noch immer so gut wie an jenem Tag.« Und es stand ihr tatsächlich noch immer so gut, das grüne Kleid, als hätten weder Ruth noch das Kleid sich nach beinahe zehn Jahren verändert. Das Kleid trug in seinen Falten und seinen Taschen sogar noch jenen grausigen Schatten, der ihn damals beim Erwachen so sehr in Schrecken versetzt hatte. Diesen grünen Schatten, den die Flammen nun rötlich färbten und worin ihre beiden Kleinen ihre Köpfe bargen. Der Schatten des Zusammenbruchs.

Sogar der alte Jean-François-Tige-de-Fer war in seiner Hütte entdeckt und hierher geschleppt worden; gestützt von Thadée und dem Knecht Nicaise, versuchte er, mit seinen Fingerspitzen, die er zitternd vor sich ins Leere hielt, das Feuer wahrzunehmen. Das eigenartige Kreischen, das seine beiden Turteltauben ausgestoßen hatten, als die Soldaten ihren Käfig ins Feuer warfen, ging ihm nicht mehr aus den Ohren.

Als das Feuer endlich erloschen war, erhob sich der Offizier, der auf dem einzigen und eigens zu diesem Zweck aufgesparten Stuhl mit übereinandergeschlagenen Beinen saß und die Zeremonie leitete, und gab neue Befehle. Daraufhin wurde eine zweite Aufteilung getroffen, die nunmehr nicht Männer und Frauen trennte, sondern jene, die weggebracht werden sollten, und jene, die bleiben durften. Dann gab es noch eine dritte Aufteilung, unter denen, die abtransportiert würden: Ruth und ihre fünf Kinder kamen auf die eine Seite, Baptiste, Thadée und Nicaise, die jungen Männer, die in dem Alter waren, um für das Reich zu arbeiten, auf die andere. Den Buckligen ließ man beiseite, seiner Mißgestalt wegen. Er wurde jedoch für würdig befunden, zumindest einmal dem Ruhm des Okkupanten zu dienen. Der Offizier ließ ihm eine Waffe geben und befahl ihm, den alten Jean-François-Tige-de-Fer zu erschießen, der schuldig war, zwei Tauben verborgen zu haben, somit zwei Boten, die imstande waren, arglistig gegen den Sturm der siegreich voranschreitenden Geschichte anzufliegen, einer Geschichte, für die er, der Offizier, voller Hingabe kämpfte.

Benoît-Quentin hielt den Revolver flach auf beiden Händen und betrachtete ihn verstört. Er stand allein in der Mitte des Hofes, vor dem noch rauchenden Gluthaufen, ganz allein zwischen dem Offizier und Jean-François-Tige-de-Fer, der verzweifelt nach einem Halt suchte, um nicht zu fallen. Der Offizier ließ dem Alten den Stuhl bringen und half ihm sogar, sich hinzusetzen. Alle anderen waren weiter zurückgedrängt worden, an die Wände der Stallungen und des Hauses; ihnen war nur erlaubt, Zuschauer zu sein.

Der Offizier wiederholte seinen Befehl. Benoît-Quentin schien ihn nicht zu hören oder doch nicht zu verstehen. Er wandte den Kopf abwechselnd zu dem Offizier und zu Jean-François-Tige-de-Fer, die Waffe noch immer auf den geöffneten Händen. Er hatte Schmerzen im Rücken, ihm schien, als bewegte sich etwas in seinem Buckel. Mein Rücken wird bersten, sagte er sich. Ein Arm wird herausfahren und schießen. Diese Idee entsetzte ihn ebenso, wie sie ihn beruhigte. Ein Arm wird herausfahren... – »Tu es doch«, murmelte schließlich Jean-François-Tige-de-Fer. »Ich bin schon so alt, tu es nur. Sie haben meine Tauben getötet, da kann ich jetzt auch sterben. Was macht das schon? Los, Junge, schieß, schieß doch endlich... schnell...« Er flüsterte, während er mit einem sonderbar traurigen und abwesenden Lächeln den Kopf hin- und herwiegte. Benoît-Quentin suchte Alma mit den Augen. Er sah sie dort drüben, ganz fern, zwischen ihren kleinen Brüdern und Schwestern stehen, mit dem Rücken an die Stallwand gelehnt. Ihre Augen waren so groß, daß sie die ganze Stallwand in ein bläuliches Licht tauchten.

Der Offizier wiederholte seinen Befehl zum dritten und letzten Mal. Seine Geduld war am Ende, er warnte Benoît-Quentin: falls er die ihm übertragene Aufgabe nicht in der nächstfolgenden Minute ausführte, würde er selbst wegen Gehorsamsverweigerung exekutiert werden. Almas Augen tauchten nunmehr alle Wände und sogar den Schnee im Umkreis in bläuliches Licht. Benoît-Quentin sah nichts anderes, hörte und fühlte nichts mehr als dieses Schieferblau, das sich aus Almas Augen über den Hof ergoß und in seinem eigenen Körper wie ein langes, stummes Weinen bebte. Sein Rücken schmerzte ihn, er hätte schreien mögen vor Schmerz, es schien ihm, als schlüge eine Faust von innen mit aller Wucht, um seinen Buckel zu sprengen.

Langsam ließ er die Waffe in seine rechte Hand gleiten. Sie wog schwer, und er wußte nicht mit ihr umzugehen. Er hob den Arm, ging ein paar Schritte rückwärts, streckte den Arm waagerecht nach vorn und legte den Finger ganz vorsichtig an den Abzug. »Ha!« machte der Offizier und näherte sich dem Stuhl ein wenig, um, die Hände auf dem Rücken verschränkt, die Szene besser beobachten zu können. Jean-François-Tige-de-Fer begann schließlich einen merkwürdigen Laut von sich zu geben, eine Art Gurren, ähnlich dem seiner Tauben. Er saß ganz in sich zusammengesunken auf seinem Stuhl, die Hände auf den Knien gekreuzt, den Kopf nach vorn geneigt, als bereite er sich schon auf das Umfallen vor.

Benoît-Quentin sah noch einmal zu Alma hin und brachte dann die Waffe, die er mit beiden Händen hielt, in Anschlag. Er zielte dem Verurteilten genau zwischen die Augen und drückte sofort ab. Alles ging sehr schnell, er hatte genau getroffen, und der andere sackte, mit dem Gesicht nach vorn, augenblicklich in sich zusammen. Noch immer jedoch stieß Jean-François-Tige-de-Fer auf seinem Stuhl sein leises Gurren hervor. Benoît-Quentin warf die Waffe auf die Erde.

Aufschreie ertönten von allen Seiten, und bei den Stallmauern und Scheunen kam es zu einem gewaltigen Gedränge. Aber mit Kolbenhieben war die Ordnung rasch wiederhergestellt.

Ein paar Soldaten eilten auf Benoît-Quentin zu, der reglos stehengeblieben war. Sie richteten jene seltsamen Geräte auf ihn, mit denen sie kaum eine Stunde zuvor bereits den Berg von Möbeln und Gegenständen in Brand gesetzt hatten. Nuit-d'Or-Gueule-de-Loup packte Deux-Frères um den Leib, drückte ihn mit aller Kraft gegen die Mauer und zwang ihn, sein Gesicht abzuwenden.

Es gab ein dumpfes, zischendes Geräusch. Benoît-Quentin sah drei Strahlen flüssigen Feuers pfeifend auf sich zufahren. Er hatte gerade noch Zeit, Almas Augen ein letztes Mal mit seinem Blick zu streifen. Dann tauchte alles in rote Glut. Sein Körper fing augenblicklich Feuer, er stand von Kopf bis Fuß in Flammen. Das Gurren von Jean-François-Tige-de-Fer erstickte in einem scharfen Kreischen. Auch er hatte Feuer gefangen und brannte lichterloh auf seinem Stuhl.

Benoît-Quentin wollte Almas Namen schreien, sie rufen, ihr endlich gestehen, wie sehr er sie geliebt hatte und wie sehr er sie begehrte, in diesem Augenblick mehr denn je. Aber statt des Namens Alma, seiner einzigen und wunderbaren Liebe, schrie er ein anderes Wort, als er sich, von den Flammen verzehrt, auf dem Boden wälzte. »Die Stuhlvermieterin!« brüllte er. Unter seinen verbrannten Lidern hatte er die alte Stuhlvermieterin vom Park Montsouris aus der großen Tasche ihrer Geldschürze einen Flammenwerfer ziehen sehen, mit dem sie alle Sitzenden und alle weißen Elefanten in Brand setzte.

Sheyn, bin ich sheyn,
Sheyn iz mayn Nomen…

Alma hatte mit der Stimme eines ganz kleinen Mädchens zu singen begonnen. Sie hatte den Blick eines Menschen, der den Verstand verloren hat. Man befahl ihr zu schweigen, aber sie sang ihr Lied trotzdem weiter.

…Bin ich bay mayn Mamen
A lichtige Royz.
A sheyn Meydele bin ich,
Royte Zekelech trog ich.
Gelt in di Tashn,
Vayn in di Flashn…

Ein heftiger Kolbenhieb traf sie vor die Brust und schnürte ihr die Luft ab; mit einem noch dünneren Stimmchen nahm sie jedoch ihre Strophe sogleich wieder auf: »…Shrayen ale sheyn, Sheyn bin ich, sheyn…« Diesmal traf sie eine Kugel in die Kehle.

Ihr Lied endete in einem blutigen Glucksen, während sie ganz sacht zusammensank zwischen ihren Brüdern und Schwestern, deren Schuhe sich bald rot zu färben begannen.

Die Kinder und Ruth hatten keine Zeit zu reagieren, schon stieß man sie unter Gebrüll und Geprügel in die Wagen; auch Baptiste, Thadée und Nicaise wurden aufgeladen. Nur die kleine Suzanne murmelte im Gedränge unter dem Gebrüll, aber so leise, daß keiner sie hörte: »... Bin ich bay mayn Mamen a lichtige Royz ...«

3

Im Hof waren jetzt nur noch Mathilde, Nuit-d'Or-Gueule-de-Loup und Deux-Frères zurückgeblieben. Der Konvoi war schon lange abgefahren, während sie noch reglos an derselben Stelle verharrten. Nuit-d'Or-Gueule-de-Loup hielt seinen Sohn noch immer gegen die Wand gepreßt; er wagte nicht, seine Umklammerung zu lösen, so heftig schlug das Herz von Deux-Frères. Er fürchtete, wenn er den Oberkörper seines Sohnes losließe, würde er auseinanderbrechen wie ein Holzbottich, dessen Reifen man entfernt hat. Auf einmal jedoch wichen Kraft und Gedanken aus ihm, seine Arme fielen herab wie zwei Lumpenpakete. Alles in ihm begann in Schlaffheit und Sinnesverwirrung zu ermatten. Er hatte soeben das dumpfe Geräusch im Herzen seines Sohnes wahrgenommen, das plötzlich zu schlagen aufhörte, und gleich darauf jenen scharfen Schmerz im linken Auge verspürt.

Deux-Frères brach langsam zusammen, seine Stirn schrappte die Mauer hinunter, und er sank auf die Knie.

Mit hängenden Armen, ganz benommen, als tauche er aus einem Traum auf, betrachtete Nuit-d'Or-Gueule-de-Loup den Hof, den großen Aschehaufen in der Mitte, die beiden verkohlten Körper daneben und Alma, die zusammengekrümmt beim Stall lag, den Kopf von einem mächtigen Heiligenschein aus schwärzlichem Blut umgeben. »Also...«, sagte er sanft und verwundert, »ist es vorbei?... Ist jetzt alles zu Ende?...« Der Tag selbst neigte sich seinem Ende zu, und die Abendschatten krochen langsam den Hügel herauf. Vielleicht waren es diese Schatten, denen er seine Frage stellte. Er deutete auf den Kinderweg und sagte: »Von dort ist er damals zurückgekommen. Ich erinnere mich. Er bewegte sich so schwerfällig vorwärts. Ich hatte ihn nicht einmal erkannt. Mir ist, als sei es gestern gewesen...« Aber schließlich schien ihm, als sei alles gestern gewesen – Mélanie, Blanche, Sang-Bleu, Ruth und alle seine Kinder, die fünfzehn Kinder, die er gezeugt hatte, dazu Benoît-Quentin. Gestern.

Von nun an konnte es ohnehin nur noch ein Gestern geben, nichts als ein Gestern. Auch die Zeit war soeben zusammen mit den Gegenständen, den Möbeln, den Körpern verbrannt. Es gab keine Gegenwart mehr, es würde keine Zukunft mehr geben. Übrig blieb, jenseits aller Zeit, nur ein phantastischer Traum.

Nuit-d'Or-Gueule-de-Loup wandte sich wieder seinem Sohn zu, kniete neben ihm nieder und hob ihn auf seine Arme. Seine Kraft kehrte wieder, seine Erinnerung kehrte wieder – eine Erinnerung, die ebensosehr von Trauer und Schmerz wie von zärtlicher Liebe geprägt war. Er trug Deux-Frères zur Außentreppe des Hauses, setzte sich dort auf die Stufen und hielt den mächtigen Körper seines Sohnes quer über seinen Schenkeln. »Alles ist nun vorbei...«, wiederholte er. »Ganz und gar vorbei.« Und dann redete er lange mit halblauter Stimme, manchmal beinahe lächelnd. Er wandte sich an die Seinen, an alle seine Toten, alle seine Dahingegangenen. So redete er, bis es Nacht wurde, wiegte dabei unmerklich seinen Sohn auf seinen Knien und strich ihm zärtlich übers Gesicht. Er sprach zur Nacht und auch zum Wind, der sich wieder erhoben hatte, und zum Schnee, der wieder zu fallen begann. »Vater«, fragte plötzlich Mathilde, »was sollen wir tun… mit allen diesen Toten?« Dann fügte sie hinzu: »Die Erde ist vollkommen gefroren. Aufgraben ist ausgeschlossen…« Es fiel ihr schwer, die einfachen Worte, die sie verwendete, auszusprechen, so gewichtig waren sie geworden, und ihre Sprache wurde schwerfällig und zögernd. Es war ihr, als sei ihr Mund voller Schlamm.

Alle diese Toten. Und graben. Diese Worte waren so schwer, so finster und eisiger noch als die Erde. Die Arme vor die Brust gepreßt, schritt sie über den Hof, und sie wußte nicht einmal, gegen welche Kälte sie solchermaßen ankämpfte, gegen die Kälte der Nacht oder die der Worte. Sie wagte auch nicht, ins Haus einzutreten, sie wußte, daß es leer war, daß Türen und Fenster zerschlagen, die Dielen herausgerissen waren. Sie konnte nicht hineingehen, es war kein Haus mehr da; es gab nur noch ein Draußen.

Vater. Alle diese Körper. Graben. Die Worte bohrten sich mit ihren rätselhaften Lauten unablässig in ihren Kopf, der ebenso leer war wie das Haus. Sie hämmerten gegen ihre Schläfen wie Türen, die aus den Angeln gesprungen waren und die der Wind hin- und herschlug. Ein Wort hob sich ab und begann lauter zu dröhnen als die anderen. Vater. Vater… Vater…!

Doch ihr Vater sah sie nicht an, er nahm sie vielleicht nicht einmal wahr. Er sprach zur Nacht und zu den Toten. Ihr war kälter als diesen Toten, sie fühlte sich viel, viel einsamer als sie. Vater, Vater, Vater… Mußte denn auch sie erst sterben, damit ihr Vater sie endlich in seine Arme nahm und sie tröstete über den gewaltigen Kummer, der sie so sehr schmerzte? Mußte sie sterben?

Und es packte sie das Verlangen, sich zu allen diesen zerschundenen Toten zu legen. Sie ging auf den Aschehaufen zu, den eine feine Schneeschicht bedeckte, und warf sich darüber hin. »Darunter«, sagte sie sich, »darunter schwelt vielleicht noch das Feuer. Darunter muß es noch heiß sein… heiß…« Sie begann in der Asche zu wühlen und zwischen den verkohlten Überresten nach Glut zu suchen. Es gelang ihr nur, sich die Hand an einem

Stück Eisen aufzuschürfen. Dieser Schmerz, der sie endlich heftig durchfuhr, erweckte sie aus ihrer Fühllosigkeit und befreite sie augenblicklich von ihrem Verlangen nach Asche.

Der Gegenstand, an dem sie sich verletzt hatte, war ein langer, vom Feuer ausgeglühter Metallbehälter. Sie erkannte ihn augenblicklich wieder und öffnete ihn daher nicht. Es war der, den Deux-Frères aus dem letzten Krieg mitgebracht hatte. Jetzt war es belanglos, von wem der Arm stammte, der darin versteinert lag, von Augustin oder von Mathurin. Sie verscharrte die Büchse wieder unter der Asche und stand auf. »Aber was tue ich denn?« sagte sie zu sich selbst, indem sie ihr aschebedecktes Kleid abklopfte. »Mein Platz ist nicht hier. Ich bin am Leben geblieben. Am Leben. Ich bin am Leben. Ich und mein Vater, wir sind am Leben. Die Asche, die ist für die Toten. Für die von einst und für die von heute. Nicht für mich!«

Mochte er sich ruhig nach ihr ausstrecken, dieser schon antike, mit rostigem Eisen behandschuhte Arm, er würde sie nicht fassen können. Mochte er doch nach den anderen greifen. Nach all diesen leblosen Körpern. Wenn die Erde es nun einmal nicht zuließ, daß man sie aufgrub, dann also ins Feuer mit ihnen. »Vater!« rief sie und wandte sich zu Nuit-d'Or-Gueule-de-Loup um. »Wir können nicht so untätig bleiben. Wir müssen die Toten verbrennen. Sonst werden die wilden Tiere kommen. Die Erde ist zu hart, man kann sie nicht aufgraben.«

»Die Erde...«, wiederholte Nuit-d'Or-Gueule-de-Loup wie ein sehr fernes Echo, »die Erde...« Es war nicht einmal eine Antwort an Mathilde, er sprach einfach im Schlaf. Denn er war auf der Schwelle sitzend eingeschlafen, mit weit geöffneten Augen, Deux-Frères noch immer an sich pressend. Er hielt ihn jetzt wie ein ganz kleines Kind, seinen erstgeborenen Sohn mit dem freilich so großen Körper, mit den so plumpen Füßen.

Er schlief und träumte. Er träumte von der Erde. Jener Erde, auf der er nicht geboren war, die ihn deshalb vielleicht nie wirklich gemocht hatte und sich nun auch noch seinen Toten verweigerte. Er blieb also ein Mensch des Süßwassers, der nur flüchtig unter die Landmenschen geraten war und sich verirrt hatte. In die Erde konnte man freilich nicht eindringen, sie war nicht einmal bewohnbar. Gewiß, er hatte sie lange Zeit ausgehöhlt, er war sogar sieben Jahre tief in ihre finsteren Schlünde hinabgefahren, und fast fünfzig Jahre hatte er sie bearbeitet, bestellt, fruchtbar gemacht. Nun aber erwies sich, daß all dies nur Schrammen waren, die sich sogleich wieder schlossen, und Spuren, die verblaßten. Nachdem er ein Bootsmann gewesen war, den die Flüsse abgewiesen hatten, war er jetzt nur noch ein Bauer, den die Erde zurückstieß, ein Liebender und ein Vater, den die Liebe zurückstieß – ein Lebender, den das Leben von sich wies, den jedoch auch der Tod nicht haben wollte. Er gehörte nirgendwohin. Darum hatte er keinerlei Eile, sich von dieser Schwelle zu erheben, auf der er im Sitzen schlief.

Er träumte von der Erde. Von ihren kupfernen und ihren goldenen Ähren, ihren grünen und blauen Gräsern, von ihren Quellen und Wäldern, von ihren Blumen, die die Farbe von Nägeln, Augen, Lippen und Blut hatten. Von alledem war nichts geblieben. Frost und Asche.

»Die Erde… die Erde…«, murmelte Nuit-d'Or-Gueule-de-Loup im Traum. Die Morgendämmerung brach an; verschwommene Lichtstreifen in rosigem Weiß tauchten am Horizont auf.

Es war jedoch nicht dieses aufsteigende Tageslicht, das ihn weckte, es war der Widerschein von Flammen. Mathilde hatte ein großes Feuer angezündet, dort, wo die Soldaten am Tag zuvor ihren Scheiterhaufen errichtet hatten. Sie hatte alles Stroh aus den Ställen aufgelesen, in denen seit langem kein Vieh mehr stand, und alle Holzscheite daraufgehäuft, die sie noch hatte finden können. Dann hatte sie die Leichen von Alma, Benoît-Quentin, Jean-François-Tige-de-Fer dorthin geschleift, sogar die von Deux-Frères, die sie der Umklammerung seines schlafenden Vaters hatte entreißen müssen. Alle diese Körper waren schwer vom schrecklichen Gewicht ihres Todes und der Kälte, doch auch so fügsam. Im übrigen gab es Mathilde eine neue, unbändige Kraft, daß sie sich in dem Augenblick, da sie aufzugeben glaubte, so brutal wieder ins Leben zurückgerissen hatte. Sie betrachtete dieses zweite Feuer, das nun ein läuterndes, wohltuendes war. Ein schönes Feuer, das wieder vereinte, was das Flammenmeer des Vortages entzweit hatte, und das die Toten aus ihren Todespanzern befreite und sie dem Wind überantwortete.

Nuit-d'Or-Gueule-de-Loup stand auf und schritt langsam auf das Feuer zu. Er sagte nichts. Auch er sah zu, wie diese merkwürdigen Flammen emporstiegen, in denen die Überreste seiner Kinder und seines alten Kameraden allmählich knisternd verschwanden. Er lehnte sich nicht einmal mehr auf, er empfand keinen Zorn mehr und keinen Haß gegen Gott. Wozu auch, da es Gott schließlich nicht gab, da der Himmel ebenso öde war wie die Erde, ebenso leer wie sein Haus. Es gab keinen anderen Gott außer all denen hier, die er so sehr geliebt hatte und die nun in Frieden vor seinen Augen verbrannten. Er betrachtete die langsame Metamorphose Gottes zu Asche, und er sagte nichts.

Der Tag war vollends angebrochen; der Himmel hatte die gleiche seidengraue, weißschimmernde Farbe wie der Aschehaufen; man hätte meinen können, auch er habe die ganze Nacht gebrannt. Mit dem Morgen war auch Wind aufgekommen, fegte über den Schnee und verwehte bereits die Asche.

Nuit-d'Or-Gueule-de-Loup und Mathilde traten schließlich in das verlassene Haus. Der Wind wehte durch die zerbrochenen Fensterscheiben und fuhr pfeifend die Wände entlang. In soviel Leere und Stille des Ortes hallte das Pfeifen schrill wider und pflanzte sich von Raum zu Raum fort. Es klang wie Stimmen ohne Worte und ohne Rhythmus, die nur noch hauchten. Stimmen, die von ihren Körpern, aus ihren Mündern losgerissen waren und rasch in alle Richtungen davonstoben. Ein Schwarm tonloser, durch ihre unendliche Belanglosigkeit erregter Stimmen.

Mathilde wandte sich zu ihrem Vater um; er stand abgewandt mitten im Zimmer, mit hängenden Armen und gesenktem Kopf. »So viele Jahre, so viele Geschichten, und das soll das Ergebnis sein!« schrie es plötzlich aus ihrem bestürzten Herzen. Denn eben war ihr der Vater so erschienen, wie sie ihn fünfunddreißig Jahre zuvor am Bett ihrer Mutter gesehen hatte. Nur waren seine Schultern noch breiter und auch noch abfallender geworden. Würde er in Schluchzen ausbrechen wie an jenem Tag? Die Liebe, die sie ihrem Vater entgegenbrachte, war nur noch Heftigkeit und grenzenloses Mitleid, und beides kämpfte in ihr so sehr miteinander, daß ihr fast das Herz zersprang. Sie stützte den Kopf in die Hände, denn das Zimmer hatte sich zu drehen begonnen, und die Mauern schwankten. Ja, sie hatte ihr Versprechen gehalten, sie war ihrem Vater absolut treu gewesen und immer an seiner Seite geblieben. Sie hatte ihn weder um der Liebe noch des Todes willen verlassen. Von den fünfzehn Kindern, die er gezeugt hatte, war sie die einzige, die allen Widrigkeiten zum Trotz bei ihm geblieben war. Doch was war am Ende ihr Lohn für soviel Treue gewesen? Nur Gleichgültigkeit und Verrat. Sie spürte, wie ihre Heftigkeit die Oberhand über das Mitleid gewann und sich in Zorn verwandelte. Dann flammte alles in dem erbitterten Gefühl auf, verhöhnt worden zu sein. Sie biß sich in die Faust, um nicht aufzuschreien, und sackte mit ihrem ganzen Gewicht auf die Knie – dann lachte sie laut auf. All diese Jahre, all die Dramen von Liebe, Eifersucht und Trauer, um zu einem solchen Ende zu führen, um ins Nichts zurückzukehren! Sie trommelte mit den Fäusten auf den Boden und schüttelte ihren Kopf hin und her, während sie unbändig weiterlachte. Nuit-d'Or-Gueule-de-Loup trat näher zu ihr und sagte: »Mathilde! Mathilde! Was hast du? Hör auf, ich flehe dich an! Steh auf, hör auf!...« Dieses Lachen tat ihm weh, so falsch und böse klang es. Er kniete neben ihr nieder und nahm ihre Hand. »Ich, ich bin da!« begann sie mitten in ihrem Gelächter zu schreien. »Ich bin immer noch da, ich, ich! Auch wenn die andern verschwunden sind, ich bin da! Aber warum, sag, warum? Du hast mich niemals geliebt, weder du noch sonst irgendwer! Ha! Ich bin da, und niemand, der es weiß, der mich liebt...« Das offene Haar fiel ihr ins Gesicht, hing ihr in die Augen und in den Mund. Es schimmerte wie Tränen, dieses weiße, über ihr Gesicht gebreitete Haar. Sie hob die Hand, um ihren Vater zurückzustoßen, aber die Hand fiel auf seine Schulter und klammerte sich dort heftig fest. Er schloß sie in die Arme und ließ sie, an sich gelehnt, weinen. Ihre Tränen rannen brennend heiß seinen Hals hinab bis unter sein Hemd.

Als sie zu weinen aufgehört hatte, sprang sie plötzlich auf, warf heftig ihr Haar zurück und erklärte mit gefaßter Stimme: »Laß uns jetzt an die Arbeit gehen. Alles muß von vorn begonnen werden.« Sie hatte sich noch einmal wieder gefangen.

4

Und sie machten sich aufs neue an die Arbeit, mit bloßen Händen, ohne anderen Beweggrund als die Notwendigkeit, Zoll um Zoll gegen die Leere und den allerschrecklichsten Gram anzukämpfen.

Aber bald bekamen sie einen neuen Beweggrund. Es war ein junges Mädchen, das ihnen dazu verhalf. Sie kam eines Abends und hatte nichts bei sich als die Kleider, die sie trug, und das Kind, das sich gerade in ihr zu regen begann. Sie war zu Fuß aus dem Städtchen gekommen und den ganzen Tag gelaufen, um nach Terre-Noire zu gelangen. Auch die kleine Stadt hatte nämlich gebrannt. Die Bombenflugzeuge waren über sie hinweggeflogen und hatten im Flug mehr Bomben fallen lassen, als es Häuser gab. Es blieb kein Stein auf dem anderen im Städtchen, das wieder zu einem verlassenen Steinbruch wurde; nichts blieb von der Buchhandlung Boromée mit dem schönen blauen Schaufenster, weder Dach noch Mauern, noch Bücher, nicht einmal der Buchhändler und seine Frau, die erschlagen unter den Trümmern lagen. Nur ihre Tochter Pauline hatte überlebt und mit ihr das Kind von Baptiste, das sie trug. Deswegen hatte sie sich aufgemacht, um Zuflucht auf La Ferme-Haute zu suchen. Nuit-d'Or-Gueule-de-Loup nahm sie auf, wie er einst Hortense und Juliette aufgenommen hatte.

Mit Paulines Ankunft nahmen alle Stimmen, die aus den Mündern geraten waren und immerfort durch die leeren Stuben geisterten, rasch wieder Gesicht und Gestalt an, denn Pauline war in solcher Erwartung gespannt, daß sie Nuit-d'Or-Gueule-de-Loup schließlich in ihrem Elan mitriß. Sie riß ihn aus der Kälte seiner unendlichen Einsamkeit. Sie konnte einfach nicht an Baptistes Rückkehr zweifeln; der Krieg mußte doch einmal ein Ende haben, wiederholte sie sich stets aufs neue, so wie auch der vorige Krieg einmal aufgehört hatte. Begann man im übrigen nicht allenthalben zu tuscheln, daß der Okkupant eine so düstere und sorgenvolle Miene habe wie immer dann, wenn er seine Niederlage nahen fühlte? Erzählte man nicht auch, daß dem Feind der Atem ausginge bei seinem endlosen Vorstoß in die gewaltigen Schneewüsten, die sich fern, ganz fern im Osten dehnten, und daß ihn jeder Schritt vorwärts seinem Untergang ein Stück näher brächte? Baptiste und Thadée waren nicht an der Front, man hatte sie nur in ein Arbeitslager, irgendwohin nach Deutschland verschleppt. Man mußte folglich warten und ihre Rückkehr nur inständig genug herbeisehnen, damit diese Sehnsucht endlich und rasch Wirklichkeit würde.

Die hartnäckige Hoffnung Paulines konnte das Schicksal zwar nicht zwingen und die Verbannten nicht heimholen auf den Hof, aber sie griff auf Nuit-d'Or-Gueule-de-Loup wie ein Fieber über, das in seinem Herzen bis zum Ende des Krieges schwelen sollte. Man hatte die Seinen mitgenommen, er wußte nicht wohin, gewiß, und eigentlich nicht einmal wozu, aber bestimmt nicht, um auch sie zu töten. Was im Hof geschehen war an jenem Tag, als die Hausdurchsuchung stattfand und das Gut mit Feuer und Schwert verwüstet wurde, entsprang allein dem Wahnsinn eines einfachen Offiziers und einer Folge entsetzlicher Mißverständnisse. Aber es war kein Gesetz, es blieb ein grauenhafter Vorfall, der sich weder fortsetzen noch wiederholen würde. Er hatte zwar in der letzten Zeit viermal hintereinander jenen stechenden Schmerz im Auge verspürt, den er schon allzugut kannte, aber er hatte nicht darauf geachtet und sich geweigert, der Erscheinung irgendeine Bedeutung beizumessen.

Vielleicht, so dachte er mitunter, wären die Seinen in jenem vom Feind selber bewachten Lager sogar mehr geschützt vor dem Krieg und litten weniger Mangel und Hunger, als wenn sie auf seinem verwüsteten Hof geblieben wären?

Wenn es ihm auch gelang, sich ungefähr auszumalen, was ein Gefangenenlager oder ein Lager für Zwangsarbeiter sein mochte, so konnte er sich hingegen jene Lager überhaupt nicht vorstellen, in die man die Juden brachte. Er hatte niemals wirklich begriffen, was es bedeutete, Jude zu sein, und die vom Feind verbreitete antisemitische Propaganda brachte ihm keine Erleuchtung in dieser Frage, die er sich bis dahin niemals gestellt hatte. Zu Beginn ihrer Beziehung hatte Ruth ihm wohl eines Tages erklärt: »Sie müssen wissen, ich bin Jüdin.« Aber er wußte nicht und hatte nicht einmal begriffen, was es da zu wissen gab. Der einzige Unterschied, den er damals zwischen ihnen bemerkte, war der ihres Alters, und allein dieser hatte ihn beunruhigt. Doch selbst das hatte er schließlich vergessen, das Glück ihrer Liebe hatte ihre Alter vermischt wie unendlich sanfte, ruhige Gewässer. Erst jetzt kam ihm diese frühere Bemerkung Ruths wieder in den Sinn und stellte ihn wirklich vor eine Frage. Er fand jedoch keinerlei Antwort, die dieser absurden Frage entsprochen hätte, und kam immer wieder zur gleichen Schlußfolgerung: Ruth war seine Frau, seine Geliebte, und sie würde mit ihren vier Kindern zu ihm zurückkehren, sobald die Urenkel des Ulanen unter jenen Schneemassen am Ende der Welt begraben sein würden, die zu erobern sie sich mühten.

Ja, wirklich, Ruth mußte ganz einfach zu ihm zurückkehren, zusammen mit den Kindern. Und nicht nur um ihrer selbst willen, sondern um dieser beiden willen, mit deren Tod er sich nicht abfinden konnte. Denn stärker noch als an seinen Sohn oder den alten Jean-François-Tige-de-Fer dachte er an Benoît-Quentin und an Alma. Er konnte nicht glauben, was seine Augen an jenem Tag gesehen hatten. Benoît-Quentin, sein zärtlichster Gefährte, dem er seine letzte Liebe verdankte – Benoît-Quentin, von Flammen überflutet. Und Alma, das ewige Kind, mit ihren Augen, die unermeßlicher waren als die Zeit, Alma, die Halbwüchsige, mit dem Herzen, das noch größer als ihre Augen war. Alma, wie sie ein blutendes Klagelied sang.

Um dieser beiden willen, die zu Asche geworden waren, mußte er Ruth wiederfinden, damit sie, über ihre eigene Liebe hinaus, künftig jene Liebe erlebten, die zu erleben ihre Kinder nicht Zeit gehabt hatten. Er fühlte genau, nur bei Ruth würde er Trost – und Heilung – finden können. Nur sie beide waren imstande, dem Tode zum Trotz denjenigen ein Gesicht zurückzugeben, die so wunderbar Teil ihrer selbst gewesen waren und zu bleiben vermocht hatten. Und auch die anderen würden zu ihm zurückkehren, die Töchter von Blanche wie die Söhne von Sang-Bleu und selbst seine anderen, im Dickicht des »Waldes der leichtsinnigen Lieben« gezeugten Söhne – obschon er von diesen letzten seit Kriegsbeginn nichts mehr gehört hatte.

Gegen Herbst brachte Pauline einen Sohn zur Welt. Sie nannte ihn Jean-Baptiste. Diese neuerliche Geburt, die, wie seit fast einem halben Jahrhundert die Geburt aller Péniel-Kinder, auf dem Hof stattfand, erfüllte Nuit-d'Or-Gueule-de-Loup wieder ganz mit Hoffnung. Es war also nicht umsonst gewesen, daß er die Mauern seines Hauses wieder aufgebaut, die Türen in ihre Angeln gehoben und vor die Fenster wieder Läden gehängt hatte. Zwischen diesen Mauern, die endlich nicht mehr die Leere und das Draußen umschlossen, sondern ein Drinnen, ein wirkliches

Drinnen hatten, erhob sich ein neuer Schrei, begann ein neues Wesen sich zu regen, das mit seinem ganzen Körper zum Leben und zum Fortbestand aufrief. Dieser Schrei erschütterte ihn mehr noch als der seiner ersten Söhne, denn wie noch nie zuvor erkannte er darin die herbe, beständige Schönheit der sich immer wieder erneuernden Welt. Ein Schrei wie aus Ursprüngen, der sein wahnwitziges Warten, sein unerbittliches Harren mit Hoffnung und Kraft erfüllte. Nun hegte er an der Heimkehr all der Seinen keinen Zweifel mehr. Der Schrei des Neugeborenen war nichts anderes als die noch unausgesprochene Ankündigung dieser Heimkehr.

Und Pauline mehr noch als Nuit-d'Or-Gueule-de-Loup betrachtete ihren Sohn als den Vorboten jener beharrlichen Hoffnung, an die sich beide klammerten. Er war das Kind ihrer Jugend, empfangen an der Grenze zum Traum, an einem Regentag, auf nackter Haut.

Wie genau sie sich doch an diesen Tag erinnerte: Baptiste und sie waren zu einer Spazierfahrt mit dem Fahrrad aufgebrochen. Sie hatten die Stadt verlassen und waren geradewegs auf den Fleck zugefahren, der sich in sehr dunklem, leuchtendem Grau am Horizont zwischen Himmel und Erde ausbreitete, so als erwartete er sie und als müßten sie sich beeilen, dorthin zu gelangen. Doch der Fleck war, noch bevor sie ihn erreichten, plötzlich über den ganzen Himmel geflossen, der Wind hatte begonnen, den Himmel wie eine riesige graue Plane zu schütteln, und hatte die aufgeschreckten, kreischenden Vögel auseinandergetrieben. »Es wird regnen. Wir müssen umkehren und uns beeilen, nach Hause zu kommen«, hatte Baptiste gesagt und war abgestiegen. Aber der erste Regentropfen war genau in diesem Moment gefallen. Ein so dicker, so kalter Tropfen, daß er auf ihrer Stirn zerplatzt und ihr in den Mund gelaufen war und auf ihren Lippen einen Geschmack von Stein und Rinde hinterlassen hatte. Dieser Geschmack hatte sogleich ihren ganzen Körper durchdrungen und ihr Fleisch und ihr Herz mit einem köstlichen Verlangen nach Gewalt aufgepeitscht. »Nein, wir bleiben!« hatte sie plötzlich mit dunkler und entschiedener Stimme erklärt. »Der Regen wird so stark, so schön sein! Und außerdem ist es schon zu spät.« Sie hatte ihn ungestüm bei der Hand gefaßt und ihn zur Böschung gezogen. Der Regen war endlich niedergegangen und klatschte ihnen auf die Schultern und das Gesicht. Sie hatten ihre Fahrräder an den Straßenrand geworfen. Sie waren die Böschung hinuntergeglitten und hatten sich in den Graben rollen lassen, wo das Gras schon schlammig wurde. Paulines Haut dürstete so sehr nach einem Gemisch aus Regen, Kälte und sengender Hitze, aus Liebkosungen und Küssen, daß sie sich nackt ausgezogen hatte, um sich Baptistes Körper wie dem Wasser restlos hinzugeben. Eines der am Rande der Böschung umgekippten Räder hatte sich lange Zeit in der Luft gedreht; sie hatte, bis ihr schwindelte, über die Schulter von Baptiste zugesehen, wie das Rad gleich einer stählernen Sonne im Regen kreiste.

Dort unten in jenem Graben, der seidenweich war von Regen, Moos und Schlamm, an einem Tag sehr nackter Haut, hatte sie ihren Sohn empfangen. Er war die lebendige und täglich wachsende Erinnerung an diesen wundervollen Tag rasender Liebe. Einer Liebe, einer Wollust, die sich über die ganze Erde ringsum verbreitet hatte durch das nicht endende Rieseln des Regens – mit einem Himmel über ihnen, in ihnen, der wie auf einer gigantischen Trommel seine dumpfen, grollenden Töne schlug.

Das war im übrigen auch der Beiname, den sie ihrem Sohn gab, Petit-Tambour, Kleiner Trommler. Und Petit-Tambour war nicht nur der Vorbote der Hoffnung und der Hüter ihrer Liebe, er war der Wegbereiter des künftigen Sieges und der Freude, die wieder einkehren würden. Hatte er nicht das Zauberwort der Kindheit, »Mama«, zum ersten Mal gerade an dem Tag ausgesprochen, da die Welt von der Niederlage des Feindes erfuhr, der dort fern im Schnee und in der Kälte der östlichen Front geschlagen worden war, und hatte er seine ersten Schritte nicht an jenem

Tage getan, als der Feind, neuerlich geschlagen auf der anderen Seite der Erde, den Boden Afrikas verließ? Eine kleine Weile noch, und das Kind würde sprechen, würde zu laufen und zu singen beginnen – und dann wäre endlich ihr eigenes Land an der Reihe, vom Okkupanten befreit zu sein. Und Baptiste würde nach Hause kommen.

Die Tage gingen ins Land, das Kind wurde größer, und ihre Hoffnung wuchs, obgleich zur selben Zeit der Feind, der seinen für tausendjährig gehaltenen Ruhm immer mehr schwinden sah, nun alles daran setzte, seine Gegenwart durch massenhafte Razzien, Plünderungen und Hinrichtungen entschieden zu bekräftigen. Zahlreiche Dörfer und sogar Städte glichen nur noch kleinen Weilern, so viele ihrer Häuser waren ausgebrannt, so viele Straßen entvölkert. Denn der Krieg kroch nicht mehr nur über den Boden hin, er hatte Flügel bekommen und kreuzte auch über den Himmel. All die Flugzeuge, die im Schatten der Nacht vorbeiflogen, schienen wirklich Teil des Himmels zu sein, eine Art Wolken, die sich aus den Höhen losgemacht und herabgesenkt hatten, um ihren Regen aus Stahl und Feuer abzuwerfen, mitunter auch sonderbare weiße Vögel, die sich in den Bäumen verfingen. Einer dieser Vögel war eines Nachts sogar direkt auf das Dach der Ferme-Haute gefallen und hatte sich bei seinem Sturz den Fuß verletzt. Nuit-d'Or-Gueule-de-Loup hatte ihn für die Zeit, die nötig war, seine Wunde zu behandeln, in seinem Haus versteckt. Er sprach eine Sprache, die niemand auf dem Hof verstand, er wußte ihnen aber dennoch verständlich zu machen, was er suchte. Sobald er wiederhergestellt war, führte Nuit-d'Or-Gueule-de-Loup ihn des Nachts zum »Wald der toten Echos« hinauf; zu dieser Zeit bargen die Wälder nämlich nicht mehr nur wilde Tiere und die noch immer wache Erinnerung an Wölfe, sondern auch Rudel von Menschen, die aus der Geschichte ausgebrochen waren und hier auf der Lauer lagen. Der Feind mochte sie noch so hetzen und sie mitunter fassen und dann vernichten, er wurde nie fertig mit ihnen. Unentwegt entgleisten ringsum die Züge, flogen Brücken in die Luft, explodierten Wagenkolonnen und fielen Soldaten. Auf den Breitengraden des Krieges ist es immer so – der normale Lauf aller Dinge gerät durcheinander, und Zerstörung ist der einzige Baumeister.

Nur die Erde blieb unwandelbar dieselbe – vielfach tausendjährige, mit einer gigantischen Kraft ausgestattete Schöpfung, die unbeirrt ihren ewigen Zyklen folgte. So sah es am Ende Nuit-d'Or-Gueule-de-Loup, selbst dort an den äußersten Grenzen seines unbeweglichen Exils. Es drängte sich seinem Geist plötzlich mit furchtbarer Klarheit auf, als er eines Tages mit einer Ladung Holz auf den Schultern durch die Felder heimkam. Er war stehengeblieben, denn die Überraschung war so groß, daß ihm der Atem stockte. Der undenkbare Gedanke an Gott war in sein Herz zurückgekehrt. Aber es war nicht mehr jener Gott, der so lange hoch über der Welt gethront hatte wie ein riesiger Feuervogel, der jenseits allen Lichts und aller Zeit nistete und einmal im Jahr seine Feuerzungen auf die Stirn der Menschen herabschickte. Es war auch nicht der Gott, an den Pauline glaubte, jener körperliche Gott der Barmherzigkeit, zu dem sie jeden Tag auf Knien am Bett ihres Sohnes betete. Es war ein gesichts- und namenloser, mit der Erde verschmolzener Gott aus Steinen, Wurzeln und Schlamm. Ein Erd-Gott, der ebenso in den Wäldern und Gebirgen aufragte wie in den Flüssen strömte, im Wind, im Regen oder in den Gezeiten trieb. Und die Menschen waren nichts anderes als die mehr oder minder weit ausholenden Gesten dieses unergründlichen, in seinen nicht endenden Traum eingesponnenen Leibs. Er selbst, Victor-Flandrin Péniel, was war er denn anderes als jene schwerfällige Geste, die langsam in die Tiefen der Nacht zurückfiel, nachdem sie einige unvollendet gebliebene Kurven beschrieben und auf ihrem Weg einige Splitter jenes Traums ausgesät hatte, der sehr viel mehr umfaßte und länger währte als sein eigenes Leben?

Er war nur eine unter Tausenden von Gesten. Und der Krieg, der Krieg, der immer wiederkam wie die Ernten, wie die Tag- und Nachtgleichen und wie die Blutung der Frauen, auch er mußte wohl göttlich sein – da er, wie Victor-Flandrin selbst, eine Geste jenes Erd-Gottes war, der sich in seinem wirren Schlaf unaufhörlich bewegte. Aber die Toten waren noch göttlicher als die Lebenden, als die Liebe, als die Wälder, die Flüsse oder der Krieg, denn sie waren vollzogene, wenn auch noch unvollendete Gesten, die entrückt im Schoße der Erde ruhten. Sie waren der Schlaf des Erd-Gottes selbst, die unerhörte Süße seines Traums.

Er hatte seine Bürde trockener Äste fallen lassen und war wie angewurzelt mitten auf dem Feld stehengeblieben; er spürte nur noch diese einzigartige Mischung von Schwere und Leichtigkeit in seinem Körper. Eine Mischung, in der auch Hohn und feierlicher Ernst enthalten war. Er hatte lange Zeit um sich geschaut und ganz tief geatmet, so als wollte er all den Raum um ihn herum besser ermessen, diesen Raum, aus dem er eines Tages verschwinden und in dem er nicht mehr Spuren hinterlassen würde als ein Windstoß, der durch das Blätterwerk einer Buche fährt. Und da hatte er die sonderbare Empfindung, sein ganzes Dasein stürze in seine Füße. Denn letzten Endes würde seine Gegenwart auf der Erde niemals über die unbedeutende Fläche seiner Fußsohlen hinausgehen. Und er begann dumpf und schwer auf dem Boden herumzutrampeln, als wollte er damit all die im Schlamm aufgelösten Toten rufen und den Erd-Gott für einen Augenblick aus seinem blinden Schlaf reißen. Dann hatte er seinen Marsch fortgesetzt, mit ihm seine Hoffnung, und hatte bei jedem Schritt das stolze Gewicht seines lebendigen und noch unendlich begehrenden Manneskörpers gespürt. Er fühlte sich von den Flüssen, von der Erde und von der Liebe nicht mehr zurückgestoßen wie zu Beginn des neuen Zeitabschnitts, den er in den Breiten des Krieges verbrachte, er fühlte sich einfach an den äußersten Rand jenes geheimnisvollen, verrückten Traums geworfen, den er soeben enträtselt hatte – und den er wieder wachrufen wollte.

5

War es das Stampfen von Nuit-d'Or-Gueule-de-Loup, oder waren es die ausgelassenen Sprünge des um den Hof hüpfenden Petit-Tambour, die den Erd-Gott aus seinem langen Schlaf rissen, wo er in brutaler Geste erstarrt lag, die die Welt jahrelang mit Krieg überzogen und die Menschen zu Hauf in den Tod geschickt hatte? Die Leute wagten es wieder, offen dem strahlenden Licht des Sommers entgegenzutreten; sie fühlten sich gestärkt von den Nachrichten, die an allen Enden des sich neu ordnenden Landes weitergegeben wurden: »Sie sind gelandet!«, »Paris ist befreit!«, »Sie kommen näher...«

Die Zeit des Feindes ging ihrem Ende zu; der Okkupant trat den Rückzug an und zerstreute sich eilends in Richtung seiner ursprünglichen Grenzen. Aber auf der Flucht machte er noch in manchen Dörfern, durch die er kam, aufs Geratewohl halt und ging mit Eifer daran, dort Steine wie Menschen dem Erdboden gleichzumachen.

So geschah es auch in Terre-Noire. Ein Konvoi fliehender Fahrzeuge beschloß plötzlich, dort anzuhalten. Die Lastautos stellten sich wohlgeordnet in einer Reihe auf, die Soldaten stiegen aus, bildeten Kolonnen und improvisierten dann mit höchster Sorgfalt und einem ausgesuchten Empfinden für szenische Abläufe eine Oper in drei Akten.

Eine Oper in Blut und Asche. Erster Akt: Aus allen Häusern, welche vorher mit großer Gewissenhaftigkeit vom Keller bis zum Boden durchsucht worden waren, holten sie die Bewohner heraus und verteilten sie auf der Straße, um den Brunnen herum. Sobald diese zufälligen Statisten plaziert waren, schritten sie zum zweiten Akt. Sie ließen in allen Häusern heisere, rote Stimmen losschmettern, indem sie reichlich Brandbomben hineinwarfen. Das Bühnenbild war nun in großartiger Weise vollendet, und als der Chor der roten Stimmen auf dem Höhepunkt angelangt war, ließen sie die Helden des Dramas auf die Vorbühne treten.

Die Männer, es waren ausschließlich sehr junge und alte, wurden zum Waschhaus geführt. Man befahl ihnen, sich in die kleinen, mit Stroh vollgestopften und um das Becken verteilten Holzkisten zu knien und mit den Schlegeln der Wäscherinnen, schön im Takt, abwechselnd auf das Wasser und auf den Rand des Beckens zu schlagen. Der dritte Akt erreichte nun seinen Kulminationspunkt. Aus den Kulissen draußen schlugen noch immer hohe Flammen. Die zu einem einzigen ungestalten Körper um den Brunnen gedrängten Frauen lauschten mit dem Ausdruck von Irren dem sonderbaren Rhythmus, den ihre im Waschhaus knienden Männer schlugen. Nur eine kleine Gruppe von Frauen hielt sich ein wenig abseits. Sechs Frauen, steif und stumm, die Arme über ihren schwarzen Umschlagtüchern gekreuzt. Seit langem schon hatten sie keine Männer mehr zu beweinen, diese Witwen mit den trockenen Augen, den vor Einsamkeit ausgedörrten Leibern und den in Trauer erstarrten Herzen. Kühl sahen sie zu, wie sich der Fluch ihres Witwenhauses über den ganzen Weiler ausbreitete.

Jäh wechselte auf einmal der Ton. Das Knattern der Maschinengewehre hatte das Gedröhn der hölzernen Waschschlegel durchbrochen und es fast augenblicklich zum Schweigen gebracht. Als Kontrapunkt zum Geräusch der ins Wasser stürzenden Körper setzte sofort der ungeheure, schrill aufsteigende Schrei der Frauen ein.

Sobald sie den letzten Akt hinter sich gebracht hatten, zogen sich die Soldaten, immer noch wohlgeordnet und in mustergültigem Schweigen, zurück und machten sich von dannen. Zur Ferme-Haute waren sie nicht hinaufgefahren. Denn sie hatten nicht viel Zeit. Sie hatten diese kurze Oper nur improvisiert, um auf der Seite der Geschichte, die sich gerade wendete, im letzten Augenblick noch ein Zeichen ihrer tiefen Verachtung gegenüber den neuen Siegern zu hinterlassen.

Als die Befreier kamen, war nichts mehr zu befreien. Sie fanden im Zentrum des restlos niedergebrannten Weilers nur einige wahnsinnig gewordene Frauen vor, die völlig bekleidet im Bekken des Waschhauses umherwateten und aus dem roten, zähflüssigen Wasser schwere Wäschebündel herauszuziehen suchten, in denen widersinnig Körper hingen. Unter den Befreiern befand sich Nicaise. Er war nie in dem Arbeitslager angekommen, in das man ihn nach der Razzia auf La Ferme-Haute hatte verfrachten wollen. Er war aus dem fahrenden Viehwagen gesprungen und hatte sich zusammen mit einigen anderen Gefährten kopfüber in die Nacht gestürzt. Er war losgerannt, schnurstracks losgerannt, ohne sich umzudrehen, als der Zug mit einem langen Pfeifen hielt und die Gewehre erbittert hinter ihm zu knallen begannen. Er war mit dem Elan, der Ausdauer und dem Instinkt eines wilden, von Jägern gehetzten Hundes gelaufen, als hätte er aus der Fahrt im Viehwaggon die Kraft und die Intelligenz eines Tieres geschöpft. Ein wilder Hund, kräftiger und listiger als die dressierten Hunde jener Menschenjäger, die ihn verschleppt hatten. Als einer dieser Hunde ihn einholte, sich in sein Bein verbiß, ihn verbellen und seinem Herrn ausliefern wollte, wandte sich Nicaise zu ihm um, packte das Tier bei der Gurgel und erwürgte es.

Er war blindlings die ganze Nacht durch gerannt. Überhaupt schien ihm, als hätte er seit jenem Tage nichts anderes getan, als zu rennen, als wären ihm unaufhörlich, Tag für Tag, Tausende von Bluthunden auf den Fersen gewesen. Und als es ihm endlich gelungen war, das Meer zu erreichen, um sich mit anderen Gefährten der Finsternis einzuschiffen, die er auf seiner Flucht getroffen hatte, meinte er selbst auf dem Wasser noch weiterzulaufen. Und als er zurückkehrte in tiefer Nacht und mit seinem Fallschirm über seinen Wäldern absprang, meinte er auch da noch zu laufen, über den Himmel. Der Krieg hatte ihn zu einem unablässigen Läufer gemacht, der sich niemals umwandte, der niemals anhielt. Diese blindwütige Ausdauer beim Laufen hatte ihn vor allen Hinterhalten des Feindes bewahrt.

Nun aber hatte sich endlich die Richtung seines Laufs geändert, er lief nicht mehr vor, sondern hinter dem Feind. Er war zum Jäger, zum Verfolger geworden. Und als solcher betrat er Terre-Noire, das Dorf, in dem er geboren war. Er mußte jedoch feststellen, daß er noch immer nicht schnell genug gelaufen war, denn der Feind hatte diesmal sein Tempo beschleunigt. Noch bevor sein Fuß die Erde berührte, begriff er, daß er zu spät, unwiderruflich zu spät kam. Von den siebzehn Häusern in Terre-Noire war nur noch ein einziges übrig, das am weitesten abgelegene, das große Haus dort oben am Saum der schützenden Wälder. Von allen anderen waren nur noch rauchende Ruinen geblieben. Dieses eine Mal hatte er das Rennen verloren; er würde nicht als siegreicher Läufer und Befreier in das Haus seiner Eltern treten. Und da fühlte er sich auf einmal schwer werden, unendlich schwer und schmerzlich belastet durch seinen lebendigen Körper, der der Gefahr mehr als hundertmal entgangen war. Schwer und nichtig.

Er blieb wie angewurzelt am Brunnen stehen, unfähig, einen Schritt in Richtung des alten Waschhauses zu tun, das von Schreien, Weinen und dem Geräusch spritzenden Wassers erfüllt war. Sein Körper gehorchte ihm nicht mehr, er war nicht einmal in der Lage, zwei Dinge gleichzeitig zu tun; Sehen und Laufen waren zwei unvereinbare Tätigkeiten. Er sah und war unfähig, sich zu rühren. Einige der Soldaten, die das Waschhaus betreten hatten, stürzten sofort wieder heraus und erbrachen sich an der Mauer.

Auch die Frauen traten nun heraus. Er kannte sie alle, konnte aber nicht eine von ihnen wiedererkennen. Ihre Gesichter waren durch einen allen gemeinsamen Wahnsinn entstellt, ihre Kleider durchnäßt und blutbesudelt, als stünden sie von einer gräßlichen, kollektiven Niederkunft auf. Unter ihnen war auch seine Mutter, oder zumindest ein groteskes, erschreckendes Abbild seiner Mutter. Eine dicke alte, taumelnde Frau mit zerzaustem Haar, triefend von rotem Wasser, die krampfartig mit den Händen ins Leere schlug und dabei röchelte. Er empfand einen so heftigen Ekel, daß er schwankte und an der niedrigen Mauer des Brunnens Halt suchen mußte. Was hatte sie da soeben geboren, diese antike, von Irrsinn geschlagene Frau?

Sie lief an ihm vorbei und nahm ihn nicht einmal wahr. Waren denn Schauen und Laufen für alle zu unvereinbaren Tätigkeiten geworden? Sie lief und konnte nichts sehen. Er wollte sie rufen, aber kein Wort kam aus seiner Kehle, nur ein Schrei, ein sonderbarer Schrei, der ihn selbst erschreckte und der dem Schrei eines Neugeborenen glich. Sein Schrei verfing sich im Brunnen, er stürzte hinab und warf ein düsteres, von Leere verzerrtes, gewaltig dröhnendes Echo zurück.

Seine Mutter hörte nicht den Schrei, aber das Echo. Sie blieb stehen, drehte sich um und erkannte schließlich ihren Sohn in dem Körper dieses jungen Mannes, der an dem niedrigen Mäuerchen kauerte. Sie stürzte auf ihn zu, rüttelte an seinen Schultern und zwang ihn, indem sie ihm seinen Namen ins Gesicht schrie, den Kopf zu heben. »Nicaise! Nicaise!...«, wiederholte der Brunnen mit grauer Stimme.

Er schlug die Augen auf und sah sie an. Diesmal erkannte er sie. Ja, das war sie, seine Mutter, mit dem gütigen Blick und dem liebevollen Lächeln. Sie hatte ihr Gesicht, ihr wirkliches Gesicht zurückerhalten. Er schmiegte sich an sie und vergrub seinen Kopf an ihrer Brust. Von dem völlig durchnäßten Kleid der Mutter ging ein fader, widerwärtiger Geruch aus, ein Gemisch aus dem Blut seines Vaters und dem seines jüngeren Bruders. Doch er verdrängte diesen Geruch, um allein den der mütterlichen Brust wahrzunehmen, der mild und sehr süß war.

La Ferme-Haute war verschont geblieben. Nuit-d'Or-Gueule-de-Loup öffnete sein Haus all jenen Überlebenden, die nirgendwo anders Zuflucht finden konnten. In der Scheune und im Stall, in denen ohnehin kein Gerät und kein Vieh mehr standen, richtete er Schlafsäle ein, wo sich die Frauen mit ihren Kindern niederließen. Er und Nicaise waren nunmehr die einzigen Männer des Weilers. Er hatte noch immer keine Nachricht von seinen fünf älteren Söhnen, auch nicht von Ruth und seinen jüngeren Kindern. Doch als Patriarch, der über eine Herde wahnsinnig gewordener Frauen herrschte, fühlte er sich noch mehr enterbt als alle diese Witwen und Waisen. Nachdem er so sehr auf die Heimkehr der Seinen gewartet hatte und weiterhin wartete, spürte er, wie sein Herz die Geduld verlor und seine Sehnsucht sich zur Empörung steigerte.

Das Heimkehren setzte im Laufe der folgenden Monate ein, fand jedoch bald ein Ende. Der erste, der heimkehrte, war Baptiste. Er hatte nicht wie Nicaise den Mut aufgebracht, vom Zug zu springen oder einen Ausbruch aus dem Lager zu wagen, in das man ihn gesperrt hatte. Thadée war gleich in der ersten Zeit seiner Internierung geflohen, und niemand wußte, was aus ihm geworden war.

Baptiste hatte seine lange Gefangenschaft und die Zwangsarbeit mit blindem Gehorsam ertragen. Weshalb und wohin hätte er auch fliehen sollen? Für ihn gab es auf der Welt nur einen einzigen Ort, wo er leben konnte – das war Pauline.

Pauline, seine Heimstatt, seine Erde, seine Unermeßlichkeit. Außerhalb von Pauline gab es keinen Raum, nicht einmal eine Zeit. Zu fliehen, um zu ihr zu gelangen, wäre sinnlos gewesen, da sie in der Zone lebte, wo der Feind herrschte. Man hätte ihn sogleich wieder gefaßt und neuerlich von ihr getrennt. So hatte er es vorgezogen, sein Exil still zu erdulden, statt seinen Schmerz durch Umherirren noch zu vergrößern, denn seine furchtbare Sehnsucht nach ihr hätte dann jegliches Maß verloren; er hätte auf seiner Flucht überall nach ihr gesucht, hinter jedem Baum im Wald, an jeder Straßenecke. Und vor allem wäre er Gefahr gelaufen, getötet zu werden, und das durfte er nicht, denn dann hätte er sie für ewig verloren. Da es ihm also gleichermaßen unmöglich war, fern von ihr zu leben und fern von ihr zu sterben, zog er sich ins Warten zurück, indem er die Zeit von jeglicher Dauer löste und sich zu vollkommener innerer Abwesenheit zwang. Er beachtete nicht einmal, was in ihm Hunger, Kälte, Müdigkeit und Krankheit litt. Das spielte sich außerhalb seiner von Pauline beherrschten Gedankenwelt ab, in irgendwelchen verödeten Regionen seines verfallenen Körpers. Seine Kameraden hatten ihm schließlich den Beinamen »Fou-d'Elle« – Verrückt-nach-ihr – gegeben, weil er selbst im Schlaf von nichts anderem sprach als von ihr. Und wenn er im Schlaf ihren Namen sagte, so sprach er ihn nicht, er schrie ihn. Er schrie ihn ebenso aus Schmerz wie aus Verlangen, denn die Nacht bettete in all seine Träume den nackten Körper von Pauline, die sich dem Regen, der Liebe und der Wollust darbot. Dieser Körper und diese tropfende, nackte Haut, die unberührbar für ihn geworden waren, beherrschten sein Herz und sein Fleisch bis in den Schrei.

Und nun kehrte er endlich aus dem Kampf zurück, ohne einen anderen Ruhm als den der absoluten Treue zu seiner Liebe, ohne einen anderen Namen als den Spitznamen Fou-d'Elle. Er kehrte zurück wie ein lange Zeit von seinem Körper getrennter Schatten, der in dem Augenblick, da er diesen Körper wiederfindet, vor Freude heftig zu zittern beginnt.

Aber es waren zwei Körper, die er wiederfand. Pauline kam ihm mit einem kleinen Jungen auf dem Arm entgegen. »Siehst du«, sagte sie und reichte ihm das Kind, »ich habe zu zweit auf dich gewartet! Ich wußte, du würdest zurückkommen. Ihm verdanke ich, daß ich nie gezweifelt, nie die Hoffnung verloren habe. Er ist dir so ähnlich, unser Sohn! Ich sah ihn wachsen und ich sah dich zurückkehren – durch ihn.«

Thadée kam erst lange Zeit danach. Er hatte diese späte Heimkehr jedoch durch eine Karte angekündigt, auf der lediglich stand: »Ich bin am Leben. Auch wenn ich es erst wieder lernen muß zu leben. Ich kehre nach Hause zurück, doch ich weiß noch nicht wann; ich werde eine lange Reise machen müssen, bevor ich heimkehren kann. Und dann muß ich auch erst gesund werden. Ich umarme Euch. – Aber wie viele von Euch gibt es noch, die ich umarmen kann?«

Die Karte ging zwischen Nuit-d'Or-Gueule-de-Loup, Baptiste, Pauline und Mathilde lange von Hand zu Hand. Jeder blieb bei irgendeinem der Worte hängen und wunderte sich darüber. Weshalb mußte er denn wieder lernen zu leben, wo er doch schrieb, daß er am Leben sei? Was für ein Umweg war das, von dem er sprach, und von welcher Krankheit mußte er genesen? Und schließlich, was suchte er am Ufer des Bodensees? Die Karte war in Lindau aufgegeben worden.

Nuit-d'Or-Gueule-de-Loup jedoch quälten noch andere Fragen. Er war noch immer ohne Nachricht von Ruth und ihren Kindern. Warum kam sie nicht nach Hause, wo doch nun wieder Frieden war? Weshalb schrieb sie nicht wenigstens eine Karte? Dieser Umweg, von dem Thadée sprach, diente er vielleicht dazu, sie suchen zu gehen? Ruth.

Baptiste und Pauline beschlossen, Thadées Heimkehr abzuwarten, bevor sie ihre Hochzeit feierten. Er war Zeuge ihrer ersten Begegnung gewesen, sie wünschten ihn sich auch zum Zeugen ihres Ehebundes. Petit-Tambour ließ sich ebenfalls vom Spiel des Wartens gefangennehmen; er stellte sich jenen Onkel, der von sich sagte, er müsse erst wieder lernen zu leben, wie einen Menschen vor, der wieder ganz klein geworden war, so klein wie er. Er würde sein Gefährte sein.

Der Mann, den Petit-Tambour schließlich kommen sah, war überhaupt nicht klein, er hatte die gleiche Gestalt wie sein Vater, dem er zum Verwechseln ähnelte. Aber er kam in Begleitung von zwei Kindern, einem zwölfjährigen Mädchen und einem kleinen Jungen von etwa fünf Jahren. Ihre Namen waren ebenso sonderbar wie ihr Benehmen. Sie hießen Tsipele und Chlomo, sprachen oder, genauer gesagt, flüsterten eine unverständliche Sprache und hielten sich immer bei den Händen, als hätten sie Angst, sich zu verlieren. Ihre scheu gesenkten Augen schienen das Tageslicht und den Anblick von Gesichtern zu fürchten.

»Ich habe ihrem Vater versprochen, sie mitzunehmen, falls ich sie fände, und sie bei mir zu behalten, um sie aufzuziehen. Sie haben niemanden mehr auf der Welt«, erklärte Thadée, während er die beiden Kinder vorstellte.

Ihr Vater war sein Kamerad gewesen. Sie hatten auf demselben Strohsack geschlafen, aus derselben Schüssel gegessen, dasselbe Gewand getragen, in das die Schmach und die Kälte eingewebt waren, und gemeinsam hatten sie über ein Jahr dieselbe langsame Agonie ertragen. Doch der Kamerad war tot, und er war am Leben geblieben. Er war im Stehen gestorben, eines Morgens beim Appell. Als seine Nummer aufgerufen wurde, war keine Antwort gekommen, sie war ins Register der verschwundenen Zahlen eingetragen worden. Das war in Dachau gewesen. Thadée hatte sich damals mit seinem Versprechen wie mit einem Schutzschild gewappnet, um jenem anderen Ruf zu widerstehen, den der Tod täglich und stündlich lauthals über das Lager schrie. Der Krieg hatte Nicaise zum Laufen und Baptiste zum Ausharren verdammt; Thadée hatte er dazu verurteilt, Umwege zu machen. Gleich nach seiner Flucht hatte er sich einer Gruppe von Partisanen angeschlossen und mit ihnen gekämpft bis zu dem Tag, an dem sie, denunziert von irgendeinem Verräter, vom Feind eingekesselt worden waren. Fast alle waren umgekommen, doch um Thadée hatte der Tod zunächst einen Bogen gemacht. Er war deportiert worden. Und infolge dieser vielen Umwege hatte der Tod ihn schließlich vergessen, ihn zumindest aus dem Blick verloren. Er war jetzt sogar in weiter Ferne – aber auch das Leben war noch in fast ebenso weiter Ferne. Er hatte es suchen gehen müssen, in einem abgelegenen Dörfchen am Ufer eines grauen Meers. Und hatte es gefunden, wenn auch sehr schwach und verängstigt; undeutlich glomm es im gesenkten Blick der beiden blaugrünen Augenpaare jener Kinder, die über zwei Jahre im Keller eines Gasthofs versteckt gelebt hatten, hinter einer Wand aus Säcken, Kisten und Fässern.

Das Hausmädchen, das schon immer in der Familie gedient

hatte und dem man plötzlich untersagte, bei Herrschaften zu arbeiten, die man für minderrassig erklärte und zu Sklaven degradierte, dieses Hausmädchen versteckte sie im verborgensten Winkel jenes Gasthofes, in dem sie sich damals als Magd anstellen ließ. Sie brachte ihnen jeden Abend Essen hinunter, das sie von den abgeräumten Tischen stahl. So lebten sie von Resten, von Angst und auch von Schweigen. Denn in ihrem feuchten, halbdunklen Loch verlernten sie das Spielen, das Lachen, das Sprechen. Und am Ende sogar das Leiden und das Sehnen. Sie verlernten die Kindheit, das Leben.

Im Laufe der Monate waren sie selbst zu Schatten geworden, mit dem Blick und dem Gehör von Nachtvögeln. Und noch jetzt hatten sie von diesem langen Eingeschlossensein unendlich langsame und tastende Bewegungen, verschreckte Augen und nahezu stumme Münder zurückbehalten. Mehr noch als Thadée mußten sie erst wieder leben lernen.

Petit-Tambour, der vor Kindheit strotzte, fand in ihnen nicht die erhofften Gefährten. Doch diese fröstelnden Schatten, die kaum murmelten und die man um alles, selbst um ihre Kindheit gebracht hatte, besaßen ihm gegenüber ein ungeheures Privileg: sie waren Bruder und Schwester, bedingungslos verbunden durch eine leidenschaftliche Liebe, an der er nicht teilhaben konnte und die ihm nicht einmal zugänglich war.

Diese tiefe Liebe zwischen Tsipele und Chlomo war für ihn rätselhaft und faszinierend. Daß er nun einen Vater hatte, und einen Onkel dazu, zählte für ihn nicht so sehr. Was er wollte, war ein Schwesterchen. Dieses Schwesterchen hatte in seiner Vorstellung die verkleinerten, idealisierten Züge seiner Mutter. Und die ganze Schönheit und Liebe dieses kleinen Mädchens würde nur ihm allein gelten.

Er bestürmte seine Mutter bald ohne Unterlaß mit seinem Wunsch. »Mama«, flehte er mit merkwürdig sanfter und quälender Heftigkeit, die seine Mutter erstaunte, »ich will ein Schwesterchen!«

Schließlich heirateten Pauline und Baptiste; bei ihrer Hochzeit trug Pauline das Kind unterm Herzen, das ihr Sohn so sehr ersehnte. Für Petit-Tambour war diesmal das Warten kein Spiel, sondern besorgtes, eifersüchtiges Harren. Dieses Kind, das bald geboren werden würde, war schon sein Kind, und seine Schwester.

Aber Ruth und ihre Kinder. Ihre Abwesenheit, die das lange Schweigen noch vertieft hatte, erhielt schließlich eine Begründung und einen Namen. Einen Namen, der so schwer auszusprechen und zu begreifen war, daß Nuit-d'Or-Gueule-de-Loup nicht wußte, wie er mit ihm fertig werden sollte. Er wendete ihn nach allen Seiten, länger noch als zuvor Thadées Karte aus der Stadt Lindau. Aber wie er ihn auch drehen und wenden mochte, er stieß sich das Herz daran immer mehr wund.

Denn dieser Name war wie so viele andere gespickt mit Stacheldraht, schwarzem Qualm, Wachtürmen, gefletschten Hundezähnen und menschlichen Gebeinen.

Sachsenhausen. Mit einem einzigen Strich hatte er die Namen von Ruth, Sylvestre, Samuel, Yvonne und Suzanne ausgelöscht.

6

Man hatte ihnen Ruhm versprochen, und sie hatten Treue und Tapferkeit geschworen. Sie hatten sich auf den Weg in die unendlichen Ebenen gemacht, um des versprochenen Ruhms, um der geschworenen Tapferkeit willen. Doch nur Wind peitschte über die Ebenen, und nur Kälte erwartete sie dort.

Sie waren aufgebrochen zu der Zeit, als auch die wilden Schwäne sich zu Schwärmen sammelten, um in andere Gegenden fortzuziehen. Aber die Menschen hatten die Schwäne niemals eingeholt, sie waren nicht einmal bis zum Ort ihres Abfluges gelangt, denn immer geschah alles noch in viel weiterer Ferne. Immer weiter dehnte die Kälte ihre Wüste, schob sie ihre weißen, zum Verrücktwerden weißen Flächen an die Grenzen des Unerreichbaren hinaus. Die Menschen hatten schon diesseits des großen Flusses haltmachen müssen, der das Reich der strengsten Kälte und der tiefsten Einsamkeit begrenzte; doch erst jenseits davon versammelten sich die Vögel.

Menschen und Schwäne steuerten in die gleiche Himmelsrichtung – genau nach Osten. Die einen unaufhörlich marschierend, die anderen emsig fliegend, unter dem Klang ähnlich hochtrabender, heiserer Gesänge. Auch in der Art, wie sie sich vorwärtsbewegten, glichen sie einander, die einen bewegten sich schwerfällig, der Waffen wegen, und bald auch langsamer, infolge der Kälte und ihrer Wunden, den anderen waren die zu großen Flügel im Wege, mit denen sie unbeholfen die Luft peitschten, um von der gewaltigen Anziehungskraft des Bodens loszukommen. Und so hatten sie in gleicher Weise gegen den scharfen, schneeigen Wind und gegen das Erfrieren angekämpft, indem sie sich dicht aneinanderdrängten. Aber im Verlauf ihres langen Marsches hatten die Menschen sich zusehends in gräßliche Eistiere verwandelt, deren Bewegungen steif und blutig und deren Augen vom Salz zerfressen waren. Die Schwäne hingegen hatten sich nach einer beschwerlichen Route endlich vom Sog des Bodens losgerissen und ihren Flug regelmäßig durch Ruhepausen auf zugefrorenen Seen unterbrochen, wo sie das Eis mit ihren Schnäbeln aufhacken mußten; sie hatten sich im Fliegen zusehends in wundervolle Wesen verwandelt, halb Luft- und halb Wasservögel. In profane Engel, deren Herzen von Himmel und Meer unendlich gebläut waren.

Sie waren lange marschiert, die Menschen. Sie hatten gesungen, und getötet. Ihre Jugend hatte die Farbe des Blutes, und ihre Herzen kannten nur eine einzige Liebe – die Liebe zum Kampf mit bloßen Händen gegen den Engel aller Gewalt. Und ihre

Liebe war so hochmütig, so unbekümmert brutal, so grausam verführt, daß sie vergessen hatten, daß sie Menschen waren. Sie glaubten, sie seien mehr als Menschen, während sie doch nur Krieger waren, deren Herzen in einem Korsett aus Stolz und Anmaßung steckten, deren Stirnen schwarze Insignien trugen und deren Leiber von Waffen starrten.

Sie marschierten unter dem Zeichen des Totenkopfs und sangen unter schallendem Gelächter das Lied vom Teufel.

SS marschiert im Feindesland
Und singt ein Teufelslied...
...Wo wir sind, da ist immer vorn,
Und der Teufel, der lacht noch dazu.
Ha Ha Ha Ha Ha Ha Ha Ha Ha Ha!
Wir kämpfen für Freiheit,
Wir kämpfen für Hitler...

Weder der, in dessen Namen sie aufgebrochen waren, den Tod zu verbreiten, noch der Teufel, auf dessen wohlwollendes Lachen sie sich da beriefen, kümmerten sich indes um sie. Der Name des einen, in den Größenwahn eines ebenso pompösen wie lächerlichen Titels gezwängt, begann fadenscheinig zu werden und hohl zu klingen. Das Gelächter des anderen trieb seinen Spott mit ihrem eigenen und lachte sich in ihrem Rücken lauthals tot.

Sie hielten sich für eine glorreiche Armee und waren doch nichts als Mörder, von den eigenen Leuten im Stich gelassen und von allen geächtet. Aber sie wußten es nicht, sie wollten es nicht wissen. Sie marschierten vorwärts und schrien dabei ihre nichtswürdige Treue und Ehre ins Leere hinaus: »Wenn alle untreu werden / so bleiben wir doch treu / daß immer noch auf Erden / für euch ein Fähnlein sei.«

Doch ihr Fähnlein flatterte bald nur noch im Wind der Niederlage, es wehte beständig auf Halbmast. Auf der Flucht aus den großen, im Osten aufragenden Städten, die, obgleich ausgebrannt, ihnen weiterhin hartnäckig die Unterwerfung verweigerten, wandten sie sich zurück gen Westen. Aber sie liefen nicht in ihren eigenen Fußstapfen zurück, sie waren keine Soldaten, die kehrtmachten, und im übrigen war eine solche Umkehr für sie auch unmöglich, denn sie hatten sich in Sachen Liebe und Kampf derart getäuscht, daß all ihre Spuren unwiderruflich verweht waren.

Sie zogen in Richtung des Meeres. Es gab kein Land mehr, das ihnen noch Heimat gewesen wäre. Ödland und Krieg – das waren die Namen, die nun jeglicher Ort für sie trug. Nur eine Stadt schrie ihnen noch ihren Namen zu und konnte damit ein Echo in ihren Herzen auslösen. Eine Stadt, die sie indes niemals betreten hatten, die schier unerreichbar am Ende der Welt – und schon der Geschichte – lag. Berlin, Wallfahrtsort ihres Glaubens, ihrer Ehr und ihrer Treu.

Aber ihr Rückzug und die Umwege dauerten ewig; die Ebene ringsum war unermeßlich und gnadenlos öde. Der schneidende Schneewind pfiff so schrill, daß sie die Stille ringsum nur um so tiefer empfanden und die Leere sich grenzenlos dehnte.

Sie marschierten lange Zeit; so lange, daß sie im Laufen schliefen, eine Schar waffen- und schneebeladener Schatten, die durch Wald, Nebel und Finsternis schlichen. Tage- und nächtelang schlafwandelten sie so, ohne ein Wort zu sprechen. Was hätten sie aber auch sagen mögen in einem solchen Reich der Kälte. Ihre Gesichter waren so sehr von Eis verkrustet, daß ihre aufgeplatzten Münder nur noch weißliche Dunstschwaden, ein wattiges Röcheln auszustoßen vermochten. Aus ihren Augen bluteten rosafarbene Tränen, die alle Erinnerung fortspülten. Sie entsannen sich nicht mehr, ob es auf Erden noch andere Landschaften gab als diese fahlen Weiten, die wie Schieferseen glitzerten, oder andere Bäume als Tannen und Birken.

Diese Bäume waren überdies mehr als Bäume; sie waren launische Riesen, mal Verhängnis, mal Schutz. Gleichgültig drängten sich die Tannen um sie, ob sie sie nun schützten oder sie beschossen. Denn mitunter fiel es ihnen ein, aus dem Innern ihres dichten Geästs, in dem ihre Feinde sich verbargen, auf sie zu feuern.

Sie erreichten das Vorland des Meeres zu der Zeit, da die wilden Schwäne die Herrschaft der Kälte allmählich schwinden fühlten und sich laut schreiend entlang den Levantischen Inseln auf den Seen sammelten, die der nahende Frühling wieder mit Blau überzog. Und ihr schriller Gesang, mit dem sie die ungeheure Anstrengung ihrer neuerlichen Wanderung skandierten, glich wiederum dem der Menschen, welche eigensinnig das Lied ihrer vergeblichen Tapferkeit und Treue weitersangen.

Menschen und Schwäne zogen mühsam nach Westen, kehrten zurück in das Land ihrer Legende – oder ihres Instinkts. Der Wind wechselte den Geschmack, und er peitschte nun anders, aber keineswegs weniger heftig und kalt. Er schmeckte nun salzig und ließ auf die Menschen, die den endlosen Weiten entronnen waren, Regengüsse niederprasseln, die sich auf offenem Meer aus den eisigen Strudeln der Ostsee gebildet hatten. Im Wind schwebte auch der gellende Schrei der Meeresvögel und deren tiefer Flug.

Sie durchquerten sandige, von Seen, Wäldern und Sümpfen durchzogene Ebenen, in denen Dörfer mit Strohdächern und engen, sehr geraden Straßen verstreut lagen. Doch der Frühling, dessen Wiederkehr in der Ferne schon von den Schwänen gefeiert wurde, die sich in einen freien Himmel schwangen, ließ hier noch auf sich warten. Die Ebenen, in denen immer noch Schnee lag, waren wie ausgestorben, und auch die Dörfer waren verlassen. Aus den Strohdächern stieg kein Rauch, die Straßen hallten vor Leere, alle Fenster waren verschlossen. Feuchtigkeit drang in die Tische und Betten der verlassenen Bauernhäuser, und auch ins Holz der Standuhren, deren Pendel aufgehört hatten zu schwingen. Vergessene Kühe in verfallenen Ställen, die ihre gewaltigen, milchwunden Euter hin und her schwangen, brüllten vor Schmerz. An den Wänden der Fischerhäuser hingen nutzlos die Netze, wie große Bündel toter Algen, die das Meer verschmäht und ans Land gespült hatte. Das Meer, die Erde, die Städte – sie alle hatten das Leben von sich geworfen.

Bauern, Fischer, Dorfbewohner, alle waren geflohen. Mehr aber noch flohen die Menschen aus den Städten, vor allem aus der großen Stadt, auf die die kleinen Soldaten des Teufels so tapfer zumarschierten, entgegen dem Exodus der Menschenströme, entgegen dem Strom der Geschichte, und immer noch singend.

> Wo wir sind, da ist immer vorn,
> Und der Teufel, der lacht noch dazu.
> Ha Ha Ha Ha Ha Ha Ha Ha Ha Ha!...

Die Stadt. Die große Stadt, von der sie so oft geträumt hatten, endlich hielten sie Einzug in ihr. Und vielleicht, so begannen plötzlich manche der Soldaten zu hoffen, die geduckt unterm Feuer dahinliefen, vielleicht würde ihnen das Glück und die Ehre zuteil werden, ihn zu sehen, den kleinen Mann, dem sie Treue und Tapferkeit geschworen hatten. Es hieß, er sei ins Innere seiner zerstörten Stadt, auf den Grund seines Betonpalastes hinabgestiegen.

Unter jenen, die eine solche Hoffnung im Herzen trugen, waren der Obergrenadier Gabriel Péniel und der Obergrenadier Michael Péniel. Ihr Abenteuer ging dem Ende zu, sie wußten es. Und es freute sie.

Sie waren deshalb so lange marschiert, hatten deshalb so lange getötet und gekämpft und der Kälte, dem Feuer, der Müdigkeit getrotzt, um an diesen Ort zu gelangen, nur um diese Stunde zu erleben. Um hier sterben zu können, zwischen den unheimlichen Ruinen dieser großen Stadt, die sie zu ihrem diagonalen Vaterland erkoren hatten. Um hier zu sterben, in seiner Nähe, bei ihrem Fürsten mit den Augen voller hochmütigem Haß und

Tod. Für ihn hatten sie die Wälder von Terre-Noire verlassen, sich von den Ihren und ihrem Land losgesagt. Für ihn waren sie so lange marschiert, das Gesicht naß von Schweiß, Schnee, Fieber und Regen. Bald würden ihre Gesichter von Blut überströmt sein, von jenem wilden Blut, das ihre Herzen und ihr Fleisch schon immer verzehrt hatte. Um seinetwillen, des Alchimisten des gigantischen Werkes aus Blut und Asche, den sie verdammt und verloren wußten, um seinetwillen hielten sie singend Einzug in die STADT.

Ihr letzter Kampf dauerte kaum eine Woche. Ein Kampf durch aufgerissene Straßen, in verwüsteten Häusern, von eingestürzten Dächern herab, aus verschütteten Kellern. Ein Kampf, in dessen Verlauf die große Stadt ausbrannte wie eine gewaltige Bibliothek von Büchern aus Stein, bis alle Erinnerung, jede Spur ihres Ruhms ausgelöscht war, auf daß nur noch Niederlage und Schmach auf ihren Mauern zu lesen wären. Der Himmel hatte die Farbe von Ziegeln und Staub, die Straßen hatten die Farbe von Flammen, die Mauern von Blut und die Menschen von Gips, Rost und Nebel.

Die beiden Obergrenadiere Péniel hetzten von Straßensperre zu Straßensperre, von Portal zu Portal, von Dach zu Dach, ohne sich eine Unterbrechung zu gönnen, in der sie schlafen, trinken oder essen konnten. Sie hatten nur noch Zeit, zu schießen, pausenlos zu schießen, zu töten und Feuer zu legen. Da das Ende ihres großartigen Traums von Ruhm und Sieg nahte, mußten sie den Rhythmus der letzten Bilder beschleunigen, seine Intensität steigern, ihn lodern, prasseln, bersten sehen.

Schon waren sie nicht einmal mehr Soldaten, sondern Freischärler, trunken von Kampf und Feuer, die das Spiel des Zerstörens spielten. Denn sie mußten zerstören, immer weiter zerstören, endlos zerstören, so wie ein Bildhauer den Stein behaut und ihn zertrümmert, um daraus eine noch unbekannte Form, eine magische Kraft herauszutreiben. Sie mußten zerstören, rasch, um aus den Mauern der Stadt, aus dem erdigen Himmel, aus diesen allerletzten Stunden ihrer Jugend und ihres Kampfes die reine Form, die rohe Kraft ihrer Liebe herauszutreiben. Steinerner Blitz, Pfeilspitze, die von Geburt an im geheimsten Winkel ihrer Herzen stak, ja sogar lange noch vor ihrer Geburt. Blutfarbener, steinerner Blitz, Kälte des Alls und Glut der Erde in einem – tausendjährig. Stein aus Blut.

Die Morgendämmerung brach an. Michael und Gabriel, die sich in die dritte Etage eines Gebäudes der Prinz-Albrecht-Straße geflüchtet hatten, welches sie ganz allein gegen den sich ständig verstärkenden Angriff des Feindes verteidigten, stellten plötzlich das Feuer ein. Sie hatten soeben etwas gespürt, etwas Unerklärliches, das den Granatenlärm übertönte und den dichten, rußfarbenen, violett schimmernden Himmel durchdrang. Etwas wie eine unerhörte Stille, eine vollkommene Transparenz. Es kam von nirgendwoher und stürzte doch auf sie zu. Auf sie allein, in gerader Linie quer durch die Stadt, durch den Krieg. Noch etwas anderes kam auf sie zu. Ein gewaltiger Panzer. Langsam vorwärtsrollend, bahnte er sich mühsam einen Weg durch die Straßen, in denen Berge von Schutt und ausgebrannten Fahrzeugen lagen, und sein gigantisches Kanonenrohr beschnüffelte die Mauern wie der Rüssel eines prähistorischen Tieres. Der Panzer war ihnen ausgeliefert, sie brauchten nur zu schießen. Noch ein einziges Mal zu schießen.

Aber die beiden Obergrenadiere Péniel zielten nicht. Sie legten ihre Waffen ab, mit ein und derselben Gebärde; ihre Hände hatten plötzlich ein großes Verlangen nach Leere und Stille. Sie faßten einander bei der Hand und sahen reglos zu, wie das große Stahltier ganz langsam durch den Straßenschutt wankte – spürten, wie diese Transparenz, diese betörende Stille ihnen ins Gesicht strömte, ihnen das Herz reinwusch. In der großen leeren Wohnung, in der sie sich befanden, sprachen alle Geräusche, selbst die zartesten, zu ihnen. Vor allem das Rieseln des Wassers, das aus den rissigen Wänden sickerte. Sie schlossen einen Augenblick die Augen und lächelten. Ach, wie sanft es ihr Herz durchdrang! Diese Transparenz, diese Stille, sie erkannten sie jetzt. Es war die Stimme des Bruders.

Des anderen Bruders, dem sie alles Blut geraubt hatten. Des ganz und gar weißen, so zerbrechlichen, so einsamen Bruders. Es war seine wundervoll hohe Stimme. Sie stieg immerfort höher, durchbrach die Stille, schwang sich zum reinsten Licht empor, dem weißseidenen Licht von Kälte, von Leere. Sie hörten nicht mehr auf zu lächeln und sich zu wundern über soviel Stille, soviel Sanftheit. Sie fühlten sich von köstlichen Schauern ergriffen. Von Zärtlichkeit, von unschuldiger Leidenschaft.

Die Stimme des Bruders, des anderen, des kleinen, trieb vollends hervor, was all ihre Gewalttätigkeit, all das Blut, das sie vergossen, noch nicht hatten ans Licht bringen können. Jenen blitzenden Stein, der ihnen mitten ins Herz gepflanzt war. Diesen Stein aus Blut, aus Schrei, aus Erde. Diesen Stein aus Tod. Endlich kam er funkelnd zum Vorschein. Endlich löste er sich aus der Finsternis, aus der Raserei, und mit seinem scharfen Grat, der ihnen das Herz aufriß, schenkte er ihnen die Gabe des Lächelns und der Tränen.

Die Stimme des Bruders, des anderen, die von der anderen Seite des Krieges, des Hasses zu ihnen kam. Und die verwitterten, von Feuchtigkeit durchtränkten Mauern wurden zu Gesichtern. Gesichter, die Tränen glichen, Tränen-Gesichter. Schweiß und Tränen, die unmerklich in den schmutzigen Kalk, in den Schmutz der Haut sickerten. Und die Mauern öffneten sich wie große Fenster zur Stadt. Zur Höllenstadt, der verdammten, entthronten. Alle Ruinen bekamen Gesichter, alle Toten erhielten ihre Gesichter und Namen zurück. Die Stimme Raphaels stieg flehend unaufhörlich höher. Wie ein Gesang der Versöhnung und vollkommenen Trostes. Die Stimme des kleinen Bruders, sie war reiner Klang der Barmherzigkeit. Gerade in dem Augenblick, da alles verloren, vollbracht war.

Michael und Gabriel waren weder Soldaten noch Freischärler mehr. Sie waren überhaupt nichts mehr. Sie waren wieder Kinder, zwei Kinder, die sich in der Stadt, in der Geschichte verirrt hatten. Zwei Kinder, die in Traum und Zärtlichkeit erbebten. Sie standen vor dem herausgerissenen Fenster und hielten sich so fest bei den Händen, daß es schmerzte.

Stein der Tränen und des Lächelns. Es ging nicht mehr darum zu zerstören, es ging darum, zu entschwinden. In die Stimme des Bruders, mit der Stimme des Bruders. Durchzuscheinen. Stimme der Metamorphose. Auf die andere Seite zu gleiten, in das Geheimnis des Untergangs einzutreten. Einzuwilligen und aufzugeben.

Die Explosion war furchtbar. Das große Tier hatte nach emsigem Schnüffeln seine Opfer schließlich ausfindig gemacht und sein Feuer gespuckt. Die Fassade barst wie ein großes Stück Glas, und das Dach stürzte ein. Alles brach zusammen. Die beiden Obergrenadiere Péniel wurden bei dem Einsturz mitgerissen und bis in den Keller geschleudert, unter die Balken, unter den Schutt.

Man fand nie eine Spur ihrer Körper, die zermalmt unter den Trümmern lagen. Sie mischten sich in die Asche der großen Stadt, in die Asche der Geschichte und des Vergessens, gleich dem, den sie so treu gepriesen und dem sie für nichts und wieder nichts und aus reiner Verblendung gedient hatten.

7

Nuit-d'Or-Gueule-de-Loup zufolge gab es von nun an keine Welt mehr. Keine Welt mehr für ihn. Der Tod Ruths und ihrer vier Kinder hatte die Welt in einen Abgrund gestürzt, der tiefer war als das Nichts. Es war nicht einmal mehr Nacht und Schweigen zu nennen, es war Finsternis und Stummheit. Sachsenhausen. Das Wort hämmerte unablässig in seinem Kopf, nachts wie am Tage, verdrängte jedes andere Wort. Kein Gedanke, kein Bild konnte aufkommen in ihm oder sich gar behaupten. Das dröhnte wie der dumpfe Schlag seines eigenen Herzens – im gleichen blinden Rhythmus. Die Wochen, die Monate vergingen, und nichts änderte sich, hartnäckig schlug es seinen dumpfen, überaus monotonen Takt. Sachsenhausen. Sachsenhausen.

Nuit-d'Or-Gueule-de-Loup verbrachte seine Tage in einem Winkel seines Zimmers, auf einem Bänkchen sitzend, den Blick zur Wand gerichtet. Seine Tage und seine Nächte. Er saß, den Kopf in den Händen, die Ellenbogen auf die Knie gestützt. Sein Kopf war so schwer, so schwer von Leere, und wegen des endlosen Hämmerns im Innern konnte er ihn kaum mehr geradehalten. Sobald er seinen Kopf losließ, begann er langsam vor- und zurückzuschwingen wie das Pendel einer Standuhr. Er kannte keinen Hunger mehr, keine Müdigkeit, keinen Durst. Er litt nicht einmal. Es war, als befände er sich diesseits oder jenseits allen Leidens. Er war in eine Sphäre des Nichts gestürzt. Er ertrug das gräßliche Dahinfließen der Zeit, Stunde um Stunde, Sekunde um Sekunde. Einer aus der Zeit herausgeschleuderten Zeit, ohne Dauer – nichts. Sachsenhausen. Sein Verstand war am Ende, alles in ihm war am Ende, und dennoch gab nichts in ihm nach. Sogar sein Körper, dem Nahrung und Schlaf vorenthalten wurden, widerstand. Er war wie ein fossiler Baumstamm, der im Winkel seines verödeten Zimmers stak.

Er konnte ohnehin nichts anderes tun. Er war nicht mehr er selber, dachte nicht mehr, fühlte nicht mehr. Er erduldete. Sachsenhausen. Sachsenhausen. Er litt die Qual der absoluten Nacht, einer Nacht, in der alles verschwunden war, der Nacht des Erlöschens, und er war zu totaler Schlaflosigkeit verdammt, zu einem absurden, von Abwesenheit übervollen Da-Sein. Er konnte nicht anders, als Stunde um Stunde an diesem Ort Nirgends zu wachen – im Niemals, im Unmöglichen. Er sah die Nacht, tiefschwarz, undurchsichtig und durchsichtig zugleich, Tinte aus der Zeit vor aller Schrift oder nach ihr. Tinten-Nacht, in der nichts mehr geschrieben, gesprochen, gelesen wird. Tinten-Nacht, in der nichts mehr geschieht.

Vielleicht war es in Wirklichkeit gar nicht mal er, der da wachte – es war die Nacht selber. Er war nur noch ein leerer Ort, ein verlassenes Schilderhaus aus Haut und Knochen, in das die Nacht selber eingetreten war, um über ihre Unermeßlichkeit, über ihr Schweigen zu wachen. Sachsenhausen. Nacht. Nacht, die Nacht.

Mathilde, ihre zwei Brüder und Nicaise mühten sich, den Hof wieder instand zu setzen, die Felder und den Weiler zu neuem Leben zu erwecken. Terre-Noire erlebte noch einmal eine Auferstehung. Einige Männer waren aus den Arbeitslagern zurückgekehrt, langsam wagte man einen Wiederaufbau, einen Neubeginn. So war es immer gewesen in Terre-Noire.

Tsipele und Chlomo tasteten sich vorsichtig ins Leben zurück, sie lernten es von neuem, Kinder zu sein, zu lieben und zu vertrauen, allerdings zögernd und mit großer Scheu. Sie folgten Thadée wie stumme Schatten, die die Nähe anderer und den Kontakt mit Fremden vorerst fürchteten. Und stets hielten sie sich bei der Hand, schweigend und sehr ernst. Ihre zarten Silhouetten verfolgten Petit-Tambour bis in seine Träume hinein, in denen er sie unerreichbar auf dem Hintergrund der Nacht vorüberziehen sah. Aber noch ein anderes Gesicht schwebte nun auf ihn zu, und dieses lächelte ihn an, ihn ganz allein. Das Gesicht eines kleinen Mädchens mit blonden Zöpfen, das ihn aus mandelförmigen Augen von der Farbe des Herbstlaubs durch eine Fensterscheibe anblickte. Denn stets erschien die kleine Schwester in seinen Träumen hinter einem Fenster mit beschlagenen Scheiben. Sobald er sich dem Fenster näherte, um es zu öffnen oder zumindest die Feuchtigkeit davon abzuwischen, fuhr er aus dem Schlaf hoch. Aber er gab die Hoffnung nicht auf. Er wartete. Bald würde sie dasein, nur für ihn.

Es kam ein zweiter Brief von Rose, ein sehr kurzer. »Violettes Todeskampf ist zu Ende. Er hat fünf Jahre gedauert. Fünf Jahre des Leidens, des Blutes. Ganz sanft, mit einem Lächeln ist sie verlöscht, als wäre nichts geschehen. Ja, sie lächelte, als sie starb, und nichts vermochte dieses Lächeln zu verwischen. Plötzlich hörte das Blut auf, aus ihrer Schläfe zu rinnen, und folgendes Erstaunliche ereignete sich: sogar der Fleck verschwand. Er fiel ab – das Muttermal fiel ab von ihrer Schläfe wie ein Blütenblatt von einer verwelkten Rose. Die Schwestern hier sprechen von einem Wunder und sind ganz verzückt. Ich aber glaube nicht mehr an Wunder. Es hat keinen Sinn. Es kommt zu spät. Ich glaube an gar nichts mehr. Ich bin ins Kloster eingetreten, nur um Violette zu begleiten, ich bin hier geblieben, nur um mich von ihr nicht zu trennen. Jetzt, wo sie tot ist, will ich nicht mehr bleiben. Ich habe gebeten, daß man mich von meinen Gelübden entbindet. Bald werde ich fortgehen. Ich weiß noch nicht wann, auch nicht, was ich dann machen werde, wenn ich den Karmel verlasse. Aber das ist kaum noch von Bedeutung.«

Mathilde, der kalten, hochmütigen Mathilde ging die Nachricht von diesem Tod am meisten zu Herzen. Sie war es, die die beiden Töchter von Blanche aufgezogen hatte, und sie vor allem wußte, was es für ein Péniel-Kind bedeutete, seinen Zwilling, sein zweites Ich zu verlieren. Sie allein begriff, welche Verzweiflung Rose-Héloïse empfunden haben mußte, seit über zehn Jahren der Verlassenheit, der Einsamkeit ausgeliefert zu sein. Mit einem Abstand von etwa zehn Jahren war Violette-Honorine fast im gleichen Alter gestorben wie Margot. Diese Wiederholung bestürzte Mathilde tief. Aber noch einmal hatte sie sich um den Preis neuerlich wachsender Verhärtung und einer noch größeren Vereinsamung in die Gewalt bekommen. Sie war einsamer als je zuvor. Die anderen würden die Schwelle zu ihrem Herzen niemals mehr überschreiten. Es blieb ihr, wie stets, nur ihr Vater. Dieser Narr von einem Vater – ihre unmögliche Liebe zu ihm, ihr Haß, ihre in Eifersucht erstarrte Leidenschaft. Sie untersagte allen den Zutritt zum Zimmer von Nuit-d'Or-Gueule-de-Loup; sie allein ging dreimal am Tag hinauf, um nach ihm zu sehen. Mochte er doch dort bleiben, mit dem Blick zur Wand, zusammengekauert auf seinem Bänkchen, seinen Kopf in den Fäusten. Mochte er doch dort bleiben, so lange er wollte, so lange er mußte. Sie kannte ihn. Er würde sich schon wieder erholen. Er hatte sich immer wieder erholt, gleich ihr selbst, gleich den Feldern von Terre-Noire. Ihre Kraft war unbegrenzt, ihr Lebenswille unerschöpflich. Er würde sich erholen und sie aufs neue verlassen, sie ein weiteres Mal verraten. Das wußte sie. Und gerade darum haßte sie ihn so sehr und konnte sich nicht von ihm lösen. Ihr Vater, der durch die Trauer zu ihrem Kind geworden war. Zu ihrem Objekt. Zu einem verrückten, mit Apathie und Stummheit geschlagenen Kind, das ihr jedoch für eine Weile ganz allein gehörte.

Michael und Gabriel wurden nie mehr erwähnt. Niemand wußte und wollte vor allem wissen, was aus ihnen geworden war. Allen genügte es, von ihrem Einsatz in der Division Charlemagne, von ihrem Verrat an ihrem Vaterland, ihrem Volk erfahren zu haben. Man sprach niemals mehr von ihnen, ihre Namen wurden aus dem Familiengedächtnis gelöscht, ihr Andenken in die Asche geworfen. Sie wurden für immer in jene Leere verbannt, die den Ausgestoßenen vorbehalten ist. Von ihrem Bruder Raphael hatten sie jede Spur verloren.

Wohl waren sonderbare Gerüchte über ihn im Umlauf, sie kamen jedoch von sehr weit her und über die Zeitungen. Es hieß, er habe eines Abends, Anfang Mai in New York, während einer Aufführung des ›Orfeo‹ von Monteverdi, in welchem er die Rolle der Speranza sang, die Stimme und den Verstand verloren. Man behauptete, seine Stimme sei niemals so rein, so wundervoll gewesen. So erschütternd vor allem, daß den Leuten im Saal und sogar den Musikern und den übrigen Sängern auf der Bühne eine Weile der Atem stockte und eine beängstigende Stille sich im

Raum erhob. Es sei so still geworden, daß Orfeo, in die an Raserei grenzende Leidenschaft seiner Rolle gestürzt, mit tränenerstickter Stimme seine Arie ›Dove, ah, dove ten' vai‹ mehr geschrien denn gesungen habe, nachdem La Speranza ihm vor ihrem Entschwinden diese letzten Worte zugerufen hatte:

Lasciate ogni speranza voi che entrate.
Dunque, se stabilito hai pur nel core
Di porre il piè nella città dolente,
Da te men fuggo e torno
A l'usato soggiorno.*

Und alle im Publikum spürten, daß der Countertenor tatsächlich im Begriff war, hier vor ihren Augen zu entschwinden, daß er die Rolle der Speranza, die er verkörperte, abwarf und ihr sogar zuwiderhandelte. Alle spürten, daß er noch vor Orfeo von hinnen gehen würde, daß er es war, der in die Stadt der Tränen und der Asche einging. Doch niemand hätte zu sagen vermocht, welche Euridike er da suchen ging noch in welche Sphäre des Unbegreiflichen und Unsichtbaren er entschwand.

Er hatte den Raum durchschritten, war durch die Körper aller hindurchgegangen und entschwunden. Denn seine Stimme, die zu weit getragen, sich zu hoch aufgeschwungen hatte, hatte ihn verlassen. Man erzählte, daß er seit jenem Abend, seiner Stimme und seines Verstandes beraubt, bettelnd in den Vorstädten New Yorks umherirre. Er war der weiße Bettler mit den sanften rosafarbenen Augen, der mit offenem, stummem Mund durch die Straßen lief, stets von zwei großen Hunden, ei-

* Laßt, die ihr eingeht, alle Hoffnung fahren.
Steht unerschüttert dir der Wunsch im Herzen,
Den Fuß zu setzen in die Stadt der Tränen,
Flieh' ich von dir
und kehre zu mir vertrauten Stätten.

nem schwarzen und einem gelben, begleitet, die wer weiß woher stammten.

Aber auch seine Stimme war zur Bettlerin geworden. Sie trieb sich überall auf der Welt herum, irrte durch Meere, Wälder, Ebenen und Städte als ein Lufthauch, so tonlos, so zart, daß niemand auf sie achtete – außer jenen, deren Andenken Asche geworden, deren Mund vom Schweigen erschöpft, deren Herzen am Ende waren. Ein wehklagender Windhauch.

> Dunque, se stabilito hai pur nel core
> Di porre il piè nella città dolente
> Da te men fuggo e torno
> A l'usato soggiorno…

Es war eigentlich nicht einmal mehr eine Stimme, es waren Fasern einer Stimme, Nachhall eines Echos. Und diese zerfaserte Stimme bettelte um ein Herz, das sie anhören, ein Herz, in welches sie eingehen und wo sie endlich ausruhen konnte.

> Dunque, se stabilito hai pur nel core
> Di porre il piè nella città dolente…

Die dieser bettelnden Stimme auf ihrer Irrfahrt Unterkunft gewährten, taugten nicht mehr als sie selbst. Es waren Leute, bei denen seit langem jeder Wind, jede Leere, jedes Schweigen ein und aus ging. Menschen aus Asche und Staub.

Sie kam bis nach Terre-Noire. Tagelang strich sie um La Ferme-Haute und huschte flüsternd über den Boden und die Wände, schließlich glitt sie eines Nachts durch die Tür. Sie schlenderte durch die Räume, schwebte die Treppen hinauf, schlich sich in die Zimmer. Aber sie fand keinen Zugang zum Schlaf der in ihren Träumen versunkenen Menschen. Es war jedoch einer darunter, der sie hörte. Er schlief freilich nicht, er schwieg nur, auf einem niedrigen Schemel sitzend, den Kopf in die Hände vergraben.

Die Stimme glitt wie ein Schauer seinen Rücken hinauf bis zum Nacken und schlang sich als eindringliches Gewisper um seinen Hals. Der Mann erbebte, er spürte, wie eine große Kälte von seinem Kreuz aus zu seinem Nacken, von seinem Nacken zu seiner Stirn ausstrahlte. Er öffnete die Hände, nahm sie von seinem Gesicht und sah verwundert um sich wie einer, der nach langem Schlummer erwacht.

Es war eine schöne Nacht von tintigem, lichtdurchlässigem Schwarz, übersät von hellen Sternen, die hoch am Himrnel standen. Er horchte. Aber die Stimme hatte sich schon in sein Blut gemischt. Ihm schien allerdings, als hörte er noch ein anderes Geräusch. Es kam aus der Richtung von Paulines und Baptistes Zimmer. Ein Frauenstöhnen. Langsam erhob er sich, fand sein Gleichgewicht wieder. Er zog die Schuhe aus und verließ geräuschlos sein Zimmer, stieg die Treppe hinunter, trat aus dem Haus, schloß sorgfältig die Tür. Die Nacht war wirklich schön, klar und eisig. Er trat in die Scheune, suchte nach etwas. Er sah besser denn je im Dunkeln. Eine kleine Papiertüte in seine Tasche stopfend, kam er wieder heraus. Er schlug den Weg nach dem »Wald der toten Echos« ein. Sein blonder Schatten umkreiste ihn. Er lief barfuß und barhäuptig, trug nur eine Hose und ein Leinenhemd.

...Da te men fuggo e torno
A l'usato soggiorno...

Er fror nicht. Die Kälte floß in seinem Blut, war schon sein Blut. Er trat in den Wald. Die Dunkelheit war hier vollkommen, und doch sah er jedes Gras, jede Rinde, jedes Insekt in allen ihren Einzelheiten. Die Nacht war in seinen Augen. Er ging bis zu einer Lichtung. Dort machte er halt, ließ sich neben einen mächtigen, vorspringenden Felsblock auf der Erde nieder. Er nahm die Papiertüte aus seiner Tasche, öffnete sie und begann die roten Getreidekörner, die sie enthielt, händeweise zu essen, bis sein Mund vollgestopft war und es seinen Magen vor Ekel hob. Er fiel auf die Seite, sein Kopf rollte ins Moos, auf die feuchten Blätter, die trockenen Äste. Seine Stirn war schweißnaß.

Nacht Nacht Die Nacht

Eine Frau erhebt sich zwischen den Baumstümpfen.
Sie trägt ein dunkelrotes Kleid. Ein blutrotes, rauhes.
Sie wiegt beim Laufen die Hüften.
Er sieht sie von hinten.
Er sieht nur sie, sie verstellt ihm die Sicht.
Er sieht nur eins – ihren wirklich prachtvollen Hintern, der ganz sacht schaukelt unter dem blutroten Stoff, durch den ihr Hüfteschwingen einen fließenden Rhythmus erhält.
Sie schiebt ihre Hände in die Taschen, wühlt darin, holt Gegenstände daraus hervor.
Eine Menge Gegenstände,
die sie nach und nach fortwirft.
Darunter sind Bänder, Schlüssel, Silberbestecke, Leuchter, grüne und violettschillernde Murmeln, Frauenhaare, Handschuhe, Früchte, Frauenschuhe, Gartenmesser.
So viele Gegenstände, und doch
scheinen die Taschen des roten Kleides immer leer zu sein.
Unaufhörlich wirft die Frau Gegenstände
und verstellt ihm die Sicht.

Wind hat sich erhoben. Ein furchtbarer Wind.
Der Himmel ist schwarz, mit Streifen aus
langgezogenen, waagerecht verlaufenden,
safrangelben Wolken.
Ein sehr großer, gebeugter Mann läuft am Horizont,
vor dem Himmel.
Er trägt einen anderen Mann,
oder vielleicht ist es auch eine Frau,
auf seinen Schultern.
Sie müssen gegen den Wind ankämpfen.

Die Frau im roten Kleid ist wieder aufgetaucht.
Wieder von hinten.
Diesmal sind es Fotografien,
die sie aus ihren Taschen wirft,
und kleine steinerne Statuetten.
Und dann auch Lampen,
Lampen aus Glas und farbigem Papier,
die gedämpfte orangefarbene Lichter
im schwarzen Gras entzünden.
Wie Irrlichter.

Ein Bahnhof. Nachts.
Ein einfacher Landbahnhof.
Ein Zug fährt ein,
der eine lange Reihe Waggons nachzieht.
Der Zug ist sogar so lang,
daß er über den Bahnsteig hinausreicht.
Die letzten Waggons
halten auf freiem Feld.

Es sind alte Holzwaggons, mit dicken Eisenstangen verschlossen. Viehwaggons oder Güterwagen. Die Lokomotive stöhnt und pfeift, während sie weißliche, aschfahle Wolken ausspuckt, die an ihren Seiten vorbeiwallen. Der Rauch tritt überall aus, unterm Bauch des Zuges, zwischen den Schienen, den Gräsern. Er schwebt dicht überm menschenleeren Bahnsteig, und die Lokomotive heult auf Die Waggonwände sind in Bewegung geraten wie die Flanken atemloser Tiere, sie ringen nach Luft Die wurmstichigen, von rußgeschwärzten Flechten bedeckten Holzlatten zittern und knarren leise Augen Tausende von Augen glänzen hinter den Latten Alle haben den gleichen Blick einen einzigen kreisrunden ganz leeren ganz starren Blick

Er läuft die Waggons entlang
im weißlichen Rauch
seine Hände gleiten über die feuchten Wände
das Holz ist so modrig so weich
daß es nach Moos nach Kuchen riecht
er versucht in die Waggons zu gelangen
findet jedoch keine Tür und kein Fenster
er schaut durch die Zwischenräume der Latten
doch was er sieht ist immer
dasselbe
gesichtslose Blicke
und körperlose Gesten
des Nachts im Leeren verloren
alle einander gleich
er findet nicht was er sucht
die er sucht
die Seinen

Er betritt die Stadt die große Stadt er kommt über den Fluß auf einer Art Floß das so flach ist daß er sich ganz dicht über dem Wasser befindet einem schwarzen zähflüssigen Wasser worin nichts sich spiegelt ringsum sind nur Ruinen und Asche Reste von Häuserwänden neigen sich sonderbar und stürzen dann plötzlich geräuschlos zusammen es herrscht vollkommene Stille auf einer Brücke dort drüben bemerkt er wieder den Mann der einen anderen Mann oder ist es eine Frau auf seinen hohen mageren Schultern trägt beide sind gebeugt ihre Arme und Beine sind lang und knochig und baumeln ungelenk im Leeren schwarze abgehärmte Silhouetten denen bald weitere ähnliche Silhouetten folgen oder begegnen sein Floß treibt sanft in dem ein wenig herben Geruch des schmutzigen kalten Wassers von Brücke zu Brücke wieder sieht er denselben Mann dieselbe Szene

Von Brücke zu Brücke wird die Nacht dichter
und der Schmerz heftiger
Hier in seiner Brust, in seinem Bauch,
brennt es
lodert es
Die kleinen roten Getreidekörner haben
sein Blut
sein Fleisch
in Brand gesetzt
Er wälzt sich auf dem Boden
heftig schüttelt es seine Schultern
Krämpfe packen ihn

Das Floß dreht sich um sich selbst in einem unsichtbaren Strudel plötzlich erheben sich tausend Geräusche in der Stadt heftiges Glockengeläut Fensterläden die gegen sämtliche Fenster schlagen Lärm von Zügen die über Eisenbrücken jagen Kreischen von Straßenbahnen in engen Gassen Hunde die den Mond anbellen Kindergebrüll und Schreie von Männern und Frauen Gehupe und Sirenen
ein Geräusch übertönt jedoch bald alle anderen
der Schritt einer eilig in Absatzschuhen durch einen Tunnel laufenden Frau
ein Hämmern sein Echo
seine Augen sind ganz verschleiert von Schweiß
jegliches Bild verzerrt sich darin
die Bilder schieben sich übereinander schwanken zerreißen sich gegenseitig
er fühlt sich immer schwerer werden
bleischwer von Schlamm von Nacht
mit diesem Höllenfeuer im Herzen
die Erde schwankt alles kentert
er schlingert verletzt sich die Schulter an dem vorspringenden Felsen

all sein roter zu glühender Lava gewordener Getreidebrei
steigt ihm zurück in den Schlund und füllt ihm den Mund
die Stirn am Felsen erbricht er
lange
seinen roten Getreidebrei
Rot das Kleid der Frau mit dem wiegenden Hinterteil
die auf einem ausgestorbenen Platz tanzt
der Schweiß rinnt ihm über den ganzen Leib
er gräbt seine Finger in den Boden
er hat Durst
er beißt in die Erde
oder in seine Faust
er weiß es nicht
der Wind erhebt sich von neuem mit unerhörter Kraft
aber in seinem Körper
nur in seinem Körper

Er sieht ein Buch
ein gewaltiges
mit schwarzem Ledereinband
ein Buch groß wie ein Mann
ein Buch mit Mannesschultern
ein von Krämpfen geschütteltes Buch
Das Buch
in dem es von pfeifendem Wind nur so hallt
bald tief bald überaus schrill
krümmt sich verrenkt sich
wie ein krankes Tier
seine Seiten klappern
seine Worte reiben sich wund am Wind
schwinden dahin in Speichel in schwarzen
Rinnsalen

Das rinnt ihm aus dem Mund. Er stöhnt. Er hat Schmerzen. Er glaubt zu sprechen zu rufen zu nennen. Nein nichts. Er stöhnt er sabbert erbricht. Ein schwarzes klebriges Blut.
Wieder wirft er sich auf den Rücken dem Ersticken nahe versucht die Augen offen zu halten.
Nacht. Nacht, die Nacht.
Die Lichtung dreht sich langsam, großes Karussell von Bäumen und Tieren auf denen ausgelassene Kinder, phantastische Silhouetten reiten.
Sein eiskalter Schweiß vermengt sich mit einem anderen Naß, und dieses ist brennend heiß. Tränen.

Und da beginnt der alte Nuit-d'Or-Gueule-de-Loup weinend nach seiner Großmutter zu rufen. »Vitalie! Vitalie! « murmelt er, als hätte allein der älteste unter allen Namen dem Vergessen, dem Verdrängen widerstanden.

Aber der Name ist da, ganz nah, ganz warm, und er antwortet:
»Ich bin hier. Schlaf. Schlaf jetzt...«
und breitet über ihn seinen blonden Schatten, deckt ihn zu.
Und unter seinem Nacken, genau dort, wo er die Erde aufgewühlt, aufgebissen hat,
am Fuße des vorspringenden Felsen,
quillt Wasser hervor.
Ein klares und sehr frisches Wasser,
das seinen Kopf umspült,
sein Gesicht reinwäscht,
seinen Mund erfrischt.
»...Schlaf, schlaf, mein Kleines, mein ganz Kleines...«
wiederholt Vitalies Stimme.

Zur selben Stunde, als in einer Lichtung im »Wald der toten Echos« unter dem Nacken Victor-Flandrin Péniels, genannt

Nuit-d'Or-Gueule-de-Loup, eine Quelle aufbrach, schenkte drüben in La Ferme-Haute Pauline einem zweiten Kind das Leben.

Es war ein Sohn. Ein hübscher Knabe voller Kraft und Leben, mit wirrem honig- und bernsteinfarbenem Haar. Er stieß einen Schrei aus, der wie ein Tubastoß war, und als sein Vater ihn in die Luft hob, bewegte er fröhlich Füße und Hände, wie um von vornherein alle Schatten zurückzudrängen.

Man nannte ihn Charles-Victor.

Er war der Letztgeborene aus dem Geschlecht der Péniels. Das Nachkriegskind. Das Kind nach allen Kriegen. Jenes Kind, in dem das BUCH DER NÄCHTE sich wieder schloß – das BUCH DER NAMEN UND DER SCHREIE.

Aber das Buch schloß sich nicht, um zu enden, um zu schweigen.

Das letzte Wort existiert nicht. Es gibt kein letztes Wort, keinen letzten Schrei.

Das Buch legte sich auf die andere Seite. Es würde sich zurückblättern, ausruhen und dann wieder von vorn beginnen. Mit anderen Vokabeln, anderen Gesichtern.

Charles-Victor Péniel, den später alle Nuit-d'Ambre – Bernsteinnacht – nennen würden, war seinerseits dazu bestimmt, in der Nacht zu kämpfen. In der Mitternacht der Nacht.